曹致佐 著

文艺名家往事

人民日报出版社
北京

图书在版编目（CIP）数据

文艺名家往事 / 曹致佐著 . -- 北京：人民日报出版社，2023.6
ISBN 978-7-5115-7646-0

Ⅰ.①文… Ⅱ.①曹… Ⅲ.①传记文学－作品集－中国－当代 Ⅳ.① I25

中国国家版本馆 CIP 数据核字 (2023) 第 091364 号

书　　　名：	文艺名家往事
	WENYI MINGJIA WANGSHI
著　　　者：	曹致佐

出　版　人：	刘华新
责任编辑：	张炜煜　白新月
封面设计：	李尘工作室
版式设计：	元泰书装

出版发行：	人民日报出版社
社　　　址：	北京金台西路 2 号
邮政编码：	100733
发行热线：	（010）65369509　65369512　65363531　65363528
邮购热线：	（010）65369530　65363527
编辑热线：	（010）65369514
网　　　址：	www.peopledailypress.com
经　　　销：	新华书店
印　　　刷：	北京中科印刷有限公司
法律顾问：	北京科宇律师事务所 010-83622312

开　　　本：	710mm×1000mm　　1/16
字　　　数：	360 千字
印　　　张：	23.75
版　　　次：	2024 年 3 月第 1 版
印　　　次：	2024 年 3 月第 1 次印刷

书　　　号：	ISBN 978-7-5115-7646-0
定　　　价：	76.00 元

序：厚积薄发终有时

张 军

读完本部书稿，像蓦然回到了往昔的难忘岁月，犹如老友相逢，谈笑甚欢。令我更加激动的是，这本书让我再次感受到巴金要讲真话的大声疾呼和胸无宿物的赤子之心，更深入地窥透到钟望阳许多不为人知的豁达和严以律己，重温了吴强率真的人品和文品。致佐笔端所扫射的名家逸闻趣事，探幽发微，钩沉辑佚，力求呈现并还原各位大师名家与众不同的精神风貌：张瑞芳、秦怡、黄宗英对周总理的崇敬和发自内心的爱，陈登科爱国为民的理念与执着，白桦为人处世的正直与耿介，韩美林苦难中的高傲不屈与忍辱负重，刘海粟的忠于艺术和潇洒人生，林散之在艺术探索中的欢乐与痛苦……书中所描写的众多不朽人物，多数是誉满天下的人中翘楚。他们在文学界、戏剧界、艺术界都有独特建树，并经得起时间检验和淘洗，最终成为对当代及后世产生深远影响的一代宗师。

显而易见，这些杰出大师学养渊博，个性独特，有天纵之才，倘若作者没有足够的知识储备，没有洞若观火的思想深度，没有下笔成风的文字功力，没有独特视角的文学造诣，很难落笔成文，妙笔生花。

致佐已年届八十，人生有涯，但他不但不废写作，还壮心不已，专志于挖掘众多大师名家散落的遗珠玉石。令我惊喜的是，书稿中包含的篇什，每一篇不但把人物写得栩栩如生，可读性强，而且清晰地描述了在绵长的岁月中每一个人的大喜大悲，无不有着鲜明的时代印记。

走笔至此，我不禁想起三年前致佐创作的另一部32万字长篇纪实文学《周恩来与北影》。我虽已桑榆暮景，视力昏花，却在第一时间就通读了初稿。虽耗费时日，读完却难抑兴奋之情。须知，讴歌敬爱的周总理，倘若没有视野宏远的眼光，没有寄意遥深的思考，没有挥洒自如的大笔力，是写不出这样一部内容丰富翔实、史料真实有据、见解新锐缜密的大著作的。诚如上海市作家协会原党组书记汪澜所言："曹致佐不甘寂寞，用六年写出这部书稿，全书从头至尾都洋溢着他对周总理的爱戴！"

正因为致佐胸怀大格局，并付之大魄力，才使《周恩来与北影》这一书稿的深度力透纸背，意蕴隽永。周恩来总理的亲属周秉德、周秉钧还为书稿撰写了热情洋溢的"前言"。文中指出："一部32万字的纪实文学，蕴含了不同寻常的重量，其丰富的内涵远远大于作品自身。"

谁能想到，我正在等待《周恩来与北影》的书香墨韵飘拂而来之时，致佐居然再次出手，为自己的创作开疆辟土，写出了扛鼎之作《文艺名家往事》。在书稿中，致佐把他的笔墨倾注在比山峰更高、已登峰造极的巅峰人物身上。这批巅峰人物被社会尊称为"大师"。大师，在他们擅长的领域，以他们的睿智取得了非凡的成就并具有卓越的贡献，推动了他们所从事的事业的突飞猛进，是开宗立派的人物。

掩卷沉思，致佐为什么能把那么多的人物写得有血有肉，跃然纸面？因为，他并非静止孤立地介绍人物的身世、面貌和性格，而是着笔于人物命运的荣枯盛衰或不同事件的突变异化，把错综复杂的历史原貌——当事人一次又一次的大喜大悲，关联历史潮流奔腾翻卷的重大事件，以峰峦重叠却层次分明的笔法，从各方面显示人物的性格特征，这自然提升了作品的吸引力和可读性。再则，曹致佐在青少年时代，阅读过众多的中外名著，而且又喜好背诵古典诗词。可以说，这给他的文学创作奠定了厚实的基础。

致佐到了晚年，在创作上依然精力旺盛，笔耕不辍，这是我万万没有想到的，也自然打心眼儿里为他高兴。抚今思昔，不禁让我想起我们之间长达近四十年的友谊。

我们相识于1986年。大约在5月中下旬，我与吴强在作协相遇，他对我说："《作家与企业家报》我每期都看，办得还不错，有特色。这对促进改革，为企业家夺路前进，起到了鸣锣开道的作用。"我答道："从各方面的反映来看，都是肯定有加。许多企业家说，这是为我们办的报纸，一定全力支持！"吴强说："希望你们把报纸办得更加活跃一些。"我说："我也是这么想，可是，现在办报只有两个人，外借四个人，力不从心。"吴强同志想了想说："经你这一提，我倒想起一个人。他叫曹致佐，是上海人，在马鞍山市文联任文学工作者协会执行副秘书长。"

1984年10月，工人出版社、安徽省作家协会在马鞍山市联合召开"全国城市改革文学创作座谈会"，156位各地有名望的作家应邀出席，吴强也参加了。于光远发来了题为《作家应该为勇于冲破阻力的改革者鸣锣开道》的贺词。曹致佐受安徽作协主席陈登科的委托，负责筹备这次会议。他把组织、宣传各项工作都安排得很周到，事事令人满意。在会议结束的宴会上，有几位凭着酒劲，抑制不住自己的兴奋，大声说："这次会议的安排事事顺当，样样到位，小曹干事的能力太棒了！我们工人出版社欢迎曹致佐来工作。"《光明日报》记者张胜友大加夸赞："这个曹大个子可是个人物，会议开得这么好，开得有声有色，是他忙里忙外，独当一面。太能干了。"

就在你一言我一语都表示想要把曹致佐调到本单位的说笑之间，陈登科又气又恼地说："你们也欺人太甚，我在尽地主之谊，你们真够意思，吃了喝了，还要夺人之美。这成何体统！要人，休想，要喝酒，我奉陪到底。"

会议结束后，袁鹰（人民日报文艺部原主任）告诉吴强，冯牧（中国作协原党组书记）已看中了曹致佐，他说，中国作协就是需要既能创作又能干实事的干将。原打算调两个人，一个是光明日报的张胜友，一个还在物色中。现在他已有意于曹致佐。会后组织大家上黄山。陈登科嘱告小曹要一路照顾好吴强。登山的一路上，曹致佐一直陪伴左右，交谈甚欢，他给吴强留下了深刻印象。春节他在上海探亲时，吴强还特意上门来看望，问他工作变动了没有，曹致佐说他不想去北京；陈登科找他谈了两次，要他到省作协当副秘书长；作协秘书长贾梦雷也打电话催他，他都没有答复。吴强犯了疑，问他为何不想高就，他说自己是独养儿子，父母在上海，想回上海。

  吴强接着介绍了曹致佐的情况：他和肖马、杨履方合作创作的电影《青春似火》由北影拍摄并已经公映；独幕话剧《青出于蓝》由马鞍山市话剧团上演，安徽人民出版社出版了单行本；短篇小说《心在坟墓里》引发了全国的争鸣；他的短篇小说《魔力》在《人民文学》发表并产生了反响。

  吴强和我有着深交，陈登科也是老熟人。新中国成立后，我担任共青团安徽省委书记项南的秘书，与文化界、文艺界都很熟悉。陈登科是出名的陈老大。陈老大和吴强看中的人，我当然另眼相看，也就萌生了引进这一人才的想法。那时人才已经可以流动了，我就拜托吴强与曹致佐联系。吴强一口答应。过了大约半个月，吴强对我说："曹致佐一听有希望调到上海作协，笑着说：'我难道额角头碰上了天花板？！'谈到最后，他希望夫妻俩一起调，不想夫妻分居。"我听后心凉了半截。因为当时上海有规定，人才调动只能调一人。正当我觉得勉为其难时，吴强胸有成竹地说："我看也可以作为人才流动来商调。"他接着说，小曹的爱人叫郁佩瑛，也是上海人。邓小平复出后抓整顿，当全国各方面的工作有了起色的时候，冶金部副部长叶志强到马钢调研，发现机修厂木模仓库的郁佩瑛创造了一套用数据来管理上万件木模的科学管理方法。不久在冶金部全国设备管理的现场会议上，郁佩瑛的"三点一线"管理方法获得一致好评，被冶金部命名为冶金部科学管理的十面红旗之一。"四人帮"被粉碎后，万里任安徽省委书记，未经马钢安排，直接来到木模仓库视察。后来，他和郁佩瑛的一段对话广为流传：

    马钢党委书记崔书记说："想当年，这面红旗差一点被砍掉。"

万里问："怎么回事？"崔书记气愤地说："在反击右倾翻案风的时候，有人说，木模仓库是邓小平复辟资本主义的试验地，是黑旗不是红旗，竟擅自决定召开批判大会。"万里问郁佩瑛："挨整了？"郁佩瑛摇摇头："会没有开成。""为什么？""那天传来了'四人帮'被粉碎的消息。"万里听后仰天大笑："小郁，我俩同是天涯沦落人，相逢何必曾相识！"大家都好奇地等他说下去。"1976年，'四人帮'的爪牙曾经三次要开会批斗我：第一次是7月27日，铁道部副部长郭鲁派人到医院通知我，明天召开批判大会，结果第二天凌晨，发生了唐山大地震，没开成。第二次是9月8日，郭鲁又派人到医院，要我做深刻检查，结果第二天毛主席逝世了，我又幸免于难。第三次是10月5日，郭鲁又派人到医院通知我说7日要开大会批判我，结果时隔一日'四人帮'垮台了。我夫人边涛说，你真命大，三次都让你逃过一劫。小郁，我们同是天涯沦落人啊！"临别，他对郁佩瑛说："我俩，相逢何必曾相识，由相识而相知，我希望'三点一线'会有新的发展。"

经吴强这样一介绍，我心里就有底了，便说："曹致佐的爱人，是不是也可以以特殊人才来商调呢？"

不久，经我们党组讨论，同意引进这一人才，并提请调动郁佩瑛。作协组织人事室由我分管，我便交代邬森梅处长办理调动曹致佐之事。人事局很快答复，同意调曹致佐。郁佩瑛一年后准时调动。

曹致佐来报到后，先被安排担任《作家与企业家报》负责人。不到三个月，《作家与企业家报》便在社会上产生了很好的影响，并且在锦江小礼堂组织召开了几次作家与企业联谊的大型活动，还出版了彩色专刊。曹致佐这个人，既有上海人的机灵，又有北方人的豪爽。不管大事小事，只要交给他，就不用操心了。不久，他凭借出色的活动能力，策划和组织28位作家，为上海大型企业的厂长、经理立传，创作了报告文学集《历史正深情地凝视》。上海市委组织部部长赵启正欣然命笔为此书作序。接下来没有几年，由他组编的5

本报告文学集相继出版。其中一本歌颂教师的专集，市长朱镕基看完书稿后大加赞赏，还建议书名为《师颂》，并欣然命笔作序。

此后，吴强和巴金、于伶、王元化、柯灵商量，为了推动发展上海的文学事业，打算成立上海文学发展基金会，并首先确定曹致佐为副秘书长。

曹致佐在这几位元老的指点和帮助下，白手起家，里外奔波，终于圆满完成了上海文学发展基金会的筹备工作。我们老一辈的都知道，上海文学发展基金会的成立，曹致佐功不可没。

更让我惊喜的是，不久，人民文学出版社出版了他的17万字长篇小说《用微笑迎接风暴》。1989年10月在上海召开了作品讨论会，《人民文学》杂志原常务副主编崔道怡，中国民间文艺家协会党组书记、中国当代文学研究会副会长兼秘书长刘锡诚，《文艺报》主编吴泰昌，人民文学出版社编辑赵水金专程来上海与会。会上，吴泰昌首先发言："曹致佐这部长篇所塑造的改革者的形象，是一个把自己缩成一只球，然后在减少摩擦中滚动着前进。这是一个别开生面的人物形象，有着典型的意义。"接着赵水金说："我看完来稿，非常激动，立即给曹致佐写了回信，我认为作品的题材与时代的脉搏扣得较紧，选择的矛盾冲突角度也较新；作品提出的改革策略对人们有启迪作用；你对作品所反映的钢铁厂的生活、人物、事件都是熟悉的，力图塑造的十一位性格各异的人物也各具形态，有的人物能给人留下较深印象，尤其可贵的是作品通篇洋溢着作者对生活的热爱以及对未来的向往，突出了作者反映新时代歌颂新生活的强烈社会责任感。"

1989年10月7日，《文艺报》刊登了崔道怡的评论文章《执着于抒写改革的艺术耕耘》，文中说："《用微笑迎接风暴》以细腻明快的笔触，直接又正面地描绘一座工厂实施改革的全景与过程。它所塑造的姜厂长，正是八十年代初期面对技术浪潮的冲击卓然挺立从容创新的改革者形象。"

文艺评论家刘锡诚所撰写的《改革者之歌》一文，被1990年5月号的《文论月刊》刊载。他说："曹致佐的长篇小说《用微笑迎接风暴》，写作和出版于一些作家对于近距离、及时地捕捉风雷激荡的生活主旋律自觉不自觉地产生了某些偏狭观点和心理障碍的今天，他的思考和追求表明他在艺术上就不是

张军（右）与曹致佐

一个随波逐流、易于受人影响的作者。这是很值得称道的艺术性格。"

《社会科学》1990年第1期发表了复旦大学中文系教授、比较文学与世界文学专业硕士生导师王宏图的文学评论《在微笑背后》：

> 改革伊始之际，文坛就涌现了蒋子龙的《乔厂长上阵记》、张浩的《沉重的翅膀》等一批反映改革历程的力作。随后人们又读到柯云路的《三千万》、水运宪的《祸起萧墙》等优秀作品。近年来，这类题材的作品失去了前些年的势头，滑入了低谷。此时，曹致佐的《用微笑迎接风暴》，以其新的内容和探索，为改革文学提供了诸多启示。

回想往事，感慨甚多。我之所以不厌其烦地写了致佐调来前后的情况，以及其他几件事情，无非是想联系他的作品看他的文品和人品，再联想到古代文论中的论述，"道因文而生，文道相依"，文品即人品。用现代话来说，文如其人。如今，曹致佐虽已步入垂暮之年，但他还是充满活力，埋头纵横于自己的笔墨世界。从这部纪实文学中可以看出，他在艰辛的创作中心汇千端，知人论世：写人饱含情感、用心映照；述事看似纵心随意却深蕴理念。透过字里行间，能感悟到他自始至终在追根溯源中求索；许多发自内心的议论，出自幽深而善于深沉的思考。这本书，可以说凝注了曹致佐的文学造诣和文字功力。

　　写到这里，就此打住。聊抒所感，不尽所怀，不知当否。

（本文作者张军为上海市作家协会书记处原书记。）

目录
CONTENTS

01 序：厚积薄发终有时

001 周总理与上影的不解之缘

009 与民同乐的伟人风采
　　　　记周恩来与黄宗英

019 用亲切的呼唤一锤定音
　　　　记周恩来与秦怡

029 翰墨情深颂青松
　　　　记李準与张瑞芳

037 酒肉豪情
　　　　记陈登科、李準、吴强、鲁彦周、
　　　　肖马、贾梦雷的一次聚会

060 小画巨幅爱无涯
　　　　记马烽、孙谦、朱丹、李準、黄胄、
　　　　杨履方、肖马、韩美林的一次聚会

068 我给钟伯伯当快递员
　　　　纪念钟望阳百年诞辰

[1]

078 巴金与陈登科心有灵犀

085 以书相赠寄深情
　　　记巴金、吴强、陈登科、肖马的一次畅谈

093 《红日》凝结着陈毅的真知灼见

102 一本没有送出的《红日》
　　　纪念吴强百年诞辰

106 铁骨红梅
　　　记陈登科与刘海粟

117 草莽文人　山东好汉
　　　记陈登科与韩美林

128 北影的绝唱

133 书生意气　侠义心肠
　　　记白桦与韩美林

142 开创警营文化的先行者

149 劫后余生的重逢

152 何须惆怅近黄昏
　　　记张军

157 乐善好施，深明大义

166 毗邻"太白楼"的"江上草堂"
　　　记林散之纪念馆筹建始末

192 古稀老人的长途跋涉
　　　记徐中玉先生

202　时间让河水变得清澈
　　　　记白桦与蓝天野

209　"牛"的海侃和"马"的嘟囔

212　大处着墨墨未干
　　　　记电影《林则徐》作者吕宕

223　《布谷鸟叫了》
　　　　记杨履方的起伏人生

232　梦在凤凰湖

246　杨雅琴的似火青春

254　大洋彼岸遇知音

266　诗人导演孙瑜

277　孙瑜和"大孩子"聂耳

290　白痴啊白痴
　　　　记"北京大学世界传记研究中心创始人"赵白生教授

305　书痴啊书痴
　　　　记"文坛刀客"韩石山

320　从钢城走向世界的音乐家刘敦南

329　文苑花絮

343　长泪难书送别情

347　那些年，那些梦
　　　　记作家曹致佐先生

周总理与上影的不解之缘

1973年,我进京参加"北影电影创作编剧学习班"。这是"文革"中第一个破土而出的有关文艺创作的专业讲习所。

当时,全国只有八个样板戏,文艺创作在"无产阶级文艺要占领一切文艺阵地"的政治口号的打压下,早已偃旗息鼓。那么,北影怎么敢在江青的眼皮底下,明目张胆地兴师动众?

是敬爱的周恩来总理,不但为被批得体无完肤的电影《李双双》鸣冤叫屈,而且对它褒奖有加。

1973年4月14日晚上9时,周总理在人民大会堂上海厅,接见以廖承志为团长的中日友协访日代表团。这是"文革"中第一次外派的出国代表团。全团54人,大多数都是受到过"无产阶级专政"迫害的各界代表人物。从团长到团员名单的确定,都是经周总理亲自点名,并几经周折和斗争才得以夺定。尽管团员中的许多专家、教授、劳模、民主人士有着丰富的出国经验,但对这次出国无不感到战战兢兢,如履薄冰。况且团里还有江青的亲信于会泳、浩亮和其他跟随他们的"革命左派"。周总理足足谈了两个多小时,鼓励大家要敢于讲话,不要因怕说错话而不说话。他谈到新中国成立的时候,全部民族资本家的资本只有22亿元,是一笔很小的数目,不要为定息①而不安。他询问工会工作、妇女工作、农村工作,各方面的代表都一一回答。当谈到文艺界情况的时候,周总理情绪开始有些激动起来,他问为什么不允许黄宗英去深入生活,他谈到严凤英的死是由于没有人关心她。"要关心人啊!"周总理一再强调说。最令人难忘的是,周总理用相当长的时间谈到了《李双双》这部影片,他不无气愤地连声说:"《李双双》影片有什么问题?是作者有问题?是工分挂帅?为什么要批判?它错在哪里?把我都搞糊涂了。"全场沉默。周总理严峻地问国务院文化小组负责人:"于会泳,你说,为什么要批判?"于会泳支支吾吾:"我没有经手这事。"周总理又问:"浩亮,你说!"浩亮没敢回答。周总理转向李炳淑,问:"你是演员,你看这电影有什么问题呢?"李炳淑说:"总理,我说不清楚。"周总理又对谢冰心说:"谢冰心同志,你是老评论家了,你说说看,这部影片有什么问题?"谢冰心说:"当时看过,觉得不错,现在记不起具体内容了。"张瑞芳感到自己是当事人,不能不讲话了,就说:"1962年放映的时候它是好的,如今看来它不符合样板戏总结出来的'三突出'创作原则,李双双算不上是英雄人物,因为她阶级自觉性不高,只能说她有朴素的阶级感情。她作风简单,时常和人吵架。她学习文化只看识字课本,她没有学习《毛选》……"周总理听后沉默了一会儿,说:"李双双做了很多事情,都是为公的嘛,只是她丈夫的思想有点中间,要历史地看这个影片,整个影片的倾向是好的嘛!现在,连李双双的歌也没人唱了……"周总理托人给北影的导演谢铁骊、摄影师钱江带话:"群众不只看样板戏,也需要看故事片,你们可以拍些故事片嘛!"

周总理在大庭广众之下为影片《李双双》恢复名誉的讲话,和对钱江、谢铁骊的嘱咐,仿佛一股强劲的春风,把笼罩在北影上空的阴霾一扫而光。

---

① 定息,指中国在对私营工商业实行全行业公私合营后,按资本额付给资本家股息的形式。

周恩来接见张瑞芳（周恩来纪念馆供图）

北影人奔走相告，无不感到十分鼓舞。在郊区大兴县黄村五七干校接受劳动改造的"臭知识分子"陆续回厂，被关押在秦城监狱的崔嵬也重见天日，被长期审查、批斗的"牛鬼蛇神"也被迅速解放，并纷纷重新走上工作岗位……

导演凌子风去河南林县（今林州市）参观碰到了已经"解放"的李凖，便把周总理肯定《李双双》的讲话告诉了他。李凖是《李双双》的编剧，他怔住了，反复问这是真的吗，凌子风一次又一次地做了肯定。李凖哽噎着连声说"谢谢、谢谢"，眼泪夺眶而出。

北影就是在这一背景下，冲破重重阻力，经国务院批准，在全国率先举办"北影电影编剧创作学习班"。与此同时，拍摄电影的各项准备工作有条不紊地全面展开了。

还没过一个月，1973年12月初，一股又一股阴风搅得人心不安。一会儿报纸上说什么"当权的只顾埋头拉车，不知抬头看路，跑得再快，也是'旁门右道'"，一会儿说"当务之急不是'批林批左'而是'批林批右'"。

这些话虽然没有指名道姓，明白人一眼就看出，其矛头就是影射敬爱的周总理……于是，一种不安和压抑的气氛在北影的大院里逐渐弥漫开来。

一天晚上，我去李凖房间，想请教创作上的问题。李凖早在"文化大革命"前已驰名文坛。他的电影《老兵新传》《李双双》是家喻户晓的佳作。我对这位作家仰慕已久，有空就去他房间求教。推门进屋，我吃了一惊，李凖正掩脸而泣。我急问："老李，你怎么了？"他难过地咬咬嘴唇："心里闷得慌。"我就说："你不舒服我陪你去医院。"他摇摇头："我没病，是心里难受。"他顿了顿，压抑地说："前几天周啸邦来告诉我，说最近报纸上的口径变了，看样子是把矛头对准了周总理。我急忙去图书馆看报纸，看后肺都气炸了。"他捏紧拳头，狠狠地摇了几下，然后又克制住自己的激动，说："党的'十大'以后，1972年到现在，中央的日常工作实际上由周总理主持。许多老干部相继复出。全国的生产形势和各个方面都在好转。你看看这几天的报纸，一会儿说什么'当权的只顾埋头拉车，不知抬头看路，跑得再快，也是"旁门右道"'，一会儿说'革命左派宁要社会主义的草，也不要资本主义的宝，绝不会跟着走"旁门右道"'，咋的又要阴阳怪气，指桑骂槐。这么一来，周总理不是又处在被动挨打的地位了？"沉默，沉默了好长一段时间，李凖低沉地说："弄得不好，又要乱了。"我着急地说："不会这么糟吧。"李凖长叹一声："难说，周总理主持中央工作不议政，这不成了大是大非的路线问题。"我一时不知说什么好，便说："看得出你对周总理挺有感情。"他答道："那当然，我见过他3次。第一次是在1956年……1962年春天，《李双双》在全国公开上映，受到全国观众热烈的欢迎。有一天，瑞芳从北京给我打来电话，她激动地说，李凖，我告诉你，周总理看了《李双双》，非常喜欢，那天总理还请我在他家吃了饭，总理说，今天不是请你来吃饭，而是请'李双双'来我家吃饭。在吃饭时，总理又说，李凖的小说原来是写妇女办食堂的，现在电影是说李双双推行记工分的，情节变了，但人物性格没有变，依然个性鲜明、生动活泼，可见作家一定要深入生活，李凖要不是生活底子厚，这个电影怎么出得来。听到这个消息，我整天都处在万分激动之中。总理那么忙，居然连我的小说也看了！到了五六月份，第二届电影百花奖评奖时，总理说，'今年的百花奖我投《李双双》一票'。后来,《李双双》获得第二届百花奖故事片大奖,同时还获得其他五项奖。百花奖颁奖时,总理也出席了,还讲了话。当时我在河南信阳于家村搞社教。工作团的领导劝我请假去北京,我也真想去北京领奖,但我还是没有离开工作岗位。那天晚上我在一间破旧的茅屋里听了广播,听到总理的声音好像看到了总理……"

我说:"你失去了一次可以再次看到周总理的机会。"他点点头:"后来瑞芳告诉我,周总理是准备接见我的。唉,那时我咋的那么愣!"

李凖的回忆,给我留下了深刻印象。

为时3个月的电影创作学习班快结束了。北影从19个剧本中和参加学习班的21名作者中,最终决定采用3个剧本,并留下5名作者进行电影剧本的创作。我很幸运,北影要我把话剧《青出于蓝》改编成电影《青春似火》,并由资深编辑周啸邦扶持和负责我们的创作。当晚,周啸邦请我们安徽的6名作者(贾梦雷、韩传林、张锲、祖光益、黄敬堃和我)到他家吃饭。他喜滋

1957年,周恩来在中南海会见电影界的女演员后在紫光阁前合影
(周恩来纪念馆供图)

周恩来总理和文艺工作者在一起（周恩来纪念馆供图）

滋地举起酒杯，笑着告诉我们一个好消息，毛主席批评了江青，周总理已安然无恙！而且毛主席在与周总理谈话时透露了不仅要让邓小平副总理进入中央政治局、中央军委，还要让他担任中央军委的领导的意向。这一从天而降的喜讯使我们激动万分。

大家兴奋地碰杯，一饮而尽。话题从政治到我们即将投入的创作，又从创作到许多经典电影。在列数了一部又一部故事片后，我们又谈到戏曲电影《红楼梦》。

周啸邦说："上影拍《红楼梦》，其实倾注了周总理不为人知的心血。"我们都盯着他，他喝了一口酒，便讲开了："1961年夏天，上海越剧团赴朝访问载誉归来，周总理在人民大会堂接见了徐玉兰、王文娟等演员，我舅舅应邀陪坐。周总理说，《红楼梦》在朝鲜的演出大获成功。今天我为你们请来了一位知名的红学专家王昆仑同志，也是现任的北京市副市长。"

周啸邦夫人韩蔼丽插话："王昆仑是啸邦的舅舅。"

"周总理对我舅舅说，上影拟定要把《红楼梦》拍成电影，为了加深演员对《红楼梦》的理解，希望你给演员们讲一讲《红楼梦》。舅舅立刻滔滔不绝地讲了他对《红楼梦》的见解，又说，北京的恭王府就是《红楼梦》中大观园的遗址。大家不妨去参观一下，也许这对拍电影会有所启发。周总理便说，昆仑同志的建议很好，安排一下，我好陪你们一起去。过了几天，舅舅接到总理办公室电话：要他立即赶到恭王府。舅舅驱车抵达，总理已经先到了，上海越剧团的徐玉兰、王文娟等同志也进园了。"

……

贾梦雷说："'文化大革命'前，电影《红楼梦》风靡全国，但是大家并不知道这是在周总理的直接关心下拍成的。"

韩蔼丽说："这一点是肯定的，不过，并非仅此一部，总理关心的可多呢。我和啸邦的毕业论文，就是写《论周恩来和革命文艺事业的发展》。"

我插话："你俩是同学？"

韩蔼丽点点头，说："我们是北大中文系的，61 年毕业，啸邦分到北影，我去了鲁迅纪念馆。"

我说："原来你俩是天生一对啊！还共写论文。说说看，你们论点的依据。"

周啸邦说："总览新中国成立后的文艺事业，文艺的发展、各种形式的文化载体、各种戏曲剧种，都能听到周总理的讲话和指示。还有，他与作家、演员、学者、专家都建立了深厚的友谊。于蓝、黄宗英、新凤霞、袁雪芬、常香玉、严凤英……都成了西花厅的座上客。"

韩蔼丽打断了啸邦的讲话："啸邦，刚才谈的是你舅舅与周总理的关系和《红楼梦》的拍摄。你还记不记得《林则徐》的拍摄，也得到了周总理的关心？"

周啸邦忙说："当然记得。在周总理的倡导下，文化部举办了建国 10 周年献礼影片活动，全国观众喜爱的《林则徐》《聂耳》《万水千山》《永不消逝的电波》等优秀影片，都诞生在这个时期。"

韩蔼丽说："我俩为了写论文采访了史平。"

史平是北影编导室党支部书记。她 1938 年投身延安进抗日军政大学学习，后来在周恩来与邓颖超的关心下与钱江结婚。新中国成立后，她被派往长春电影制片厂，1951年调上海组建上海电影制片厂，1956年又奉命北上筹建北京电影制片厂。

周啸邦说："史平告诉我们，当周总理得知上影要拍《林则徐》，便找来电影协会的负责人袁文殊。他说，在广州看到了刚发现的鸦片战争时期三元里群众抗英的诗歌，很有气魄，充分反映了当时中国人民反抗英帝国主义侵略的英雄气概，对拍摄《林则徐》这部影片有很大的参考价值……周恩来把抄来的三元里诗歌托袁文殊带到上海，交给郑君里，叮嘱要好好研究。后来，电影《林则徐》里面群众抗英的场面和一些细节，就是从三元里这首诗歌所提供的形象，演化为电影艺术形象的。"

我不但被电影《林则徐》的题外话所吸引，而且眼前晃过了三元里老百姓抗击英国侵略者浴血奋战的壮烈场景，不由发出惊叹："真没想到，《林则徐》这部优秀影片，同样凝聚了周总理的心血。"

四十年前，我在北影电影编剧创作学习班学习时，意外感知到周总理对作家无微不至的关怀、对《李双双》爱憎分明的表态、对《红楼梦》拍摄前的循循善诱、对《林则徐》的分外关心。这三部影片，都是我国电影史上的经典，都是由上海电影制片厂拍摄并引起全国的轰动。黄宗英曾经多次说过，"周总理对上影拍的许多电影和许多演员都怀有深深的情结。我们也从他的关怀中，深深感受到他那可敬、可亲、可爱的人格魅力。一想到周总理对电影事业的关心，我胸中一股崇敬爱戴之情就涌动于心。"

与民同乐的伟人风采

记周恩来与黄宗英

我和黄宗英是同事,都是上海市作家协会的专业作家。40年前,我在北影创作电影文学剧本时,一谈起她,旁人几乎众口一词,都对她赞赏有加:"影坛才女,文苑美人。"记得1990年5月,她在市文联的友人陪同下,来到浦东看望我。那时我正在下海,开办了上海作协下属的东辰实业公司。她虽已六十出头,依然保持着修长的体态,步履还是那么轻盈,看上去就像四五十岁那般俊美。尤其那对在银幕上闪动着灵光异彩、似乎会说话的大眼睛,依然令人销魂,引人遐想。她很健谈,说正在酝酿写一篇文人下海的报告文学,自己有切身体验,有些文坛好友也有这方面的经历。今天她想听听我的感受。我坦率地告诉她,下海前凭的是头脑发热、一时之勇,试身商海,方知海阔无涯、海深无底。那么为什么有些文人能如鱼得水?我们的话题就此展开,从宏观谈到微观,形成了共同的看法:凡是商场得意的文人企业家,像张贤亮,自身有着从商的潜质，加上不怕风浪的胆识和灵敏的商业眼光，决定了他在机会面前不但敢于铤而走险，而且善于因势利导地以小博大。

我们越谈越欢。她的一颦一笑动人心魄。当各自谈了下海的得失后，她意味无穷地感叹道："与其他作家相比，能够在改革大潮中投身商海随波逐流，或沉或浮，是多么美好的一次深入生活的体验啊！无论经历多少或胜或败的欣喜和苦涩，当我回首这段经历，总像沙里淘金那样，扬弃掉污泥浊水，而保留下来的，却是那些闪光的、最珍贵和美好的回忆。"说完一仰头，嫣然一笑，鲜红的嘴唇略微上扬，露出了整齐的牙齿，白白的，亮亮的。她年届花甲，眼睛依旧异常明亮，居然还独具少有的美貌。也许是情感的作用，我倏然之间想起了李白"一枝红艳露凝香"和白居易"梨花一枝春带雨"这两句诗。不论是年轻的黄宗英，还是现在姿色依然的黄宗英，可以毫不夸大地说，昔日有着与牡丹同色的艳红，如今颇像与白同色的梨花。

时光荏苒，岁月匆匆。去年我们在作协大厅为她恭贺九十大寿。她已不是俏丽若三春的美女，而是仪态万方、一头银发闪闪的老寿星。这一次我要前去采访她，为了避免唐突而至，事前请好友陆正伟与她电话联系。陆正伟是作协老干管处处长，他征得黄宗英同意后陪我如约而至。

一看到她，我不由一阵欣喜。她已穿戴整齐端坐在靠椅上。虽年华垂暮，却一点都没有腰屈背弯的老态。她示意我坐在她的身旁。挨得近，便能仔细打量她。她那对曾经闪动着灵光异彩的眼睛，虽然已不复当年有着令人沉醉的魅力，但依然像水晶一样澄澈。

我直截了当地问她："宗英大姐，据我所知，你和周总理过往甚密，那么你第一次见到周总理是在何时何地？"

她早知我的来意，缓慢地述说起来："1950年，我从华沙参加了保卫世界和平大会回来。"她微微举起手比画着，动作有些迟缓，但姿势很优雅。

我插话："50年，刚解放不久，你就有幸出国参加国际会议？"

"是啊，那年25岁，也不知怎么会选派上我。我们这个代表团，团长是郭沫若，副团长是巴金，电影界的还有孙道临。"她用小指理了理飘垂在眼角的发丝，这么一个小小的动作却依然散发出她特有的美人风韵。"回国后我们住在北京饭店。第二天午后，有人轻轻敲门。随团的工作人员介绍了身旁的一位同志说，他有事找你。他说，黄宗英同志，有位首长要见你。我问是谁，是什么时候？他说现在就去，去了你就知道了。我背上装得鼓鼓囊囊的背包跟着他出了饭店大堂乘上等候着的小汽车。车子很快开进了一座城楼，后来才知道是新华门。不消片刻，车子在一座院子前停下。陪我的人把我引进大院。走进会客厅，他说了声你先等一会儿就告辞而去。我不知道这是何处。也许是倒时差的原因，等了一会儿，觉得浑身软绵绵的，便靠在沙发上打了几个呵欠就睡着了。不知睡了多长时间，当我睡眼惺忪地醒来时，发现身上盖着一件大衣。正在纳闷，从里间一前一后走出两个中年人。这一男一女我并不认识，他俩正对我亲切地笑着。那男的说，我一眼就认出你是黄宗英。我疑惑地问，你们是什么人？那男的说，我们是夫妻，是为大家办事的工作人员。女的说，我叫邓颖超，他叫周恩来。一听男的大名叫周恩来，我又惊又喜，腾地从沙发上跳起来，赶紧过去分别握住他俩的手，激动地说，您就是大名鼎鼎的周恩来总理！周总理笑着说，大名鼎鼎的是你，不是我。在上海提起黄宗英，谁人不知哪人不晓。我赶紧分辩，不，我不过是个配角。你却不同，未见其人，先闻其声。抗日战争时期，你在国统区支持上演了许多话剧，包括有进步意义的《屈原》。你的'本是同根生，相煎何太急'的诗句，感天动地，名扬中外。你……邓颖超截住我的话头，说，你演的电影我们都看过，恩来非常欣赏你演的角色，《甜姐儿》里的甜姐儿、《乌鸦与麻雀》里的房东太太，你还演过其他许多角色，那些性格鲜明的不同的舞台形象和银幕形象，很难让人相信都是由你一个人所创造。邓颖超的这番话讲得我心里甜滋滋、热乎乎的。不过我也颇感不安，毕竟自知演戏仅仅是浅尝辄止，是凭借本色灵光一现，正想转换话题，周总理笑着问我，甜姐儿，这次出席保卫世界和平大会有什么感想？我不假思索地回答，和平一定会在全世界赢得胜利！周总理和邓颖超交换了一下眼神，我看出他俩对我的回答似乎很满意。这时我想起带着的那个包，便赶紧打开摊在桌面上说，这是收到的各种小礼物，你们看。周总理和邓颖超蛮有兴趣地一样一样翻看着，还不断发出赞赏。正当周总理把手伸向一个小洋娃娃时，我已抢先一步把洋娃娃抓在手里，撒娇似的说，除了这个洋娃娃，其他我都可以送给你们。周总理哈哈大笑，对着邓颖超打趣说，这个宗英，还是蛮有性格的，敢于捍卫自己的利益。这，好，好。他又转过脸对着我说，你放心，君子不夺他人所爱。你啊，童心未泯。我见周总理如此洒脱，谈笑风生，顿觉自己未免太小心眼了，便大方地表示，这些小礼品，除了洋娃娃，只要你们看得中，我都可以拱手相送。周总理问邓颖超，宗英一片盛情，你说怎么办？邓颖超说，宗英借花献佛，我们怎能不领这份情。结果他俩挑了两只团徽。我马上把团徽别在他俩的胸前。"

宗英大姐讲得有声有色，我不用记录已全都深深印在脑子里。我盼望她能讲出更多日常生活中的周恩来。只见她未语先笑，满脸的笑容就像盛开的花朵。她的笑容让我感到她的心还是那么年轻，那么炽热。她为何而笑？笑得热情洋溢。我急等下文，她笑吟吟地开言了："我想起一顿不同寻常的饭局。说饭局，其实不过是四个人，说得更确切些，是两个人的开怀大吃。这两个人，就是周总理和阿丹。

"说来也怪，我每次到北京，周总理都会知道我落脚在何处，他也一定会打电话请我去西花厅做客。1965年上半年，我和赵丹入住西苑宾馆。第二天就接到邓大姐的电话，说总理要请我俩吃饭。当晚我们去了西花厅，总理亲自去厨房端上了烩干丝、红烧百叶结、红烧肉、红烧狮子头。他还告诉我们这几样菜由小超大姐亲自掌勺。我颇为高兴地扫了一眼雪里蕻炒肉丝，这是我的最爱，便急不可待地举起筷子夹了一撮先尝为快；赵丹又惊又喜地瞪大了眼睛盯着红烧肉和红烧狮子头，啧着嘴连声叫道，一看就大开胃口。我和邓大姐虽然吃得津津有味，但饭量有限。周总理见我俩菜过五味，便说，看来你们两位女将习惯吃得半饱。我搭腔说，少吃滋味多，多吃滋味少。邓大姐说，食宜半饱无兼味，可寿也！周总理立即顺水推舟说，那你和宗英就去客厅聊天吧，这样我和阿丹就可以想吃就吃，大块吃肉。我和邓颖超刚进客厅，邓颖超示意我躲在门角窥视。只见周总理用上海话说，侬这只馋佬乓，今朝侬可以撑开肚皮大吃特吃了。赵丹喜不自禁地说，总理，有你这句话，那我就要放肆地大饱口福了。说句心里话，一见了美食，我不知不觉就成了饕餮客，就是管不了自己这张嘴。周总理说，那好啊，你把一只只碗吃得底朝天，我才会打心眼里高兴。赵丹眉飞色舞地腾地站了起来，一边说着那我就不客气了，一边松开了帆布裤带；周总理见他赤膊上阵，也毫不示弱地解开了皮带。见这两个人对着红烧肉和红烧狮子头虎视眈眈的模样，邓大姐笑着轻声打趣，饿虎扑食，势必风卷残云。我惊得睁大了眼睛，我知道阿丹是性情中人，真担心他在周总理面前也会不拘小节，狼吞虎咽。更让我没想到的是，周总理也率性而为，摆出了大快朵颐的架势。阿丹旁若无人，大吃大嚼，还边吃边吟唱，吃肉要吃油，穿衣要穿绸……周总理也笑着插科打诨，'阿丹见肉就笑，一吃活力四射！'阿丹三口两口就吃下一只状如乒乓球大小的狮子头，大呼好吃，这个红烧狮子头好吃，真好吃。周总理说，你说好吃我就高兴。这个葵花肉丸啊，是我们苏北人的最爱。阿丹迟疑了一下，说，我知道总理你最爱吃红烧狮子头。不过你刚才怎么把它改名，葵花肉丸？周总理呵呵笑着解释，嘉庆年间，甘泉人林兰痴著的《邗江三首吟》中，也歌咏了扬州的'葵花肉丸'。其序曰：'肉以细切粗斩为丸，用荤素油煎成葵黄色，俗名葵花肉丸。'用这种做法炸出来的肉丸子色香味俱佳，便有人作诗咏之：'宾厨缕切已频频，团此葵花放手新。饱腹也应思向日，纷纷肉食尔何人。'阿丹听罢，惊讶得瞪大眼睛，忙不迭口地说，'没想到人见人爱的红烧狮子头，还有一番诗意雅韵。对我来说，今天真是双喜临门，享了口福又享耳福。'

"阿丹如虎扑食，又是红烧肉又是狮子头，举筷不断，吃得满嘴肉香。我却意外发现周总理虽然举筷享用，还一个劲儿地鼓动阿丹'横扫千军'，而他，吃来吃去只吃了一个狮子头。我颇感意外，急忙做手势暗示阿丹要口下留情。这个愣头青，只顾一时之快，全然没有看到躲在门后的我。没办法，情急之下只得挺身而出，对着阿丹说，总理讲你馋佬伓，你看看你的吃相，只顾自己也不顾别人。与此同时，我一个劲儿地向阿丹使着眼色。阿丹并没有领会我的用意，自嘲地说，我啊，一见到肉就食欲大增。我忍不住插话，总理，瞧你吃得不亦乐乎，其实你仅仅吃了一只红烧狮子头。你是想让阿丹吃个够。我看得一清二楚，你假戏真做。阿丹闻言大惊失色，我这个人，一吃肉就忘乎所以。他转向周总理，用抱歉的口吻说，周总理，我太放肆了。我这张嘴啊太馋了,太馋了。周总理正色道,阿丹,你怎么讲这种见外的话。你吃得越香,我和小超大姐越高兴。客随主便,皆大欢喜嘛。"

我和陆正伟被宗英大姐的精彩述说深深吸引。多么美妙的杯觥交错的热烈场景啊,多么动人心魄的以肉而引经据典的侃侃而谈!这难道就是生活中真实的周恩来总理?!宗英大姐脸上浮现的幸福笑容,那眼睛里闪动的深情的光芒,使我们感悟到,周总理的声音笑貌已经永远保留在她心里。同样,周总理可亲可爱的形象也深深印在我们的脑子里。

宗英大姐毕竟年事已高,对她的采访理应适可而止。正当意欲告辞,只见她的眼角溢出了泪水。

她用手帕拭泪,晶莹的泪珠却在眼里打转。看得出,一定有什么事触动了她而不能释怀。

我和陆正伟的内心充满矛盾。继续静候,又怕过多打扰到她。正想起身告辞,宗英大姐突然轻轻地自言自语:"救人一命,胜造七级浮屠。人与人之间,患难之中见真情!"

看着她欲罢不能的神情,我和陆正伟立即正襟危坐。她见我俩全神贯注地等她说下去,用回忆的口吻动情地讲开了:"1974年,我虽然已从'牛棚'回了家,但尚未'解放',还是'牛鬼蛇神'。我家住在湖南路8号,是个大院子。有一天,我从家里看到长久紧紧关闭的大铁门被豁然打开,紧接着慢慢开进来一辆小汽车。我很惊奇,我们这个院子里多的是被专政的'阶级敌人',这车子突然闯了进来,无事不登三宝殿。

"是来抓人的?看来凶多吉少。那么谁家又要大祸临头呢?我怀着忐忑不安的心情退到了屋角。反正一切都得听天由命。突然,我好像听到有人在叫'宗英大姐'。一声接一声,越叫越响。侧耳细听,听出这叫声虽然因叫得过响而有些失真,却很耳熟。这位不速之客是谁?我一边揣摩着一边走到窗前,朝院子里一望,不由一怔,还在直着嗓子叫喊的人似熟非熟。她穿着一套惹眼的礼服,一看就知道是有来头的。她是谁?这时她在邻居的指引下正朝我家走近,她的脸也越来越清晰。她还在一刻不停地叫着'宗英大姐',而我惊喜得张大了嘴巴,邢燕子!我终于认出了她,急忙夺门而出。她一看到我就快步奔过来扑向我，用力把我抱着，我也紧紧地抱着她。我俩抱着哭着，不知过了多少时间，我才语无伦次地问她：'你怎么来了？'她故意提高嗓门，声音响亮地说：'是周总理嘱咐我来看你的。'我简直不敢相信自己的耳朵，一个劲儿地重复4个字：'你说什么？你说什么？你说什么？'邢燕子字字清晰地叫着：'是周总理要我来看你。他还对我说，邢燕子，你的事迹是由黄宗英发现并写成报告文学而在全国广为传播，家喻户晓的，你可不能忘了她，一到上海就该去看她。'

"'是周总理叫你来看我？！'我的声音激动得颤抖着。

"邢燕子的嘴角漾开了笑意，肯定地点了点头，说：'一下火车，我就对来接我们的工作人员说，请给我派辆车，我要去看黄宗英同志。'对方一愣，支吾着说：'派车可以，不过……'我毫不客气地点穿了他：'你是不是做不了主？那你就请示上级领导。请转告他，在我们代表团出发前，周总理在人民大会堂接见了我们，当着我们五十多人的面问起了黄宗英。如果你们上海市革委会的领导有疑问，可以找廖承志团长求证，也可以问问张瑞芳大姐，她也是代表团成员，她也一定会告诉你们，周总理对许多还没有"解放"的老同志、老党员、老革命非常关心，对他们至今没有被"解放"非常不满。'

"我禁不住笑出声，说：'燕子，你怎么变了？讲话的口气咄咄逼人，那派头也是盛气凌人。'邢燕子搂着我压低嗓音说：'我是故意虚张声势，刚才一进院子就大叫大嚷，我相信隔墙有耳。我无非是想让那些王八蛋知道，你们到现在还把黄宗英压在石头下面是不对的。'"

听到这里，陆正伟一边笑着拍手，一边赞不绝口："妙，太妙了。邢燕子这一招，直截了当，一下子把要说的话用最快的速度捅到了那些有权有势的人那里。"

黄宗英抿着嘴笑了笑，诙谐地说："也可以说，在那个无法无天的年代，这是以毒攻毒吧。"

我和陆正伟应和着她的打趣，发出了痛快的笑声。

笑毕，我搭讪着说："宗英大姐，在60年代，我看过你写的《邢燕子》《小丫扛大旗》《特别的姑娘》。这三篇报告文学都震动文坛，在社会上引发了巨大的反响。邢燕子和侯隽先后成了全国知名的先进典型。"

黄宗英用无限深情的语调说:"其实,这里还有一个不为人知的秘密。是有人推着我、激励我秉笔直书。"

"是谁?"我和陆正伟不约而同地齐声问。

"是周总理。我每次去西花厅,总理都会问我,宗英,下生活了没有,有什么故事可以讲给我听?有一次,我给周总理讲了邢燕子回乡务农的故事:1958年,邢燕子初中毕业后,离开繁华的大都市,只身一人回到天津市宝坻县大钟庄公社司家庄村。她带着突击队员冬天砸开三尺厚的冰窟窿结网打鱼,晚上打苇帘子,把荒凉的北大洼改造成稻米之乡。周总理听后高兴地连连挥手赞许,好,好嘛,当一个有志向有文化的新农民,我赞成,我欣赏。他突然站在我面前,加重语气说,宗英,我无法告诉你我有多么激动,农村的发展需要一批有知识的年轻人当开路先锋,我们的农村太落后、太贫穷了。我当总理的着急啊!宗英,你要记住,只有中国的农村改变了,涌现出能改天换地的新一代农民,中国才有希望。你是作家,应该写出力作,要用笔讴歌献身于我国农业建设的优秀青年嘛。邢燕子,我们需要千千万万个邢燕子,下次来西花厅之前,我希望能读到你用热情和良知写出这样一个带着泥土气息的、有理想的邢燕子。

"我被周总理急农村所急的真情实感深深地感动了。我似乎从他的语气、眼神、手势中感受到总理急迫地想要改变农村落后现状的雄图大略。我暗暗下了决心,一定不能辜负周总理对我的嘱咐。之后我立即去了宝坻县司家庄村,和邢燕子同吃同住同劳动,由此加深理解了对周总理有关'只有中国的农村改变了,涌现出能改天换地的新一代农民,中国才有希望'的深刻见解,用真情实感写出了报告文学《邢燕子》。后来两篇《小丫扛大旗》和《特别的姑娘》也是在我讲完故事后,周总理提议我付诸笔墨。"

我说:"来之前我查阅了相关资料,了解到周总理在一个座谈会上说:我知道宝坻三个知青姑娘,还是宗英同志告诉我的。"

黄宗英含笑点头说:"对,总理讲过。周总理非常关心宝坻县三个'铁姑娘'邢燕子、张秀敏、侯隽的成长和发展。他是寄希望于这一代新式农民啊!"

黄宗英（左）与陆正伟

陆正伟问她："在你眼里，怎样才算得上是一个新式农民？"

黄宗英用深思熟虑的口气说："一想到周总理讲'只有中国的农村改变了，涌现出能改天换地的新一代农民，中国才有希望'这段话，恍如昨天。50年过去了，我更加理解了周总理的高瞻远瞩。农民，不能一个劲儿地低着头只看脚尖下那一小块土地，要像海员那样放眼辽阔的海洋，仰望无际的高空。"

宗英大姐，虽鹤发童颜，而她的思想依旧敏锐犀利，她的情怀依旧热烈澎湃！

结束这次采访后，我不胜感慨地说："黄宗英，正如人们评价的那样，影坛才女，文苑美人！"

陆正伟由衷地赞叹道："有人形容她是一朵漂泊的云，57岁时还随作家代表团赴藏，写出了蜚声文坛的报告文学《小木屋》；73岁时坐在北京中医药大学教室开始圆自己的大学梦。"

我用抒情的语气说:"她风姿绰约,腹有诗书气自华;她见解深刻,得益于周总理的身教言教;她虽不定地漂泊探索,却不断闪现出充满活力的动态美。"

用亲切的呼唤一锤定音
记周恩来与秦怡

挑选演员的工作告一段落,我准备抽空去秦怡家。出发南下选演员的前一天,演员秦文托我带给她女儿一百元钱。秦文是秦怡的妹妹,她把女儿寄养在姐姐家。说实话,秦怡是著名演员,过去蜚声影坛,名扬海内外,有机会上门拜访,一睹其风采,我为之兴奋不已。临行前,恰好上影文学部编辑刘果生前来约稿。交谈中我说起要去秦怡家的事,他就告诉我,秦怡家离上影文学部很近,距衡山饭店也不远,她的居住地在新中国成立前被誉为上海滩的"玫瑰别墅"。

新中国成立前,复兴西路44弄的7幢洋房,屋主是当时出入政界如入无人之境的蓝妮。她是何许人也?孙中山的儿子、时任立法院长孙科的二房。因她喜好玫瑰,这7幢洋房就被命名为"玫瑰别墅",新中国成立后收归国有并作为可供分配的房源。能入住的可不是一般的芸芸众生,都是高级知识分子和著名人士。秦怡住在2号楼。

我轻轻敲了敲门。门开了，一位中年妇女很客气地问我有何贵干。我说有事来看秦怡，她迅速打量了我一眼，旋即侧身一旁说，她家在二楼。上到二楼，迎着楼梯口的门半掩着，我刚敲一下，里面就有人应声问谁啊，我回答："是秦文要我来的。"响起一阵轻微的脚步声，门开了，伫立在我面前的就是秦怡。她笑靥迎人，温文尔雅地做了一个请的动作，并说"请"。以前，我被她在画报上、海报上、银幕上美丽高贵的形象深深吸引。现在我所亲眼看到的是一个真实的秦怡，未施粉黛，穿着中袖对襟夹袄，下穿毛蓝布中裤，一副家庭妇女的打扮。可以说，这身打扮在上海滩司空见惯，就像弄堂里的王家姆妈、周家姆妈。可是在见到她的一刹那，她那白皙的肤色、秀丽端庄的神态，却让人立时感到从她身上所散发出来的一股魅力慑人魂魄。

客厅不大，家具也很普通。一张老式的双人沙发，对面是两把已经油亮的藤椅。我刚落座，秦怡已端上一杯白开水放在藤制的茶几上。我拿出信封交给她，说："这是秦文带给她女儿邓星的。"话音刚落，从一旁的侧屋传来问话声："是谁，来客人了？"秦怡悄声说："是我大姐。"她走过去开了半扇门，小声说："是文妹托人给星儿带钱来了。"从屋内传来一阵嘻嘻的笑声，并说："你要代星儿谢谢这位好心人啊。"

秦怡随口说道："很失礼，也没有什么好招待你。"我大大咧咧地说："我是不速之客，惊动了你，还要请你原谅。"秦怡说："你说到哪儿去啦，你不远千里，帮我家办事，真该谢谢你。"我说："顺便捎带，不值一提，倒是能登临贵宅，我真的不胜荣幸。"秦怡自嘲地一笑："你别讲客气话了，我是什么人你难道不知道？资产阶级的孝子贤孙、修正主义的反动艺人……被批得臭不可闻，是过街老鼠人人喊打……"我截住她的话头，真诚地说："如果我把你看成众矢之的，必定望而却步。我倒觉得，一切对你的诬蔑和扭曲，纵使倒脏水泼污泥，也无损于你的美好形象。"听我这么一讲，秦怡定神看了我一眼，脸上浮现出淡淡的释然的笑容。忽然，她用抱歉的口吻说："对不起，竟忘了请教尊姓大名。"我答道："我叫曹致佐。"她打量了我一眼，问："你和秦文是同事？"我想了想说："不是，不过现在可以说是。"她笑了："你真有意思，给我说起绕口令了。"我赶紧解释："我和肖马、杨履方合写了一个剧本《青春似火》，秦文在戏里饰演一个角色。"秦怡惊喜地说："好啊，她有戏演了，真为她高兴。噢，等一等，你刚才说，和你合作的人中有一个叫杨履方对不对？""对。""是不是写《布谷鸟又叫了》的那个杨履方？""就是他。"秦怡高兴地说："这个人我知道。在50年代早期，他的《布谷鸟又叫了》、海默的《洞箫横吹》可以说震动了影坛，红遍了全国，被赞赏为第四种题材。不过，他俩也因为这第四种题材，被批、被压得抬不起头来，成了被狠揭猛批的靶子。"她很快口气一转，说："你看看，我提20年前的往事干什么？噢，我想起来了，他在南京军区，你是？""我在马鞍山钢铁公司工作，是工人业余作者。""那你们一个在军队，一个在地方，怎么会一起合作写剧本？""他是被赶出部队，转业到马鞍山市文化局的。""原来如此，扫地出门，他和陶玉玲一样，都从南京军区被赶了出来，唉……"她凝神思索了一阵，突然问道："你说你是马钢的业余作者？""是的，我在马钢机修厂工作，是画线工。""让我想想，让我想想，噢，想起来了，去年文妹来上海，闲谈时她说有一个马钢的工人业余作者，真勇敢。那时，周总理有二十多天没有露面，北影从上到下都在传，周总理可能已经身不由己。大家对周总理的安危万分焦虑，忐忑不安。就是在这种情况下，一个马钢的工人业余作者在茶话会上，哭着举杯敬祝周总理健康长寿，还连着三次。他的真情表露，说出了大家的心声，也发泄了大家的忧愤。看来，你就是那个敢爱敢说的曹——曹——曹致佐！"我淡然一笑，说："我当时也不知为何情不由己，一时感情冲动，随口一说。"秦怡用她晶莹的眼睛望着我赞赏道："你这个感情冲动好啊，随口讲出的是真话，是真情的流露。秦文告诉我，自那天起，你在北影人眼中成了可以信赖的工人业余作者。"听到这样的夸奖，我心里当然喜滋滋的，但也坦白地说，自那天开始，我才真正了解了北影人对周总理刻骨铭心的感情。秦怡说："不光是北影人，全国人民都是打心眼儿里爱戴、崇敬周总理。就说我自己，曾多次受到周总理的关爱和帮助。"

我在北影曾听说电影《浪涛滚滚》在面临不依不饶的非议之时的遭遇，就说："我在北影看过你主演的《浪涛滚滚》……"

秦怡不胜惊疑地反问:"你看过《浪涛滚滚》?!"

我肯定地点点头:"看过。"

"这部片子已被打入十八层地狱,怎么能放映?"

"是以大批判的名义,才拿出来让我们识别什么是香花、什么是毒草,然后以三突出的创作原理,对这部反动影片进行揭深批透。"

秦怡正视着我问:"那你们是怎么批的?"

"我们学习班的学员多数都到图书馆找报纸依葫芦画瓢,并作为批判的武器,一次又一次地以大批判开路,然后一次又一次地带着革命警惕性来看毒草影片,你演的《北国江南》我也大饱眼福。"

秦怡微蹙的眉头舒展开来,笑着说:"你太会开玩笑了,什么大饱眼福,就不怕中毒?"

"中毒?!看完《浪涛滚滚》,就开批判会,人人言辞激烈,把这部片子批得体无完肤。散会后,几个相交甚密的学员私下里议论,都说秦怡演得好,有好几场戏演得非常到位,非常精彩,这是一部扣人心弦、正气凛然的好影片!"

听我这么一说,秦怡忍不住笑了:"小曹,你是想让我开心吗?你应该讲实话,要把片子的缺点和不足实言相告。"

我耸耸肩,两手一摊,说:"这确确实实是我的观感。大多数人也赞赏有加。"

她那红润的、丰满的、轮廓分明的脸庞上泛起了笑容,不过仅仅是笑一笑而已,继而她又深深叹了口气,压抑地说:"不瞒你说,我对自己的表现也打了90分。在投入拍摄前和进入拍摄后,我一心想把角色演好。可是,天不遂人愿,一出片,就遭到水利部的强烈反对。"

我听周啸邦讲过这一风波的来龙去脉,但我还是愿意听秦怡再说一遍。秦怡不紧不慢述说起来:"《浪涛滚滚》通过讲述一个大型水库的建设过程,反映工业战线上领导之间保守与革新的思想斗争。影片努力塑造了对党无限忠诚、对革命事业高度负责的几位老干部,描写了他们的工作、生活以及个人的欢乐和苦恼。"

我插话:"你在剧中出演的主角党委书记钟叶平,和她的丈夫,水利局局长陈超人,在提前一年完成拦洪的计划上发生了尖锐的冲突。"

"对,最初在剧本征求意见时,电影局局长陈荒煤亲自审定,各方面皆反映很好。我们在1965年春天拍完全部样片。中宣部副部长周扬看后说:'这个戏写得很好,拍得很成功,写了很多人物。秦怡成功塑造了党委书记钟叶平这个人物,可以说,这是秦怡从事电影创作以来,继《北国江南》以后的另一个引人瞩目的角色。'中宣部领导对影片的充分肯定,令我们整个摄制组欢欣鼓舞。但是,当摄制组请水利部领导审查时,他们却持否定态度,不仅提出许多意见,还着重指出,水利部从上到下不存在陈超人、魏晶莹这样品质低劣的党员干部。北影和水利部各执己见,争论不休。周总理听说影片触礁后,百忙中抽空来到北影厂审看了影片。当时,北影和水利部双方的领导全在场,都在等待周总理的表态。看完影片,周总理环顾了大家一眼,很随和地说,可以改一下嘛。说完径直走向我,一边与我热情握手,一边说,钟叶平同志,你在水利战线干得很好啊!当周总理叫钟叶平同志那一刹那间,我蒙住了,等恍然明白后激动得热泪盈眶。这何尝不是明确的表态,一切都在这一直呼其名之中。北影人个个笑逐颜开,水利部的各位面面相觑。"

听了秦怡的介绍,我说:"我在北影听好几位北影人讲过这件令他们终生难忘的往事。周总理真是机智通达,巧妙地对影片做了肯定。"

"是啊,周总理简简单单的一句话和对我风趣的问候,顷刻间就为《浪涛滚滚》疏通了河道。"她沉醉在幸福的回忆之中,脸上丰富的表情使她变得更美了,而眼睛里闪动着的奇异光彩,美得回眸一笑百媚生。

她又往下说:"这对我们摄制组是极大的鼓舞。导演成荫立即投入剪辑修改工作,影片也得到了水利部的认可。可以说万事俱备,只等公开上映。可是,美梦没有成真,'文化大革命'开始了,《浪涛滚滚》被扣上歪曲共产党员的形象、恶毒攻击党的领导的'大帽子',被打成'大毒草',而我也难逃厄运,况且随着大破大立如排山倒海之势推展开来,我的从影生涯也被来了个算总账,成了'反革命修正主义在文艺界复辟资本主义'的急先锋。"

讲完,秦怡沉默了,她的脸色渐渐地阴沉下来。几分钟过去,她还是沉默无言。又过去几分钟,她依然一声不响地坐在那儿。我心里明白,她有委屈,有不平,有遗憾……她慢慢抬起头,失神地仰望着天花板,而她沉闷的表情使我感到她的心在沉落,还在沉落……我不知该怎样安慰她,该怎样抚平她心灵的创伤。突然,她轻轻地开口了:"小曹,一回想这件事我很难过。不过,我可不是为了一个角色、一部电影的夭折而难过,也不是为了对我从事电影工作的否定而难过。我是想不通,想来想去想不通啊,明明是周总理肯定的人物和电影,怎么说否定就否定了?!周总理肯定过那么多的演员、学者、作家、艺术家和各类作品,怎么都成了'反革命''大毒草'?!我想不通,我难过啊!"

她脸色苍白,身子还打了个微战,用深沉又缓慢的语调说:"周总理1961年在新侨会议上强调文艺工作要民主,要符合艺术规律,反对套框子、挖根子、抓辫子、扣帽子和打棍子……在香山游园时,对《达吉和她的父亲们》的小说和电影的好坏,周总理和赵丹、黄宗英还有过各不相让的争论。小曹,你知道吗?在我们电影界,黄宗英是去过西花厅最多的一个人,她见过周总理的次数比我们多得多。1962年,在广州会议上周总理强调,12年来我国大多数知识分子已有了根本的转变和极大的进步,是非常明确的。3月6日在话剧、歌剧创作会议上,快人快语的陈老总,做了那个著名的'脱帽加冕'的讲话:'有些人说,我们跟共产党走了12年,共产党总是不相信我们,还是把我们当成外人看待。这样下去怎么行呢?这个问题必须解决。经过反复的考虑,昨天我对科学家讲话时,讲得很尖锐。周总理前天动身回北京的时候,我把我讲话的大体意思跟他讲了一下,他赞成我这个讲话。他说,你们是人民的科学家、社会主义的科学家、无产阶级的科学家,是革命的知识分子,应该取消资产阶级知识分子的帽子。今天,我跟你们行脱帽礼。'在这两个会议上,周总理、陈老总的讲话,句句沁人肺腑,至今言犹在耳,可是,怎么说被践踏就践踏了?一个大国总理,他的权威和尊严是至高无上的,怎么屡遭挑战,受尽屈辱,一想到这些,我有太多的不平、太多的疑问……"

我顿时明白,秦怡的苦不堪言并非出自患得患失,而是想得更深刻、更尖锐。如果说,先前我曾一度感觉到她的心在沉落、沉落,那么此时此刻,

周恩来接见秦怡（周恩来纪念馆供图）

我感觉到她切肤的隐隐之痛直抵内心深处！说这番话时她的全身在战栗和瑟缩。不消说，她的内心装着太多深邃的却又难以自圆其说的思考，充满着触及灵魂且自相矛盾的、无法排解的困惑……

突然，她发出轻轻的悲叹："总理啊，忍辱负重，心比天高！"说完，一滴眼泪掉落在膝盖上，又是一颗……我望着她痛切之情溢于言表的神态，揣摩她的内心一定充满着爱恨交织的矛盾和无法言说的纠结。

她终于拿出手帕轻轻地拭抹泪痕。完了，微微仰起脸对我报以歉意的一笑，说："对不起，我失礼了。"

我诚恳地说："不，言为心声，看得出你对周总理一往情深，我更加敬重你了。由你我想到了北影的史平、于蓝，还有陶玉玲、红线女、张瑞芳。你们在不同的地点、不同的时间所显现的真情实感，说明你们的感情是相通的，和我们大家也是心有所系，情有所致。秦怡老师，今天能够登门拜访，还承蒙接待。我不虚此行，得益匪浅。"

"小曹，你真会讲话，讲得让我转忧为喜，还感到言不尽意。"

我们正谈着，猛然间，从过道里走出一个学生模样的小青年。他身材高大，相貌堂堂，可是走路却一颠一颠，嘴里还不断念念有词。秦怡凑近我耳边说："我儿子金捷。"说完，她起身上前扶着金捷，用哄小孩的口气说："小弟乖，听话，回房去。"她刚扶着儿子走了几步，金捷突然叫了起来："妈妈不是反革命，妈妈不是反革命，你才是反革命！"我大惊，没想到金捷是一个精神不正常的人！金捷还挣脱了秦怡的扶持，一边嘴里不断重复刚才那句话，一边在客厅里转了一圈。末了，在秦怡又拉又哄的劝导下回到他的房间。

我为之愕然！弄不清这是怎么回事。秦怡回坐到沙发后苦笑着说："他小时候患了精神分裂症，前几年造反派几次上门抄家，还把小弟单独关起来，逼着他交代我的反革命罪行，他一次一次地大喊大叫，我妈妈不是反革命，我妈妈不是反革命，你才是反革命，从此以后他病情加重，时好时坏……"

大大出乎我意料的是，秦怡讲这番话时，居然没有带上任何感情色彩，她很平静，没有如诉如泣，也没有恨声不绝。我凝望着她，她沉静得就像一汪湖水，虽然水波不兴，但又有谁知道其是深是浅？！哀莫大于心死，无疑，她已经将悲哀埋在心底的深处。然而，从她对儿子的倍加呵护也可看出，她对儿子的关爱情深似海。如果说，过去、现在，我被秦怡仪态万方的美深深吸引，那么此时此刻，我对她在遭遇不幸后对儿子所付出的爱，深深震撼，并肃然起敬。

秦怡转换了话题，正谈着，从内房传来含混不清的叫喊声："水，水……"秦怡动作敏捷地倒了一杯水进入内屋。不一会儿，她回来落座前对我歉然一笑，说："是金焰，他病在床上已经有十多年了。"

我的心咯噔了一下，说什么也想不到，秦怡竟然与三个病人同处一室。看得出，她无时无刻不在服侍他们。她真不容易啊，得付出多少精力？！可是，我想得更多的是，如果没有秦怡温情脉脉地唤起他们继续生活的勇气，如果没有秦怡用纯真的爱点燃他们早就奄奄一息的生命之火，那就不会有这十几年的生命延续！这是一种多么伟大的待姐如母、相呴以湿、舐犊深情的情感啊。我用敬佩的眼光端详着她，她啊，像天使般美丽。

又谈了一阵,我起身告辞。她说她也要外出,不如一起同行。她进了内房,稍后出来时已换了一套衣裤:小翻领的蓝色春秋衫,黑色斜纹布的长裤。脚蹬半新不旧的小圆头黑皮鞋,手中还拿着一只面粉袋。她说,要去买米。

其实这是一句极其普通的话,在上海的弄堂里、过街楼下,经常能听到这句"去买米"的口头语。此刻,听到此话从秦怡的口中说出,我却深感不同寻常。在我的想象中,进出大雅之堂的明星是不可能与背着米袋的家庭妇女画上等号的。可是现在,让我偏偏碰上了,而且要买米背上米袋的不是别人,恰恰是有着花容月貌的大美人。

我把这些想法藏在心里,搭讪着说:"你真辛苦,还要亲自去买米。"

她坦率地回答:"没有办法,金焰、大姐、儿子、女儿、侄女都得靠我照料。以前有一个保姆,长年在我家,现在再留着,那又要罪加一等。不过这几年我已经做惯了。"

我惊讶地明知故问:"那全家的家务事全由你担着?"

她不以为然地笑笑,说:"我不做谁做?"

我哑然不语,心中却在翻江倒海:丈夫长年病瘫床上,姐姐病如废人,半残的儿子时好时孬,正在上学的女儿和侄女还得由她照顾。这是多么沉重的家庭重担啊,竟然由她——美如宝玉、秀似翡翠的天使来承担!她能扛得起、挺得住吗?活生生的事实告诉我,她啊,用中国妇女的传统美德、知识分子的良知、艺术家的精细,硬是撑起了这个家。俗话说,铁肩挑重担,柔情暖人心。而她,我真想朗声吟诵:"情义挑重担,情意暖人心!"

我凝视着她的面孔。长长的睫毛,深邃的大眼睛闪闪发亮,我觉得她真是太美太美了,美得闭月羞花!忽然间,我想起了周恩来总理曾经赞美她为"中国最美丽的女性"。

出了弄堂,左转没走一会儿便到了乌鲁木齐北路,她告诉我,这条路上有菜场,有许多杂货店。毋庸置疑,她平时一定经常拎着菜篮子穿街过市,到附近买日常用品,无异于一个忙里忙外的家庭妇女,是一个殷勤的主妇。

我提出可以帮她把米背回去,她不肯。经过她再三拒绝,我不得不遂她所愿。她走远了,她的背影竟然也是那么优雅。其实,她的穿着在当时一片灰蓝的世界中别无二致，但是，只有她，才会把一套大众化的布衣布裤穿出上海人独有的迷人的海派风情。

这是为什么？同样的穿着，她却能与众不同，风姿绰约。我寻思，我推敲，我想到了两个字——"善良"，内心的善良品行和圣洁的情操，由内而外所焕发出的韵味，自然使她的美丽呈现出高贵气韵和绝世无双的漂亮！一言以蔽之，这何尝不是一个鲜艳夺目的光辉形象？这一有情有义、有血有肉的感人形象，也是秦怡在生活中自然而然地用心血凝成的！没有任何人为的雕琢，没有任何刻意的做作。可以毫不夸大地说，能与她以前创造的所有形象相媲美：《铁道游击队》中的芳林嫂、《摩雅傣》中的母女俩、《北国江南》中的银花、《青春之歌》中的林红、《林则徐》中的阿宽嫂、《女篮5号》中的林洁、《浪涛滚滚》中的钟叶平……

导演成荫说："秦怡天生丽质，不管从哪一个角度拍摄，她的面容总会美得摄人魂魄；即使她不化妆，上镜后也美得像一首诗、一幅画！"

我想，如果说，是电影把她精湛的演技和国色天姿般的美丽从上海引向全国，引向世界，并成了上海一道永恒的风景，那么，她的善良、温情、对家人的爱和责任，必将定格为上海滩上又一道独一无二的风景！

写到这里，我仍然言犹未尽，禁不住还想秉笔直书：大家都知道，秦怡的漂亮令人怦然心动，然而她的美丽恰恰掩饰了她灵魂的痛苦：她虽然有一个看似完整的家，却有着非比常人的艰难，而她唯能用博大的爱来自我化解、悄悄释放内心的苦楚。她的苦远不止于此。可以说，她无时无刻不在忍受着无尽无穷的孤独。殊不知，远离银幕，她的心已经支离破碎。正因为心已支离破碎，她对周总理对电影事业和文艺工作无微不至的关怀更加难以忘怀。

翰墨情深颂青松
记李準与张瑞芳

友人来访，谈笑间，他指着挂在墙上"朝辞白帝彩云间，千里江陵一日还。两岸猿声啼不住，轻舟已过万重山"这幅字的落款问我："是不是写电影《李双双》的李準？"我点了点头。他惊呼道："真没想到，他的书法功力非同一般，线条多顿挫，结体以魏楷居多。"当他得知我还有李準的其他字，便催我快拿给他看看。我从书柜中拿出一枚信封，倒出几片残破的宣纸，说："这是1974年李準送我的一幅字。只因对保存字画的无知，酿成破碎之憾。"友人不禁叹息："已经有41年了！可惜，可惜。"遂与我把碎片拼成原貌，虽有残缺，但整幅字还是清晰可辨："大雪压青松，青松挺且直。要知松高洁，待到雪化时。"

他赞叹道："这是陈老总的一首诗，表面写松，其实写人，整幅字墨气升腾……"

见他兴趣盎然，我就讲述了这幅字背后鲜为人知的故事：

1974年，毛主席对《创业》"此片无大错"的批示和对《海霞》的关心，使这两部已经被宣判"死刑"的影片重获新生！紧接着又传来了毛主席同意中央为贺龙元帅平反昭雪的好消息！原本已逐日恶化的形势转眼之间枯木逢春……那天，招待所来了一位不速之客——张瑞芳。李凖没想到她会大驾光临，喟叹道："七年，七年未见面啦！"张瑞芳端详着已经两鬓斑白的李凖，叹了口气："身不由己，不堪回首。不过，去年我们还通过两次电话。"李凖连声说："对，对，对，是周总理接见你以后你打来的。"听说张瑞芳来了，我和肖马、杨履方都涌入李凖的房间。李凖刚要介绍，张瑞芳已迎前一步，仔细打量着杨履方。杨履方笑着逗趣："瑞芳大姐，认不出我了啊？"张瑞芳说："让我想想，你是，噢，你就是在1956年炮制大毒草《布谷鸟又叫了》的杨履方。"杨履方呵呵笑着说："在下正是。"李凖说："原来你们都认识。"杨履方说："我去天马电影厂改剧本时，电影《母亲》快拍完了。瑞芳大姐饰演主角母亲，经常相遇，也就认识了。"他停顿一下，接着说："正因为认识早，我还知道一个不为人知的秘密。"李凖追问："什么秘密？"杨履方一一道来："电影《母亲》的原型，就是瑞芳大姐的母亲。也就是说，是女儿演了自己的亲娘！"我们大为惊诧，杨履方继续说："原型杜廉维是一位革命母亲。1936年入党，生有4个孩子。她的丈夫张基，曾任保定陆军军官学校炮科科长。张瑞芳11岁时，张基担任第二次北伐第一集团军陆军中将炮兵总指挥，不幸以身殉职。蒋介石特送挽幛——'精神不死'。瑞芳的大哥张伯弨，黄埔军校的学生，1945年12月，廉维在重庆亲手把他交给了周恩来。长女张楠，1936年入党，1938年奔赴延安。妹妹张昕，抗日战争时加入了地下党，她的丈夫，就是前文化部副部长陈荒煤。"没等老杨讲完，大家发出了阵阵惊呼："哟，哟，哟，多么显赫的一个革命家庭呀！"李凖惊疑地问："老杨，你怎么如数家珍？"杨履方答道："当年，在天马厂和海燕厂，瑞芳大姐的家史成了美谈。她家被赞誉为革命家庭，她的母亲，是一个光荣的革命妈妈！"肖马深有感触地说："《母亲》这部电影我看过，那种伟大的母爱，含辛茹苦的执着，爱憎分明的情怀，使我从内心升起了崇敬之意。张大姐，你演得真好！"张瑞芳看了看肖马，扭头转向李凖，问："这位？"没等李凖开腔，肖马提醒道："我们可有过一面之交啊！"张瑞芳疑惑着说："是有点眼熟。"肖马简单说出6个字："在军事博物馆。"张瑞芳恍然大悟，兴奋地说："我想起来了，十年大庆时，我去北京参加庆祝活动，在《大别山农民起义》的油画前，你介绍了创作经过。"李準咧嘴笑着说："这幅油画很有名，我也去欣赏过。肖马，原来是你创作的。"张瑞芳寻思着说："等一等，我记得，作者是姓严……"肖马做出解释："我原名严敦勋。"张瑞芳欣然一笑："这么说我没有记错，真是幸会，幸会。"杨履方说："有缘总会喜相逢。有朋自远方来，不亦乐乎？"

他们交谈时，我一直在悄悄打量张瑞芳，她的嘴上始终挂着一丝微笑，举手投足之间，无不流露出一种令人倾慕的优雅气质。

李準问张瑞芳："瑞芳，你咋会大驾光临？"张瑞芳说："我来京看望二姐，听好为说，你正住在北影招待所写剧本。多年不见，怪想念的，今天就赶来看你。"李準问道："你说的好为，是不是《海霞》的导演王好为？"张瑞芳答道："对啊，我二姐的女儿。"李準哈哈大笑："每天都在食堂见到王好为，不知道她就是你的外甥女。"他略一停顿，便问："你二姐从事哪一门艺术？"张瑞芳说："她不搞艺术，从事理论研究，以前是《红旗》杂志社的办公室主任。""晤，也是在中央高层供职啊！""这有什么好大惊小怪的，还不是'牛鬼蛇神'？"李準开玩笑说："彼此彼此。"张瑞芳说："不，眼下已彼此有别，你已重新握笔，我和二姐呢，仍然被扔在一边。我们的处境，'流光容易把人抛，红了樱桃，绿了芭蕉'……"说完重重叹了一口气。

杨履方看着张瑞芳沮丧的样子，似乎动了恻隐之心，忧郁地说："芭蕉叶绿，樱桃果红，季节转换，可叹由盛而衰。"肖马说："这首一剪梅的词，使我想起了李清照'绿肥红瘦'的名句。对人来说，意味着青春不再。"李準见他们借诗释怀，情绪趋于低落，便故意笑出声："肥也好，瘦也罢，花开花落，回黄转绿终有时。《创业》遭封杀，《海霞》被打入冷宫，如今，花落谁家？！"他又笑着大声说："瑞芳，你的心情我理解，我们都是过来之人嘛。你听我说，前面有好事等着你呢。""好事？想拍电影，没有我的份，每天看着天花板干瞪眼。"李準抑制不住自己的兴奋，加快语速说："我正在创作的《大河奔流》，要写成上下集。剧中的主要角色，地主家的女长工李麦，非你莫属。"张瑞芳半信半疑地睁大眼睛："你说什么？哄我？"李凖一字一句地接着说："我是专门为你打造的角色。我再透个风，我在剧中写了周总理。我是含着眼泪用心写出了周总理的博大胸怀。谢铁骊看了创作提纲后说，在中国银幕上还没有出现过周总理的艺术形象。他发誓说，自己的下半生，要为创造周总理的银幕形象而尽心竭力。"李凖的热情感染了张瑞芳，她又惊又喜地说："诚如你所说，我盼望你的'大河'能早日'奔腾'起来，我也希望自己能够'随波逐流'，我一定会把全国人民对周总理的爱戴，融化进创造角色的情感之中。我相信，由你编剧、由谢铁骊导演的电影，一定能把周总理的人格魅力，形象逼真地展现在全国人民的面前。"她的脸上大放光芒，沉浸在一阵高过一阵的激动之中。

片刻后，张瑞芳似乎想起了什么，忙说："昨天我二姐带回来一首诗，大气磅礴，意味无穷，那是歌颂老一辈革命家的心血力作，也可以说是讴歌周总理的真情实感。"李凖催问："什么诗拨动了你的心弦？快说。"张瑞芳清了清嗓子，开口朗诵："大雪压青松，青松挺且直。要知松高节，待到雪化时。"李凖听罢，连称好诗，问："谁写的？"张瑞芳说："陈老总。""是陈毅元帅？！"杨履方惊得睁大眼睛，"哇，怪不得豪气激荡，大笔如椽。"肖马问张瑞芳："你从哪儿得到的？"张瑞芳回答："我二姐从同事那儿抄来的。据说是陈小鲁（陈毅之子）传出来的。"李凖顿挫有力地赞叹道："借物咏怀，表面写松，其实写人。写人坚忍不拔、宁折不弯的刚直与豪迈，写出了不畏艰难、雄气勃发、愈挫弥坚的精神。如果现在有笔墨，真想挥毫抒怀。"话音刚落，杨履方便搭腔："老李既然想龙飞凤舞，我们就应该笔墨伺候。"

于是，我就去新街口买来了宣纸和笔墨。当李凖定下神来要研墨，张瑞芳从他手中夺过黑墨为他研墨，研着研着，不觉她的眼泪夺眶而出；几乎与此同时，李凖的眼泪一滴又一滴地滴到了砚台中。见此情景，举座动容。旋即，李凖深吸一口气，拿笔蘸饱那掺泪的墨汁，用那发乎于内心的笔触一气呵成，真可谓技惊四座。杨履方惊叹道："没想到李凖的毛笔字写得如此之好。用笔用墨浓重，线条多顿挫，圆中有折，以圆笔居多，虽不求流畅，却富有金石气息。"肖马也大加赞赏："读着李凖苍劲有力，用隶书所写的诗句，似乎看到了在一个严酷的环境中挺直起来的松树在进行不屈不挠的抗争,字里行间充溢着激荡豪气。"张瑞芳加快语速说:"这幅字让人想起了周总理大气凛然、陈老总刚直不阿的形象,想起那些老干部刚毅的面孔、勃发的神采、光明磊落的胸襟、任何时候也不肯向恶势力低头的人格。"

我边听边想,牢牢记住了各位的高见。那时的我就像一块海绵,随时随地吮吸着有益自强的真知灼见。同时,我也说出了自己的识见:"泣血而书,这幅字的意义已经超越了艺术价值本身!"

李凖闻言仰天大笑:"这是我当下最爱做的大事!"他尽情挥就了好几幅,赠予我们。

张瑞芳手捧条幅,深情凝视了许久许久。突然,她泪如泉涌,泣不成声。我们估计她一定是被什么触动了,那么是什么力量掀起她如此巨大的感情波澜?!我们一直静候在一旁,任她情不自禁,任她泪如雨下。

半晌,张瑞芳渐渐地把控住自己的情感,用抱歉的口吻说:"对不起,我失控了。"李凖洒脱地一挥手:"瑞芳,我理解你,我是用笔墨寄托深情,你呢,用泪水倾诉一腔爱戴之情!"张瑞芳连连点头,说:"看到你书写的这幅字,我却想起了另一幅与我朝夕相处几十年的墨宝。"话音未落,眼泪又模糊了。见状,李凖的眼睛也湿润了,哽咽着说:"我知道被你视为珍宝的那幅字。64年到上海,你请我到你家吃饭,瑞芳,你知道不知道,那天给我留下最深刻印象的是什么?"张瑞芳不假思索地回答:"当然知道,你出门时就谈了你的感受。""对,当时我难抑激动。"他转身对着我们说:"你们几位不知道。在她家的客厅里,正面上首挂着周总理的半身像,下首是一幅立轴:'闻鸡起舞',至于落款,你们知道是谁书赠的?"我们急等下文。李凖不紧不慢,语出惊人,说出了三个字:"周恩来!"

我们都把惊讶的目光转向了张瑞芳。她点点头,轻声述说起来:"1963年5月22日,我因出演《李双双》获得了第二届百花奖最佳女演员奖,是郭沫若给我颁的奖。周总理也参加了颁奖大会,散会后他请我到西花厅做客。邓妈妈亲自下厨。席间,周总理高兴地说,百花奖是广大群众投的票,我也投了《李双双》一票。你得奖了,说明我没有看错。"我就说:"那你也该奖励我啊。"周总理和蔼地笑笑，打趣着说："有当面要奖的吗？"邓妈妈对周总理说："既然瑞芳已经开口，我们也该略表心意嘛。"我说："郭老还写了一首诗赠送给我。"周总理笑吟吟地说："唷，他想得真周到，又颁奖又赠诗。"我随口背诵："天衣无缝气轩昂，集体精神赖发扬。三亿神州新姐妹，人人竞学李双双。"周总理赞叹道："嗯，七绝律诗，情真意切。那我可被难倒了……"我不假思索地说："在重庆时，我看到有几次您书写成条幅后赠送友人，所以，我就想珍藏您的真迹。"周总理双手交叉在胸前，想了一会儿，用商量的口气说："记得当年我写过4个字赠送叶挺的子女。反复写了相同的三幅。现在还存两幅。随你挑一幅，行吗？"我喜出望外。邓妈妈进书房取出后，放在桌上铺展开来，"闻鸡起舞"4个字便突现在眼前。邓妈妈解释道："小芳，'闻鸡起舞'，出自《晋书·祖逖传》。意思是，听到鸡叫就起来舞剑，后比喻有志报国的人要及时奋起。"我接过条幅，如获至宝，爱不释手。邓妈妈的所言所语，虽是10年前说的，如今言犹在耳。

听完张瑞芳的述说，屋内渐渐陷入沉静之中。大家都在思索张瑞芳不同凡响的独特经历，而内心似乎都被一种巨大海浪击着、拍打着，目光都不由自主地转向了李凖书写的条幅。肖马琢磨着问："瑞芳大姐，从'闻鸡起舞'到现在李凖书写陈老总的诗，你有何感想？"张瑞芳对着李凖所书的条幅注目良久，脸上甚至浮现了稍纵即逝的复杂表情，她想了想，说："在我眼中，总理的形象越来越高大，高可攀天！至于我，怎么说呢，坐了两年半的牢，出狱时头发都白了。讲到头发，我想起来了。1973年，周总理亲自组建了大型的访日友好代表团。廖承志被委任为团长，我也被选定为成员。那天一进人民大会堂，我就急切地想看到多年未见的周总理。啊，我终于看到他老人家啦，他啊，略显苍老，但风采依旧。我激动得真想冲过去扑在他怀里放声大哭。我有多少话要诉说？我有多少的问题要问呀？！然而，他一句看似极其平常随意的问话，把我已经丧失多年的灵性激活了，'你染头发了？'我眼睛一酸，却头一扬说，'染了。'周总理追问，'再长出来了，还染不染？''还染。'

"当天晚上，我久久不能平静。周总理短短两句话，恰恰说明他无时无

1985年5月，李凖在马鞍山太白楼挥毫题字

刻不在关心我、疼爱我啊！我情不自禁地想起几十年前在重庆追随他革命的一幕又一幕往事，想起他赠送我的墨宝，还有赠送我和金山结婚的礼品。那是一块手工制作的桃红色的台布，绣了几丛小花，人见人爱，有朋友问在哪儿买的，我总是笑着回答：'是亲戚送的！这个亲戚特别好，像父母一样关心我们……'"

李凖惊问："什么？周总理对你的结婚都有表示？！瑞芳，你真幸运。太难得了，太难得了。"张瑞芳不无骄傲地说："老李，你别大惊小怪，还有让你更惊讶、更想不到的事呢。"我们个个竖起耳朵听着。张瑞芳用深情的语调说："周总理还是我和金山的婚姻介绍人。不仅如此，我们这对夫妻在敌占区从事地下斗争，也是由他派遣并直接领导，与他单线联系。"

我们简直不敢相信自己的耳朵，但张瑞芳的所言所语一直在耳畔回响。她几乎带着传奇色彩的革命生涯，使我们更加理解她对周总理的深情厚爱。

李凖对张瑞芳注目良久，不胜感慨地说："瑞芳，你的人生经历不同凡响，瑞气、瑞香、瑞霞，芳草、芳华、芳菲酝成了你的独特气质，别人是无法拥有的。"

杨履方情不自禁地说："'闻鸡起舞'的精神力量给你的气质增加了一分魅力。"

肖马深沉地说："今天的幸会给我留下了难忘的印象，两幅字，一幅大饱眼福，一幅如雷贯耳。相距三十多年的翰墨情怀，却被一种至高无上的爱紧密相连！"

就在大家交谈之际，我突然发现李凖的落款怎么会错一个字，把"准"字写成"凖"？疑惑之际，我不动声色地轻轻拉了拉李凖，用手悄悄指了指"准"字。李凖看后随即仰天大笑，说："我可忘了解释了。我为何把落款的'准'字写为了'凖'，只是为了以正视听。近来，报纸上经常出现署名'李准'的革命大批判的文章。许多朋友来信责问我，你现在怎么变成极左派了。我有口难辩，那些文章可不是我写的啊。怎么办，干脆把简体的'准'改成繁体的'凖'。"大家因恍然大悟而百感交集。

静默了一会儿之后，我低头盯着铺在桌上的条幅，还用手指着说："老李这幅字，有他的眼泪，也有瑞芳大姐的泪水，也何尝不融合着大家的热泪、血泪！所以说，掺着泪水的墨汁墨更浓！"

酒肉豪情
记陈登科、李凖、吴强、鲁彦周、肖马、贾梦雷的一次聚会

参加《清明》杂志创刊活动的翌日下午,我应邀前往稻香楼。陈登科与肖马、贾梦雷谈得正欢,无疑他们还沉浸在由陈登科和鲁彦周共同创办的《清明》成功刊行的亢奋之中。创刊号刊登了陈登科和肖马合写的长篇小说《破壁记》,还发表了鲁彦周的中篇小说《天云山传奇》。陈登科昨天对我说:"明晚我请几位老朋友聚一聚,青年作者里找了你和祝兴义作陪。他孩子病了,急着赶回老家去了。"闲聊了一阵,我们来到院子里,鲁彦周也从他的房间走了出来。不一会儿,听到有人高兴地"咳"了一声,随即哈哈大笑。我说:"这好像是李凖吧?"陈登科点点头:"他正在创作长篇小说《黄河东流去》。你怎么知道是他?""这是他的老习惯,表示他写作顺利。"话音刚落,李凖吸着烟走过来,一迭声地说:"写完了,写完了……"李凖拍拍我的肩膀:"小曹,蚌埠南山宾馆一别快3年了……"陈登科说:"铁生(李凖小名),你和我一样,

陈登科（左一）、吴强（右一）

都喜爱小曹。"李凖说："从73年到76年底，俺在北影写《大河奔流》，小曹和肖马、杨履方合作《青春似火》，贾梦雷在写《万里征途》，我们相处了3年多……"说话间，一位中等身材、结结实实的壮汉，边走边嚷："来晚了，来晚了。"经介绍方知，他就是《红日》的作者吴强。我肃然起敬。当吴强得知我和肖马、杨履方是合作伙伴，顿时高兴地打量着我，说："我任南京军区文化部部长时，杨履方是我的老部下。50年代初，他写的《布谷鸟又叫了》、鲁彦周的《凤凰之歌》都红极一时。今天见到小曹就像见到杨履方。"他似有所思，说："想当初，华东作家协会成立后我调到了上海。杨履方一举成名后却还是一个单身汉，我与沈西蒙、白桦商量，给他介绍对象。挑来挑去，挑中了李子云。他俩谈了，没谈成，我给杨履方下了12字定语，'忠诚老实有余，风流倜傥不够'。"

进入餐厅刚就座，陈登科说："今晚要多加两只蹄膀、两瓶高沟特曲。"李凖纳闷地问道："你既然尽地主之谊，咋的不是安徽名酒古井？"贾梦雷解释道："高沟特曲的出产地是江苏涟水，是老陈和吴强的老家，他俩都为故乡酿造的美酒而感到自豪，'质朴其表，金玉其中'，这是陈登科的题词。吴强则写下了'高沟美酒醉香客，甜香醇浓传四海'的诗句。老陈每次到上海，或是吴强来合肥看望身在中国科技大学的女儿，他俩必定相聚喝上一瓶高沟佳酿。"

吴强说："老陈好这口，我更喜好闻酒香。我们村的小孩都会唱，'高沟大曲酒，开瓶十里香'。"

他的童腔童调引得大家捧腹大笑，吴强说："我唱几句你们就大惊小怪，如果我演戏呢？"他扭着身子演了一段淮剧《夺印》中的一个反面角色。

对他的表演满座皆惊又大笑不止。陈登科说："他真的会演戏，在新四军里真的有点小名气。当年在皖南，还演过阿Q呢。"

李準惊讶地睁大眼睛，"还登过台？！"

吴强对着李準瞪大眼睛笑着说："怎么，你门缝里把我看扁了？"

李準赶紧摇着手说："岂敢，岂敢。"

陈登科用插科打诨的口气说："铁生啊铁生，还有一个人，过去也经常登台表演，你对他是非常熟悉的啊！"

李準用惊诧的眼光扫过每一张他所熟悉的脸，摇着头说："我眼拙，看不出也猜不出谁会有这等能耐。"

鲁彦周含着笑说："老李，你真是有眼不识泰山。此人是谁？就是马上要成为你亲家的肖马。"

李準既惊讶又狐疑地朝肖马瞅了瞅，扔出一句话："别逗了，我未过门的儿媳妇严歌苓会唱会跳，至于严敦勋（肖马是笔名），他五音不全，能上台？"

贾梦雷说："老李，这个你就不知道了，过去我们省文联搞活动，大家一定会鼓掌哄肖马上台。他啊，每次学韩复榘演讲，总是引得大家捧腹大笑，满堂掌声。"

吴强顺手把肖马拉了起来，一个劲儿地催促道："肖马，我有好几个篇章都写到过韩复榘。这个军阀，胸中没有点墨，却要到处吟诗作词，闹出了许多笑话。今天，我倒要见识见识，如果你能把我们逗笑不止，我一定连喝三杯。"

肖马与女儿严歌苓

　　肖马一边摆开了架势,一边说:"老吴,去年在上海锦江南楼,你赢了我三杯,今天,君子报仇,十年不晚。"说完,装腔作势地开始表演:"韩复榘就怕老百姓取笑他是个大老粗。于是,每到一处,一有机会就要显摆显摆。有一次他到了大明湖,便对同僚们说:'大明湖此时正是春暖荷花开,水清蛤蟆叫,如此大好景致,理应作诗助兴。'同僚们都急忙附和道:'理应,理应,敬请韩主席作诗,吾等洗耳恭听。'韩复榘一脸春风得意之状,摇头晃脑地作诗一首:

大明湖，明湖大，大明湖里有荷花；

　　荷花叶上趴蛤蟆，咕嘎咕嘎又咕嘎。

"同僚们恭维着笑声不断：'主席诗才，好诗，好诗。'

"从大明湖出来，又去了趵突泉。趵突泉边建有女词人李清照雕像，文化气氛比较浓。韩复榘问：'这个女人是干什么的？'有随从回答：'是南宋时的一个女词人。'面对趵突泉，韩复榘雅兴大发：'不就是个写诗作词的嘛！'又口占一首：

　　趵突泉，泉突趵，三个泉眼一般粗；

　　咕嘟咕嘟往外冒，咕嘟咕嘟又咕嘟。

"吟毕，同僚们都竖起大拇指：'好诗，好诗，主席才思敏捷。'"

肖马讲到这里，李凖不禁笑出了声，说："没想到，没想到，OD（肖马的小名）还真的有两下子。歌苓会唱会跳还会写，真不愧是你的女儿啊！"话音刚落，肖马把酒瓶推到吴强面前。吴强毫不示弱地连灌三杯，然后挥着拳头说："肖马，我俩今天扯平了。为《清明》痛喝豪饮，值！"

陈登科笑着给大家斟酒："大同，他啊，乍一看，有派头，像个当官的。其实永远童心不泯，永远难解家乡情结。到处夸赞开瓶十里乡……OD，风流倜傥，其实他啊，不失幽默风趣。今儿个为《清明》我们嬉笑怒骂皆成文章，加上好酒溢香，大家应该一醉方休啊！"

李凖品了品含在嘴里的一口小酒，连声说："文友相聚，借酒助兴。再说，喝的是陈老大和大同的家乡酒，说实话，真是好酒，好酒啊！不说开瓶十里香，也称得上开瓶满屋香！"

吴强以拳击掌："这两个字改得好，既体现了我们苏北人的谦虚，又凸显了河南人的友善。"

李凖说："过去俺也爱喝酒。唉，现在受制于高血压……不过，今儿个与爷们儿同桌共饮,豁上了。"

吴强故意挑衅道:"你怎么个豁法?"

"为了《清明》,我也要和你先干上三杯。"

"乖乖隆地冬,你怎么冲着我来了?"

"实不相瞒,看《红日》我手不释卷。石东根醉酒纵马的情节,精彩!"

吴强用手往大腿上一拍:"酒逢知己,爽!这是我小说中的得意之笔。不过,电影里硬是把这段好戏给剪了。"

陈登科深表理解地说:"这话他不知讲了多少回了。几十年过去,他啊,还感到揪心一样疼痛。"

鲁彦周慢条斯理地说:"心血凝成的文章,字字珠玑,能不疼?"

肖马说:"疼归疼,所幸的是,《红日》的小说和影片,经过十年浩劫,又重获新生!"

贾梦雷说:"几十年过去了,《风雷》《李双双》《凤凰之歌》仍然为全国人民所喜爱,来,为好作品的长盛不衰干杯。"

说话间,服务员端菜上桌。陈登科见肉开颜:"这两只蹄髈多肥,炖得红通通的……"他夹起一大块肉送进嘴里,吃得津津有味。"一筷子下去全是肉,一口咬下满嘴流油,嘿,肉味香醇酱色浓,拍一下桌子肉都会抖动,整只蹄髈好像散落下来了。"

李凖先盯着蹄髈说:"你们吃得有滋有味,俺何尝不想闻香下马,见菜停车……"吴强看出李凖的犹豫,说:"我们家乡有个习俗,肥猪拱门,送福到家。想吃就吃。"他一筷子夹了一大块肉塞进嘴里。吃完对着李凖讲:"一戳就烂,入口就化,你干吗还要相看?"

李凖已抵挡不住引诱,夹了一小块肥肉送进嘴里,咀嚼后赞赏道:"肥而不腻,瘦肉油香!这肘子的火功使我想起了老北京'天福号'店门外的对联:'天厨配佳肴 熟肉异香扑鼻 过客闻香下马;福案调珍馐 酱肘殊味袭人 宾朋知味停车'。"

吴强说:"这副对联写得好啊!古人有许多赞美肉食的诗词。苏东坡在著名的打油诗《猪肉颂》中写道:'净洗铛,少著水,柴头罨烟焰不起。待他自熟莫催他,火候足时他自美。'"

肖马夹起一块皮烂肉酥的大肉,放在口里,细嚼缓咽,情趣盎然,吟诵起苏轼的《猪肉颂》:"黄州好猪肉,价贱如泥土。贵者不肯吃,贫者不解煮。早晨起来打两碗,饱得自家君莫管。"

陈登科吃了一块,立刻又夹了一块,说,"苏东坡对竹笋烧猪肉也情有独钟,'无竹令人俗,无肉使人瘦,不俗又不瘦,竹笋焖猪肉'。现在我斗胆略做改动:'无酒令人俗,无肉使人瘦,不俗又不瘦,好酒加肥肉。'"

"改得好。"贾梦雷呷了一口酒,兴高采烈地说下去,"热锅煸炒泛油珠,文火小坛煨烂酥。一缕鲜香封不住,引来众客共欢呼。"

瞧着这几位驰名全国文坛的墨客雅士的大快朵颐,我赶紧给各位斟酒。斟到鲁彦周时,他用手捂住酒杯,然后拿起茶壶倒了大半杯茶。李準疑惑地问:"老鲁,怎么不喝了?你只喝了半杯呀。"

鲁彦周说:"我一向喝酒不多。"

肖马说:"老鲁喝酒虽细细品味,不过,对他来说,'葡萄美酒夜光杯,欲饮琵琶马上催'。"

鲁彦周马上回敬肖马:"肖马看似小酌浅饮,其实,他啊'落花踏尽游何处,笑入胡姬酒肆中'。"

见大家喝酒谈诗,兴味盎然,陈登科说,"喝酒如品茗,小酌出真味,豪饮可抒怀。友人同桌共饮,小酌豪饮兼而有之,方能喝出境界。"他见我拘谨地坐在那儿,便问道:"小曹,你能不能喝?"肖马说:"小曹平时滴酒不沾。"吴强说:"人高马大不喝酒,杨履方人虽矮小却是海量,他在南京军区创作组时,每月要陪许世友喝两次,有一次喝了22盅茅台。"

贾梦雷说:"讲到海量,老陈也算得上一个。去年在京西宾馆,他和一个多年不见的老友,一人抱一瓶茅台,喝干为止……"

肖马说:"在省文联大院,老陈对喝酒颇有研究,至于我们,老鲁、梦雷,是一起喝'315'才上嘴的。"

李準不解地问:"'315'是什么东西?"

鲁彦周浅然一笑:"3加1再加5是多少?"

李準略一寻思，恍然大悟："喔，'9'和酒是同音呀！"

吴强追问："'315'是什么酒？"

贾梦雷娓娓道来："1968年，我们省文联已有32人被打进牛棚。'牛鬼'陈登科、'蛇神'那沙的待遇更高，被关进大牢。我们这批'牛鬼蛇神'，被斗得死去活来后，全被押送到毛主席视察过的舒城公社，接受贫下中农的再教育，继续挨批受斗。我住的是两间茅草房。我这间挤着8个黑作家，1号铺位是鲁彦周，2号肖马，3号是我，4号乔浮沉，5号江流……到了大冬天，北风呼啸，大雪纷飞，我们冷得瑟瑟发抖。没有办法取暖，于是江流带头睡前喝上几口山芋干子酒。我们几个过去从不喝酒，喝酒硬是可以暖身，好孬这酒七角五一斤。"

肖马说："我是每晚睡前喝上二两，就这样与酒有了不解之缘。"

鲁彦周补充道："其实我们是偷着喝的。如果被军宣队、工宣队知道了，那还了得？为了不露馅，江流就想出个'315'做代名词，以酒取暖。"

吴强不胜感慨地说："那个年代啊，真是把人逼得走投无路，却偏偏天无绝人之路。以前我只知道以酒作乐，或者以酒解愁，或者以酒泄愤。今儿个方知还可以以酒取暖。"

陈登科问道："那你在被斗得死去活来时，喝不喝酒？"

吴强："喝，能不喝？是喝闷酒，'以酒消愁愁更愁'。唉，'明月几时有，把酒问青天'。告诉你们，我还差点喝上了黄浦江的水。"

大家好奇和费解地望着吴强。

吴强恨恨地说："张春桥这个坏种，在一次大会上用心险恶地叫嚣，'吴强不老实，你们造反派就该发扬痛打落水狗的精神，把他扔进黄浦江'。结果呢？他自己被扔进了历史的垃圾堆。"

陈登科深有所感地说："大同没有喝上黄浦江的水，我的出狱恰恰与喝酒有关。你们都知道，我是被江青点名成了'大特务'，一关关了5年。1973年3月，省专案组来了两个人，将我接到六安交际处（今六安皖西宾馆），向我宣布：关于特务问题，他们已经查明，全国有六个陈登科，其中有一个陈登科确实是特务。不过这个陈登科已经死了，他们找到了这个陈登科的坟墓，与我无关。因此，有关特务问题已经否定，故宣布解除军管。听后我能说什么呢，只得苦苦一笑说，唉，这5年监狱生活，是为谁……没等我说完，专案组人员打断我的话道：'你特务的事不谈了，你写一份表态书，感谢伟大的旗手江青同志对你无微不至的关怀。'另一位补充说：'你应该承认，过去关你是对的，今天放你也是对的。'我一听来气了：'什么？关是对的，放也是对的？就没有真理了？没有真理，也就没有是非了。'这两人，你一句我一句哼着说：'真理，是非，你不是特务，《风雷》还是毒草嘛。'我感叹一声：'一部《风雷》，坐了5年监狱，这个代价也够大的呀！'到了晚上，他俩又催我写表态书。我说：'想来想去也不知道如何下笔。是不是该这样，弄点酒喝喝，让脑门子开开窍？'没想到他俩满口答应，很快弄来一瓶头曲、一大碗粉蒸肉。天哪，关在大牢里，已无口食之欲，滴酒不沾。真没想到，突然天降口福。我嘴上却说：'我是坐牢的，身无分文。'他俩说：'你放心，房间费和酒菜钱，我们回去可以报销。'就这样，酒足肉饱，表态书也写成了。我写的既不是效忠信，更不是向旗手献殷勤、唱赞歌。喝了一瓶头曲，我还没有醉到出卖自己灵魂的程度。我只是承认，我是刘邓路线的执行者，也是刘邓路线的宣传者。"

吴强连声说："真是可叹可悲啊，说斗就斗，说关就关，说放就放。这还不是无法无天？刚解放时，我们常说，旧社会把人变成鬼，新社会把鬼变成人。谁能想到，'文化大革命'的革命，就是随意指鹿为马，把老干部、老革命，还把作家、知识分子、科技专家、大学教授统统都打成'牛鬼蛇神'。"说完便问李準："听说你在河南也被斗得死去活来？"

李準一声长叹，说："'文革'开始俺就被打成黑帮，罪名之一就是写了丑化农民形象的'中间人物'。还被抄了两次家，全家被赶到西华县西夏公社陆城大队屈庄生产队。大儿子、大女儿都因为老子反动而失去了原本已被招工的机会。俺几次寄北京国务院信访办的信都被邮局扣压后退还。被逼无奈，我思前想后，还是想给周总理写一封求救信。在我的创作生涯中，多次得到周总理的关注、扶助、引导。但是，欲寄信，邮局是铁将军把门——此路不通。咋办？实然心生一计，何不以背为纸。我琢磨来琢磨去，与其坐以待毙，不如拼死一搏。于是让老伴上街零拷了半斤酒。"

贾梦雷插话："是杜康？"

李準苦笑着回答："至尊名酒。何以解忧？唯有杜康。俺哪有钱买得起？再说，杜康是封建帝王至爱，酒厂已被红卫兵砸得稀巴烂。是老伴上街花一角钱买了半斤豫西山区土法酿制的水酒。我终于横下心来以酒壮胆，用毛笔在老二的背脊上愤然写下了自己遭受非人道迫害的万言书。克都侥幸混上火车，进京通过熟人最后找到周总理的秘书。在周总理的干预下，我终于重获自由。1973年4月14日晚上9时，在人民大会堂上海厅，周总理接见以廖承志为团长的中日友协访日代表团，全体出国人员共54人。这是在'文化大革命'当中第一次外派的出国代表团，是由周总理亲自点名组成的，从团长到团员名单的确定，都是几经周折和斗争才得以拟成的，因为团员中大多数都是当时受到'四人帮'的迫害、还戴着各种'帽子'靠边站的各界代表人物，很多都是已不被'四人帮'承认的第三届全国人大代表。周总理在讲话中用相当长的时间谈到了《李双双》这部影片，他不无气愤地连声说，'《李双双》影片有什么问题？是作者有问题？是工分挂帅？为什么要批判？它错在哪里？把我都搞糊涂了。'现在想起往事，我是多么怀念敬爱的周总理啊！"

"在那颠倒黑白的乱世凶年，老吴有幸没有喝上黄浦江的水，由鬼变人。老陈灌了一瓶头曲，重回人间。李準以酒壮胆，方能得到周总理赐予的拨云见日。可以这样说，我们这些被专政的对象，没有遭遇灭顶之灾，还算不幸之中的大幸。如今，这一切都因时代的变迁而改天换地。庆祝粉碎'四人帮'的那几天，我一改小酌的习惯，以酒助兴，大碗喝酒，心中陡升'醉里挑灯看剑，梦回吹角连营'的豪情。"鲁彦周虽然感慨万千，但依然斯斯文文地娓娓道来。

"记得那几天北京的二锅头卖得脱销。人人都怀着'一生大笑能几回，斗酒相逢须醉倒'的激情，一杯一杯复一杯。"肖马说完便举觞品酒。

贾梦雷说："合肥全城也沸腾了。家家户户都举杯相庆。那几天我们文联大院里，老的少的都在反复吟诵：剑外忽传收蓟北，初闻涕泪满衣裳。却看妻子愁何在，漫卷诗书喜欲狂，……"

骤然之间，肖马、陈登科、鲁彦周、吴强、李準都不约而同地跟着放声

陈登科（左）与作者

背诵："白日放歌须纵酒，青春作伴好还乡。即从巴峡穿巫峡，便下襄阳向洛阳。"

背诵完毕，室内即刻由欢声笑语的热烈的氛围陷入了无比的安静之中。然后，每一个人的脸上都浮动着回味无穷的灿烂的笑容。

鲁彦周慢吞吞地端起酒杯，笃悠悠地抿上一口，又接着连抿了几口，出人意料地抿完了半小樽的酒，说："一讲起76年惊天动地的全国沸腾，我破例多喝了点。记得一举粉碎了'四人帮'，那几天不管喝什么酒都特别芳醇诱人。人人都是酒不醉人人自醉，飘飘然，陶陶然，那种酒后吐真言的爽朗，使人感到酒的气味也是甜的。"

陈登科从座椅上一跃而起，万分感慨地说："哈哈，一醉方知酒浓。好啊，今天喝酒谈天说地，还忆苦思甜。'一壶浊酒喜相逢。古今多少事，都付笑谈中。'欢饮以来，各位巧用诗仙的诗，尽情表达了人民的喜怒哀乐，真棒。今天，我们为《清明》的创刊而饮酒相庆，话题虽多，却离不开酒，也离不开诗。我想，粉碎'四人帮'后，我们国家一定会大踏步地前进。"

觥筹交错，他们一边喝酒吃肉，一边笑拈诗词纵论酒肉，个个饱藏文韬，通晓诗文。他们的谈吐给别人传递的都是对国家前景的美好向往,其言谈举止让别人感受到的全是"腹有诗书气自华"的高雅。置身于这种随心随性风趣幽默的谈笑中,我如沐春风,如赏美景。然而,我何尝不想参与这种热情乐观、积极向上的侃侃而谈,只是书到用时方恨少。

陈登科一口气喝下第二杯后,夹了一块肉放进我的碗里,说:"小曹,在酒桌上,要拿出既可引吭高歌也可长歌当哭的激情,不必不苟言笑。"

我该说什么呢?便凭着酒兴信口开河:"1976年,省文化局在濉溪召开全省创作会议,号召作者要积极投入两条路线的斗争……冬天淮北时兴吃狗肉;濉溪出产的濉溪大曲,在安徽也算得上好酒。所以每天中午、晚上,饭桌上都有狗肉和酒。曹玉模写了一首顺口溜,很快流传开来,'省局领导热情高,天天请我们吃狗肉,吃了狗肉心头热,写出文章狗屎臭'。"

饭桌上爆发出一阵哄笑。吴强拍着手嚷道:"真是嬉笑怒骂皆成文章。"李準说:"这首小诗看似插科打诨,也可以说它蕴蓄讽刺,反正作者心知,听者自明。"

鲁彦周从旁证实:"是有这回事,还差一点闹大了。军代表非常生气,说,省领导为了鼓励作家写出与走资派做斗争的好作品,再三嘱告要让大家吃好睡好,早知道有人想写出'狗屎臭'的劣作,何必请来当座上客,这是阶级斗争的新动向。"

陈登科轻轻地拍了桌子:"经老鲁这么一说,我是有幸逃过了一劫啊!"

大家不解其意,都盯视着他。

"那次我和那沙都收到了开会的通知。我俩刚被解放不久,商量后都没有去出席。如果我去了,'狗肉'这首诗的出现,说不定会把我牵涉进去。"

我问:"狗肉!和你有什么关系?"

肖马恍然大悟,说:"他在《风雷》中,多次描写了吃狗肉的场景。"

陈登科脸上的笑容渐渐凝固了,说:"'文革'中,造反派把我这个被江青点名的大'特务',从合肥押解到淮北摆狗肉摊现场,示众批斗了多次!还当众问我,你在《风雷》中写了羊肉铺卖狗肉,这不就是在恶毒攻击社会主义是'挂羊头卖狗肉'吗?……"陈登科苦笑着叹了口气,"如果我出

陈登科（右）与肖马（左）

席了……"

"老陈的推断有道理，当时的情况下，即使找不到始作俑者，也得找一个替死鬼呀。"鲁彦周发现酒杯空了，便满满地又斟上一杯。

肖马见大家陷入沉思，便从另一个角度挑起了话题："话说回来，老陈描写风雪淮北荒原上羊秀英摆的狗肉摊，真是神来之笔。狗肉烧酒扑鼻的香味、暖味，至今让我垂涎。"

贾梦雷说："'一座古庙前，一个开羊肉铺的青年女人羊秀英，扬着清脆的嗓子喊道：有酒有菜，有茶有水，有火有烟。喝得醉醉，吃得香香，烘得暖暖……'读到这里，只感到热腾腾、香喷喷的羊肉满街飘香，令人馋涎欲滴。"

吴强插嘴道："如果不是老陈对狗肉情有独钟，也不会写得有声有色。不过，再怎么说，狗肉也不会比红烧肉好吃。"

陈登科说："那当然，否则，古代不会有那么多诗人倾情写出食肉饮酒的好诗。"

一提诗与酒肉，李準来了兴致，说："古代的诗词与酒有不解之缘。欧阳修著有《醉翁亭记》，杜甫在《饮中八仙歌》中写道：'李白斗酒诗百篇'，李白在《将进酒》中高歌'人生得意须尽欢，莫使金樽空对月'……"

鲁彦周接住话头说，"李清照因爱酒之深，才佳句迭出：'沉醉不知归路''浓睡不消残酒''东篱把酒黄昏后'……"

肖马把酒杯放在唇边沾了沾，说："李清照写酒的诗句婉约柔美，多姿多彩。苏东坡则豪情满怀地写出'人有悲欢离合，月有阴晴圆缺，此事古难全'，还著有《东坡酒经》一卷。"

贾梦雷说："中国的英雄爱酒，文人学士也爱酒。其实，外国也是如此，一提起威士忌，便会联想到风度翩翩的英国绅士。说起伏特加，自然会想起俄罗斯人的刚强、勇猛……"

李凖也吞下一口酒："我们蒙古族六蒸六酿的奶酒，比伏特加更加浓烈，香飘万里草原。俺的老祖宗木华梨，是成吉思汗的大将，跟着成吉思汗从亚洲一路打到欧洲。他们都是喝奶酒长大的。"

陈登科听后哈哈大笑："诚如大家所言，酒是个好东西，无酒不成席。也许酒中有一种神秘的物质，英雄好汉与酒也就结下了不解之缘。"说完，仰脖饮酒。

肖马说："现代不少作家无不以酒相佐。郁达夫写作时，一手把杯，一手执笔，喝了又写，写了又喝，持壶饮酒助文思。老陈的小说都是酒泡出来的。"

陈登科做了一个肯定的动作，说："我这个人，平生就嗜好茶、烟、酒。"

"那么老鲁呢？"吴强转向鲁彦周，问道，"你也是酒泡出来的？"

鲁彦周笑着自嘲："咱不是英雄，只好用碟子浅饮慢酌。"

贾梦雷说："鲁哥喜好小酌，有暇就一抿、二咂、三呵。"

吴强问道："一抿、二咂、三呵是彦周老弟的喝酒要领？"

肖马解释道："鲁兄啊深谙此道。一抿，就是抿酒品其醇：鲁兄习惯将酒杯送到唇边，缓缓呷一小口，让酒液布满口腔，仔细辨别其味道。二咂味润其喉：于慢慢品味中将酒咽下，自然发出'咂'或'嗒'之声。三呵气留其香：酒液下咽后，立即张口吸气，闭口呼气，辨别酒的后味。"

吴强喷着嘴说："嘿嘿，原来彦周喝酒颇有雅士风度，勾头倾杯，鼻闻其香，脑有所思。"

鲁彦周儒雅地一笑，说："好酒佳酿顺喉品其醇，落肚之后像有一股暖流直透丹田。所以，依我之见，品尝美酒，与醇相融。微醺之后，似醉非醉，镜花水月，浮想联翩。"

李凖频频点头，说："人酒相融，天地人和。怪不得老鲁不时有好作品在文坛产生影响。"

吴强用赞叹的口气说："铁生所言极是。我一口气看完了《天云山传奇》，精神为之一振。这是第一部触及'反右斗争扩大化'题材的作品，写得好，我估计发表以后一定会引起较大的反响。"

陈登科说："《清明》能拿到这篇好作品，还得感谢巴老和上海的朋友。"

"咋回事？"

"老鲁最早把《天云山传奇》投给了《收获》。肖岱（副主编）很快复信告诉鲁彦周，决定采用。为了支持《清明》的创刊，《收获》经过商量，忍痛割爱。"

吴强说："老陈还亲自到上海找我一起去见肖岱，随后我和肖岱陪着他去向巴老说明情况。老陈和巴金一见面，谈得可欢呢。你们知道吗？全国文学界，只有他俩登上了五届人代会庄严的主席团。"

陈登科说："这次拜访巴金，给我印象最深的是，他老人家办杂志确实与众不同。他说，只要有利于繁荣文学事业，杂志与杂志之间应该相互支持。他赞成肖岱的做法，也希望《清明》能给文坛带来清新的气息，力争做到'明白四达'。"

李凖惊喜地叫着说："中，巴老真不愧为当代文学大师啊！他讲的最后两句话，都带上了'清'和'明'，真是信手拈来，皆成文章矣！"

我不解地问："不知道'明白四达'这句话是什么意思？"

肖马不假思索地说，"'明白四达'这四个字，'明'是洞透的意思，'白'是清楚的意思，'四达'是道、天、地、人无所不达。不行而知，不见而明；足不出户，以知天下。我的理解就是，要办好《清明》，一定要有明确的文学追求，一定要有放眼世界的大智慧。"

李準不无感慨地说:"真没想到,《清明》的问世,还寄托着巴老的希望和勉励,还得到了《收获》的慷慨支持。可以肯定地说,这两件不为人知的好事,日后会成为文坛的又一佳话。来,为巴老的长寿和《收获》的大度干杯。"

贾梦雷一边回忆一边说:"刚才你们提到《天云山传奇》,使我想起鲁哥常说的一句话:'在创作上最苦恼的是重复自我,最愉快的是超越自我。'鲁哥写了各种样式的文学作品,我衷心希望中篇小说《天云山传奇》是他的创作进入一个新境界、达到一个新高度的标志。"

陈登科说:"我看完《天云山传奇》,心里真是太高兴了,概括为一句话:这部小说,表明老鲁的创作思想有突破性的解放和解脱。来,为好作品干杯,也祝大家不断有好作品问世。《清明》将是所有作家的广阔天地。"

望着他们觥筹交错,酒酣耳热,樽酒论文,我却在不知不觉中已喝了两小杯。其实我不会喝酒,平时滴酒不沾。真正第一次碰酒,还是在肖马家。那天他正在低斟浅酌,见我上门看望他,便给我倒了一杯酒,高兴地说:"小曹,这是樱桃酒,来,陪我一起喝。"我说:"我从来没有喝过酒。"他说:"这酒好喝,你试试看。"在他挚意的欢饮之下,我勉强拿起酒杯呷了一口,哇,又甜又香,爽口极了,于是情不自禁地大口牛饮……

肖马是我近邻,我经常去他家串门,主要是上门求教,话题始终是文学。他这个人的一大特点,就是渊博和睿智。他通古知今,博览古今群书。每次与他深谈,他在创作上的不蹈古常、明辨深思对我产生了深远的影响。因此,可以说他是我的良师益友。每当他乐于衔杯独酌、陶然忘我,他的想象便如驾轻舟、如鸟展翅。

陈登科与各位碰杯,杯来盏往之中逗情调侃;说笑之中,杯杯美酒喝出了文人的情谊,喝出了为繁荣文学事业的豪情。

我也许是凭着酒劲一时性起,就此直抒胸臆:"你们都是有名的作家,又都喜爱喝酒豪饮,我这才知晓,喝酒的诗人看重友情,喝酒的作家懂得相互关心,会用酒抒发自己的情怀,敢爱敢恨,敢做敢当。听你们一边喝酒一边谈论古代文人创作的以酒为题材的不朽诗篇,我不由得想问一个我一直想问的问题,今天因为《清明》的创刊而欢聚一堂,那么《清明》这个刊名,会不会也是喝酒喝出来的?"

我话音刚落,不料陈登科和鲁彦周、肖马、贾梦雷都开怀大笑。陈登科舞动着手中的酒杯,兴味十足地说:"小曹猜得没错,也可以说《清明》是喝酒喝出来的。"

肖马补充道:"讲到'清明'这两个字,真可谓踏破铁鞋无觅处,得来全不费工夫。老陈和老鲁决定要办大型文学季刊后,得到李準、吴强、吴作人、冯牧的大力支持。那时我们都住在蚌埠南山宾馆,写完电影剧本《柳暗花明》后投入《破壁记》的创作。那天是清明节,我和老陈,还有老鲁、梦雷,买了符离集烧鸡喝上了古井酒。几杯酒下肚,天南地北谈得正欢,老陈突然叹了口气,拖长声音说,筹划杂志的事进展顺利,偏偏起什么刊名就是难以定夺!说完放下酒杯,寻思着在屋内转了几圈,然后一脸困惑地站到窗前,眯着眼望向窗外,眼中流露出迷茫和焦虑。"

陈登科接过了话头:"我看外面下着蒙蒙细雨,又看前面一幢小楼在雨雾中若隐若现,陡然之间想到了杜牧,便不由自主地顺口低吟:'清明时节雨纷纷,路上行人欲断魂。借问酒家何处有,牧童遥指杏花村。'"

肖马接口道:"我也起身眺望窗外,看着雨天一色,重温杜牧抒写清明的诗,不胜感叹,便自言自语'春风细雨,独在异乡为异客'。这几年的清明节我都是浪迹异乡。这中间,最使我难忘的是丙辰清明。"

陈登科说:"坐在床沿边的鲁彦周似有所悟,慢步走到窗前,慢声细语地说,'我也常常想到丙辰清明,记得去年清明节老陈与我聊天时也谈到了丙辰清明,其实我们都把这一天永远铭刻在心中了'。"

贾梦雷语调缓慢地说:"是的,记住这一天,就是永远把怀念周总理常记于心。"他略一停顿,然后虽轻声却充满感情地开始吟咏:

  我们永远不会忘记:
  一九七六年一月八日……
  北风呼号,
  天暗云低。

一曲哀乐，

当头霹雳，

我们失去了，

失去了敬爱的周总理！

……

鲁彦周说："啊，这是我最最熟悉的一首长诗。是老贾献给敬爱的周总理的二百一十二行的长诗——《永恒的爱》。全诗尽情倾诉了对周总理的无限哀思与深情怀念，表达了人民对周总理的深厚感情，抒发了人民的心声。可以说，这是一首感人肺腑的优秀抒情诗。"

……

一时的凶神恶煞，

顷刻间变成几片败叶，

一堆垃圾，

淹没在群众的唾沫里。

而我们的周总理，

却更加高大，顶天立地，挥去临终时满面忧虑，

他在宽心地向我们微笑、致意。

贾梦雷的朗诵充满自信、吐字清晰、铿锵有力，是发自内心的真情流露。朗诵到最后，他浑厚的嗓音在告慰英灵的欣慰中，渐渐由重变轻，余音缭绕。我们都被贾梦雷真挚的情感和声情并茂的朗诵掀起了巨大的感情波澜。对周总理的怀念和深沉的爱的抒情语音，其抑扬顿挫、轻重缓急的起伏，全是老贾真实感情的自然流露，因此更具冲击力，也更具打动人心的震撼性。

陈登科说："在聆听的过程中，肖马一直满眼浸着泪水，老鲁的眼泪在眼眶中滚动着，我的眼泪顺着脸颊流下来。梦雷朗诵完，用颤抖的手擦拭脸上的泪水，但怎么擦都止不住。"

贾梦雷（右）与作者

我们被这首诗深深地感动了，长时间沉浸在缅怀周总理的深情之中。

鲁彦周说："隔了半晌，肖马加重语气打破了沉默，'历史将永远记住这一天'。"

肖马肯定地点了点头，说："对，我是这么说了。至于老陈，他在嘴里反复念叨着'丙辰清明''丙辰清明'，忽地不出声了，寻思了半晌，突然脸露喜色，迅速转身斟满了四杯酒，大声说：'好啊，就在我们为刊名绞尽脑汁之时，遇上了清明节，又从今年的清明想到丙辰清明，并由此勾起了对周总理的深深怀念。一想到周总理的精神世界高可攀天，我突然涌现了一种不可抑制的热情，思绪也开始活跃了，哈哈，妙哉！有了，我们的刊物何尝不可叫……'就在这时，我们四人齐口同声叫了出来：'清明。'老陈紧跟着击掌而语：'对，就叫清明，就叫清明。'"

陈登科说："当时老鲁表示，用'清明'做刊名他举双手赞成。不过也应该在文学上给予这一刊名恰当的意蕴和定语。肖马不假思索地说：'清明不仅是一个传统的节日，也是二十四节气之一。应该说，清明的意思是天清地明。'

鲁彦周及夫人张嘉（右一、右二）与作者（左一）

梦雷说：'对，清明断雪，谷雨断霜。四月开始后，天气渐渐暖和。'老鲁也说：'清明节后，不再降雪，过了谷雨，再也不会结霜，紧接着桃红柳绿，草长莺飞。'我用拳击掌，用肯定的语气说：'好呀，就用"清明"做刊名，这是多好的寓意啊！'"

鲁彦周温文尔雅地说："老陈还加重语气说：'粉碎了"四人帮"，现在已着手拨乱反正。随着全国形势越来越好，文艺创作必然迎来枝繁叶茂的春天。'我接着说：'《清明》一定要提倡现实题材的创作，把优秀作品与时代潮流结合起来，为作家的文学创作提供草长莺飞的百花园。'"

肖马说："我当时还表明心迹，《清明》要办就办成高标准的文学期刊，不断推出富有思想内涵和艺术价值的优秀作品，使之成为广大文学爱好者的精神家园。老贾就此进言：'两位老兄对《清明》这个刊名真是情有独钟，还跃跃欲试。那我建议，你俩干脆用《破壁记》来个投怀送抱。'他的话音刚落，我们便兴奋地碰杯，一饮而尽。"

听完陈登科、鲁彦周、肖马、贾梦雷的讲述，李凖和吴强就像喝下一杯美酒，啊，"清明"这杯美酒寄托着最美好的情感，融合着对敬爱的周总理的最深挚的爱,交集着一个文学工作者的崇高的时代责任感。他俩眼里闪着赞许的光芒。

李準深有所感地说:"看来办文学期刊,机遇很重要。但机遇偏爱有准备的人。《清明》是应运而生的啊!"

吴强的笑意全写在脸上,热情洋溢地说:"依我之见,今儿个应该说是安徽文坛的大喜之日,一生就生了个三胞胎。随着《清明》刊行、《破壁记》《天云山传奇》问世,巨刊佳作一定会像早春的清风那样清爽,《清明》也一定会成为安徽作协的掌上明珠。"

贾梦雷喜滋滋地赞叹道:"吴大哥你真行,两句话里嵌进了'清''明'两字,你的隽思妙语和巴老对句法的运用一脉相通啊!"

陈登科大大咧咧地端起酒杯,口若悬河:"今日我们为庆祝《清明》的创刊欢聚一堂,文友加知交,酒已喝了,肉也人快朵颐,大家推心置腹,隽言妙语比酒还要醉人,比肉还要美味可口。我是召集人,我该怎样掏心掏肺呢?我说,酒里乾坤大,壶中日月长,为了文学事业,《清明》要向《收获》学习,要学习所有优秀文学期刊的创新精神,要自始至终体现一个时代的风骨,不仅反映人们的衣食住行等生活百态,还要为创造出有时代特征的各种人物的作品鸣锣开道。"

李準双手举杯向各位示意后说,"酒在杯中,情在心里,不过,我与安徽的几位文友有着不解之缘。对你们我是了解的,陈老大有着豁达大度的豪放,老鲁有着与生俱来的儒雅,肖马有着才气横溢的洒脱,田上雨(贾梦雷的笔名)有着友情为重的通达。我相信在你们的通力合作下,《清明》一定会奇兵突起。我酒量不济,自不敢在酒桌上造次。但今日,你们看着!"随着他慢慢仰起脖子,半抿半喝地喝干了杯中的酒。

吴强呵呵笑着说:"既然铁生一口喝下了这杯饱含深情厚谊的酒,如果我不说上几句心里话,不喝上一杯斟得满满的酒,会不会显得我不够朋友了呢?嘿嘿,酒桌之礼,务必尽心。不过,干上一杯挺容易,要说上几句中听的话,可叹我笨嘴拙舌,比不上铁生的舌灿莲花,该怎么说呢?"他突然拿起酒瓶,把存下不多的酒,咕噜咕噜地喝得一滴不存,然后啧啧嘴笑着说:"大家看见没有,这半瓶酒喝得爽不爽?至于该说什么,有了,依我之见,人生的奔跑,不在于瞬间的爆发,取决于途中的坚持。《清明》应运而生,不在于一时崛起,而在于天长地久地出人才、出好作品。"言罢,故意亮着嗓子大叫:"拿酒来。"

……

酒至半酣,在酒杯的相碰声中,又是你一句我一言的戏酒调笑。古井玉液,如饮甘露。美酒佳酿,余韵无穷。这几位因笔耕墨耘而名声大振的作家,因《清明》把酒言欢,在劝酒贫嘴中放下了平日的矜持,尽情展现自己的豪爽奔放、幽默风趣。至于陈登科,他拿着酒瓶和酒杯,逐一与每一位斟酒、碰杯,说着笑着,也不管对方喝上多少,他每一杯酒都认认真真地喝完,还要加上一句,"见底为敬!"末了,他拿酒杯的手轻轻晃动着,张大的眼眶里,晶亮的眸子飞快地转动着,语速极快地说:"今天,为了庆祝《清明》,我们尽心痛饮。喝得多话也多。讲文学,讲人生,讲如何办好刊物,其中提到最多的是诗。其中许多诗句,都出自大诗人李白的佳作。大家都知道,李白不仅是诗仙,也是酒仙,他无酒不成诗,有酒诗百篇。他对天发问,'天若不爱酒,酒星不在天';他对地豪言,'地若不爱酒,地应无酒泉';他对自己无愧,'且须饮美酒,乘月醉高台'。李白高呼行路难,'欲渡黄河冰塞川,将登太行雪满山',但他一有美酒就能'长风破浪会有时,直挂云帆济沧海'。我在重新获得政治生命后,一再告诫自己,最能震撼人心的文字,是用血写成的。今后的《清明》,要办成不负众望的好杂志,得仰仗各位对文学的一片赤诚之心啊!"

话音刚落,大家都把酒杯举到陈登科面前,痛痛快快地一饮而尽。

几位前辈的豪饮壮举,尤其是陈登科那股亦狂亦文的侠胆豪情,深深地震动了我。刚认识他,从他的举止虽分不清他是老革命、老战士,还是作家、平民,但几经接触,就会强烈地感受到,他的为人处世、举止谈吐和他的小说一样,无不洋溢着豪侠之气!借此,我蓦地想起李凖在蚌埠南山宾馆挥毫泼墨,赠予陈登科的一首五言诗:"我爱陈老大,千锤百炼人。雄奇藏浑厚,磊落见天真。潇洒江边树,淡泊岭上云。何时携书剑,茅屋共结邻。"

诗言志,歌咏言。如果说,三年前,李凖以诗歌抒发了对陈登科的欣赏和钦佩，那么，为了《清明》的创刊，这几位志同道合的相知，以文会友、对酒当歌的相聚，何尝不是表明了他们对文学创作的更高追求。

  因为兴奋，我自斟自酌地喝了一大杯。说心里话，有幸与这几位师长同桌共饮，不亦乐乎？我似乎有点醉了，其实不是醉在酒里，而是醉在心里，醉在因《清明》而爆发的热烈奔放的豪情之中。

小画巨幅爱无涯

记马烽、孙谦、朱丹、李凖、黄胄、杨履方、肖马、韩美林的一次聚会

肖马带回来一幅画，画的是动物，因别出心裁，引发大家观赏。在人们心目中，狐狸通常是狡猾、奸诈的小动物。画中狐狸的神态天真无邪，像孩子般稚趣活泼。大家问肖马，谁画的？肖马说："韩美林。"

韩美林原是中央美术学院高才生，毕业后，受安徽省文联主席赖少其之邀来到安徽画院当教授。"文化大革命"的红色风暴，迫使韩美林被下放到省轻工系统，继而又被调到淮南陶瓷厂当美工。后来韩美林的一个学生揭发他，说邓拓曾经为韩美林的画作赋词一首；韩美林曾经为田汉的《窦娥冤》搞过装帧设计，这样一来，他就被视为"三家村"的"黑爪牙"、"四条汉子"的"走卒"，他的问题也就成了淮南的"第一要案"，他被打成黑帮分子，受尽酷刑和凌辱，甚至他心爱的卷毛小狗"二黑"，也被打断了脊梁骨。

听肖马讲述了韩美林的坎坷人生,大家不但同情韩美林,也更加理解画中的小狐狸为何会被画得那么可亲可爱。肖马说,尽管韩美林受尽折磨,他却更渴望在冷酷的社会中看到爱,即使是一丝温柔,在野蛮肆虐的现实中也会温暖人心。他相信只要有爱,就有力量。

大家被韩美林不懈追求美的情怀深深震撼。李凖不无感慨地说:"在这胆战心惊的岁月,每天能看到充满爱意的小生灵,何尝不是一种慰藉。"

几天后,肖马带着韩美林来到招待所。他虽已有一个十几岁的女儿,却童心未泯,热情率真。一看他自带笔墨和道林纸,就知道他乐意为大家画画。

看他作画,他手法的神速令人拍案叫绝,线条的高低横斜、曲直细粗、浓烈淡雅,收放有度,墨韵强烈;他画面上的形象组合,不是靠造作,而是靠智力与眼力的巧妙结合,他笔下的狐狸,造型别致,没有一个是重复的,有跳跃、有机灵、有窥视……千姿百态,但都是美的创造,满目生趣,他一口气画了二十几幅,我们每人获赠两幅。

马烽啧啧赞叹:"落笔神速,挥洒自如,柔美尽显!你是在用生命进行创作。"

肖马由衷地说:"这些快乐的、淘气的、调皮的小狐狸,仿佛有了人性,用那会说话的眼睛告诉我们:人与动物,都是好朋友。"

杨履方若有所思地问韩美林:"你的画告诉我,这个世界除去残酷的斗争之外,还有爱和友情。那么,你的心里难道就没怨恨?"

韩美林不无感慨地说:"我经历了九死一生,人妖颠倒的现实使我认识到当人变成野兽,比真正的野兽还要凶恶。"他放下手中的笔,用手帕擦了擦额头上的汗,接着说:"不过,生活中并非到处充满着血腥味,怀抱赤诚的还是大有人在。我至今还没有被'解放',有人并没有嫌弃我,瞧不起我,白桦就伸手拉我、拽我,为了推荐我,带着我在京城拜访了二十几位名人画家,一次又一次地展示我的画作。在贺敬之、柯岩的家里,他还让我当场作画。不仅如此,他还为我撰写了《心中并不缺少爱》一文,给了《人民中国》。这是现在唯一一本对外宣传的杂志,有英语版、日语版。这样我就认识了《人民中国》的记者韩翰。韩翰又把我介绍给肖马认识。肖马也是一个热心人,对我的遭遇深表同情，他跟白桦一样，也在北京的文艺界到处为我奔走呼号。他先给朱丹看了我的画。朱丹一看我的画就要见我这个无名小辈。那天，朱丹还把版画家莫测请来相聚。"

李準插问："你所指的朱丹是不是中国艺术研究院美术研究所所长？"

"正是他。"韩美林一脸肯定地回答。"你仇视野蛮，想用动物来呼唤爱心。好！"韩美林兴奋地复述着朱丹对其人其画的欣赏。"他嘱咐我要多画一些给他和莫测，表示在京的画家，能送的他都要一一给送到。"韩美林说到此处时，双手像绘画般舞动着。

李準说："朱丹是个热心人，爱才如命。前天我还和他在一起。若早知肖马与他相熟，那天也会约肖马同行。"

杨履方说："肖马告诉过我，他画的油画《大别山农民起义》入选中国军事博物馆，第一个投赞成票的就是朱丹。"

肖马补充说："65年，我到北京去看望他，把刚出版的短篇小说集《哨音》赠送于他。他高兴地立即翻看起来。才翻了两页，他突然把书朝桌上一扔，气得在椅子旁转了两圈，然后指着书余怒未息地说：'我以为你送给我的是画册，没想到是小说。肖马啊肖马，你是一个画画的人，骨子里、血管里全是画画的细胞，你啊，不该舍本就末……'他惋惜地一声长叹。"

李準笑言："原来你俩之间还有这码子事。朱丹确实是一个识才爱才惜才重才的艺术家。"

韩美林说："对，那天他仔细看了我带去的几十幅画后，对我就像老友重逢，一见如故。从他家出来，我对肖马说，这些年，我尝够了人间的世态炎凉。到了北京，做梦也没想到，碰到的尽是好人。今天，肖马又把我带来见大家。你们在文坛上都是受人尊敬崇拜的作家，却对我敬若上宾，使我感到了人与人之间的温暖……至于我所受过的摧残、遭受过的非人道的苦难，我能不冤不恨？不过，没完没了的冤恨只能让人的心胸变得越来越狭窄。我是画画的，要想画出几幅像样的画，应该多几分爱，少几分恨。"

马烽赞赏地一挥手，说："这话中听，言为心声。也许你的苦难，最后酿成的是蜜。"

孙谦颇有见解地说:"爱能酿成蜜,爱恨交加也能酿成蜜,倘若能用爱来化解恨,那么酿出来的蜜也许会更加甜、更加醇香。"

杨履方附和着说:"刚才听了韩美林和小狗的故事,看了他画的那么多可爱的小动物,我就想,动物虽有兽性,但也有可能与人类建立相通的感情。"

李準感叹道:"今儿听了韩美林的故事,我更加深信不疑,人与有些动物可以建立友好的感情。对作家、画家来说,这种人兽相处的感情,无疑会激发作者的创作激情。韩美林画的小动物,使我想起了齐白石的虾、徐悲鸿的马、李可染的牛、吴作人的鱼、黄胄的驴。这几位大师真是爱得深切,画得灵动。但是有一点,他们都是经过长期的静观默察,对动物的各种习性熟稔于心,才激发出了别有洞天的感悟。齐白石画的虾,虽看似粗略几笔,都酷似毕肖,就像活的一样。齐白石从小就喜好在家前的小河里钓虾,甚至赤足下水与虾嬉戏。他深知虾的习性,也凭借自己的灵性,没有着墨一点一滴水的氛围,却给人一种虾在水中跃然游动的神态,这全仗他高超的艺术造诣。寥寥数笔就能勾略出虾壳的质感和透明度,还独具匠心地画出了虾身的起伏角度,用浸润之色更显虾体晶莹剔透之感,可以说是高度提炼的传神妙笔。"

马烽说:"李準讲齐白石画的虾,使我想到黄胄的驴。有评论说,黄胄画驴的功夫前无古人,后无来者。他何以会出神入化?这和他的人生经历有关。黄胄童年时就爱家乡的小毛驴,48年参军入伍后在西部多年的写生生活,常以驴为脚力,使他更是爱驴、画驴。'文革'期间,他被打为'黑画家',被扣上'画黑画'的帽子,分配去喂驴、磨豆腐,这样一来他和驴结下了不解情缘。"

韩美林补充说:"黄胄曾在莲花池的劳改基地喂毛驴、卖豆腐,与毛驴朝夕相处,一晃就是六年。要使唤这畜生拉磨盘碾磨豆腐,先得喂养伺候好它;喷香的豆腐装上板车上街去卖,还得靠它使劲。用它、呵护它,这对人畜长期厮混,自然日久生情,也使黄胄对毛驴的形态、习性有了较深的了解。每次卖豆腐回来,都会路过一个小酒馆,有时候黄胄就拖着疲倦之身进去喝两杯,那毛驴每次路过酒馆都会主动停下来,让黄胄喝酒暖身,等黄胄喝罢,再把黄胄拉回家去,走到门口有时候黄胄在驴车上睡着了,那驴就将车辕蹭在栏杆上,等着黄胄醒来卸车。这头毛驴,与黄胄产生了相依为命的情谊,让黄胄感到了人世间的温馨。所以黄胄发自心底赞叹道:'平生历尽坎坷路,不向人间诉不平。'"

李準加了一句:"他还说,'心中有爱,笔下丹青才真实'。"

几位前辈作家从韩美林的画谈到齐白石的虾、黄胄的驴,对我来说字字入耳,句句经典。他们使我从朦胧中顿悟,这和诗人写诗一样,借物抒情。为了能够多听听他们的高见,我就小声小气地挑起了话题:"从你们的谈话中,我意识到,画狐狸也好,画驴子也好,其实是现实立意的一种手法。去年我看到马烽老师怀着悲愤的心情画海棠花,其实是在寄托对周总理的怀念!"

韩美林惊喜地说:"马烽老师也对海棠花情有独钟?!"

马烽笑着说:"在西花厅的海棠树旁,我们几个作家曾经围着周总理留下了合影。我画海棠花就如见到了周总理。以画抒情,何止于我?孙谦、肖马一高兴,指端也会蹦出个山水花鸟的千姿百态。李準、老杨挥毫泼墨颇见功力,可以说他俩的字颇具大家之风。不过话说回来,正如小曹所说,写这画那,无非是借物抒情。齐白石的虾、徐悲鸿的马、吴作人的鱼、李可染的牛、黄胄的驴,他们都以一颗大爱之心对待动物,所以信手挥来,就能画出它们惟妙惟肖的形态,画到它们的精神里去。"

杨履方说:"马烽所言极是,画家创作出许多人见人爱的动物,无疑也彰显了画家本人的艺术情怀。我觉得,写也好,画也罢,只要创作自己喜欢而又有益大众的作品,自己才能获得真正的快乐。"

肖马深有所感地说:"中国水墨画,自古至今,多以翎毛走兽为描绘对象,这恰恰和传统诗歌有共同之处——借物寓情。美林众多温顺可爱的小生灵,个个造型准确,神态各异,简括传神,独具神韵。这些艺术形象,看起来是一个个动物,实际却写人;看起来是表现动物的性格特征,实际却是体现出人的某种精神。有的虽然没有直接或明显的寓意,主要是以对自然美的揭示,给人以高尚情操的陶冶,但这依然是作品的'意'。"

李準忆起前日去黄胄家小聚的场景,说:

肖马说得对，美林有些小动物，真可谓无意有意之间，成了特定历史时代的产物。面对邪恶，人们需要更多的爱。前天，我和朱丹去黄胄家小聚。黄胄问我在写什么剧本，我说在写《大河奔流》。我简略介绍了剧情，着重强调，我在剧中描写了周总理来到黄泛区的情节，如果能够拍摄，这将是银幕上第一次塑造的周恩来的艺术形象。我和导演谢铁骊商定，一定要把周恩来无产阶级革命家的大爱情怀写好拍好！话音刚落，黄胄奋袂而起，惊喜地大声叫道："英雄所见略同。这也是我一直在酝酿、思索时间最长的一个艺术形象！"

朱丹问他："你要画周总理？"

"要画，一定要画。"说完，黄胄拿起酒杯一饮而尽。见他如此激动，我和朱丹都问他何时下笔，他咂咂嘴说："我构思来构思去，还没有找到一个形神兼备，能表现其气质的最佳形象。我已画了几百张小样，等画到上千张各个角度的形态……"

"一旦情满胸膛，下笔如神。"

黄胄用肯定的语气说："是的，我将全力以赴，能否如愿以偿，心中还没有把握。不过，我现在脑子里转来转去都是周总理的各种音容笑貌。"

朱丹夸赞道："真是苦心孤诣，十年磨一剑。"

"即使真的要花十年工夫，我也一定要尽善尽美地画出我心中的周恩来。"

朱丹紧跟着说："你的这种心情我们可以理解。说来也奇怪，这两年，我自己对周总理的惦念也是经常梦牵魂绕，白天打瞌睡也会梦见周总理。"

黄胄说："看来我们的心是相通的。周总理讲的那句话，'干吗不让他画画？'动不动就在我耳边震响、心里回荡。"

"这句话是什么意思？没头没脑！"

"是总理的秘书告诉我的,周总理对我作为国礼所画的《奔腾急》《巡逻图》一直很欣赏。有一次在人民大会堂接见外宾后,周总理指着表现少数民族情谊的《载歌行》,问文化部的领导:'现在黄胄画的毛驴比真毛驴还贵呢,干吗不让他画画?'"

"就是这么一句很随意的发问,使我的处境立刻出现了转机,我很快被调回北京。后来我得知是周总理过问了我的处境,激动得一夜不能入睡,翻来覆去地想,我还在劳动改造,周总理知道!我在画驴周总理不但知道,还知道我画的驴值钱,已经名扬海外!他责问文化部的领导'干吗不让他画画?',何尝不是解我于危难之中啊?!我这个人,从来不说过头的话,但是我不得不说,对周总理我感激涕零。一开始,我不过想表达对周总理发自内心的感激和崇敬。随着他老人家这几年力挽狂澜,备受非议、责难,我又看到全国人民对周总理情深义重,我的创作构思一变再变。现在,我的构想已经基本定位,画意是,桃李不言,下自成蹊。"

听李凖讲述到这里,我便问:"那画面——"

李凖两眼放光,兴奋地说:"他要画出全国各族人民都爱戴的周总理!"

马烽脸上浮起惊喜的笑容,说:"晴空一鹤排云上,便引诗情到碧霄。黄胄心中有爱,他画的周总理,在情感内涵和思想内涵上会具有格外深刻的历史感。"

杨履方沉思着说:"我在想,黄胄将会用什么样的笔调画出对周总理的爱戴?意大景小,必然会弄巧成拙,成了抽象的呼喊;感情至上,一味情溢纸面,难免虚无不实。我想,这幅画,难就难在,用什么样的造型能够与当代人产生情感交流,并且能够迸发出共鸣。"

韩美林说:"黄胄是当代最具首创精神的中国画家之一。在中央许多国务活动的场所,都有他创作的大场景巨作。他的这类作品都以场面的恢宏、人物的生动和水墨写意与重彩相结合的笔墨力度而获得好评。所以我相信他笔下呼之欲出的周总理,一定是亿万个灵魂对一个灵魂的赞叹!"

孙谦说:"有一次我到中南海紫光阁开会,在大厅看到黄胄画的《欢腾的草原》,我被他以画笔歌颂草原的美、歌颂勇敢的牧民的大场面构图所震撼。他笔力雄健,善于驾驭众多人物,画得气势磅礴,我深信不疑,他在创造周总理这一艺术形象时,一定会落笔成金!"

肖马说:"今天真有意思,从韩美林动物画的小爱谈到了周总理的大爱。大家的所思所想,表现出对于黄胄会怎样创造周总理的艺术形象非常关心,这确实是一个值得往深处想的大题目。古人对画兽有这样的说法:'凡画兽固须形神认真,不至画虎类犬。又不徒绘其形,必求其精神筋力,盖精神完则意在,筋力劲则势在。'记得有一次听傅抱石谈怎样画黄河,他说:'难啊,太难啦。笔墨浓淡、张扬不羁,多一笔嫌多,少一笔不够,弄得不好就会似是而非,画成长江或太湖。'所以从现在开始,对黄胄画周总理的巨幅画作,我是翘首以待,期盼能翰墨生辉!"

"中!"李準大声说完了这个字后哈哈大笑,"其实各位都是爱之心切,才会情满青山、水漫江河。我先给大家透个风,虽然没有征得黄胄的同意,不过先说给你们听听也无妨。他啊,为了淋漓尽致地表现出各族人民对周总理的大爱,已经把画题定为《鞠躬尽瘁为人民》。"

肖马用肯定的语气说:"爱是生命,爱是摇篮。不管是小爱还是大爱,都会因爱而创作出绝世佳作!"

1978年1月8日,为了纪念周恩来总理逝世一周年,黄胄给全国人民献出大型水墨画《鞠躬尽瘁为人民》。

1979年4月,当时只有41岁的韩美林,在中国美术馆举办了他在首都的第一次个人画展。1980年9月,韩美林带着200余件作品,在纽约世界贸易中心举办画展,这是新中国成立后第一个中国画家在美国举办的画展。

我给钟伯伯当快递员

纪念钟望阳百年诞辰

1966年10月,珠江电影制片厂的陈二林、胡威威和我,带着电影文学剧本《淮海塔下》到南京征求意见,在五台山招待所歇脚。7日下午,二林去南京军区大院看望战友,晚上回来后便拉着胡威威来到我的房间,兴奋不已地说:"那四个人被抓起来了!"当我们领悟她所指的是谁之后,震惊得从沙发上跳了起来,将信将疑地问:"真的?!"她肯定地说:"千真万确。是从军区的高层传出来的。"

二林出身于革命家庭,11岁就和14岁的姐姐大林在淮安参加中国共产党领导下的宣传抗日救亡的少年儿童文艺团体新安旅行团。新中国成立后,她进入上影厂工作。她的战友分布在各条战线。她的消息,可信度不容置疑。

"四人帮"终于垮台了,我们简直不敢相信这是事实,高兴得一夜无眠。二林和胡威威是编辑,我是作者,我们因电影文学剧本的创作而相识。随着相互了解的加深，见面除了谈剧本，谈得最多的就是互传反"四人帮"的小道消息。二林的爸爸钟望阳是上海音乐学院党委书记，威威的爸爸是《人民日报》副总编，"文革"一开始都被打倒了。

按原计划，10日她俩回广州，我去徐州煤矿体验生活。得知此消息后，二林要我第二天立即去上海，把这一特大喜讯告诉她爸爸。我欣然答应。

之前到上海采访，二林曾约我和威威去她家聚会，我就这样认识了钟望阳。钟望阳颀长瘦削，背略微弯曲，说话小声小气，走路轻手轻脚，他的衰病垂老之身，却给我留下了蔼然仁者的印象。还有一次，三林托我带些土特产送到她家里。三林是钟望阳的三女儿，在马钢劳资处工作。

钟望阳曾被囚禁10年，在阴暗潮湿的地下室关了5年半，还被人电击过，经受了非常人所能忍受的苦难，身心遭到极大的摧残。1975年被释放，因两腿肌肉萎缩，几乎无法支撑瘦弱、枯槁的身子。他是用手扶着墙，挪着步，走走停停才回到家里。

钟望阳的五个子女都不在身边（儿子革林、麦林都在部队），他与老伴相依为命。看得出他孤独、寂寞。他的老伴陈老师告诉我，其实他的内心更为寂寞，空怀报国之心，不但被拒千里之外，还时时刻刻在被扼杀中忍受煎熬。我每次到上海都抽空去看望他。在多次接触中，我们的谈话一次比一次深入。1973年至1975年，因创作需要，我曾在北影招待所住了3年，知道许多老干部与"四人帮"斗争的故事和小道消息。正因为知道他的遭遇，对他就毫无顾忌地流露了自己的政治倾向。他听得非常仔细，听到谢铁骊、丁峤、凌子风、田芳、于兰都对周总理充满感情，苍白的脸上流露出欣慰的笑容；讲到许多老干部、老帅、老将军对江青、张春桥的飞扬跋扈已忍无可忍、怒不可遏，他深陷的眼睛会闪出希望的光芒。我们虽一老一少，但声气相投，每当我向他告别，他都嘱告我，有空就去他家坐坐。

我一下火车就直奔宛平南路。敲门进屋，急忙把"四人帮"被抓的消息告诉他。出乎我的意料，他没有惊喜有加，却异常冷静地问我："二林的消息可靠吗？"我答道："她是听南京军区的一位首长说的。二林还打电话给北京的大林，想求证这一消息是否属实。刚通话，她不敢在电话里直接探问，大林却没头没脑地说,'二林,你叫爸爸保重身体,我们全家也该团聚在一起喝上几杯了'……"钟伯伯沉默良久,长长地吐了一口气说:"大林话里有话,她在中央歌剧院,和北影一样,团里有许多人是通天的。"他接着说:"昨晚11点多,一位老战友来看我。10年了,彼此没有来往。进门就把我拉到厨房,打开水龙头,激动地说,三个公的和一个母的被一网打尽。"他情不自禁地在屋里缓慢踱了几步,若有所思地问道:"这几年小道消息满天飞,这难道是真的?"我不假思索地回答:"许多小道消息不胫而走,最后都成了大道消息……"紧接着,我谈了自己的切身感受:"在'批林批孔'日甚一日的时候,一次于兰和史萍(周总理养子钱江的夫人)来到我的房间,交谈中史萍说:'周总理有二十几天没有露面,我们非常着急。'这话使我顿然省悟,难怪北影那些天充满低沉压抑的气氛。于兰说:'形势不知如何发展,如果四人帮掌权,我们从鲁艺出来的老战士,都会重上井冈山!'"钟伯伯十分惊讶,一时之间,喜怒哀乐之情全都交织在他的脸上,我继续说下去:"史萍还问我,小曹,到那时,你怎么办?我说我跟你们走……"他做了一个既是鼓舞又是警告的手势,欲言而止,脸上突然没有了任何表情,慢慢坐到椅子上,问道:"小曹,你来的一路上,有没有什么反常的情况?"我说一切正常。他想了想,要我去康平路看看。去了不到一刻钟我即回来,告诉他一路上静悄悄的,没有什么变化。我告辞时,他叮嘱我若有情况或消息赶快来告诉他。

离开他家后,钟伯伯那惊喜、疑虑、振奋、克制的复杂神情一直在我脑际萦回,这不禁使我想起了他的遭遇:

"九大"结束后,于会泳从北京衣锦回乡,上海音乐学院的"造反派"竟逼迫钟望阳在校门口跪迎于会泳。于会泳下汽车时,他们又在钟望阳头上搁上"高升"炮仗,然后点燃,以示庆贺。殊不知,就在解放上海的第二天,5月28日上午9点,中国人民解放军上海市军事管制委员会公安部副部长梁国斌、李士英、扬帆(部长陈赓未到任)和张文斌、邵健、钟望阳等领导同志,分别乘车由交大直奔福州路接管国民党上海市警察局。就是这样一位1937年11月加入中国共产党的老党员,就是这样一位参加解放上海的老战士,居然被迫害到这种地步,天理不容。

钟伯伯是一个极富涵养的人。在我们的每次交谈中，他对自己的饱经坎坷始终不置一词，对备受屈辱的经历也默无一言。他并非麻木，而是默默咀嚼着自己的痛苦。可是，一谈到那些蒙冤受害的人，他就不能自持了，他曾经用充满敬佩的口气称赞贺绿汀："堂堂胆气，铮铮铁骨，是一个真正的共产党人！"他也十分惋惜地喟叹："周小燕是歌唱家，不能唱歌，不能教学，这比批她斗她还要使她痛苦……"有一次，他用既负疚又痛惜的口吻说："音乐学院本应该是出优秀人才的高等学府，可是被迫害致死的有十几个人！我是党委书记，却无力庇护，使他们免受摧残……"看着他哀伤欲绝的样子，我陷入深深的思索，他自顾不暇，为什么还会产生这种力不能及的自责？然而，他的感情是真挚的，他的悲痛发自肺腑。后来我才慢慢明白，长期的革命生涯已形成他的思维定式，任何时候，对任何问题，他都会自觉地站在党的立场上来进行思考。

记得有一次钟伯伯不在家，去医院了。我表示要去陪他，陈老师说不用了，他的身体虽被整垮，不过能挺得住。她想了想说："小曹，老钟这个人，心里憋着一股气，这是一种能支撑他面对一切压力的精神力量。在他被关的那段日子，做过他秘书的陈聆群去看他，见他正在吃饭，想起他在'四清'时经常胃痛，就问他的胃病好些了吗。老钟说，我得吃啊，我不能死，要是死了，那'三方面'许多同志的问题就搞不清楚了。"陈聆群问他是哪"三方面"的人，他说："地下党一起工作过的战友、与扬帆一起工作过的同志，还有解放后一起工作过的同事。现在来外调的一个接一个，我每天要写很多材料。"老钟为了历史真相不被歪曲，为了对众多一起工作过的同志的政治生命负责，虽过着囚徒的生活，却不管外调人员的巧言诱骗或粗暴逼供，始终用实事求是的严谨态度，还原历史的真相。陈老师感慨万端地说："他的一生，就是四个字，'雍容坦荡'。他被整得死去活来，但从未写过一份要脱胎换骨的违心的检查，更没有写过片言只语的揭发材料。从投身革命搞地下工作到现在，他是一块名副其实的'软橡皮'，四四方方，不论怎么挤压、冲击，又摔又扔，他始终有棱有角，保持原状，即使用针用锥子戳一只洞，拔出来后，洞也就没有了。"

陈老师讲述的情况，足以反映钟望阳人品之高洁。在那欲加之罪、何患无辞的乱世凶年，钟望阳为了保护同志免遭诬陷，用笔做武器，为维护党的纯洁性而挺身而出，这种以正压邪的正气和奋不顾身的勇气，是何等可贵！陈老师还告诉我："老钟放出来后没有多久，学校就给他补发工资。他毫不犹豫地全数交了党费，说：'这10年我没有为党、为学校工作，这是我的一点心意。'"陈老师也诚恳表态："老钟几十年来对党的事业唯诚唯谨，请组织上理解他。"

这是一对多么令人可敬的革命伴侣啊！1942年，当这对夫妇带着3个女儿从上海来到解放区时，钟望阳建议妻子把名字中的"月"字改成"新"，问他为啥要改，他说："我们来到解放区，开始了新的生活。"自此，陈月英便叫陈新英。她这么一说，引发了我一直想问的一个问题，便问："陈老师，讲到你的改名，我想问问，你的子女为什么不姓钟而姓陈？"陈老师笑着回答："老钟搞了十几年地下工作，经常改名换姓，所以我家小孩只有名没有姓。到了苏区，我在抗日救亡小学任教。小孩要读书了，有名无姓怎么上学？老钟说：'我以后还要转战南北，还是用你的陈姓吧。'"

子女有名无姓，为保护同志坚持写真实的材料，10年工资全交党费，这些孤立的小事一旦串联起来，一个高大的形象便凸显在我的眼前，诚如陈老师所说，钟望阳为党的事业唯诚唯谨！

9日，上海街头没有出现异常的变化。10日下午，我去钟望阳家，告诉他社会上正在流传一则小道消息，说南京西路贴出了"打倒江青、王洪文、张春桥、姚文元！""江青、王洪文、张春桥、姚文元'四人帮'已经被捕！"等标语。警察把标语撕了，对围观群众说："这都是谣言，快走开，谁乱传谁就是反革命！"正戴着眼镜看报纸的钟伯伯诡秘地一笑，说："这几天我查阅了多份报纸，都没有'四人帮'露面的报道。"然后他指着《人民日报》《红旗》杂志和《解放军报》10日的社论《亿万人民的共同心愿》接着说："这篇社论的题目意味深长，明确强调'最紧密地团结在以华国锋同志为首的党中央周围'，'一切听从党中央的指挥'，这是号召，这是宣传攻势。我确信一定发生了大事。"他轻声而有力地断定："'四人帮'已经完蛋了。短兵相接，不见硝烟,在党的肌体上切除了一个大毒瘤。党,有希望了!"显然,敏锐的政治嗅觉已使他嗅出了政治氛围变化的气息。

10月10日,中央粉碎"四人帮"的消息已经由种种渠道逐步传进上海。上午,上海的马路上零星出现了庆祝粉碎"四人帮"的大标语和大字报。到了下午,成千上万的大标语和大字报万炮齐轰"四人帮"。隔了一天,上海沸腾了,上街游行的队伍来自四面八方,他们举着"打倒王、张、江、姚'四人帮'"的牌子!有的牌子上还画着丑化他们的漫画……沿路围观的群众越来越多。不知端底的人先是吓了一跳,明白过来后,手舞足蹈,拍手称快……

那几天我就像现在的快递员那样,不断把各种见闻及时告诉钟伯伯。他的脸色越来越开朗,步子越来越轻松,却没有迈出家门半步。我提议他出去看看。他回答:"我何尝不想去看看群众自发的欢庆场面,不过,我们这些老同志,切不可轻举妄动。"我问为什么,他含有深意地说:"'四人帮'在上海的党棍、余党、地痞、文痞决不会束手待缚,恨不能挑起各种事端,破坏上海的安定,所以一切有待中央的部署。"

10月20日,党中央宣布,决定任命苏振华为中共上海市委第一书记、市革委会主任,倪志福为中共上海市委第二书记、市革委会第一副主任,彭冲为中共上海市委第三书记、市革委会第二副主任。听到这一消息,钟伯伯连声说:"高明!高明!"我问他这一人事安排高明在什么地方,他一字一句地说:"当年解放上海时,解放军进城,我们紧跟着接管公安局,既是为了维护社会治安,又是要查封过去的旧的档案。苏振华是东海舰队的司令,任命他有利于维持上海的社会治安;倪志福是上海人,任命他有利于了解上海的情况;江苏是上海的近邻,若有需要,彭冲可以一呼百应。不容置疑,这样安排可保证中央对上海的直接领导。"说完,他清癯的脸上浮现了爽朗的笑容,这是长久压抑下从心里爆发出来的痛快的笑容。

当天晚上,他要我陪他出去看大字报。康平路上人山人海,群众自发游行的队伍络绎不绝。一批又一批的群众拥进市委大院,质问上海市委为什么不传达中央关于上海是"四人帮"基地的指示。看着妇孺老幼一齐出动的游行队伍,钟伯伯十分激动;看着沿路墙上贴满的大字报和各种漫画,他格外振奋。有一张四只螃蟹在无数棍棒夹击之下已无路可走的漫画，深深吸引了他。他重复念了几遍"看你横行到几时"的标题，感叹道："画得真深刻，看了真痛快！"

回家的路上，他陷入深深的思索。他在想什么？到了家门口，我正要告辞，他却要我上楼陪他聊聊。

今晚一反常态，不是我说他听。他精神抖擞，直抒胸臆："小曹，那天你一讲到史萍说要重上井冈山的话，我几乎惊呆了。你知道为什么吗？"我说："当时我感觉到你态度的变化，估计这话是否太敏感，你不想触及？"他说："是的，我故意回避但并不惧怕。你知道不知道，我曾经也有过这样的想法，与几个老战友私底下谈心，他们也说过要重上井冈山的狠话。'四人帮'倒行逆施，我们这些老党员不约而同地产生同样的想法，这是为什么？同仇敌忾！"他百感交集，说："党中央一举全歼'四人帮'，顺应民心、党心，真是大快人心！"

我们说着，骂着，轻声地欢呼着……以前，在上海音乐学院读书的邻居泰弟，曾告诉过我有关钟望阳遭受迫害的许多事例，促使我想进一步了解他受难受屈的详情。我曾探问过，他绝无表露，一笑了事，以后我就不敢贸然相询。眼下，他大有一吐为快的好心情，我便问道："刚才我发觉你非常欣赏'看你横行到几时'的漫画。"他点点头，激动地说："确实画得好，作者用这幅漫画发泄对'四人帮'的仇恨。'看你横行到几时'的标题，喊出了老百姓的心声。刚才我反复思考，'四人帮'被押上历史的审判台，已是既成事实，接下来，我们有责任剥开他们的画皮。"我觉得他似乎已不介意谈及有些问题，就说，泰弟是你们上音的学生，他告诉我，他们几百个保皇派的同学，曾按照当时党委的授意，表面上是在保卫办公大楼，吸引红卫兵的注意，暗里把重要的档案材料转移到了郊区安全的地方。钟伯伯点点头，说："是有这回事，我是党委书记，保护档案是我的职责。'四人帮'为了档案，整了多少人啊！"

随着话题的展开，我方始明白钟望阳遭受冲击的个中原委：

"文革"初期，在一次会议上，张春桥问钟望阳："你们那个学校是谁在领导呀？"钟望阳回答："是党在领导嘛！"张春桥听了大不以为然，摇了摇头说:"不是的,是黄自在领导!"黄自是上海音乐学院前身上海音专的创始人。对上音的发展有过卓越的贡献。

张春桥提出黄自的问题,其实既是想拉拢又是一种警告。如果钟望阳随声附和,紧随不舍,也许会黄袍加身。可钟望阳不讲违心的话,不做违心的事,得罪了张春桥……张春桥的历史问题,对参加过左联活动的人并不算什么秘密,许多人都知道"狄克"就是他的笔名。张春桥一得势,对知道他底细的人能拉则拉,拉不成就打,况且钟望阳和扬帆都是清理旧上海档案的领导成员,这无疑成了张春桥的心头大患。

1966年10月,于会泳从北京参加样板戏公演后回来,已然成了江青和张春桥的红人。他参加了"教工造反团",写出了《十四点质问》的大字报,矛头直指贺绿汀和钟望阳,还秉承张春桥的密旨,成立了"钟望阳专案组",把他诬陷为"走资本主义道路的当权派""潘扬死党""潘扬反革命集团漏网分子"。

钟望阳在讲述这一切时显得极其平静,我问道:"听说还对你进行了残酷斗争,无情迫害?"

他说:"在搞地下斗争时,明知生死相隔不过一步之遥,我从未退缩过。我知道张春桥欲把我置于死地而后快,就横下心来,要像小顽童、小癞痢那样英勇无畏。"

我问:"小顽童和小癞痢是什么人?"

他笑笑说:"是我写的两部长篇小说①的主人翁。"

10月20日,我陪着他在9寸电视机前,观看了上海人民庆祝粉碎"四人帮"的大会。当马天水代表上海市革委会表态发言时,我疑惑地说:"怎么还让他亮相?"钟伯伯不以为然地说:"你看,只露出半个脸,为什么?不是不报,时辰没到。"

…………

---

① 1931年出版的长篇小说《小顽童》,描写了一个顽皮的孩子因父亲牺牲,化悲痛为力量,终于踏着父辈的血迹,走向民族解放的道路。《小癞痢》通过描写抗日革命军队中一名小战士的成长历程,直接或间接地揭露了日伪统治下的黑暗现实,歌颂了英勇的人民为民族解放而斗争的精神。

钟望阳

1978年6月的一天，三林告诉我，组织上已对他爸爸遭受"四人帮"残酷迫害时的表现做出了评价："正气凛然！对'四人帮'的种种罪行进行了不屈不挠的斗争。"

往后的10年里，我两度看望钟伯伯。有一次谈了一阵，下午他要参加一个会议，我陪他下楼，送他到车前。正要上车，他见车厢空着，便问："巴老呢？"司机回答："时间来不及了，我没有去接。"他脸露愠色，用和善的口气说："以后不要自作主张。巴老是党外人士，用车再忙，也要把巴老接送好，我和吴强可以不坐。这要成为规矩。快，去武康路。"说完，径自步行上路。钟伯伯的行为使我深感意外，我想，他之所以不假思索就做出决断，是缘于他的思维定式，时刻不忘一个共产党员对巴老应有的尊重、一个党的领导干部对统战对象应有的礼貌。

今年是钟望阳诞辰100周年，也是他逝世27周年。此文动笔之前，我曾与三林、二林、大林通了电话，希望她们尽可能提供一些素材。她们的回答如出一辙："爸爸在家里从来不谈工作的事，我们知之甚少。"大林在信中说：

"我们对自己的父亲了解不多,尤其在他晚年时,我们都没在上海,和他沟通的机会很少,现在想起来很是懊悔!"二林告诉我:爸爸在30年代参加了左翼文化运动,创作了多部长篇小说。他于1937年加入了中国共产党并从事党的地下活动……让我们体会最深的是,他在群魔乱舞时保持了共产党人的清正风骨;在含冤蒙难之时,组织上对他的评价是"正气凛然",我们家人对他的评价是"雍容坦荡"。

"正气凛然,雍容坦荡",这何尝不是钟望阳思想感情升华的最精确的描述?这位外表文弱温良、毫无英武之气的长者,恰恰有着刚强执着的个性、百折不挠的铮铮铁骨。

巴金与陈登科心有灵犀

1990年4月9日下午,我陪陈登科和他的夫人梁寿淦从华东医院出来,便驱车前往武康路。

一上车,陈登科就长长地叹了一口气,低沉地说:"大同(吴强姓汪名大同)病得不轻啊!"当车驶近了巴金的寓所,陷入深深悲痛之中的陈登科轻声说:"不要停,再兜几圈。"显然,他不想如此伤感地去登门访客。

昨天,陈老对我说,明天看了吴强后还要去拜访巴老。据我所知,巴老年事已高,病痛缠身,一般情况下已不见客。我便去宾馆大厅给小林打了电话。小林表示,要征询一下爸爸的意见。不一会儿,小林来电告知,爸爸听说陈登科要来很高兴。陈老为了这次约见,推掉了当晚好友的宴请,还特意去理了发,整理了飘拂的络腮胡子。白发长髯,平静恬淡,犹如一位看透世事万物的哲人。晚上吃饭时,他说,按原计划,这次去北京后即返回合肥。所以改道先来上海,一是看望病中的吴强,二是向巴老报喜。

轿车从淮海西路转向复兴西路，过了乌鲁木齐路，一直沉默的陈登科不胜感慨地叹息道："吴强陪我看望巴老，一晃已过去九年。"他的眼睛透过车窗望着吴强住过的那幢高楼。

1981年2月13日上午10时，由上海市文联办公室主任丰村安排，陈登科和肖马在吴强的陪同下，前去探望了巴金。

过了一阵，陈老似乎摆脱了心上的重压，示意开车。

这一次巴金没有站在院中等候。由于身体的原因，他已经行动不便，很少站立。他倚靠在客厅一角的藤椅里。比茶几略高的小圆桌上放着蛋糕、糖果，还有那架小收录机。陈登科一边热情问候一边上前与他握手，巴老手握得很紧，不愿意放开，俩人相互端详了一会儿。巴老说："你留胡子了，有气度，长髯公。"陈登科说："你也理了发，挺精神。"陈登科落座后说："巴老，我这次去北京听到可靠的消息，看来快了。"巴老含笑说："你没白忙。"陈登科真诚地说："全靠你的启发和支持。"

1979年6月，五届全国人大二次会议在人民大会堂召开。21日下午2点30分，在会场的休息室，陈登科和巴金相遇。他俩谈到即将召开的全国文代会，有许多看法相似。巴老还谈到"冯雪峰遗作"。他说："前些时候刊物上发表了雪峰的遗作，找来一看，原来是他作为'交代'写下的什么东西。我读了十分难过，再没有比这更不尊重作者的了。"他还说，所谓"遗作"，其实都是冯雪峰生前在历次"运动"中，尤其是"文革"期间，被迫写的一些自侮自辱、违心违实的"检查交代"文字，未经家属同意，被发表出来，无疑是对作者人格的侮辱，是对其形象的损害。巴老的话，触动陈登科想起了一个人。《渡江侦察记》《南征北战》《自有后来人》这3部电影可以说家喻户晓。而作者是谁？又有几个人知道？那就是沈默君。他是50年代著名的军旅作家，被称为中国的"西蒙洛夫"。那几部经典电影是他对中国电影事业的杰出贡献。他被打成右派，连降9级，被驱逐出长春电影制片厂。他流浪到安徽农村，靠做木匠糊口。凭什么剥夺他的著作权！欲加之罪，何患无辞。作品是他写的啊！居然美其名曰，历史是人民创造的，好作品是属于人民的，而他是反党反人民。这……这是什么逻辑？强词夺理，以权压人！"文化大革命"中，

《自有后来人》被改编为京剧《红灯记》，红遍全国。沈默君一路乞讨到北京，去国务院文化组告状，声称自己是《红灯记》的原作者，要求申冤、平反。江青勃然大怒，说这个人坏透了，妄想剽窃革命成果，玷污革命样板戏，破坏京剧革命。结果，沈默君被押回安徽。这个人既有才气也有骨气，穷极潦倒之时，还写了自喻为蟹的对联："进也罢退也罢，老子横行；蒸也好煮也好，死也硬气。"横批"天下第二蟹"。

当晚，陈登科在床上辗转反侧。联想到自己，"文化大革命"前已写了300多万字，出了5部长篇。江青点名诬陷陈登科是"国民党特务"，全国通缉，到处追捕。他先隐匿北京，后潜逃上海，与多多（后为他女婿）乘着小船在苏州河上漂泊了4天，结果难逃"无产阶级专政"的法网，被铐上手铐，关进建国东路的牢房……唉，作家算什么？作品算什么玩意儿？有什么保障？！他越想越觉得巴老因"冯雪峰遗作"被任意宰割所引发的深思，并由此形成"国家应该有一个法，来保护广大作家的著作权"的意见。此乃深谋远虑，他完全同意，于是连夜赶写了关于作家应该享有版权的议案，第二天便提交给大会。

过了一星期，陈登科又在《光明日报》发表了《对当前文艺工作的几点看法》。他在文中指出，应该允许作者有版权，不然，"文责自负"就是一句空话。几天过去了，却没有一石激起千层浪。10天后，正当陈登科陡生一种"知音少，弦断有谁听"的悲凉感时，江晓天（中国青年出版社编辑）从北京打电话告知他，8月8日，香港《大公报》刊登了巴金《纪念雪峰》的随想，还逐字逐句念道："作家陈登科在《光明日报》上发表文章主张作者应当享有版权，我同意他这个意见，主要的是发表文章必须得到作者的同意。不能说文章一脱稿，作者就无权过问。"

正当因孤军匹马而深感寂寞之时，巴金掷地有声的遥相呼应，犹如一股暖风拂面而来。陈登科深受鼓舞。11年过去了，眼看当年开渠引水的努力即将促成水到渠成，陈登科才会说出"全靠你的启发和支持"这句话。

在接下来的交谈中，陈登科还告诉巴老，在论证制法的过程中，阻力还是不小。出版工作"以阶级斗争为纲"和文化禁锢主义束缚的阴影，还时不时地干扰并成了阻力。讲到这里,陈登科问巴老:"电影《林则徐》看过没有?"巴老说:"看过呀,是部好作品!"陈登科叹了口气,说:"这位作者真是,可怜、可悲、可惜啊!"

《人民文学》1957年5月、6月的合刊本,发表了电影文学剧本《林则徐》,作者是吕宕、叶元。剧本后来由上海电影制片厂拍成电影,因吕宕已被打成右派,影片就除了他的名。吕宕被发配到农场接受劳动改造。有一天晚上,农场进行爱国主义教育,劳改人员集中在打谷场上,当电影放映队开始放映时,36岁的吕宕低着头哭了。银幕上放映的是《林则徐》,而他已成了罪人!从1960年至1966年,吕宕写成电影文学剧本《闯王李自成》。"文化大革命"一开始,他被抄家,这一剧本也在劫难逃,还成了新的罪证。后来这部稿子不知去向。

吕宕的悲惨经历,令两位老人神伤嗟叹,义愤填膺。巴老关切地问:"他现在怎样了?"陈登科回答:"79年底,我带着《回忆雪峰》和《对当前文艺情况的一点看法》去看望他。我对他说:'我是文联主席、人大代表,我支持你提出要求恢复著作权的申诉。'没隔多久,他在寄给我的信中说:'读了你带给我的两篇文章,原本已经死透的心又燃起希望。可是我到哪儿去申诉呢?现写成《给叶元的一封公开信》,一切听凭你的处置。'我帮他发表在80年《清明》第2期。现在他的心脏虽然已经搭桥,但走路困难,足不出户,天天昂首盼望,到哪一天才会有保护作家权益的法律条文出台,还他一个公道。至于创作,虽有心却无力。不过,他还是写写停停,创作了电影文学剧本《鲁迅先生》上下集。长影认为是一个好剧本,但因牵涉到一些历史的原因,还得等一等……这样一个人才,如果不是'文革'的摧残扼杀,一定会写出许多好作品。"

沉默,还是沉默。他俩在想什么?吕宕的遭遇也许引发他们的切肤之痛。"文革"中,巴金的被批被斗被辱和丧妻之痛;陈登科的囚禁大牢妻离子散和16岁大儿子蒙冤被判无期徒刑;无数作家丧失尊严,受尽迫害,家破人亡,都是祸起文字之灾,饮恨笔墨之冤。这……这,倘若作家的安危被视如草芥,那么还会有谁诗兴大发,纵情笔端?

作家的权益应该得到尊重和保护,成了这次见面的主要话题。当谈到《著作权法》即将颁布,他们对文学创作的前景充满着希望,气氛也越来越轻松,又纵意而谈,融融洽洽。陈登科和夫人梁寿淦与巴金告别后走到会客室门口,陈登科又转过身来,与巴金对望了许久。那种无声的、气息相通的、莫逆于心的凝视,包含着心有灵犀的理解和信任。

当晚,与陈老聊天时,我提出了一直萦绕于心的疑问:"你为作家的权益挺身而出,当时为什么无人问津?"陈登科答道:"现在回想起来是可以理解的。当时有些长期被封杀的作家,因能重返文坛而知足,岂敢得陇望蜀;新生代的作者是初生牛犊不怕虎,直抒胸臆,一吐为快,对版权尚无切肤之感。"讲毕,陈登科满怀感激地说,"巴老的那篇文章,虽说是对我的议案的推波助澜,其实是他阅尽文坛波澜后的登高望远。往事不堪回首,痛定思痛,巴老热切希望通过立法来确保作家的权益。好的作品示人以真实。把心掏给读者的作家应该受到法律的保护。只有这样,才能确保文学创作的长久繁荣,才会有利于中华文化的发扬光大。"陈登科略一停顿,又继续说下去:"人之相知,贵相知心。有巴老的支持,千里同心,我尽抛心力终无悔!"

对于文坛上这段鲜为人知的往事,还有材料可以印证:

巴金1979年9月10日日记:"上午黄裳来。"①

他俩谈了什么?黄裳在1979年9月12日致姜德明的信中提及:"与巴金闲谈,他非常同意陈登科提出的要搞一个出版法,现在作家有许多权益没有保障,实例甚多,不只是经济问题。这个问题也没法说清。"

从黄裳所述的内容可以看出,如何保护作家的权益,巴金一直在进行深层次的思考。他对陈登科的支持,无疑就是对中国作家的最大关心。

在陈登科拜访巴老5个月后,也是在陈登科和巴金发出呼吁的11年后,1990年9月7日,著作权法草案终于由第七届全国人大常委会第十五次会议通过。同日,杨尚昆主席发布31号《中华人民共和国主席令》,公布《著作权法》,并宣布该法将于1991年6月1日起施行。

---

① 《巴金全集》第26卷,北京:人民文学出版社1994年版,第351页。

巴金（中）、陈登科（右）

还有，在《陈登科文集》中记录了陈登科为制定《著作权法》所做的努力：

（1979年）6月参加全国人大会议，与会提出三个议案，1. 恢复国歌原歌词，2. 制定著作权法，3. 设立文艺奖金制。①

（1985年）3月至4月在北京参加六届三次全国人代会，与会发表"保证创作自由在于立法"之言论，先后为《经济日报》《文学报》《文摘报》等报刊报道转载。②

陈登科为著作权所做的不懈努力已被披露，然而，人们并不知晓巴金为此所做的贡献。从事《陈登科生平与创作年谱》研究工作的陆志成曾在《陈登科的两个议案》一文中披露："当著作权法公之于世的时候，陈登科由衷地说：'当年巴金同志的文章，所发挥的声援力量，是不可低估的！'"

如今，作家已懂得必要时可以运用《著作权法》为自己维权，可是过去

---

① 陈登科，萧马：《陈登科文集》（第8卷），北京：北京燕山出版社，2001年：第572页。
② 陈登科，萧马：《陈登科文集》（第8卷），北京：北京燕山出版社，2001年：第578页。

却因"无法无天"而受制于专横和肆虐。陈登科的振臂一呼,巴金的山鸣谷应,虽已随着岁月的流逝被淡忘,甚至为后辈所不知,然而他俩在文字因缘中共证同心的真知灼见,已融化在"尊重知识,尊重人才"的法律条文中,其影响之深远已超越文学的范畴而恩泽社会。

以书相赠寄深情

记巴金、吴强、陈登科、肖马的一次畅谈

春节刚过,陈登科和肖马(原名严敦勋,作家严歌苓之父)在吴强的陪同下来到武康路113号。陈登科一见已在院子里等候的巴金,快步向前,抱拳作揖:"巴老,今天是初九,给你拜晚年了。"巴金紧紧握住陈登科的手,陈登科又把巴金的双手握在自己的手里好一阵。他们来到客厅刚坐定,巴金便问:"前一阵子你去北京了吗?"陈登科不由一愣:"去北京?!没有呀。"巴老笑笑说:"上海在传说,有人找你去谈话了,你写了检讨。"

吴强在旁补充道:"上海的谣言很多,说赵丹被点了名,有人哭了一场。你也写了检讨。"

陈登科气恼地说:"我是参加审判'四人帮'旁听的880名代表之一。他们的犯罪事实使我得出一个结论,这些所谓的政治家,心灵实在太肮脏,要说心灵干净,看来还是作家。在一次座谈会上,我讲了'政治家没良心,作家有良心'，其实，我是有所指的，并不是泛指，就好比作家中也有出卖灵魂的一样。也许是我口齿不清，有些人没有听明白，传话失真；或者是居心叵测，想把水搅浑。韩美林（画家、雕塑家）去年底从北京回来，说柯岩（诗人，贺敬之夫人）要他转告我，今后在公开场合，不要再乱放炮。白桦（原名陈佑华，作家，与叶楠是孪生兄弟）也不断转达北京一些朋友们的劝告，叮嘱我不要多讲话，言多必失。今年1月28日，韩瀚（诗人）来信说，'李凖（电影剧作家，曾任中国现代文学馆馆长、中国作家协会副主席）告诉我，陈荒煤（作家、文艺评论家，曾任中国电影家协会主席）23日在电影理论工作会议上讲了一天的话，点到你的名。说你讲政治家没有良心的事……'你们看看，我就说了这么一句话，那几个'气象专家'又想抓我的辫子。我想，与其让陈荒煤到处去讲，还不如我自己讲。我就动笔给中共中央宣传部3位副部长写了一封信：

周扬、守一、敬之：

最近，北京的同志转告了荒煤同志在一次会议上的发言，提到了我去年11月在《当代》编辑部召开的座谈会上的发言，我当时是讲过：政治家没有良心，有良心的还是作家。事后一想，觉得这句话有语病，但我的发言中心是指林彪、'四人帮'和他们豢养的那批政客，这表示了我对林彪、江青之类的憎恨。当时我很激动。正因为心情激动，讲这段话时未加注脚，于是被有些人引用为指所有的政治家。我这个人一向有点信口开河，讲了也就忘了，更没有去更正，想不到这句话现在已传播得如此广泛。据传说涉及我的种种传闻还不止这一件，真真假假，以讹传讹，断章取义，添油加醋，越传越面目全非了……

"信寄出去一个星期后，我和那沙（安徽文联副主席，剧作家）去看望顾卓新同志（安徽省委书记）。他很热情，首先肯定我们的工作，再肯定安徽文艺界是听党的话的。他最后对我说：'周扬把你的信转给我了，说一两句错话，过去就过去了，今后讲话注意一点，对这件事思想上不要有疙瘩，要心情舒畅地去写东西。'他这么一说，还有什么疙瘩不能解开呢？"

巴金很关怀地对他说："今后讲话要注意，现在形势好了，还是有人会抓住一句两句大做文章。"

陈登科说："他想抓你，再注意也没有用。一篇文章或一次讲话，给你斩头去尾，挑出一两句，谁都可以挑出毛病。"

吴强不满地说："现在有一种不好的风气，混淆黑白。我在短篇小说《灵魂的搏斗》中，鞭挞了一个向'四人帮'出卖灵魂的老干部。好家伙，有人就说是影射了某某人，那位老兄气得骂娘。眼下一提作品要讲'社会效果'，他们又成了'红色'猎人，逮住你的个别失误或一两句错话，无限上纲。"

陈登科接口道："大同讲到了要害，我在信的结尾这样写道，'但令我心痛的是，迄今为止，以小报告邀功，以损人利己为职业者还大有人在，虽然我坚决相信中央领导同志能鉴别真伪，但难免令人心烦，干扰安定团结大概就是这些所谓职业政治家不可救药的本性吧！'"

肖马说："老陈这封信寄出前给我看过，我既激动又愤怒。君子坦荡荡，小人长戚戚。"

陈登科说："巴老，上次吴强和我来看你，是 1979 年 10 月 14 日。当时，我感到天下从此太平，可以安心创作。没有料到，还不满两年，一些风派，只要一有机会，就兴风作浪。我在合肥也听人讲，上海有人批评四个人，一是巴老，二是赵丹……"

吴强抢着说："全是扯淡，要批巴老，群众也不会同意。"

巴老淡然地说："如果真的要批我，我再也不会像'文革'时那样逆来顺受了。香港《大公报》连载我的十几篇随想，就有各种各类叽叽喳喳传到我的耳里。有人扬言我在香港发表文章犯了错误；朋友从北京来信说是上海要对我进行批评；还有人在某种场合宣传我坚持'不同政见'。点名批判对我已非新鲜事情，一声勒令不会再使我低头屈膝……"

陈登科激动地说："巴老，我完全理解你的心情。为什么有人要挑我的刺？就是因为我和肖马写的长篇小说《破壁记》。这本书一出版，就遭到不少人的批判。他们对号入座，暴跳如雷。"

吴强告诉巴老，这是第一部用文学的形式真实地反映了从1957年到"文化大革命"期间，一段辛酸的血泪历史。书中描写了有血有肉的好党员和平民百姓，对那些形形色色的政治扒手进行了无情的鞭挞，控诉了"四人帮"所犯的滔天罪行……已由人民文学出版社出版。

肖马说，虽然大多数人说，《破壁记》好就好在冲破了那些对文学作品的紧箍咒，不过有人讲它是"暴露文学"，是"缺德文章"。一些好心而怕事的人担心老陈又会惹是生非，便送给他们一副对联：

今批左，明反右，许多志士同仁，左右破壁，虽有破壁记，壁何曾破也。

你争先，他恐后，不少乌龟八蛋，先后得官，纵无升官图，官照样升焉。

好友此作何尝不是对陈登科的规劝。

陈登科在1957年反右派的政治运动中受到批评。时任中共中央宣传部副部长的周扬同志给安徽省委负责同志打招呼说："培养一个工农作家不容易，打倒可太容易了……"陈登科幸免于难，于是在《文艺报》发表文章《回到党的怀抱里来》，在《安徽日报》发表《听党的话，在劳动中锻炼》……在"文化大革命"中，"工农作家"的光环再也保护不了陈登科，尤其在被江青诬陷成"国民党特务"后，他被连根拔起，家破人散，不但自己成了囚徒，大儿子含冤被判十八年徒刑……

经过乱世凶年的洗礼，陈登科再也不会面对极"左"的猖獗而俯首帖耳，他大大咧咧地说："有人叫着要批判，我不怕。我和肖马还要继续写第二部，有两位我尊敬的老大姐对《破壁记》也感兴趣，这对我们是极大的鼓舞。"

吴强问："是哪两位？"

陈登科回答："陈明（丁玲丈夫）打电话给我，说丁玲有两件事对我很生气，上次到北京，为什么没有去看她？！出了《破壁记》，也不送她一本，还是李纳（作家）告诉她，这是一本好书。刘瑞龙（曾任上海市委秘书长，农业部常务副部长,第五届全国政协常务委员,第六届全国人大常务委员,刘延东之父)也打来电话说,王光美问他,最近陈登科有没有送书给他?知道他没有收到后就说,陈登科出了一本直接描写'文化大革命'的书,写得好,有深度……光美是位很有修养的人,虽然没有再说下去,老刘已经听出了她的言外之意……"

陈登科说:"我知道因我的疏忽惹得两位老人家生气了,便赶紧把书寄上。"

巴金笑着说:"你也把我忘了。"肖马立即从包里拿出已经签上名的《破壁记》,陈登科说:"巴老,今天是专程来送书的,请笑纳。"俩人恭恭敬敬地把书递给了巴金。

他们又闲聊了一阵。吴强似乎想起了什么,问道:"巴老,你还记不记得刚粉碎'四人帮'不久,你请我和叶楠(原名陈佐华,作家,白桦哥哥)在国际饭店吃饭?"巴金点点头,并做了补充:"还有赖少其(画家、书法家)。"吴强说:"你当时说,应该把'四人帮'交给人民来公审。结果真的给你言中了。"他转向陈登科:"你刚才提到参加了审讯'四人帮'的旁听,听说江青在庭审时闹得很凶,说自己不过是一条狗。"陈登科说:"在预审时,江青说:'我是一条狗。只有狗听主人的,没有主人听狗的,打狗还得看主人呢。'公诉人驳斥道:'若是一条疯狗,不但见人就咬,连主人也会不认识,照常咬。'"

吴强加重语气说:"重拳回击,一剑封喉。她是条疯狗。"

他们又交谈了一阵,吴强提醒已十一点半了。陈登科、肖马起身告辞。巴金上楼拿了两本书,签上名后说:"这本书的前半部是我翻译的。是'文革'后最早动笔写下的文字。也可以说是我作为一个站起来的人,通过译作吐露的心声。我想,只在经历了接连不断的大大小小政治运动之后,只有在被剥夺了人权在牛棚里住了十年之后,我才想起自己是一个人,我才明白我也应当像人一样用自己的脑子思考。真正用自己的脑子去想任何大小事情,一切事情、一切事物、一切人都在我眼前改了面貌,我有一种大梦初醒的感觉。"

吴强说:"浩劫十年,冤魂百万,哪还有什么'人'字可言。对文化的破坏,对人的尊严、人的灵魂的辱没、摧残,是史无前例的。"肖马说:"'文革'是扼杀人性，提倡兽性，不讲人道，使人性堕落，兽性猖獗，人伦尽丧，文明败坏。"陈登科讲："巴老提到'人'字，我深有感触。前一阵子我去了黄山，一到人字瀑仰头一望，无限感慨，唉，这才算得上一个顶天立地的人！看到自然界的'人'字那么雄伟，那么壮观，不禁感到自己的渺小。文学本来是人学，离开了人，根本谈不上文学。"

巴金说："要做一个把心交给读者的作家，就要做一个真正的人。"说完，他把书送给陈登科和肖马，还说："赫尔岑是我的'老师'，他的'回忆'是我最爱读的一部书。"陈登科和肖马接过书一看，书名跃入眼帘——《往事与随想》。

走出小院，吴强说："今天就到我家去喝两杯吧。"

一进门，陈登科闻到弥漫满屋的肉香，惊呼道："唷，红烧肉！"吴强说："还有你爱吃的呢。"陈登科闻言径直走进厨房，看到一只砂锅正冒着热气，一掀开锅盖便哈哈大笑，"肖马，这也是我们家乡的名菜红烧狮子头呀！"陈登科乐不可支，却立时收敛笑脸，说："可惜，好像还缺少了什么。"吴强的女儿尹彦马上把一瓶"高沟特曲"展现在他面前。陈登科仰天大笑："知我者大同也。"

吴强和肖马，轻斟慢饮；陈登科端起酒杯一仰脖就一饮而尽。酒酣耳热，仰而赋诗，他们的谈话又转到《往事与随想》。陈登科问吴强："你看过没有？"吴强放下手中的筷子，说："去年巴老送了我，读后，我能感觉到巴老在翻译前半部时的那种心灵的搏动，把多年积压在心中的郁闷、痛苦、愤怒全都迸发了出来，我被深深地震撼。有一次与元化谈得很深。他说，这些年来，能震撼他心灵的作品，可以说没有。当他阅读《往事与随想》时，才再次感受到巴金那颗澎湃的心，才再度体会到当年阅读《约翰·克利斯朵夫》时心灵感到的震撼……"

喝完酒，端上了面条，尹彦说："今天是爸爸71岁生日。"

寿面！陈登科和肖马，一面嗔怪吴强不该事前打埋伏，一面因无以祝寿颇感不安。两人商量了一会儿，陈登科便说："老吴，七十是大寿，按家乡的习俗，不能两手空空，我和肖马对一副对联，作为贺礼。"随即吟出上联，肖马脱口对上下联：

作者与巴金（右）

刚直挺立，托升红日冲霄汉；
屈就沉浮，构筑堡垒照尘寰。

  吴强连称不敢当，同时长揖道谢，陈登科和肖马都意欲泼墨挥毫，只因宣纸所剩无几，只得作罢。
  吴强举杯，深有所感地说："每次拜访巴老，都有一种与善人居，如入芝兰之室，久而自芳的感觉。我们相聚小酌，酒助文兴，翰墨含情，复杯为厚。"肖马说："文章为命酒为魂，把酒乐开怀。"陈登科说："高寿不易，借酒祝福，喝透为敬。"三人一饮而尽。

在以后的几年中,不论与友人谈心或在公众场合,陈登科多次提及与吴强、肖马去拜访巴金和去吴强家吃长寿面的情景。

1985年10月,在马鞍山市召开的城市改革与文学创作座谈会上,陈登科在与一百多位全国著名作家交流时,又谈到阅读《往事与随想》和《随想录》的感想:"赫尔岑一辈子都与黑暗的专制势力做着斗争,饱受冲击的巴老读这本书,感同身受,有了强烈的共鸣,才会动笔翻译。"巴老在后记中写道:"我每天翻译几百字,我仿佛同赫尔岑一起在十九世纪俄罗斯的暗夜里行路,我像赫尔岑诅咒尼古拉一世的统治那样咒骂'四人帮'的法西斯专政,我相信他们横行霸道的日子不会太久……"陈登科被江青诬陷为"特务",蹲了5年大牢,其经历使他加深了对巴老翻译《往事与随想》前半部的体会。可以这样说,巴老是借助《往事与随想》来完成自己对人生的思考的。用巴老的话说,《随想录》"是我翻译亚·赫尔岑的《往事与随想》的副产品"。这本书,是巴老对"文革"、对"四人帮"的反思,提倡要讲真话,要有勇气正视走过的弯路。陈登科表示:"巴老的真诚与高贵品格唤醒了我的良知。我们不应该仅仅停留在对《随想录》的赞美上,而应以此为起点往深处开凿。人一生可贵的是说真话,说真话有时要花代价。彭德怀经过调查据实说'大跃进'是大冒进,掉了乌纱帽,挨了整;张志新说了真话,招来杀身之祸。我一生说了好多实话,挨了批;也讲过不止一次的假话。有一次说了假话受了表扬。那是亩产万斤粮的'人民公社万岁'的年代,我在一个生产队的打谷场上监秤,明明看着一袋袋粮食抬走又抬回来,轮流着称很多回,虚报的产量上去了,我的良心却受到了责备;在你假我假大家都假的时代,要想说真话,很难。我对虚报产量装聋作哑,工作却得到了肯定……"

最后他说:"1981年,巴老送给我书时说'要做一个把心交给读者的作家,就要做一个真正的人'。读了《往事与随想》《随想录》这两本书,我的体会是,最有良心、最富于正义感的作家,为老百姓讲真话的作家,才是真正的作家!"

《红日》凝结着陈毅的真知灼见

这几天整理书橱,当拾掇到《红日》这本书时,自然想起了27年前的往事。

最早提出要创建"上海文学发展基金会"的是吴强,提议我出任副秘书长负责筹组工作的也是他,也是他建议张军把我从马鞍山市文联调到上海作家协会,因此我有幸与他有较多的接触。中国青年出版社于1990年再版了《红日》。承蒙他抬爱,赠予我一本尚在飘散淡淡墨香的新书。对这最新一版的装帧,他非常满意。他说:"写这个东西的时候(吴强有一个习惯,称文学作品为'东西'),我正担任华东军区第三野战军文化部部长……"

除了这一次,他还多次谈及《红日》曾经随着"左"派的兴风作浪而翻腾沉浮。现经回忆,钩沉辑佚,把他几次涉及《红日》的谈话集腋成裘,以飨读者。

大概在1951年3月出头,在上海去南京的火车上,吴强把《南征北战》

的初稿交给陈毅。一听沈西蒙、沈默军、顾宝璋写了个军事题材的东西，陈毅精神一振，便问吴强能不能拍。吴强说："真的拍成电影，你一定会高兴得又要拉着我们下围棋了。"陈毅大声说："有你这句话，下棋输给你也行。现在上海电影制片厂刚成立，我这个既是司令员又是市长的人，就想看到解放后我们自己拍的电影。去南京还得好几个小时，我现在就看剧本。再说，'三野'出了'三个沈'，沈西蒙写的戏我看过；沈默军写的小说我读过；沈亚威作的曲子我唱过。这'三沈'给咱们'三野'争过光添过彩，现在两个'沈'加一个'顾'又要给华东军区长脸，爽！"

南京到了，陈毅撂给吴强一句话："读完《南征北战》，我的心里啊，又是充满着战斗豪情。有什么意见和想法，等我想好了再约三位作者聊聊。"没多久，陈毅见到吴强，用拳轻轻捅了捅他的胸脯，说："吴部长，拜托你一定要大力支持'两沈一顾'把《南征北战》改好。特别要把那些概念化和简单化的情节改得符合人物在规定情境里的性格发展。我有些想法要和作者交流，有些矛盾冲突是不是可以加强？有些地方可以省些笔墨。"陈老总还叮嘱吴强带话给三位作者，"要多看看欧洲文艺复兴时期的一些经典著作，集思广益有益无害。磨刀不误砍柴工，还是要读一点文学名著。写文章、写戏、写电影都要深入浅出，雅俗共赏，构思要深思熟虑，要学古人那样反复推敲，不要拈来就写，要考虑成熟了再下笔。"陈毅又特别强调："剧本中有些对话，请他们务必修改，就是不要提我陈毅的名字，也不要提陈司令、陈军长，统统改成部队通用的首长称呼，好不好？这件事，拜托你了！仗不是我陈毅一个人打的，我陈毅一个人能消灭敌人60万吗？显然是不能够。胜利归功于毛主席伟大的军事思想，归功于全体指战员。个人在革命中所起的作用总是有限的，我陈毅不能贪天之功据为己有！"

不久，应陈毅之约，吴强陪着沈默军、沈西蒙、顾宝璋去了陈毅的寓所。

陈毅和他们喝了几杯后，说："当了上海市市长后，张茜劝我不要吸烟喝酒。烟可以不吸，至于酒……"

张茜插话："你今天不是又喝上了？"

"有客上门嘛！"陈毅说，"今儿我是请剧作家来家相聚。'主不吃，客不饮'不是由来已久的待客之道吗？沈默军、沈西蒙、顾宝璋写了一个好剧本，张茜你抽空也看看……这个剧本写得有特色，可以拍。"他转身对着几位客人说："几个情节我并不满意。你们为什么把解放军写得那样完美无缺？你们在新四军、解放军里工作了多少年？我们部队都是天将神兵？"

沈默军、沈西蒙、顾宝璋理解陈毅的意思，但他们3个人面面相觑，都尴尬地一笑。对这一笑，吴强深知有着他们的难言之隐。

前不久，电影《武训传》受到批判，弄得搞文艺创作的人丈二和尚摸不着头脑。过了没多久，一波未平又起一波，文艺界开展了端正文艺思想的整风运动。在这种情况下，搞文艺创作的人陷入左右为难的困境。

陈毅并不知道对《武训传》声势浩大的批判，已使文艺界产生了惶恐心理，做事瞻前顾后。他直陈己见："我有一个建议，是不是可以加一个人物？是我们解放军的团长或者是营长都可以。在我军战略转移大踏步后退时，他有情绪，丧失了斗志，临阵逃脱还叛变投敌。最后我军发动大反攻，势如破竹，那个可耻的逃兵又成了我们的战俘，并受到了军法的处置。"

听了陈老总这番话，他们不但惊诧万分，还不由得对陈毅刮目相看。如果不是深谙文艺创作的艺术规律，怎么会有这番独具匠心的以人物来开掘主题的设想！陈老总对剧本的奇思妙想，见解高远，用情至深，韵味无穷。陈老总在文艺构思上潜藏的智慧、气魄和胆识令他们折服！但是，上面对文艺创作已经要求另有一套衡量的标准，这不由得令他们感慨、叹息。

吴强忍不住说："陈老总，在残酷、艰苦的战争过程中，火线上难免有逃兵，写一个开小差的，当然可以。不过，除非您是文化部门的掌门人，《南征北战》才能在您的呵护下，羽翼全丰！"

陈毅盯视着吴强问："你说这话是什么意思？"

吴强吞吞吐吐地说："如果这样写，我是怕剧本送到北京，电影指导委员会很有可能横挑鼻子竖挑眼。"

陈毅挥了挥手说："不会。电影指导委员会由江青分管，她是懂艺术的嘛。"他顿了顿，话锋一转说："我不懂艺术，但爱艺术。看了你们的剧本，我非常高兴。还希望能有更多有分量的大部头作品问世。"

沈默军喜滋滋地说:"我看快了。如果写成,《南征北战》与其相比,是小巫见大巫。"

"什么?!"陈毅惊讶地睁大眼睛催问,"真的吗?!快说,是谁,写了什么?"

顾宝璋说:"此人啊,近在眼前。"

陈毅呵呵笑着打趣:"除了你们3个,那还有谁?!"

沈默军说:"陈司令,吴强正在酝酿一部长篇小说。他以1947年山东战场的涟水、莱芜、孟良崮三个连贯的战役为中心,讲述华东野战军与国民党的王牌军74师之间展开的大规模战役的故事。故事提纲我看过,书名叫《最高峰》(后改为《红日》)。"

陈毅又惊又喜,转身对着吴强大声说:"你这小子,不声不响,勇攀高峰,好呀!什么时候能写出来?"

吴强正要回答,沈西蒙已抢着回答:"吴强给我讲过构思。我觉得,吴强是想用艺术形式来表现重大的战役。"

陈毅开怀大笑,拍了拍吴强的肩膀,说:"写完了,能不能让我先睹为快?"

吴强点点头,说:"还早呢。如果写成,你不说我也会登门候教。否则,又要挨你的熊。"

"熊你,我什么时候熊了你?"

"上海刚解放不久,6月里的一天上午,十兵团的团以上干部三百多人,从驻地苏州来到上海,齐集在国际饭店18楼的大厅里,听你做南征福建消灭蒋军残余的动员报告。在休息室里,我见到你就喊了声陈市长。你对我开玩笑说,你们是野战军,我不是你们的市长。接着你对我说,你这个文化人,到时候了,该动动笔杆子了。我说,已经写了几万字,是关于淮海战役的战地报告。你说,华东、全国各地的战场上那么多可歌可泣的事情,你们这些人,不写些像样的作品出来,脸不红吗,不挨人家骂吗?"

陈毅想了想,说:"嗯,有这回事。这是激励,怎么是熊你?"

吴强答道:"打是亲,骂是爱。为了脸不红,不挨人家骂。1947年11月,第三野战军第10兵团南征福建，我随团进驻厦门。就在那段时日，我萌生了把从涟水战役到让张灵甫折戟的孟良崮战役写成长篇小说的想法，就在稿纸上比画，有几个人物在我的脑子里晃来晃去。刚才你要他们在剧本中设计一个逃兵，对我有启发。有一个人物，是连长石东根，打了胜仗喝醉酒，骑上马发了酒疯。这本书还在构思中，《武训传》被批判后，我就有了思想顾虑，要不要写呢？我正在犹豫，现在听了你提出可以写一个逃兵的建议，对我有启发，我得重彩浓墨地把石东根这个人物写好。"

《红日》的喷薄而出是在1957年7月，由中国青年出版社出版发行，被列为解放军文艺丛书。《红日》写了战争，也写了战争中的人物命运，出版后立刻轰动文坛，堪称新中国军事文学创作另辟一径的重要里程碑。其成就突出，人物荟萃，成功地塑造了一系列血肉丰满的艺术典型。在我军将士的英雄群像中，除了军长沈振新和副军长梁波是两个引人注目的人物外，《吐丝口》一章的连长石东根也被刻画得有声有色：在欢庆会餐时酒喝多了，高兴之余，穿上缴获敌军的将官服，骑上烈马到处奔驰……

1961年夏天，吴强去北京开会。一天，徐平羽（时任上海市委宣传部副部长兼文化局局长）告诉他，陈老总来电话，约他俩去他家谈谈。刚一进门，陈老总就对吴强说："你的《红日》我看了，没全看完，只看了《吐丝口》那几章，很好。"

吴强说："你说很好？正是那几章，有人有意见！"

陈毅不以为然地说："还有什么作品，没人有意见的？"

徐平羽插话："有人说，那个石东根，是解放军连长，不但喝醉了酒，竟然还穿上敌人的军装，骑上高头大马撒野，是一个'中间人物'，应该批判。"

陈毅用肯定的语气说："我还就认为那个连长写得好。"说着转身去了厨房。

那时，文艺界正在批判"中间人物论"。吴强对徐平羽说："陈毅这两句话，带给我的，是多大的热力啊！"

徐平羽说："现在这种时候，敢于称赞石东根写得好的，只有我们这位陈老总。"

巴金（左）、吴强（中）、张光年（右）

    陈毅一边叫嚷着"张茜烧了拿手好菜回锅肉，等会儿你们尝尝看"，一边走到吴强跟前："我可要对你说，在改编电影时，不要写我。杜鹏程写了彭德怀，彭德怀犯了错误，杜鹏程跟着倒霉！你们写我，危险！我可不能为了不叫你们倒霉而不犯错误。"

    1962年8月，电影《红日》的编剧瞿白音告诉吴强，《红日》电影拍好了，有争论，问题出在连长石东根和国民党74师师长张灵甫的形象上。最后由陈老总拍板通过。陈老总说："拍一部电影不容易，就这样！放吧！"

    南京军区副司令员王必成中将带了前线话剧团的演员到上影厂看影片，看完后长时间鼓掌。

    1962年2月16日至3月8日，全国科学工作会议和全国话剧、歌剧、儿童剧创作座谈会都在广州召开。周总理和陈毅副总理、聂荣臻副总理亲自主持并做重要报告。陈毅在讲话中说："我把我讲话的大体意思跟周总理讲了一下，他赞成我这个讲话，说你们是革命的知识分子，应该取消资产阶级知识分子的帽子。今天给你们行'脱帽礼'。（笑声）应该肯定，我们的科学队伍、文艺队伍是人民的知识分子，这样工作就好做。我是个下棋的，我说这样下，这盘棋就活了。如果还要说他们全部是资产阶级知识分子，这个棋就下死了。"

那时，在对待知识分子上"左"的倾向严重，知识分子被戴上了"资产阶级知识分子"的帽子，被贬为要接受无产阶级改造的对象。陈毅这番由衷的表白，使知识分子有一种如释重负的感觉，自然博得暴风雨般的掌声。会后，陈毅的"脱帽礼"在全国引发了热烈的反响。广大知识分子深受鼓舞，在各条战线上跃跃欲试。但是，上海市委却对"广州会议"阳奉阴违，虽然接到通知，但并不派正式代表与会，还规定去列席会议的人回沪不准传达会议内容。

同年7月，陈毅来上海，下榻兴国宾馆。陈毅打电话给吴强，吴强即刻前往。他们相聚后就纹枰对弈，下了几局后吃晚饭。饭后，吴强提出，想请老市长给上海文艺界做个报告。陈毅答道："我这一次来上海是休息几天，不做报告了。有人说，我做的报告，都是右派言论。"

吴强不知道说什么好，只轻轻地摇摇头。

陈毅问："你说，那不是右派言论？"

吴强毫不含糊地说："我不认为是右派言论。"

陈毅佯笑着说："你不认为，就不是了吗？"

望着陈毅深沉的脸色，吴强有一种感觉，一向豁达开朗的陈老总，他的内心似乎充满着不满和矛盾……

1965年5月，正在太仓搞"四清"运动的吴强接到通知，要他立即返回上海。市委副书记张春桥见他来了，开门见山地说："江青对《红日》电影有意见，决定重写电影文学剧本，重拍影片。江青的意见有两点：一个是石东根醉酒纵马，丑化了英雄人物；一个是张灵甫被美化了。"吴强听了虽然没有表态，心里却在嘀咕，这是陈老总点头拍板的呀！难道江青可以否定这部陈老总肯定了的、已经公开放映了好几年的影片吗？

过了3个月，陈毅来上海，在友谊电影院做形势报告。吴强去后台看望他，对他说，想请他定个时间，有问题同他谈谈。陈毅问要谈什么，吴强说是关于修改电影《红日》的问题。陈毅问为什么要修改，吴强回答："有人有意见。"陈毅加重语气反问："说有人有意见就要修改？我不谈。"

听陈毅的口气是不同意修改，吴强就此对修改一事采取了消极的态度，拖！

拖了一年，"文化大革命"爆发了，《红日》的小说和电影都成了"毒草"，"大毒草"升级为"特大毒草"。在一次又一次的批斗会上，吴强并没有屈服于嚣张的"批倒批臭"的压力，自始至终坚持他创作《红日》的严正立场。

对吴强不畏强暴的钢筋铁骨，张春桥大发雷霆，扬言："吴强再不老实，就把他扔进黄浦江。"

在陈毅重病的时候，吴强的老战友陈模去北京301医院探望老首长。尽管陈毅讲话已不连贯，但还是断断续续地问："知不知道吴强怎么样？"吴强在他撰写的《元帅谈创作》一文中写道："敬爱的老总、市长！当我看到陈模同志在怀念你的文章中写的这句话的时候，我感激首长无限深情的泪水，能不涔涔而下。"

陈模在新四军中被誉为"万马军中奇女子"。她和张茜是战友，情同姐妹。那时，张茜在文工团当演员，能歌善舞，人长得很漂亮。陈毅托陈模转交了写给张茜的第一封情书。

粉碎"四人帮"后，吴强重见天日，但影片《红日》却被上海电影局清查小组将石东根醉酒纵马的戏做了删剪。这是吴强小说中刻画人物的匠心独运，也是电影中凸显人物性格的精彩情节，这是曾经获得陈毅同志赞扬并首肯的神来之笔啊！

吴强责问导演汤晓丹："当年陈老总都没说要剪的戏，现在都熬出头了，为什么还看不得石东根打胜仗高兴一下？醉酒纵马那段戏怎么忍心剪掉的？"

汤晓丹叹了口气说："我知道要剪片子，就没参加讨论，眼不见，心不疼，你也当没有那回事算了。"

这成了最让吴强萦心的遗憾。他在各种场合，一谈起电影《红日》就耿耿于怀，埋怨不该把石东根醉酒纵马的一段戏删掉。谁能想到，1987年8月以后，每次谈到电影《红日》，他就笑，笑得眉飞色舞，笑得前仰后合。吴强

吴强著作

何以心情大变？因为他连着三次去电影院看了《红日》。他说，百看不厌！

因为在中影公司举办的《军旗颂》的电影展中，所放映的《红日》，还是1962年陈老总点头拍板的那个版本。

吴强曾经难抑心中的激动，深有所感地说："小曹，现在我不讲你也该明白了，《红日》凝结着陈毅元帅的真知灼见。对这位文武双全的儒将、老领导，我无时无刻不在怀念他，感激之情是言说不尽的。"

回忆往事，心潮难平。文学巨制《红日》，在中国当代文学史上占有极其重要的地位。但是，不管是老年人还是年轻人，对《红日》背后的逸闻趣事知之甚少，现付诸文字，也许足供后世低回吟味。

一本没有送出的《红日》
纪念吴强百年诞辰

吴强逝世后,《收获》发表了他去美国探亲时写给亲友的一封信,信中有一句"请代为向于伶、元化、柯灵、张军及曹致佐问好"的话,引起了作协机关和创联室一些人的议论。作协领导干部年轻化后,于伶、王元化、柯灵、吴强被尊称为"四老",况且他们相交甚笃。张军曾是吴强和钟望阳的得力助手,至于曹致佐,吴强怎么会对他另眼相看?

其实我心中有数,这与筹备成立"上海文学发展基金会"有关。

1989年底的某一天,在创联室外的走廊里,我碰到吴强。一阵寒暄后,我刚走到楼梯口,他叫住了我,问我下午有空吗,并要我1点钟到他家去。我问什么事,他说来了再谈。

我按时而至。等我坐下后,他说:"我们几个老的要酝酿成立'上海文学发展基金会'已经有一段时间了。昨天,《文汇月刊》在'静宾'请我们吃饭,饭后我们留下来商量了一番，大家都同意选你当副秘书长。小曹，你可要好好干啊！"我深感意外。除了吴老，其他"三老"我并不认识。吴强用手在我的肩膀上重重地拍了几下："我们老了，不过对发展文学事业还是有那么一股劲。叫我整天围着桌球转，于心不甘呀。以后，具体的事，就得靠你们年轻的张罗了。不过，秘书长的人选还定不下来。"他略停片刻，像是自言自语地说："张军为人正派，办事认真，是最合适的人选。可惜啊，他说心脏不好，难以搞具体的工作。×××倒是愿意出任，不过我们几个不能接受，会哭会闹，难缠。小曹，我想听听你的意见，谁比较合适？这人以后是要与你共事的。"

我坦率地说："这个我没有想过。"吴强鼓励我要直陈己见。我觉得很为难，这牵涉到人事的安排，我可没有资格说三道四，便婉转地说："吴老，我可以干具体的事，至于推荐人选……"吴强语重心长地说："要你当副秘书长，不光要办具体的事，还要为我们出谋划策。我就是想听听你的意见。"我一时不知该提谁为好，显得十分困惑。吴强说："你平时挺爽快的，今天怎么支支吾吾的？"我说因毫无思想准备，没了方向。他呵呵笑了，挥了挥手说："你就从有利于工作这方面考虑。"我想了想，觉得有一个可谓不二人选。不过，听说几位老人对他颇有微词。倘若提他，吴强会不会接受？不提，岂不辜负了几位前辈对我的信任？乱提，这是不负责任的行为。我迟疑了一会儿，自忖也许是自己多虑了，反正仅供参考，有啥说啥："我认为合适的人选是赵长天。"话音刚落，吴强猛地从椅子上站起来，火呛呛地说："扯淡，你怎么会提他！"我愣住了，没想到这一建议会激怒他，这是我始料不及的。看得出吴强非常气愤，胸脯急骤地起伏着。客厅里的气氛像凝固了似的。半晌，他用责备的口气问我："你凭什么要提赵长天？"我定了定神，语调恳切地回答："赵长天是作协的秘书长，你请他出任文学基金会的秘书长，这有利于开展工作。"他狠狠地瞪了我一眼，嘟哝着却没有讲什么。我不知如何是好，尴尬地站在那儿。吴强呷了一口茶，口气稍许缓和了些："你站着干吗，坐呀。"他又沉默了一会儿，悻悻然地说："有些事想起来就生气。×××的工作一直没有安排，我们几个老的都出面找过作协，作协就是不理不睬，太过分了！"这事儿当时在作协机关有所耳闻。我想，既然吴强对赵长天抱有成见，我倘若不加说明为何要提名赵长天，也许会造成他对我的误会，但该如何解释呢？突然，我想起了美国政坛的一则趣闻，便用试探的口气问："吴老，我有些想法，不知该不该说？"吴强点了点头。我便说："尼克松当选总统后，为了打开美国的外交困境，他不计前嫌，选择了在政见上相悖的政敌基辛格。他当天晚上就打电话给基辛格，邀请他入阁。基辛格在一阵错愕后，欣然应邀。后来，他俩的精诚合作，开创了美国外交的新局面。"吴强对我若有所思地看了一眼，要我继续说下去。"我之所以认为赵长天合适，完全是从大局出发。吴老，如果你没有非凡的气魄和宽广的胸怀，是不可能写出《红日》这部巨著的。我相信你有气魄和胸怀，为发展文学事业，团结一切可以团结的人。"吴强陷入深深的思索，从客厅踱到卧房，又从卧房踱到客厅，这样来回踱了几次后，他在桌上重重敲了一拳，果断地说："你讲得有道理，我可以采纳。"我紧绷的心弦顿时松弛了下来。否则，因坦言而自讨没趣，得不偿失。这时吴强平静地说："这事我虽然想通了，不，是被你说服了，但我一个人定不下来，还得与于伶、元化、柯灵商量。"

几天后，我再次应约到了吴强家，他告诉我："我们几个统一了认识，一起去了李家，向巴老做了汇报，巴老同意由我牵头，秘书长和副秘书长由赵长天和你来担任。"他显得很兴奋，拿出两本签了名的《红日》，把其中的一本送给了我。他说，还有一本是送给赵长天的，不过要等他从美国回来后，把筹建文学发展基金会提到议事日程上的时候再送。他还嘱告我，此事暂时不要外露，他探亲不过3个月，一切等他回来后谋划。

岂料，吴老去了美国不久，就传来他身体不适的消息。随后病情日渐加重，回国时已几乎不能自理。他到香港要转机，作协紧急与程乃珊联系，程乃珊答应由她接送，并安排吴强在她住处栖息一夜。到了上海，吴强已口齿不清，入住华东医院后被诊断为脑癌。随着病情加重，他的头脑尚为清醒，但失语日甚一日。我去探望时，虽然听不清他在说什么，但从他含混不清的语音中明白了他的意思：我很快会好起来的，到时候我们再来研究成立文学发展基金会的事。他的眼神也表露着他真切的心意，我被他对文学事业的执着深深感动，心情却越来越沉重。八十高龄，已到病危，却念念不忘要发展文学事业，这是多么可贵的精神啊！

1990年4月9日，我陪陈登科与他的夫人梁寿淦去看望吴强。陈登科连声叫着"大同、大同……"却无法喊醒已处于昏迷状态的老战友、老朋友。吴强的夫人尹卜甄说，吴强已失去知觉多日，医生连开了3张病危通知书。走出华东医院，陈登科的眼睛有点湿润，颤抖着从包里拿出一瓶高沟特曲交给我，他已无法克制住自己的忧虑，哽咽着说"万一……"，下面的话还没有说，已老泪纵横。等上了车，他才对我说："这酒先放在你这儿。"

吴强和陈登科是同乡，涟水人自豪地称他俩为"红日高升""风雷激荡"。他俩都为故乡酿造的美酒"高沟特曲"而感到自豪，"质朴其表，金玉其中"，这是陈登科品尝时的题词；吴强则写下了"高沟美酒醉香客，甜香醇浓传四海"的诗句。每次陈登科来上海，或是吴强去合肥看望身在中国科技大学的女儿，他俩必定相聚喝酒。菜肴中有他俩最爱的家乡菜红烧狮子头，酒无疑是高沟佳酿。陈登科喜好开怀豪饮，吴强则沉醉于月下小酌。

翌日，吴强仙逝。据他的夫人说，陈登科走后的当晚，吴强突然似醒非醒，不断动弹，似乎知道陈登科已经来看过他了。

当陈登科在电话里得知吴强已驾鹤西去，沉默良久，哭着长叹："他走了，他的《红日》永远不会陨落！"然后叮嘱我要把高沟特曲洒在灵堂前。

铁骨红梅
记陈登科与刘海粟

向晚时分,陈登科与夫人梁寿淦来到复兴东路512号。这是一幢四层的花园洋房。陈登科透过锈迹斑斑的铁栅栏朝庭院里张望,带着寒意的秋风吹得梧桐树的落叶在地上打滚,在通往二层的阶梯外墙上,张贴着大幅标语"坚决反击右倾翻案风!"。以前他来过几次,如今不知道"老师的老师"刘海粟是否仍安居于此处。他不敢贸然入内,便和老伴去一路之隔的复兴公园转悠了一个多小时,等天黑尽了,才再次壮胆上门。所幸的是刘海粟还住此屋,但二层被称作"艺海堂"的会客室和画室已面目全非,夫妻俩和女儿全被赶到了楼上。"文革"前期,先是红卫兵三番五次地破门而入,紧接着是造反派时不时有恃无恐地骚扰,其后,"根红苗正"的革命"左"派强占一楼分隔成3户人家。至于亲朋好友,早已断绝了往来。陈登科的突然造访,令刘海粟大感意外。两人感慨万端。陈登科问道:"还画画吗?"

"我怎么不画呢！"刘海粟指指二楼的走廊说，"这就是我的画室。"刘海粟示意夫人夏伊乔穿上外套后说，"走，我为你们洗尘，我们到外滩海员俱乐部，人事熟悉，也好说话。"

1954年6月初，应陈登科的邀请，丁玲和陈明夫妇来到黄山，在北海的"散花精舍"住了54天。刘海粟夫妇恰好也在此下榻。能在飞瀑流泉的美景中不期而遇，大家不亦乐乎。

丁玲告诉陈登科，刘海粟是她的老师。她曾经报考过由刘海粟创办的中国第一所美术学校——上海图画美术院。除了这层师生关系，丁玲对刘海粟还有发自内心的敬佩。刘海粟创办上海美专时，年仅十七岁。十七岁，他就干了前人没有干过的事，居然还干成了。是依赖父母吗？是有后台靠山为他撑腰吗？都不是，是凭自己的理想和追求，凭自强不息的精神。当时，依学程的规定，上海美专西洋画科三年级学生，设有人体模特的实习。这在当时被上海的一些官吏冠以"有伤风化，较淫戏淫书尤甚"的罪名，呈报到江南五省联军统帅孙传芳面前。孙传芳不知什么叫模特儿，听说模特儿就是光屁股女人，不禁拍案大怒，当即发了一条"通缉刘海粟"的密令，封闭上海美专，拘拿刘海粟到案。美专职员得到这一消息，非常惊慌，劝他走开，避避风头。他却一笑："我又不犯法，何必走避。我不能任他们胡说八道，淆乱听闻。富贵不能淫，贫贱不能移，威武不能屈，我提倡艺术上模特儿之志不能夺……一个羸弱文人和手握军权的武夫抗争的结果，不是上海美专被封闭，也不是停学整顿，免职撤换，而是孙大帅受到社会舆论的极尽讽刺。说孙大帅到上海要行若干善事，其实一样也没有做成，就和模特儿过不去，雷厉风行，非将美术专科学校封闭不可，以五省总司令赫赫权威，与几个穷苦女子、与无力文人刘海粟作对，以虎搏兔，胜之不武！"

陈登科听了丁玲的这段讲述，不禁对刘海粟深感敬佩，便经常登门主动求教，或陪伴左右，去排云亭观云蒸霞蔚，上天都峰爬百步云天，遂相结为友。开初，陈登科称刘海粟为老师，刘海粟不准，说古人朋友之间以字相称，不是古人，还是直呼其名为好。刘海粟字季芳，号海翁，陈登科寻思再三，为了表示谦恭，最终打招呼时便称其为"海老"。刘海粟爽然应和，说这样一改口，显得更亲切。

有一天，刘海粟与丁玲顺着通往升仙台的山径散步，谈着谈着谈到了陈登科。丁玲说："他从一个巴斗大的字都不识的放猪娃，成长为一个工农作者，而且从中跳了出来，成了名副其实的作家。他掌握的群众语言十分丰富，编故事的能力强。他作品里的语言，就是陈登科式的，别人写不来。他是文学讲习所的第一期学员，读了许多俄罗斯文学作品，一开始，连名字都记不住……"刘海粟毫不掩饰对陈登科的欣赏，说，"我们虽然初识，但我强烈地感觉到，你的这个学生，尽管沾泥带土，不过他禀赋不一样，艺术感觉好，这是先天的。在人字瀑前，他说了一句令我对他刮目相看的话：做人就该像人字瀑一样，顶天立地！在始信峰前，他指着奇峰怪石脱口而出：艺术作品应该力争做到，凸起于绝壑之上，风姿独秀。他出口不凡，将来必成大器。"

三个月后，他俩有幸邂逅，但并不在"天下第一奇山"，而是在横亘于大别山北麓的佛子岭。

佛子岭水库于1952年1月开始修建，1954年10月完工。在开闸蓄水的庆祝大会上，陈登科意外地看到了刘海粟的身影。对这样的机缘巧合，俩人喜不胜喜。刘海粟望着横跨淠河东西两岸、矗立于峰峦耸翠的拦河大坝，激动地说："长龙卧波，中国第一大坝，开国之伟业。"他脸上含着哲人的微笑，问陈登科有何感想。陈登科百感交集，说："治淮工程确实是举世壮举。这使我想起了淮河十年九灾的洪水恶浪，想起了淮河两岸老百姓的眼泪。"

"治水患而得美景，带给国人的何止是振奋，更是对未来的莫大憧憬。"刘海粟跷起大拇指，用赞叹的口气说："共产党，了不起！"

陈登科说："新中国，真伟大！一想到明天，我就陶醉于三醉之中，山醉、水醉、酒醉！"

刘海粟疑惑地问："这里山好水美，令人流连忘返，至于酒？"

陈登科侃侃而谈："公元前106年，汉武帝南巡，渡过淮河，沿淠河逆流而上，进入衡山国（今安徽省霍山县），就是我们脚下这块土地，衡山王选用本地好酒敬献汉武帝，汉武帝饮后连声赞叹，'迎驾贡酒'因此得名。"

刘海粟戏言道："这样看来，到此光游山玩水并不能尽兴。"

陈登科明白他意有所指，说："今晚我以酒相待，我们一醉方休。"

在山涧溪流旁的村野酒肆，陈登科与刘海粟把酒问盏，其乐融融。他俩喝的是"迎驾"好酒，谈的是佛子岭水库对治淮的重大意义。当陈登科谈到他曾经跟随考察队沿着淮北、阜南徒步200公里，进行治淮工程的前期考察，随后卷起铺盖与千军万马的建设大军挺进大别山，担任灌浆大队教导员，和水利建设者们一起奋战的日日夜夜，激动得连喝3杯，说："这几年，我梦牵魂绕的尽是佛子岭，这片当年红军留下过足迹的大山深处，如今高耸的大坝，凝聚着淮河两岸老百姓的希望和寄托；山谷水库，承载着每一个建设者的深情、激情！"刘海粟抿了一口酒，笑呵呵地说："听了你的这番讲述，我不饮自醉，更相信缘分。"陈登科不解其意，刘海粟娓娓道来："书如其人，画如其人，字如其人，语如其人，你口若悬河，舌灿莲花，字字句句都洋溢着你对生活的热爱。赤子之心，天地可鉴。深山小酌，'迎驾'助兴，这是我与你的缘分。"

刘海粟与陈登科确实有着不解之缘。两年后的仲夏，俩人又在佛子岭不期而遇。

1956年6月24日一早，陈登科拿着扫把、抹布来到大坝一侧的小山之巅，这里已在两个月前，矗立起一座玲珑剔透的纪念亭。亭中矗立着高2.5米、宽1.2米、蒙着红色绸缎的纪念碑。他顾不得爬山之累，一脚踏进亭子便揩抹栏杆、柱子。埋头扫地之际，忽然看到地下一个人影由长变短，骤然回首，惊喜地叫道："海老！"刘海粟又惊又喜："是你！"两人又是握手又是拥抱，倍加欢欣。刘海粟疑惑地问："你怎么来得这么早，还忙着里里外外打扫？"陈登科说："治淮委员会百里挑一，请你为佛子岭水库的落成撰写纪念碑文。我得知你会大驾光临，谨以此表示对你的敬意。"刘海粟深受感动，说："我猜想也许会碰到你，但没有想到会在晨光熹微之中相见。常言道，为了欢迎好友，扫榻以待，你是扫亭以待，啊，感谢老弟之长情。"一位比自己高两辈的画坛大师、一位满腹经纶的教育大家，居然对自己这个草莽文人以老弟相称，陈登科自觉惶恐。不过，他从中更深切地体会到海老对后学晚辈发自内心的欣赏呵护之情。

离揭碑仪式尚有一小时,他俩攀谈起来。

"你什么时候到的?"

"已经有一个多月了。"

"何以来这么长时间?"

"我打算写一部长篇小说。我从去年年底就着手准备有关佛子岭的资料,来了以后采访了一些当年的建设者。在采访和翻阅资料的日子里,我每天都被感动着,听来的那些一个个生动的故事、一个个鲜活的人物,陪伴我度过了好几个不眠之夜。我已把书名定为《移山记》。"

"好,好,好书名。一想到号称远东第一坝的佛子岭水库,我的内心充满着自豪和向往,它的建成,对深山老林的山野村夫来说,也有改天换地的意义,使他们结束了千百年来,加工用磨礁、照明用松明的历史。"刘海粟指了指纪念碑,接着说,"每一个字,都饱含着我对水利建设者由衷的钦佩。他们是新中国第一代的开路先锋,在艰难困苦的条件下创造了奇迹。我写碑文,你写小说,殊途同归。"

"你是大浪滔天,我是小河流水,以前只知道你是一代绘画大师,当我有幸看到石匠按照你的原稿雕刻碑文,真是大开眼界啊。"陈登科用手抚摸着纪念碑接着说,"你写的字是画出来的,飘飘若仙,翩翩若舞,浩浩如凌空御风;写的是对治淮工程的回顾,其实是抒发了对新中国的赞美,笔墨深处有诗魂烈魄在回荡,尽吐心中块垒!"

身处高山茂林,面对大坝大湖,一老一少尽兴互吐心曲。所言所语,与其说是赞美对方,不如说字字句句都洋溢着热爱生活的时代激情。

当陈登科开口谈到要学书法时,刘海粟说:"学书法的基础一定要打扎实,要多练习散字盘、毛公鼎。我会送几本字帖给你的。"

三次幸会,"幸会贵人相会处,金银满舟笑归还"。自此,他俩心心相印,过往甚密,结下深情厚谊。

1959年5月,陈登科专程来上海拜访刘海粟,并送上由中国青年出版社出版的长篇小说《移山记》。

刘海粟接过书,笑了,笑得那么开心,不断重复着:"移山,移山,愚公长年移山，当代人一鼓作气穿山透石，造福后代，应该大书特书。"他一扬眉，说了句法语，陈登科听不懂，但明白一定是赞扬的话。刘海粟继续说下去："老弟，著书立说，凡能达到艺术的巅峰，也就是爱的巅峰。"

陈登科深深地感到，海老的整个精神世界里，全都是艺术！便说："没有爱，也就没有艺术。"

"艺术的本身就是爱，我曾经站在国际饭店的顶楼俯视南京路，边看边画。"他拉着陈登科来到二楼过道正面墙壁的内陷式壁炉前，指着长条红木案几上方悬挂的一张裱装过的水粉画，兴奋地说，"这是十年大庆时上海人民在南京路上庆祝游行的盛况。你看，多么唯美的境界，我从排山倒海的欢呼声中体会到老百姓发自内心的真爱！"

这是一幅高楼林立、云海奔腾、人山人海、红旗如画的水粉画。画题是《普天同庆》。

陈登科说："看你的画，知你的心。南京路，十里洋场，尔虞我诈；而今，锣鼓喧天，万民齐欢。这是一幅画，是一首诗，也是一本书，我似乎听到了你的心灵与时代对白的妙语佳音；品味出你壮怀激烈、心挂世人的强国之梦！"

刘海粟听罢哈哈大笑，携着陈登科的手回到了画室。陈登科刚来时没来得及细顾，这时，他被室外两幅题匾深深吸引。刘海粟见状，便说："一幅是晚清重臣康有为为我题写的'存天阁'，另一幅是民国时期的教育部长叶恭绰题写的'艺海堂'。"说毕，他拿出两轴画舒展开来，陈登科一看两眼放光，《佛子岭飞雪》《佛子岭春晖》，他高兴得连呼："画得好！画得好！这几年我欣赏过许多描绘佛子岭风光的艺术品，但具如此爱的胸襟者实为数不多。"

刘海粟在稿纸上写了两行字"爱到极点，必定画有所获"，说："这是我这十年来的心境。"他让陈登科从两幅中任意挑选一幅。陈登科喜出望外，海老的画，有何等分量！急忙说："承您惠赠，受之有愧，我就挑《佛子岭春晖》。"

到了吃晚饭时，刘海粟说："走，去外滩海员俱乐部喝酒。"

"海员俱乐部"位于外滩中山东一路2号，建于1910年，是一幢具有文艺复兴式风格的建筑，被英国殖民者称为"上海总会"。抗战胜利后，被作为海员俱乐部。新中国成立后,上海市人民政府接管了这幢大楼,改建为接待外国船员的"国际海员俱乐部"。刘海粟特别喜爱长达34米的黑白大理石酒吧,平时有暇便来此小酌。他不是水手,何以能直进直出?饭店仰慕他的才艺,为了广纳贤达,提升自身的文化品位,上门求画。他颔首应允,欣然命笔,画成《浦江春潮》相赠。饭店以此为荣,张挂在大堂之中,就此对他敞开了大门。

如果说,当年他俩因心中充满爱而去海员俱乐部借酒助兴,那么,16年后的再次光临何尝不可说是以酒解忧。

刘海粟与夏伊乔带着陈登科夫妇到了海员俱乐部后,并没有在他坐惯的黑白大理石的长条酒吧落座,而是拣了处在角落的面对面的火车座椅,以便促膝谈心。坐定,上酒。按理,久别重逢,历经磨难,有多少话要倾吐,有多少牢骚要发泄,然而四人却默默相对无言。许久,刘海粟与陈登科才不约而同地发出了长叹。不消说,他俩都不想再谈难以言表的屈辱,也不愿触及失去人的尊严的痛处。喝酒,闷头喝酒,一杯接一杯。是借酒浇愁?这可不是他俩的性格。讲什么呢,还有什么可讲呢?一切尽在不言之中。直等到半瓶酒喝掉了,夏伊乔给梁寿淦使了个眼色,梁寿淦才开腔打破沉默:"看到海老还健在,这是最大的安慰。"

夏伊乔说:"你俩家破人散,居无定所,心里还想着我们,还敢上我家,真是患难见真情啊!"

梁寿淦说:"老陈出狱后,这几年我们漂泊在九华山下的青阳。老大才16岁,因为是陈登科的儿子,被莫须有的罪名判了18年徒刑。还有5个小孩,3个不在我身边,好端端的一个家,四分五裂,这比切肤之痛还要痛。"

陈登科补充说:"还有一痛,令我痛不欲生。我不是画家,不会画画,也不懂画,但是,我喜欢画,爱画,更爱藏画。过去我就藏有不少名画,有齐白石的《虾子螃蟹》,任伯年的《竹林麻雀》,还有傅抱石、唐云几位大家的作品,计有60多幅字画,30余块端砚。可惜三次抄家五次抢,连一张纸片也未留下。郭沫若和老舍两位前辈,书赠我的字画,你的《佛子岭春晖》都当作'四旧'被抄、被毁,当然也有拿和偷的……"他突然中断,拿起酒瓶凑到嘴边，梁寿淦伸手夺过酒瓶，陈登科用手掩着脸，过了一阵，忽然用颤抖的声音说："'文化大革命'，革谁的命？"

刘海粟浑身一阵战栗，犹如被重重地一击，继而愤愤地说："革文化的命！我的收藏，古今中外的珍品古董，外国人送的礼品，抄了一次又一次，还被当作'封资修'的'四旧'，和我众多的早期画稿、美术教材、笔记等珍贵史料，还有大量的历年报刊文摘，全都堆在院子里付之一炬。'革命烈火'烧了好几个钟头，烧到半夜，红卫兵突然偃旗息鼓。据说，我家发生的事情不知怎么传到了北京，周总理亲自打电话到上海，严厉制止这样的行为。第二天，这帮红卫兵才撤离我家。"

"听了你的讲述，你知道我想到了什么？是你尽情讴歌的画——《佛子岭飞雪》《佛子岭春晖》……我的眼前还出现了《普天同庆》中上海人民欢庆建国十周年的盛况，我仿佛能听到老百姓击掌欢呼的轰鸣，不过，这幅画中的每一根线条渐渐变成了一行行的泪，每一抹颜色成了一滴滴的血。"

"读你的《移山记》，我想到的是中国人民推翻了三座大山，想到了移山填海、改天换地建设新中国的气魄。我做梦也不会想到，唉，怎么说呢……"他眼睛低垂，用微微颤抖的手端起一只碟子，佯装压在一只酒杯上。陈登科死死盯住他这一奇怪的动作，朦胧地意识到，这个动作中一定蕴含着内心的无比的痛苦。等了一两分钟，刘海粟凑近陈登科，压低声音说："一座道貌岸然的'文革'大山，压在了新中国的身上。"

陈登科一动不动地坐在那儿。那轻得不能再轻的声音，却在他的耳边发出了巨大震响。顿时，他内心的痛苦透过他的眼神全都流露了出来。突然，他从刘海粟的手里接过那座"大山"，似乎要狠狠地朝地下砸去，不过，在最后一瞬间，他还是克制住激烈的冲动，长长地叹了口气，把"大山"掂了掂，才慢慢放回原处。

接着一阵沉默，跟着是四人沉重的叹息，然后是喝着一杯又一杯的闷酒……

隔了很长时间，陈登科才打破沉默，关切地问道："这几年你是怎么挺过来的？"

韩美林赠送陈登科的画

刘海粟寂然不动地坐在那儿,脸色渐渐变得惨白,他的整个身子发出一阵痉挛似的颤抖,那神情显然有一种想克制却无法压抑下去的怨恨。也许是红卫兵在他家院子里纵火焚烧字画和珍品的情景又重回他心头。随后他咬了咬牙,抬起了头,一切的痛苦和愤懑已从他的脸上骤然消失,平静而舒缓地答道:"身处逆境,我经常背诵司马迁的《报任安书》,这篇文章是司马迁自己生命遭受极端摧残之后写的。那是一个把人当作畜生的时代。司马迁为李陵说了几句话,便横遭暴虐,惨受宫刑。昨天还是国家大臣,今天便被阉割,毫无尊严可讲。司马迁精神上的打击异常沉重,饱尝死亡一样的人生况味。当一个有尊严的人不再有尊严的时候,当一个有着精神追求的人过着一种耻辱生活的时候,他并不苟且偷生,而是忍辱负重,发奋要为人类著书立说,还要'究天人之际,通古今之变',成一家之言,这是多么凄惨又多么悲壮的行为啊!我从中吸取力量,并以'宠辱不惊'四个字作为座右铭。我做人胆量大、心胸宽,什么都往肚里吞,我愈老愈觉出绘画和人生的最高境界就是真善美。"

陈登科感到,海老的这番话,真是掷地作金声,如沐春风,如受化雨。他慢慢抬起头,注视着海老达观洒脱的样子,声音虽轻却不胜感慨地说:"听君一席话,胜读十年书。回去以后,我也要好好拜读这篇文章。"

刘海粟（右）与陈登科

"凭你的人生经历，读后一定会大获裨益，获得超越时代局限的历史穿透力。"

"这真是我所希望的。这些年来，我一直在苦苦思索，我从小就参加革命，怎么一下就变成了国民党'特务'？！'文革''旗手'，指鹿为马，瞎说一气也是真理，这也叫'革命'？我被囚禁监狱长达5年之多。在酷刑逼供中，我的牙齿几乎被全部打落。剩下两颗因疼痛难忍，我忍着剧痛自己拔掉，并用破布蘸着血给党中央写信申诉；我还用铁钉在监狱的墙上刻下了'一时强弱在于势，千秋胜负在于理'；我还在牢笼中构思了《破壁记》《赤龙与丹凤》等4部长篇小说。"

刘海粟不无激动地慨乎言之："听了你的讲述，我相信终有一天会看到你的义愤之作。会的，一定会的。人生不可能一帆风顺，没有挫折，是不完整的，何谓大丈夫？在别人活不下去的环境中活着，但不失高尚的气节；能忍人之所不能忍，方能为人所不能为。《报任安书》有一段脍炙人口的名言：'盖文王拘而演《周易》；仲尼厄而作《春秋》；屈原放逐，乃赋《离骚》……《诗》三百篇，大抵圣贤发愤之所为作也。'只有看透，敢爱敢恨，才会愤怒出诗人！"

这次聚会，原先约好只谈酒、谈吃，结果还是谈到了"触及灵魂"的话题而互诉衷肠。他俩约好再相聚一次，因政治形势的又一次突变，街上出现了矛头直指邓小平的大幅标语和大字报，陈登科不敢在上海久留，便提前离开了上海。到了老家盐城不久，刘海粟通过关系辗转赠予了两件妙笔丹青：一幅是他的四尺宣《铁骨红梅》，一幅是他的夫人夏伊乔的《黄山山水》。不仅如此，还有俩人的题字条幅。刘海粟作《水龙吟》一词咏铁骨红梅："直教身历冰霜，看来凡骨经全换，冻蛟危立，珊瑚冷挂，绛云烘暖，劲足神完。"夏伊乔用东方式的抒情调子挥毫泼墨："荣辱不惊，看庭前花开花落；去留无意，望天上云卷云舒。"

当时，陈登科的激动之情实在难以言喻。危难之交，书画连心。红梅青山，黄山美景，情深义重啊！陈登科说："这是我在劫后余生、一无所有的情况下获赠的两件墨宝。枝干如铁，梅朵似雪，多少表达了我与海老，以及中国所有正直文人，在那段非人折磨的境遇下的心志吧。伊乔笔下的孔雀松，虽遭雷火所劈，仍然咬定青山，残枝独存，奋力伸展，犹如孔雀开屏，让这一病态的树木给黄山山水增添了壮美的形象。这何尝不是中国知识分子的写照。这两幅画，给了我鼓舞，给了我力量，给了我追求真理的勇气！"

草莽文人　山东好汉
记陈登科与韩美林

1978年秋，肖马来信说，他正在蚌埠与陈登科、鲁彦周、江琛合写电影《柳暗花明》，北影的周啸邦已来看稿；李凖是前天到的，正着手修改长篇小说《黄河东流去》。他告诉我，陈登科想见你，你有空来一次。其他几位我早就相识，唯独没见过陈登科。读他的《活人塘》《淮河边上的儿女》时我还是一个中学生。《风雷》轰动文坛时，我赶紧买了一本，读完就渴盼有朝一日能见到这位大名鼎鼎的工农作家。谁知，他居然被江青点名诬陷为"国民党特务"……

在北影时，我经常从各个方面听到有关他的故事：一次战斗中，他杀敌二十几人，从血泊中突出重围；马烽说，陈登科第一次投稿，"趴"字不会写，就写了个缺四点的"马"（"马"的繁体字）……一个连自己名字都不会写的养猪娃，居然成了一名大作家，这无不表明他的人生充满传奇色彩。眼下，有机会走近这位既令我崇敬又令我好奇的作家，我自然难抑兴奋。于是我利用星期天加上4天补休去了蚌埠南山宾馆。经肖马引见，我对他称呼"陈老师"。他听罢连着摇摇手，操着浓重的苏北口音说："以后别叫我老师，就喊老陈。"陈登科何许人物！我岂能在称谓上没大没小？肖马见我不知所措，便说："小曹，在省文联，几十年来，从上到下都叫他老陈。他说，大家直呼其名，听起来顺耳。"我疑惑地望了望陈登科，见他四方大脸上浮起慈祥憨诚的笑容。

陈登科真是快人快语，接着便说："小曹，你是未见其人先闻其声啊！"我不免诚惶诚恐，真切地说："我是工人业余作者，你们都是我老师……"陈登科打断我的话，把我按在沙发上："话不能这么说，我去北影，耳朵里听到的都是讲你好。啸邦说，你对周总理的感情是真挚的。在丁玲家遇到马烽，讲到安徽的作者，马烽就夸你，说小曹反'四人帮'是那么勇敢。听江流讲了《主轴》的遭遇，我就一直说，你们把曹致佐带来见我。今天你来了，我打心眼儿里高兴。小曹，你的名字使我一直疑惑，你是上海人？"我回答："是的，我生在上海。听爸爸说，我的祖籍在江苏阜宁。"陈登科听罢哈哈大笑："这就对了，我们新四军的驻地是在阜宁三灶乡，那个乡全都姓曹。'效'字辈下面是'致'字辈，再往下是'政'字辈。我猜得没错，我们是同乡。"经他这么一说，我也就不再拘束了。在随后的闲聊中，他问我最近在写什么，我说写了短篇小说《心灵深处的风暴》，已在《希望》杂志发表……要吃午饭了，陈登科特意到小卖部买了两瓶高沟特曲。刚打开瓶盖，来了一位不速之客——韩美林。他和肖马是老朋友了，我和他是在北影招待所认识的。他曾经送给我两幅画，可惜因保管不善已香消玉殒。

陈登科高兴地问他："怎么样，工作安排了没有？"韩美林茫然地摇摇头。陈登科再问："没有安排工作？！"韩美林如实相告："我还是阶级敌人。"陈登科腾地跳了起来："还没有解放？！"韩美林有气无力地说："自从上次你和肖马来过以后，我天天等着平反昭雪，等到现在依然石沉大海。"陈登科听他这么一说，把酒瓶重重地放在桌上，气得怒发冲冠。

两个月前，肖马来到南山宾馆与陈登科会合。整理箱子时，陈登科意外发现了韩美林的两幅画，他赞不绝口。肖马详细讲述了韩美林的悲惨遭遇。韩美林尚处困境之中。这引起了陈登科的极大同情，产生了要帮助他早日摆脱困境的欲望。他对肖马说："帮人就要解燃眉之急。"他俩隔天就去了淮南。

他俩来到韩美林住处，进门一看，韩美林不在，这间屋只能容下一床一桌，不到6平方米，连"斗室"也算不上。没等多久，韩美林回来了。当他明白了陈登科的来意，喜出望外，久久握住陈登科的手，情绪万分激动。韩美林有一肚子委屈要向陈登科诉说，陈登科没有让他开口，而是拉着他就走。

到了淮南九龙岗铁路招待所，陈登科安排韩美林与他同住一室。两人倚在硬板床上，一直交谈到凌晨3点多钟。韩美林含着眼泪，把自己在"文革"期间的遭遇，全都讲了出来。

翌日，陈登科直奔市委大院，找到淮南市委书记丁继哲，向老战友陈述了韩美林的情况，再三强调，这是一个人才，不是什么敌人，并催促尽快给韩美林平反昭雪。丁继哲承诺，只要是冤假错案，一定立即"落实政策"。

陈登科万万没有想到，两个月过去了，老战友居然讲话不算话。他接连抽了几支烟，再也坐不住了，围着饭桌踱了几圈，又在房间里急速地来回踱了几步，说："将心比心，我在监狱里，哪一天不是在盼望重见光明。"他拿起酒瓶，一扬脖，咕咕地喝了几口，一挥手，说："我现在就去淮南。"他还加了一句："肖马，你加紧改稿。小曹，你帮我把酒带上，陪我一起去。"

轿车在公路上飞驰。陈登科空口喝了几口酒才发觉忘了带上菜肴。不过他并不介意，还是一口接一口地喝干了一瓶酒。我万分惊讶，他的酒量居然如此之大！半晌，他开腔了："小曹，我是不是失态了？"我忙说："我理解你的心情。"陈登科叹了口气，说："你能理解我，我可不理解丁继哲。我们都被斗过、关过，他怎么好了伤疤忘了疼。"他略一停顿，加重语气说："小曹，'文革'中，我被江青点名诬陷为'国民党特务'，关进监狱达5年之多。在酷刑逼供中，我的牙齿几乎被全部打落。剩下两颗因疼痛难忍，我忍着剧痛自己拔掉，用破布蘸着血，在墙上写诗明志：'一时强弱在于势，千秋胜负在于理。'1976年，万里上任安徽省委第一书记后，在平反冤假错案上抓的第一案例就是责令释放我并为我恢复名誉。1977年夏天，万里面示我，尽快恢复文联的工作。小曹，我是过来之人，我现在想得最多的就是让那些如今还在蒙冤受屈的人，尽快像人一样站立起来，重获做人的尊严。"

无疑，这是他的肺腑之言。他说最后几句话时，那股真挚、急切的表情，真是难以言表。

丁继哲面对瞪大眼睛来兴师问罪的陈登科，愣住了，辩称道："那天你一走，我就叫秘书找轻工业局查问此事，并督促抓紧结案。"被叫进来的秘书也证实，确有其事。陈登科口气缓和地说："丁大头，我相信你过问过此事，问题是韩美林还是被晾着。你是有生杀大权的父母官，拜托你为小民百姓秉公执法。"

丁继哲叹了一口气，说："陈老大，我们一个市级组织不能与省文联相比。'四人帮'倒台了，我们每走一步还是很艰难呀！难就难在明明知道下面有许多人阳奉阴违、两面三刀，可就是不能立即采取措施。换掉一个两个，那容易，要撤换一大批，欲速则不达，只得一步一步慢慢来……不过，韩美林的平反昭雪，一定马上落实。我说话算话。"陈登科脸露笑颜，双手抱拳作揖："那就先谢了，我静候佳音。"说完就告辞。丁继哲说："这么急走干吗？好久不见，我请你喝酒。咱俩好好聊聊。""我也想和你碰碰杯，不过我还得赶路。""什么事急得你风风火火？"陈登科说："车子是问蚌埠铁路局借的，好借好还嘛。""我以为有什么大事，这好办，让车子开回去。我安排你住下，我俩掏心掏肺地谈上一宿，明天派车送你。"陈登科若有所思地问："听你的口气，有不顺心的事？"丁继哲叹了一口气："怎么说呢，烦心的事没完没了，拨乱反正，说起来容易，做起来难呀。我的性子和你一样，何尝不想大刀阔斧，可是，一路走来磕磕绊绊，使绊子的不仅仅是那些深受'四人帮'影响的人，还有那些自诩为高举毛泽东思想红旗的人！难啊，行路难！"陈登科原先已迈步走向了门口，听了这话，回过身，说："老丁，你在这个位子上，看起来很风光，其实受制于许多无形的束缚，这我可以理解。上个月，我陪万里看黄梅戏《女驸马》。戏散了，万里不让我走，拉我到稻香楼，我俩一谈就谈了一个晚上。他啊，心里也堵得慌。"听陈登科这么一说，丁继哲便拉住他，急切地问："他说了什么？"陈登科摇摇头，说："现在啊，大有大的难处，小有小的麻烦。上面有上面的苦衷，下面有下面的牢骚。"丁继哲催他快说："陈老大，你别绕弯子，你今天不给我透透风，休想滑脚溜走。"陈登科哈哈一笑："看你急的，好，我说完再走。"陈登科坐下后，喝了口茶，开腔了："粉碎'四人帮'后，安徽不揭不批，捂盖子捂了八个月。中央认为安徽的情况已到了火烧眉毛的地步，就任命万里为安徽党政军的一把手。万里到任后，很快就发现，安徽的经济问题比政治问题还严重。他轻车简行，深入凤阳，在铁路沿线看到许多农民在扒火车，一问才知道，家中没有吃的，是外出讨饭。一路上，各个路口都有纠察队在堵那些拖儿带女逃荒的人群。万里问当地干部，这种现象说明了什么？地方上的父母官说，这儿的农民有外出讨饭的习惯。万里听了气愤地说：'讲这种话，立场站到哪里去了？是什么感情？我没听说过，讨饭还有什么习惯？！我们的农民是勤劳的，是能吃苦的，是要脸面的，我就不相信有粮食吃，有饺子吃，谁还愿意去讨饭？！种粮食的农民饿肚子，这说明我们的政策不对头。'讲完，万里对我推心置腹地说：'老陈，你是放牛娃出身，现在老区、山区农民，住的还是草棚，床上铺的还是卢苇，盖的还是烂棉絮，吃的是田瓜煮成的黑乎乎的饭，有些农民完全没有衣服穿，一床被子，一两件衣裤谁出门谁穿。……真是惨不忍睹。'万里饱含热泪地说：'共产党如果不为人民办事，不解决农民的吃饭问题，那真是丧尽良心啊！可是，要在贫穷中杀出一条血路有多难？安徽从上到下，大呼大叫要割资本主义尾巴的还大有人在，大大小小的官还在振振有词地说要坚持毛主席的革命路线，还动不动拿出阶级斗争的理论当作紧箍咒来念……你说，多荒唐？多恶劣？三年困难时期饿死那么多人。曾希圣为了让农民有饭吃才搞"包产到户"，结果被弄得身败名裂，几乎被打成反革命，在"文革"中被迫害致死。惨重的教训，不但没有人好好地总结，现在，还有那么多自以为最忠于毛主席革命路线的最革命的人，在摸着良心说黑话、假话。我明明知道，许多人道不同不相为谋，我也有权力把不相为谋的人换了、撤了，可是，我不得不打太极拳，不得不睁一眼闭一眼，你说，想要大刀阔斧，却不能大施拳脚，能不堵得慌？'听完万里的苦衷，我叹了一口气说'真是大有大的难处'，万里苦笑了一下，捏着拳头用力敲了几下桌面，口气坚决地说：'其实，干革命，无论在复杂或困难中都需要平衡。只有策略上平衡了，才会有突破。'我听出他的弦外之音，便问：'看来你已在运筹帷幄啦！'"万里仰躺在沙发上，舒展身子，一字一顿地说：'伤其十指不如断其一指。'他停了一会儿，突然转换口气问我：'你在《风雷》中为农民讲了真话，结果招来5年多的铁窗生活。'我不由感慨万端，说：'在"人民公社万岁"的年代，我讲过违心的话，写过不少假话连篇的文章。《风雷》是我向人民赎罪的产物，书中至多只有三分真话，七分都是假话、官话与废话。'万里说：'大反右倾吓得有几个人敢讲真话？你能敢讲三分真话也要有足够的勇气。眼下，为了共产党员的良心，为了不饿死人，为了让农民能吃饱饭，我决定搞责任制，要坚决干下去。'我一时不解其意，万里看出我的困惑，便问道：'你不是在《风雷》中赞扬农民组织起来编芦苇生产自救吗？为什么要这样写呢？'我不假思索地回答：'农民的日子过不下去了，眼看"人民公社"在农村行不通，只得自找出路，生产自救。'万里说：'过去你在《风雷》中为农民讲话，现在有我在，你就放心地大声讲出农民的心里话。先给你透个风，很快省委在凤阳会有大动作，到时候你要下去看看。'"丁继哲用手抓抓光脑门，大声说："我明白了，这就是凤阳小岗的分田到户，一竿子到底，实行家庭联产承包责任制。有气魄！不过，听说江苏在大唱反调，在两省几十公里的交界处，拉起了无数横幅：'坚决抵制复辟资本主义的分田到户！''江苏农民日夜想念毛主席！'……老陈，这说明两条路线的斗争还是很激烈啊。""那天我也表示了担忧，万里同志说：'我已做好思想准备。为了农民，不能计较个人得失，我死了没关系，后人会替我平反的。'听完万里的一席话，我也很激动，知道他是铁了心了。顿时，我对他为民请命的大无畏气概肃然起敬。后来，我和鲁彦周、肖马、江琛去凤阳生活了几个月。感受了小岗生产队的变化，看了小岗生产队的18个农民在一纸保证书上按下手印和印章，率先实行'分田包产到户'，保证'不在（再）向国家伸手要钱要粮'。一纸契约、18颗鲜红的手印和印章，揭开了中国农村改革的序幕。于是，我们就写出了《柳暗花明》，北影已决定拍摄。所以我得赶回去定稿。"

讲完这段往事，陈登科还没等丁继哲回过神来，就大步流星地走了。

在回蚌埠的途中路过一个小镇，陈登科叫司机停车后对我说："小曹，你去帮我买一瓶高沟特曲，如果没有，古井、濉溪大曲也行，再买上一只烧鸡。"

我很快如数买来。他立即撕下两只鸡腿，给了我和司机。听说我滴酒不沾，他便自己边啃鸡脯边开怀畅饮，酒足肉饱，便呼呼大睡，一直睡到蚌埠。

三天后，韩美林喜滋滋地来到南山宾馆，告诉陈登科，丁书记亲自在全市三千人的干部大会上点名批评了淮南陶瓷厂的领导，并宣布解放韩美林。

陈登科大喜过望，立即打电话给丁继哲，称赞他有大将风度，雷厉风行，并说："我错怪你了，下次见面，当以酒代过。"丁继哲说："陈老大，你别给我灌迷汤，那天你兴师问罪的架势，就像要把我一口吞下去。不过，你这一炮轰得好，你走后我就调来了韩美林的案卷，看得我七窍生烟，明明什么事都没有，早该解决了，他们就是拖着不办。既然推不动他们，我就自己宣布。"陈登科惊讶地说："你真有魄力。"丁继哲风趣地回答："我是跟军委秘书长罗瑞卿学的。他到云南视察，问到了杨丽坤，一听说她还在下面监督劳动，大发雷霆，说：'到现在还草菅人命。不行，明天我要见到杨丽坤。'陪同的人脸有难色，罗瑞卿斩钉截铁地大声说：'她明天不但要来，还要穿着军装来见我，这是命令。'"

听罢，陈登科精神一振："老丁，讲得好，真过瘾，看来非常时期就得像罗长子那样披荆斩棘。"丁继哲调侃道："我是被你逼出来的。"

陈登科真是一个一不做、二不休的人。为了给韩美林创造一个有利于创作的安静环境，他又打电话给省文联，嘱告以文联名义为韩美林请创作假。下午，他去拜访老战友、蚌埠市委书记黄驭，希望给韩美林在南山宾馆安排一个能长住的房间进行创作……

连着几天的所见所闻，尤其是陈登科那股亦狂亦文的侠胆豪情，我看在眼里，记在心里。刚认识他，从他的举止虽分不清他是老革命、老战士，还是作家、平民，但几经接触，就会强烈地感受到，他的为人处世、举止谈吐和他的小说一样，无不洋溢着豪侠之气！我不禁暗自思忖，如果早些时日找到他，他一定会帮我解困于危难之中。

在陈登科写字台上方，贴着李凖书写的一首诗，我离开南山宾馆时，特意抄录下来：

> 我爱陈老大，千锤百炼人。
> 雄奇藏浑厚，磊落见天真。
> 潇洒江边树，淡泊岭上云。
> 何时携书剑，茅屋共结邻。

陈登科在与我握别时说："昨晚我和王平通了电话，他告诉我，马鞍山市委书记杜维佑昨天找他谈话，问他愿不愿意去文联任主席……王平还答应我，一定会关心你的工作安排。"

1980年6月，我被调到马鞍山市文学艺术界联合会。不久，我上合肥开会，乘便登门拜访陈登科。不巧，他出差在外。他的夫人梁寿淦热情接待了我。说话间，晓陆（陈登科小儿子）拿着一沓照片兴冲冲地回来了。梁老师看完便递给了我。其中有一张陈登科、韩美林和另一个人在屋内的合影，房间不大，像画室。梁师母说："这是老陈陪华君武到韩美林工作室照的。"我顺口说道："看来韩美林在淮南的住房已解决了。"梁师母说："不，这是在合肥。"也许她看出我的疑惑，补充说："他已经调到省文联了。是老陈亲自去淮南给他办理了调动手续。"晓陆说："韩美林到了合肥，省文联住房紧张，没有地方能给他落脚，就和我同住一个房间。爸爸又打报告找省直机关，现在总算让他有了栖身之地。爸爸每次去北京都带着韩美林的画稿，见到老领导、老战友、老朋友就展示给他们看，还一遍又一遍地讲述韩美林的苦难遭遇……华君武（时任中国美术家协会主席）被打动了，经爸爸邀请便来了合肥。1979年6月，经华君武提议，在吴作人（时任中国美术家协会副主席）的支持下，在中国美术馆举办了韩美林个人画展。"梁师母说："老陈就是这种脾性，帮人帮到底，送佛送西天。"

这次交谈，不过是一次极其平常的聊家常。梁师母和晓陆的所言所语，也不过是随口说说而已。然而，这次交谈却加深了我对陈登科的认识。上次我目睹了陈登科为韩美林一事的落实奔走呼号，这次又听闻他不辞辛劳地为韩美林营造创作空间，他和韩美林非亲非故，为什么乐行善事，一帮到底？！

思前想后，我得出了结论：他是出于对人才的爱惜、对艺术的尊重、对人才被摧残的不可遏制的同情。他这种"唯仁者能爱人"的赤子情怀，不由得使我想起马烽曾经说过的一段话："哎呀，登科老伙计，他身上没有复杂的政治细胞，对党，一腔热血；对朋友，豪放任侠，两肋插刀。他至情至性，是条汉子！"

马烽和陈登科有着不同寻常的关系。1951年，全国文协为了培养青年作家，在丁玲的主持下举办中央文学讲习所，马烽和陈登科是第一批学员，他俩既是同窗好友，又都成了丁玲的得意门生。他俩都是新中国成立前参军的老干部，却是只愿做事不愿当官的文人。他俩都是"党员作家"，在历次政治运动中成了忠而获咎的堂堂正正的好汉！

韩美林为了表示感激之情，曾经画了一头牛角上挺、牛首昂立、弓身前行、充满阳刚之气的壮牛赠送给陈登科，并写下落款："韩美林辛未牛年三月清明以后写此大牛以奉登科吾师法正美林狂草。"还盖上了刻着四个粗莽大字"山东好汉"的印章。

似乎没有一位大家会将如此江湖气的头衔，冠于自己的名字之前，然而，喝着黄河水和趵突泉长大的韩美林表示，唯有用此衔方能与"草莽文人"相媲美。

安徽文坛把陈登科比作"草莽文人"，"草莽"与"文人"，看似自相矛盾，却形成了陈登科不同凡响的性格特质。文学评论家苏中写的一副对联，精准地概括了陈登科从一个文盲跻身为作家的传奇人生：

泥土中走出，战斗中锻炼，铸就了民魂正气胆；
小百姓视角，大作家胸怀，谱写出千古醒世文。

每每听到这样的称呼，陈登科轩眉一笑，以此为荣。

"草莽文人"与"山东好汉"，以书画结缘。如果说"山东好汉"是在苦难中以画画求生，那"草莽文人"就是在拔刀相助中尽显江湖豪情。一个是受尽凌辱却潜心作画不争强于争；一个是为友相争义字当头竭尽全力一争到底！

文艺名家往事

韩美林（右一）、华君武、陈登科（左一）

2003年，《陈登科文集》首发式暨陈登科作品研讨会在合肥召开。许多著名的作家、学者从全国各地赶来，纪念五年前逝世的陈登科。大家纷纷发言，缅怀追思安徽文坛德高望重的领军人物。

韩美林是站着发言的："我是个画画的，不是说话的，但非说不可，感情逼着我说。我个人的成长，受陈登科影响很大，看了他的《活人塘》，我很受震动，后与他结成忘年交。我俩经历相似，都是穷孩子出身。我12岁参军，在部队吃第一顿饭，吃了9个包子。两人都没有文化，两人都是通讯员。'文化大革命'中，我落难在淮南，他和鲁彦周、江流、肖马都给过我帮助。我后来认识了文艺界很多人。'四人帮'倒台后，我不会忘记陈老给我的帮助。

"现在有人说我是透明刺猬，心灵透亮但是带刺，这是受他的影响。我在文艺界以敢说敢揭闻名，这个胆量是谁给我的？是陈登科。

"有人说起来是艺术家，其实灵魂不干净，陈老骨头里没有不干净的东西。他是一位呼啸前进、义无反顾的闯将。我是从安徽出去的，我永远感谢陈老对我的关怀。"说到这里，韩美林掉眼泪了。

如果不是具有超乎一般的真实感情，不会讲出如此眷念、如此深情蕴藉的肺腑之言。他俩因为互相倾慕，深相惜重；因为境界高远，大气天横。他俩不仅是书画之交，更是人格之交。他俩这份属于豪杰的似水长情，超越了生死，令人倾慕。

北影的绝唱

孰料啸邦会溘然长逝？！

4月下旬，我对啸邦的挂念日盛一日，无奈没有他新居的电话。去年10月，我曾打电话询问肖马，他说啸邦搬家后尚未联系，一旦得知会立刻通知我。春节，我收到啸邦寄来贺年的明信片，这已成了他的习惯，年年如此。可是上面既没有新的地址，也没有电话。以后数月我又几次打电话给肖马，虽铃声大作却无人接听（后来知道他和余萍去了澳大利亚）。4月26日，我从北京的114查询到北影的总机号码。通话后方知对方是传达室门卫。他说北影已经没了，无法帮我查询啸邦的号码，也无从查询。我客气地求他一定帮帮忙，他没好气地说："谁有闲工夫大白天闹着玩，北影被兼并了，找谁去？！"

我在心中嗔怪对方不该开这样的玩笑，不过，听口气却不像信口雌黄。我颇感疑惑……这可能吗？北影实力雄厚，4年前，北影人和中国的电影界还热烈地庆祝了北影成立五十周年啊！若果真如此，我十分震惊，唯恐对方所言属实。我急切地想和啸邦取得联系，多次未果，便打电话到北京市作家协会查找韩蔼丽。对方答复，她虽是会员，但没有其电话。4月28日，我打电话到北京鲁迅纪念馆。总机说，有此人，5月6日以后可电话查询老干部科。至时，连打两天电话，铃声不绝却没人接听。

5月8日晚9点刚过，我接到贾梦雷的电话，他呜咽着告诉我啸邦已于昨日去世。突如其来的噩耗如晴天霹雳，使我陷入极度的悲痛中，欲哭无泪。

啸邦患有糖尿病、高血压，但只要悉心调理，注意保重，修身养心，何尝不能安度晚年？几年前他已在昌平的山里买了一间小屋，完全可以和夫人韩蔼丽隐身世外桃源，潜心学问而不闻窗外事。可是，听说这几年他的心情不好。

是什么事扰得他心烦意乱？

我与啸邦已有卅年的友情。我是一个工人业余作者，是他在1973年手牵手把我领进了电影文学的殿堂——北京电影制片厂，是他和肖马、杨履方手把手地教会了我如何进行电影文学的创作，是他引导我在"文革"的动乱年代走上了热爱周总理、反对"四人帮"的正确道路……我们分隔两地，来往不多，但只要我去北京或他来上海则一定晤面。2001年秋天，他和韩蔼丽来上海在女儿家住了半年，其间我们小叙了几次。10月的一天，他光临鄙舍。老友叙旧格外高兴，无话不谈。他对我家的格局和装潢非常感兴趣，嘱告我一定要画张示意图供他参考。3年前，他已乔迁虎坊桥的高层，小区环境非常优美，三室一厅的居室布置得优雅舒适，怎么又要重新装修？他说北影已在厂区后面盖了新的住宅楼，他分到一套三室一厅。故地重返，熟人多，朋友多，串门方便，心里舒坦。从他说话的神色中可以看出，他对北影有着深厚的感情。他馈赠给我的礼物——《北影五十年》（1949—1999），就是他对北影一往情深的最好佐证。十年前他曾经赠送给我《北影四十年》（1949—1989）。他是这两本书的主编。可是，前后两次送书，他的表情却判若两人。第一次，他的脸上显露出作为北影人的骄傲。后一次，他仅仅说了一句："留作一个纪念吧。"当时我就有一种感觉，他淡淡的笑容后面似乎隐藏着难言的痛楚。中午，我和佩瑛请他到饭店用餐。我和他都患有糖尿病，难得相聚，就开怀多喝了几杯啤酒。他告诉我，编纂《北影五十年》时他已经退休，老厂长汪洋找到他，不无感慨地说，希望他再为北影做一次贡献，这对一大批老同志、老艺术家是一种慰藉，也是对历史做一个交代。啸邦说："他理解早已退居二线的老厂长的心情。当了32年北影厂的厂长，对电影事业有着难以割舍的情愫。北京电影制片厂于1949年10月1日正式成立，从筹建、生产计划、人员组织到电影创作，无不倾注着汪洋厂长的心血。汪洋同志在长达35年担任北影厂长期间，组织创作了《智取华山》《祝福》《早春二月》《红旗谱》《风暴》《林家铺子》《小兵张嘎》《烈火中永生》《一盘没有下完的棋》《小花》《骆驼祥子》《茶馆》《末代皇帝》《红楼梦》等数量众多的精彩影片，对一代代观众产生了巨大的影响。这些优秀影片已成为新中国电影史上的经典。从某种意义上说，是他把北影办成培养电影人才的大学校，让北影成为中国电影的一块金字招牌。如今，他不无感慨地说：'我已成了老头，每次去厂里，认识的已经没有几个，倒是在讣告里常常出现熟人的名字。'厂里都换上了新人，年轻人了解北影历史的不多；我若以息肩为由而婉拒，也无可厚非。然而，老厂长对北影的深厚感情深深地感动了我。眼下，能够伏案奋笔再次为北影立传，舍我其谁！在我的主编下，《北影四十年》《北影五十年》相继问世。老厂长汪洋两次拿到这两本新书都既高兴又感叹地流泪了。北影的老人也欣慰地笑了。"讲完这几句话后，啸邦突然沉默了，他苦笑着喝了一口啤酒，忧郁地说："北影以后的路会怎么走，谁知道？垂暮之年，管不了那么多了。"

吃罢饭，我正要付账，他却拦住了我："每次都是你请我，这次由我做东。"我说："你远道而来，我应尽地主之谊。"彼此推让了一阵，他生气了，沉下了脸："不行，你不依我，那以后别再见面了。"他是那么执拗、耿直，我只好恭敬不如从命。

分手时我们互道珍重。岂料，这次见面竟成了永诀！

夜已深，难入眠，我从书橱中抽出了《北影四十年》和《北影五十年》，心里有一种说不出的痛楚。音容已逝，心迹长存，这两本书倾注了啸邦晚年的全部心血和对北影的全部爱。简洁洗练的文字和一幅幅珍贵的照片记录着北影的辉煌，展现了一大批电影明星成长的历程，也反映了北影在老厂长汪

周啸邦（左）与肖马（右）

洋的带领下，与我国电影事业一起发展的轨迹。可是，任凭我翻到哪一页，却看不到记录啸邦为北影所做贡献的点点滴滴的印痕。

啸邦1964年从北京大学一毕业便到了北影，他是一名学养精深的编辑，他与作者提纲挈领的切磋，他对剧本精益求精的执着，使他培养、扶植、支持和帮助无数作者、作家成功创作出许多电影文学剧本并拍摄成电影；他与作者之间的感情，是在创作探索中逐日加深的。可以这样说，在探讨剧本时，不管是相互启发还是激烈争论，他和作者相处得甜甜似蜜。只有这时，他的兴奋、激动、热情才溢于言表，一发而不可收……以后，不管剧本搬上或未搬上银幕，他和作者虽君子相处淡淡如水，但情长谊深。

卅几年来他把自己的青春、理想、信念全都奉献给了北影和我国的电影事业。他所从事的工作无名无利，但他乐在其中，义无反顾。他还担任过《电影创作》的主编，在出任北影电视剧制作公司总经理时，他是《那五》的制片人……他至今仍是中国电影文学家协会秘书长。他是水泥柱子里的钢筋！在北影和影视界享有相当高的声望。应该说，他择一而终的电影生涯多有建树而无丝毫遗憾。可是北影的没落，无疑成了他梗塞于胸的遗恨。须知，他对北影有着太深的感情、太多的眷恋。北影的衰败对他无疑是一个沉重的打击。面对北影的没落而回天乏术，他一定忧心忡忡，欲罢不能……

我陷入极度悲痛之中，我悲痛啸邦过早地匆匆离世，更加悲痛的是，也许他是带着难以忍受的遗憾离别了人世！

啸邦的女儿周静告诉我："不久前，爸爸还想给中央领导写信，反映北影的事，信没写成人却先走了。他啊，终于彻底摆脱了，像是睡着了，显得非常安静。为了不惊动他，没有给他的遗容化妆。他太累了，让他永远安息吧。"

啸邦逝世于"非典"肆虐的非常时期，没有举行遗体告别仪式，没有挽联、花圈、悼词、哀乐，没有送葬的亲朋好友，他的走，是那么清冷和孤寂。然而，凡是与他相识相知的人，都会在心中为他送行，都会永远怀念他。当初，由他主编的《北影四十年》和《北影五十年》是他献给北影的由衷赞歌，如今，北影寿终正寝，赞歌成了绝唱！这绝唱，将使人们永远记着北影过去的辉煌；这绝唱，将使人们永远怀念一个为北影默默耕耘一辈子，却全然不顾个人得失的人——周啸邦。

我谨以此文来尽哀。

书生意气　侠义心肠

记白桦与韩美林

　　白桦与韩美林素昧平生，之所以一见如故，缘于韩美林笔下的小猫、小狗、小兔、小鹿、小狐狸……

　　白桦未曾想到这些小动物竟会被刻画得那么可爱可亲，尤其是一双双机灵的小眼睛，并非在窥视陌生的人类，而是在向人类传递着真诚、友谊和善良。在"文革"中，白桦和所有人一样，看惯了政治宣传画和政治脸谱式的人物画，蓦然之间，这一幅幅散发着人的感情与语言的动物画，似乎可以把他热爱生活的情绪点燃。之所以会有这样的感觉，只因他正沉浸在《曙光》剧情大起大落的悲壮之中。他为创作话剧《曙光》征求意见，由总参安排住在总参第一招待所。他在贺龙身边工作过，他笔下所塑造的人物素材，就来自贺龙对他述说过的革命战争年代，在军内、党内两条路线的斗争中，被无辜迫害致死的红军将领，洪湖赤卫队的创始人之一段德昌。段德昌是与贺龙齐名的洪湖苏区创始人，黄埔四期的高才生。20世纪30年代初在肃反运动中遭到"钦差大臣"、洪湖苏区的头号人物、党代表夏曦的排挤，被处死。段德昌被枪杀前说了三句话：第一句话是红军不要离开洪湖；第二句话是不要开除我的党籍；第三句话是不要用枪弹打死我，留下子弹打敌人。《曙光》剧中主角以段德昌为原型。当白桦于1975年底与贺捷生去湘鄂西、洪湖访问时，从民众的述说里再次听到段德昌的"三个不要"，他的眼泪瞬间哗地流了出来。自己人摧残自己人，三十几年前的悲剧又在"文革"中重演……在他潜心创作时，欲哭无泪，痛不欲生。就在他处于这样的创作境界之际，那捅马蜂窝的小熊、那正在撒欢的小牛、那打闹嬉戏的小鹿……一个个小动物的眼睛无不向他打开了心灵的窗户，向他传达了一种生活中被"四人帮"扼杀而流失的人与人之间的真诚的爱。这些充满童心稚趣和生命活力的甜美的爱，正是白桦所渴望的。白桦在战争年代曾经做过美术工作，尤其欣赏韩美林充满生趣的画作。诗言志，歌咏情，韩美林的画不无言志亦言情。看看那些小动物的率真和透明，分明是韩美林心灵的写照。在中国画坛，以画动物而最负盛名的大师有很多，齐白石的虾、徐悲鸿的马、李苦禅的鹰、黄胄的驴，都堪称一绝。白桦情不自禁地喟叹道："黄胄画的驴，惟妙惟肖，驴趣横生。造反派夺去了黄胄的画笔，使他被迫赶着驴车卖豆腐。在与毛驴合作劳动中，他不仅仔细观察到驴的动态结构、神情特点，以及毛色在不同光线下的变化，更重要的是毛驴使他感受到了人世间的温馨。他曾赞叹毛驴：'平生历尽坎坷路，不向人间诉不平。'其实，这恰恰是画家人格的自我写照。"

韩美林的画也是托物寄情，他说："'文革'刚开始，我在淮南陶瓷厂被打成现行反革命后，在最苦闷的时候碰上邻居老杨家的一只卷毛小狗'二黑'。'二黑'很脏很瘦，我喂了它一大块肉。之后，'二黑'天天跟着我，我天天喂它吃的，我哭它也哭，我进高温窑洞烧瓷器，'二黑'四个小爪子热得轮流换着着地也不出去，就在里头跟着我。我被扣上了现行反革命的帽子，除了'二黑'，没人肯理我。有一次我被专政队一顿拳打脚踢，突然，'二黑'从人群里蹿过来，摇着尾巴伸出舌头舔我。你知道吗，在我被打折了腿、挑断了右手筋时，我都没哭，这时，我一下子就哭了出来。你知道那些专政队员多狠吗？一棍子就狠狠打在'二黑'身上，随着'吱嗷'一声惨叫，'二黑'已被打得趴在地上；这狗通人性，这狗有情有爱，这狗对我不离不舍，在我'寒冷'时给予我温暖，我多么想把它紧紧抱在怀里，然而，那个专政队员又抡起棍棒，接二连三地朝'二黑'猛击。'二黑'翻滚着，惨叫着，又跟着我朝前爬了两步，才拖着那断了脊梁骨的身躯滚在了路旁……"

白桦屏息凝神地等着下文，韩美林难掩悲痛，呜咽着说："被打伤的'二黑'拖着身子回到主人老杨家，它不吃不喝，只是吱儿嗷儿地狂叫，三天后，就趴在家门口的小土堆上死了。'二黑'死得好惨啊，我失去了一个亲人！"

自从与韩美林相识以来，白桦从这位小个子山东人的脸上所看到的全是烂漫无邪的笑，他赤诚如顽童，没想到他的全部沧桑全付谈笑之中。听完这段经历，白桦坠入沉思："人"字，本应该写在天上，却被抛在地上任意践踏，而且连狗都遇难遭殃，情何以堪？韩美林铺展开一幅题为《患难小友》的画，说："我以此祭奠我永生难忘的好友'二黑'。'二黑'并不特别漂亮，但它是善的化身。"

白桦由衷地说："这幅画给我的第一印象，是你在描绘它时，倾注了全部情感和挚爱。这只卷毛狗周身透露着精气神儿，似吠似动，呼之欲出，特别是那对霍霍闪动的眸子，遥情无限，像是在窥视着人间，又像在搜寻着什么……"

"它在搜寻我的踪影。我永远不会离开它的视线。"

"你已把'二黑'看成孩子，你是通过小动物来传达你渴望的爱。"

"地球上最伟大的东西就是爱。"

"还有追求！李苦禅所画的雄鹰，那赫赫逼人的气势，穿云破雾，勇猛搏击的雄姿，给人博大豪放的感觉。这无疑是他内心的真实写照，以鹰来展现他坚毅刚强的性格，以鹰来表达自己对绘画艺术的执着追求。所以你的追求……"

"我起先是为了逃避。画人物，弄不好，一经上纲上线，随时随地都会被扣上歪曲工农兵形象的帽子。画动物，小隐于野，自得其乐。"

"你的画所洋溢的人情味告诉我，有些人想用苦难毁掉你，结果往往是苦难塑造了你……"

偶然的契机使他们相逢在北京，艺术的情缘使他们成为知音。韩美林虽然尚未脱颖而出，白桦却对他独垂青眼。他想，他和韩美林怀有共同的情感，不能再惋惜已经流逝的年华，不能再叹息被扼杀的青春。正因如此，他有意要让更多的人知道韩美林的画。可是，当时"文革"才结束，整个社会还处在封闭的状态，报纸杂志虽然正在逐渐挣脱"四人帮"的文化专制的桎梏，但旧有的思维模式还在束缚着人们的思想。

白桦看似诗人气质，学者风度，却怀有侠义心肠。韩美林称白桦为"大哥"。于是，大哥为了把小弟推荐给京城众多鸿儒墨客，便故技重演。

白桦写成话剧《曙光》后，在审查时因有人认为此剧无"光"，而不准公演。有人放话"要批判这部共产党杀共产党的反动作品"。不过，中国话剧团和武汉军区话剧团愿意通力合作，把此剧搬上舞台。为了能够上演，白桦拿着剧本一家又一家地登门拜访许多老干部、老将军、老红军、老艺术家，一边流着泪一边朗读剧本，从武汉一直读到北京，结果把他们感动了。这些被感动了的人纷纷挺身而出，支持上演这部戏。于是，这部话剧获得了不能正式公演，不能登报，只得内部演出的机会。白桦又一家接一家地送上戏票热忱邀请……然而来看戏的都是失去职务，或是脱了军装的人。1977年冬天，他还请到没有复出的罗瑞卿，罗瑞卿坐着轮椅来到中国青年艺术剧院观看了话剧……

有一天晚上，武汉军区司令员杨得志、政委王平突然再次到剧场观剧，演出结束，他俩走到台上，杨得志大声宣布：明日登报在北京公演。台上台下都怔住了，这是一个非常突然的决定，何况两位军区领导人同时上台，用斩钉截铁的坚定口气，宣布了要在北京公演的决定。这是不是有些僭越呢？殊不知，中宣部部长张平化等领导，对剧团前往相邀的人员都避而不见。两位首长为何敢于打破禁锢，让此剧终于破土而出？当大家知道他们刚从中共中央十一届三中全会的会场上走过来的时候，才恍然大悟。许多演职员都哭了。

回想这段绝非寻常的经历，白桦深感要有持之以恒的执着，才会功到垂成。在北京，白桦不仅与众多作家过往甚密，还与许多画家、演员常来常往。

于是他带着小弟美林挨家挨户地拜访名流大家，或是送上画作，或是当场挥毫泼墨。贺敬之（诗人，文化部原副部长）和柯岩（诗人，贺敬之之妻子）看完画作，贺敬之赞叹道："寥寥几笔，形神毕肖，而极有谐趣。"柯岩说："画画，必先有人格，而后才有画格；人无品格，下笔无方。"

书生白桦，为了帮助韩美林打开局面，叩开了许多艺术家朋友的家门，真可谓不遗余力。不仅如此，他还关心起韩美林的个人生活。有一天，韩美林把16岁的女儿带到白桦处，白桦方知韩美林已经离异。韩美林的妻子也是中央工艺美术学院的高才生，与他一起下放到淮南。在韩美林失去自由后，妻子与他离了婚，后又与首都话剧院一位编剧结婚，孩子也带走了。白桦有一种感觉，韩美林虽然有着无穷的、旺盛的艺术创作的欲望，但他也需要一个温暖的家，他需要友谊的沃土，也需要爱情的温馨和甜蜜。潇洒的白桦，蓦然之间萌生了要做红娘的意愿。他把绘画大师的女儿介绍给韩美林。他想，两位都是画家，心有灵犀一点通。但他却判断错了。韩美林在与女方见面之后，对白桦坦诚地说："老大哥，谢谢你的真诚和好意！但人家是小提琴，我是二胡……"讲到这里，美林的脸上流露出孩童般的天真和顽皮。女方对白桦说："谢谢你的好意！我心领了，我知道，你是想把你最珍爱的宝贝捧给我……"白桦虽然没有做成月下老人，但他还是难解"红娘"心结。于是他鼎力撰文，推介了韩美林别具一格的"动物世界"的艺术特色。这篇题为《心中并不缺少爱》的文章经英文版《人民中国》杂志刊登。《人民中国》是一本在"文革"中唯一没有停刊的对外杂志，有英文版、日文版，在国际上有广泛影响。《心中并不缺少爱》是第一篇介绍韩美林绘画艺术的文字，就此韩美林进入了国际画坛的视线。而之后柯岩的报告文学《美的追求》，则把韩美林推到了国人面前……

1979年4月，当时只有41岁的韩美林，在白桦的带领下去见了陈登科，后由陈登科介绍认识了华君武。在华君武的支持下，中国美术馆举办了他在首都的第一次个人画展。

1979年10月30日，全国第四次文代会召开。这是一次拨乱反正，迎接新时期文艺春天的大会。邓小平在祝词中说："……同志们，我们伟大祖国的一个全面的、持续的文艺大繁荣的新时期就一定会到来。一个人人都能够大显身手、大有作为的年代到来了！让我们同心同德地努力奋斗吧！胜利一定属于我们！"邓小平的祝词，标志着新时期的文艺征程已解缆起碇。三千多位代表听后心潮起伏，群情激奋；不论老的少的、男的女的都愿掏心掏肺，一吐为快。在中国文联副主席巴金主持大会发言的那天，白桦做了《没有突破就没有文学》的发言。之前，他一直处在心潮起伏的激动之中。前不久胡耀邦和文学艺术界座谈时的讲话一直在他的脑际萦回。那天，胡耀邦向大家推荐马克思写的《评普鲁士最近的书报检查令》一文时说："这是《马克思恩格斯全集》的第一篇文章。马克思说，你们赞美大自然悦人心目的千变万化和无穷无尽的丰富宝藏，你们并不要求玫瑰花和紫罗兰发出同样的芳香，但你们为什么却要求世界上最丰富的东西——精神只有一种存在形式？"胡耀邦还说："大家看看马克思讲得多好啊！马克思写的第一篇文章就是反对文化专制主义。我们社会主义的生活是多彩多姿的，为什么要通过审查制度，让反映社会生活的文学艺术作品，只能表现一种色彩呢？"可以这样说，邓小平和胡耀邦两位领导人清除"四人帮"散播的文化专制主义流毒的所言所语，犹如暖阳，融化了白桦心中的冰雪。"没有突破就没有文学"这一命题，在白桦的心里已深埋十几年，是冰封的冻土使它无法破土成苗。蹉跎间，他居然不再独对孤灯，而是站在了崇高的讲台上！面对济济一堂，历经磨难和煎熬的认识和不认识的志士仁人，往昔对刀笔之劫、文字之狱的憎恨，鼓起了他向命运反叛的勇气，终于把埋藏在心底的千思万虑，尽情倾吐：

"……新的历史时期，作家、艺术家如果回避我们眼前深刻的社会思想斗争，不愿意了解当前人民群众的生活和新鲜活泼的思想，他们的作品当然没有读者。因此，这不但是我们想干什么，还是一个应该干什么的问题。我们应该掩饰谁也无法掩饰的社会矛盾吗？我们应该去歌颂使我们付出了重大民族牺牲的愚昧状态吗？我们应该对已经绊住了我们手脚的官僚主义保持沉默吗？我们应该去照顾与共产党毫无共同点的'一言堂'主的威望吗？人民群众不许可！你一定要这么干就干好了，只要你有园地，有纸张，至于读者，就越来越少了！'四人帮'这团体存在了十年之久，比抗日战争还要长，这

白桦（右）与作者

段历史如此之奇特，我们不应该思索一下为什么吗？党的十一届三中全会之所以赢得绝大多数人民群众的拥护，不正是由于党中央恢复了实事求是的作风，向人民说了真话吗？！党是司令部，群众是战斗员，不把敌情告诉战斗员，战斗员怎么去消灭敌人，赢得胜利呢？……"白桦的讲话赢得了一次又一次热烈的掌声，但是，有一位在文艺界领导过历次运动的人物当场拂袖而去。散会后，白桦在倾听诗友们的意见时，巴金、严文井、冯牧、陈荒煤等前辈都热情地支持他的这一发言。在会后交谈中，他一有机会就向大家谈起一位年轻画家的命运和他独特的画艺。

后来，白桦还和韩美林拜访了巴金。巴金看了韩美林的画作，被那几只活泼可爱的小狗的形象深深地吸引住。在"文革"中，为了保全自己，巴老把家中的爱犬包弟送去医院做了解剖。时至今日，痛定思痛，在"文革"的动乱中都无一幸免而死去的"二黑"和包弟，使他想起了无数善良的人们在"文革"中人格被扭曲的耻辱。于是，他从两条狗的特殊命运，写下了《小狗

白桦（左四）、乔榛（左二）、丁建华（左三）与作者（右四）

包弟》一文（收录于《随想录》）。巴金在《小狗包弟》中的忏悔，不仅使两条小狗跃然纸上，也使此文成了无形的画。众多读者因"画"生情而寻觅韩美林的画作《患难小友》并加以欣赏，这幅画又成了有形的诗。一文一画，相得益彰，广为流传。自此，韩美林走近仰慕已久的大师身旁。1980年春天，韩美林在吴泰昌的陪同下，自带笔墨纸张来到武康路113号，一口气画了十几幅动物画，赠送给巴老、小林和端端。

1979年4月，韩美林在中国美术馆举办了他在首都的第一次个人画展。1980年9月，韩美林携带200余件作品，在纽约世界贸易中心举办画展，这是新中国成立后中国画家在美国举办的第一个画展。随后，他又到美国21个城市巡回展出，一时间在美国民间掀起了"韩美林热"，每天参观画展者达万人，电视台在黄金时间广播画展讯息，各大报纸也纷纷刊载，曼哈顿区宣布那年的10月1日为"韩美林日"，圣地亚哥等城市的市长向他赠送了金钥匙，有人称他是"中国的毕加索"。一位50多岁的美国友人对他说:"我喜欢打猎,可我看了你画的小动物这么善良可爱,今后我再也不打猎了。"一位华侨老太太老泪纵横,拉着韩美林的手说:"美林呀,你可为咱们祖国争了光!"

回顾自己出山前的那段生活,韩美林说:"在我落难和落魄的时候,拿我当朋友的人,都是些什么人呢?是雪中送炭的少,锦上添花的多,但经过大磨难后才知道,花再美再艳,也不如患难时的那么一点点炭。"

白桦与韩美林的相交,当然不是锦上添花,而是雪中送炭。在白桦的收藏中,有黄永玉的猫头鹰、黄胄的驴和吴作人的玄鹄,但至今没有一幅韩美林的画。其实,最初韩美林赠给白桦的作品最多,而白桦为了让更多人知道、理解并欣赏韩美林的画,全都转赠给别的朋友了。

开创警营文化的先行者

1949年4—5月，南京和上海之间的一座小县城丹阳，已经有近3万大军云集，成了中国人民解放军总前委、华东军区和中共华东局的临时驻地。5月2日，粟裕和唐亮代表三野前委率部进驻上海。3日，陈毅抵达丹阳。6日，总前委书记邓小平带华东局财委一批干部也赶到丹阳。邓小平、刘伯承、陈毅、粟裕等在丹阳运筹帷幄，培训干部，准备物资，为解放上海做了大量准备。

早在2月，中共中央社会部指示华东局社会部，要求配合解放，接管江南城市，做好江南城市调查材料收集工作。2月下旬，中共华东局社会部决定由副部长扬帆调集干部60余人先行南下，驻扎在苏北淮阴郊区的许庄、徐家庄、小曹庄一带的农村，由调研科科长钟望阳具体负责，开始为接管沪宁做材料准备。这是一场没有硝烟的战争，既要千方百计与在隐蔽战线工作的有关人员联系，还要考虑解放上海后如何开展工作。钟望阳把调研科分成上海、南京和特字号（专门负责编写沪宁一带国民党特务机关的材料）三个组，上海组约有40人，李蒲军任组长，专门编集上海政治、经济、文化等各方面的材料，长达31卷，100多万字，编印成书后定名《上海调查资料》，分发给接管上海各系统的干部。有了这些材料，就可以按图索骥去接管，再加上地下党的配合，整个接管工作得以顺利进行。（这31本小册子已被上海公安博物馆收藏。）陈毅后来说，"这些材料为上海接管工作立了大功"。

4月中旬，解放大军挥师南下，江南的解放已指日可待。以梁国斌、李士英、胡立教、扬帆为首组成的公安战线队伍，将接管上海国民党的警察局。之前，扬帆已率领华东局社会部200多人，编入"华东南下干部纵队"先期集结丹阳，学习政策，待命东进。

5月上旬的某一天，听完陈毅的报告，扬帆与钟望阳离开会场后，沿着一条狭窄的老街边散步边议论，他们叙谈着南下以来各自的感受。重返故里，有多少话要说！想到上海即将解放，他俩禁不住流下了激动的泪水。谈到肩上的重任，话题始终围绕着如何实现中央的要求："既要解放上海，又要还给人民一个完整的上海。"他们相互告诫，一定要做到陈毅所要求的，"上海之役好比瓷器店里打老鼠，既要捉住鼠，又不能把那些珍贵的瓷器打碎"。他俩估计，国民党虽然大败而去，但决不会甘心，一定会利用地痞流氓和大量的散兵游勇，以及从外地逃来的许多特务、反革命分子和还乡团等，趁新生政权刚刚成立之际，大肆进行破坏活动，制造混乱，浑水摸鱼。

为此，加强公安保卫工作是重中之重。那么，如何宣传党的政策，规范公安工作的行为准则，教育新旧警察秉公执法，提高业务水平？对此，钟望阳提出一到上海就创办公安刊物的想法。这一提议正中扬帆下怀，他马上说："立即筹备。"

从1947年开始，中国的解放战争形势简直是一日三变，发展之迅猛，非常人能预料。当时，组建党的公安保卫队伍已提上了议事日程。在上级的指示下，担任渤海地区党委社会部部长的扬帆在渤海惠民县办了一期公安保卫干部训练班，对外称为华东建大二分校，扬帆亲任校党委书记并亲自讲课，钟望阳负责编撰教材。各县公安保卫干部除留下必要的人维持日常工作外，都来参加，训练班有几百人啊！这在当时实属创举。为了迎接全国的解放，持久普及这种教育培训已刻不容缓。扬帆和钟望阳商量，决定出版一份定名为《渤海公安》的刊物，专门刊登公安保卫破案的实例和侦察工作的经验等文章。

上海沦为"孤岛"后，在抗战文化救亡运动中，扬帆和钟望阳虽不相识，但都是冲锋陷阵的斗士。扬帆负责群众戏剧运动，联系"电影从业人员协会"。钟望阳主办过多种刊物。两人与文字都有不解之缘，因此对于办刊情有独钟。经扬帆同意，钟望阳任命李蒲军为《渤海公安》的主编。铅印的《渤海公安》出版以后，很受公安干部的欢迎，华东、华北各地干部也纷纷前来订阅。

扬帆和钟望阳商定刊名为《人民警察》后，自然想到了李蒲军，即令他着手准备。

李蒲军现今已九十高龄，但精神硬朗，讲话声音洪亮。他说："在解放区，钟望阳是我的顶头上司。我们原先虽不相识，但我久仰其大名。在30年代的上海，《小顽童》《小痢痢》《少年英雄》……一篇接一篇描写抗日救亡小英雄的长篇小说震动了文坛，我知道作者叫苏苏、白兮、杜也牧，但不知道他们是同一个人。我们虽同在左翼一条战线上战斗，却从未谋面。我们在解放区第一次见面时，当我得知钟望阳就是我仰慕的作家，惊喜有加。钟望阳告诉我，他也知道在左翼文化对半封建半殖民地文化堡垒发起一又一次冲锋中，'蒲军'是位出手快、刀刀见血的杂文作家……谁能想到，我们这对在旧上海不认识的知己，在解放区一见如故。"

李老不无感慨地说，以前，我仅仅仰慕苏苏、白兮写的小说，充满浩然正气。苏苏了解底层平民百姓的穷苦生活，白兮歌颂从劳苦大众中涌现的稚气没脱、活泼可爱、敢于伸张正义的小英雄。可是我当时并不知道老钟创作的生活状况。当我得知他是一边从事党的地下活动，一边蜷缩在三层阁楼里写作，我对他更加佩服。他的妻子陈新英要生孩子时，他们连叫一辆黄包车的钞票都没有，陈大姐是由老钟搀扶着挪动着步子去接生站的。可见他是在充满风险又极其清贫的条件下一字一句地写出了充满激情的好作品的。

李老还告诉我，钟望阳是一个真诚、纯朴、不加雕饰，又极其认真的平民化的领导人。在审核《江南城市调查》的过程中，可以说他是夜以继日、日以继夜地工作着。为了核实调查论据是否正确，他不仅找撰稿人反复提问，还要从各个方面收集材料，来证实材料的可信度。他讲的是一口地道的上海话，浓重的乡音使每一个撰稿人都能感觉到他那恋乡恋土的深沉的情怀。他和大家一样，希望《江南城市调查》成为保卫大上海的行动指南。

九十高寿，记忆力如此之好，说起往事，如数家珍。这不禁使我想起李老的回忆文章《从淮阴到上海》。文章如此述说：

> 5月24日午后，我们被告知将乘当晚的火车奔赴上海，上级给我们每人发了一个红袖章，是上海军管会工作人员的标志，除印有"上海军管会"字样外，下端还有"公安"二字。直到25日下午，火车到达上海市郊，看见有的解放军已从市区西撤，估计上海战事已经结束。
>
> 终于到了上海北站，这是多么熟悉的地方啊！可是，下车后我们却在站内待了下来。我们这一行人都是接管警察局的干部，带队的领导是张文炳和钟望阳，他们宣布一律不准外出，等上级来人接我们。一直等到天黑还不见动静。最后，领导决定在北站过夜，我们被安排住在北站办公大楼的"写字间"里。因为火车上一人一座没法躺下来，所以一进写字间，就在写字台或是地板上倒头便睡，很快就进入梦乡。后来知道大部队是在马路上睡觉的，我们可算是"高级待遇"了。
>
> 第二天一早，天下起了小雨，我们又回到老地方待命。吃过晚饭，已快天黑了，钟望阳同志叫我和王克二人到福州路去一趟，看看警察局是否已经接管了、李士英或扬帆在不在。之所以派我和王克，大概因为我是上海人，但不认识李士英，王克原是沧县公安局局长，与李士英相识，但从未到过上海。
>
> 由于天还在下雨，钟望阳要我们叫辆三轮车，并给了一些车费。三轮车到南京路正巧遇上红灯，一辆1路电车从外滩驶来，当当地响着铃声。王克好奇地将头探出三轮车的雨篷，要看看电车是啥样

的玩意,我向他介绍说这是有轨电车,还有无轨的。

没多久,三轮车到了福州路国民党警察局门口,大门口还堆着沙袋铁丝网工事,但站岗的已是我们的战士了。我们从东小门进去,经过打听,进入电梯直上五楼。这时,李士英正和陆大公在局长室对面的一间房内谈话,我们向李士英汇报后,他说:"你们快来吧。"

这时,雨已止,偶尔还有一些毛毛雨,我俩即奔返北站。得到李士英的指示后,张文炳和钟望阳立即下令集合,并派我当向导,我们一路人马浩浩荡荡,冒着雨丝到达了福州路警察局。

上海市公安局成立后,钟望阳任人事处处长,《人民警察》归属该处管辖。钟望阳立即任命李蒲军为《人民警察》主编,并于1949年7月7日创刊。陈毅司令员亲自挥毫题了刊名。创刊号上有刘长胜和饶漱石的题词,扬帆写了序言。

据李老回忆,杂志是在每个星期天出刊,他在每星期四必须把每期的文章送给钟望阳终审。钟望阳为了排除各种干扰,在这一天下午,不安排、不参加本处的各种活动,闭门谢客,逐篇逐句审稿。后来他担任上海市公安局党委副书记,也是期期如此,雷打不动。每期他还极其认真地写上二三百字的卷首语,篇篇短小精悍,以小见大,非常精彩,对阐述正文的主要内容和旨义,起到了画龙点睛的效果。可以说,他为《人民警察》的创刊和成长付出了艰辛的劳动。

李老越说越兴奋,突然呵呵笑了起来,似乎想起了什么,说:"那时我们年少气盛,办成杂志还想开播电台。国民党警察局原先有电台,我建议要为我所用,钟望阳说要发出我们自己的声音。忙了一阵又偃旗息鼓。"我问为什么。"没有经费,没有专业人才……"李老又呵呵笑了一阵,沉浸在往事的回忆之中。1984年1月中旬的某一天,陈新英见钟望阳在整理尘封多年的书报,便问:"在找什么?"钟望阳回答:"找早期的《人民警察》。"他们家家具并不多,而且十分简陋;钟望阳平生寒素,衣服寥寥无几,用一个小箱子装已足够有余,唯独书报几乎占据了大半个书房。据三林讲,钟望阳把他的藏书和所保存的资料归类存放得有条有理。果不其然，他不消片刻便找到了第一册至第五册的《人民警察》。

已步入古稀之年的钟望阳，抚摸着被历史烟云染黄的五本《人民警察》，百感交集。这是新中国第一本以警察工作生活为报道内容的杂志，是在十里洋场中破土而出的一枝新绿！是文化领域在除旧迎新中一枝独秀的奇葩！在捍卫新生的人民政权中建功立业！在这些纸张和字里行间浇铸和凝聚着他的心血和热情啊！他已珍藏了四十几年。

他依依不舍地拿着五本《人民警察》，正欲征求妻子的意见，陈新英没等他启齿，问道："你打算捐赠出去？"说完便从他手中拿过那五本杂志小心翼翼地包起来。钟望阳笑着说："你猜到了。"陈新英不紧不慢地说："你的举动，联想到上海市公安局公安史资料征集研究领导小组举行老同志春节茶话会的请柬，我就明白了你的心意。"显然，陈新英的语气和举动，也表达了对丈夫的支持。

这对老夫妻啊，相濡以沫！这是一种生死相依、相携相牵相扶相靠走到黄昏夕阳、走到白发苍苍的革命伴侣。然而，李老讲过的一句话，曾经使我大吃一惊："陈新英跟了钟望阳，真是倒霉！"这是我第一次听到对这对恩爱有加的老夫妻的非议。我瞪大困惑的眼睛看着李老。李老长长叹了口气，不无惋惜地说："陈新英也可算是个老革命了，协助钟望阳搞地下斗争，一起奔赴解放区办抗战学校，解放后长期在公安战线工作，资格够老了，居然没有被提拔，太不公平了。"我问这是为什么，李老苦笑道："还不是钟望阳在作梗，他先是人事处长，后是局党委副书记，他说，夫妻在同一个部门工作，不能都当官。"原来如此。与其说李老是在埋怨，不如说这是发自心底的夸赞。

2000年新春之际，从北京传来令人惊喜和振奋的好消息，《人民警察》1949—1951年的1—5卷，经国家文物局专家组鉴定、评审，确认为国家一级文物。

写到这里，我无限感慨。想当年，在白色恐怖笼罩下，钟望阳按照党的指示，与方友竹、丁裕、劳苹等人创办了少年出版社、《儿童周刊》等进步团体和刊物，成为维护祖国的幼芽成长发展的"孤岛"儿童文学的主要力量。

吴强（左一）、钟望阳（左二）

在解放区，他先在《淮南日报》工作，后来又参与创办了《渤海公安》。新中国成立后，当他风尘仆仆重返大上海，抓的头一件大事就是参与创办了《人民警察》，成了创建警营文化的先行者之一！在拨乱反正的历史洪流中，他虽已垂垂老矣，但心依然炽热，他不在乎一己悲欢，全身心地投入创办《上海文学》的工作中。

前几天，我去了上海公安博物馆，端详着陈列在玻璃柜里早期的《人民警察》，耳畔回响着李老对我陈述的往事。我想，眼前的实物表明，尽管音容已逝，但功绩长存，历史将永远铭记警营文化的先行者。

劫后余生的重逢

李　琼（第一排右四）、扬　帆（第一排右五）、王元化（第二排左二）
于　伶（第二排左三）、吴　强（第三排右二）、洪　泽（第四排右一）
钟望阳（第四排右二）

这是一张普普通通的合影，不，非也。这是一次历经生离死别、同是天涯沦落人重逢后的留影！

1982年8月，党中央为蒙冤23年的"潘扬死党"的所有成员彻底平反，推翻了所有的不实之词。同年深秋，在上海作家协会的大厅，召开了平反后的座谈会。革命年代出生入死的战友、孤岛时期同仇敌忾的文友、解放上海时英姿飒爽的解放军战士，在相隔分离，度过毫无音信不知生死的漫漫长夜后终于有幸相见，这可是非比寻常的聚首一堂，熟悉的容貌朱颜尽失，英武的神态荡然无存，有的霜雪满头，有的佝偻着腰不断咳嗽……九死一生后的见面，没有惊呼雀跃，没有热烈拥抱，而是久久地辨认，仔细地端详，默默地握手；他们纵然有满腹话语要倾诉，纵然有万般感慨要述谈，却都是以一二句的感叹而概之："你还活着""没想到还能见面""这是在做梦"……

突然，全场鸦雀无声，所有目光全都投向一个颤巍巍的老人。他戴着一副墨镜，由一位老妇人搀扶着，慢腾腾地向前走，步履维艰……大家终于认出了他——扬帆！一旁陪伴的是他的夫人李琼。

扬帆，这个"潘扬事件"的受害者、上海解放后的第二任公安局局长，他的一生是传奇的一生，更是坎坷曲折的一生。20世纪80年代，经过反复审查，在所有的案卷里，居然查不出一桩犯罪实证，他终于结束了25年冤狱生活……

扬帆的双眼只有0.2的光感，已经看不清字，只能凭耳朵听了。他往昔的战友、文友、部下一个个上前与他握手，小声告诉他自己是谁。他迟缓地点头，喁喁而语……

凡是在场的与会者，看着这种应该激动却低调、应该热烈却冷静的久别重逢，无不唏嘘不已。曾记否，就是这些重获新生的"枯藤老树"，当年，热血在黑幕下汇成激流、理想在战火中经受洗礼、赤子之心在暴戾恣睢的囚牢中几乎冷却……岂料，在无望中居然会重见天日，死灰复燃！他们何尝不万分激动，何尝不欣喜异常！然而，长期的磨难、长期的压抑、长期的孤独，已经使他们不善于把自己的喜怒哀乐溢于言表。

"自有清辉千古在，何须佳节一时吟"，这是扬帆《中秋吟月》中的诗句。

1942年中秋之夜，陈毅亲临苏北的文化村，兴趣盎然地和阿英、胡考、扬帆等文化人一起赏月赋诗，畅抒情怀。才华横溢的扬帆即兴赋诗一首——《中秋吟月》。诗中这两句诗，岂料在40年后印证了这些浴火重生的老战士的坦荡胸怀。会上，他们没有回首往事，也没有捡拾自己沧桑的历史残片，而是感谢党中央推倒了一切诬陷他们的不实之词，然后互道珍重，竭力掩饰笑容里夹杂着的眼泪……

座谈会由中共上海市委宣传部副部长洪泽主持。曾经在30年代与这些受害者一起坚持党的地下斗争或从事左翼革命文艺活动的老友，于伶、王元化、吴强、肖岱……也赶来赴会。

筹划这次座谈会的是当时担任上海文联党组书记的钟望阳。他也曾经受到"潘扬事件"的株连。当他在扬帆的耳边轻声说"我是钟望阳"时，这对有着不凡战斗经历的上下级、老战友，再也没有一言半语的交谈，而是满眼泪花，长时间地紧紧握着手，千言万语尽在不言之中……

会议结束后，与会者合影留念。

照片上的前辈，多数已驾鹤西去。然而，令人深感遗憾的是，有几位曾经与扬帆、钟望阳并肩战斗并共患过难的长者，因不知其姓其名，也就无法加以注明，只得无奈省略。

斯人已逝，影像长存，弥足珍贵。

何须惆怅近黄昏
记张军

年逾八旬的张军，给我一大叠拟议付梓的文稿，嘱我写序。他是长者，曾担任上海市作家协会书记处书记。我在他的领导下工作过。我不敢造次，不过，倘若辜负了他对我的信任，岂不却之不恭？细读《杂感与杂忆》，我被深深地感动了。

从60年代到90年代的悠悠岁月，在历史的长河中不过是白驹过隙。然而这40多年确实是一个翻天覆地、充满变革的大时代。在文艺界，起先是浊水翻滚，恶浪汹涌；后来春潮澎湃，清波荡漾。张军置身于许多历史事件之中，不仅经历腥风血雨，还在风浪中沉浮。笔下所涉及的事和人，都是亲眼所见，亲历所为，在《不堪回首话当年》一文中，他叙述了上海文艺出版社在"文革"中遭受摧毁和解体的经过，他同情蒯斯曛，理解包文棣，钦佩草婴。他何尝不想为刘金遮风挡雨？可是，在黑白混淆、动辄得咎的时代，他自顾不暇，朝不保夕。他说："我写这些不堪回首的往事不是为自己辩解什么，'文革'中处在我这样的位置，不可能洁身自好，我也写过大字报，会上也批判过别人，不是没有教训，但他们加给我的罪名都是莫须有，用不着辩解。我常想，比起那些对国家做出很大贡献的成千上万的知识界人士在'文革'中遭受的浩劫，我还是幸运的。写这些也不是去追究运动中某些人的责任。我只想说这是一段历史，是抹不去的一段丑恶的血泪历史，有很多经验教训值得不断总结。"

在拨乱反正的年代，被砸烂的上海市作家协会枯木逢春。在恢复作协工作和《上海文学》复刊的过程中，张军成了党组书记钟望阳和党组主要成员吴强的得力助手。在《历史是留给后人的》和《想起那个特殊的年代》及其他的篇什中，他平静地述说了重组工作并非一帆风顺、风平浪静，而是在前进中不断遇到新的矛盾，钟望阳面对新旧之间盘错虬结的互相牵绊，既努力化解矛盾又任劳任怨；耿直的吴强置牵强附会、混为一谈的指责于不顾，坚持原则……读后方知，上海作协和《上海文学》经历了许多不为人知的曲折和重压……

《上海文学》在发表短篇小说《挣不断的红丝线》前，编辑之间有过剧烈的争论：有人认为，字里行间未免有丑化老干部之嫌；也有另一种观点，认为作者张弦通过描写傅玉洁的人生历程，从她的言行举止、内心情致、思想变化和感情流程等方面，表达了作家对历史、社会的认识，对女性命运的思考，具有独特的艺术魅力。尽管张军对这短篇小说情有独钟，面对意见纷呈的局面，他却不露声色，而是组织大家进行了充分的意见交流，并最终形成共识：《挣不断的红丝线》着重描写了两个知识分子的悲剧命运，在主人公的爱情故事中包含了深刻的社会历史内容。至于不足之处，可以与作者商洽后请其修改。借此，张军请编辑吴泽蕴前往南京与张弦交换意见。之后，改写的稿件经审核后得以发表。由于作品为读者展现了一个在充满阶级斗争的世界中，为追求幸福不断挣扎而深感疲惫的女人……很快在社会上获得强烈的反响。

80年代初，在文学评论上脱颖而出的吴亮，因其犀利的文字和深邃的见解进入文学界的视野。也是由于他不同凡响的真知灼见和超前的价值观，导致他受到一些激烈的批判。当时有人责令《上海文学》要腾出版面刊登批判吴亮的文章。面对这一棘手的"任务",张军向上级领导坦陈己见:"我们刊发的吴亮文章,都是由我最后签发的。我觉得所刊出的每一篇文章都有着戴高履厚的深度和广度,给文学评论带来了新的意象。每次读他的新作,在领略他文字快感的同时,也能获得一种智性的满足。况且吴亮是一个刚刚崭露头角的新秀,我们应该倍加爱护。所以能不能组织一些专家,对他的创作进行鞭辟入里的分析?"上面采纳了张军的意见,最终做出了不但不进行批判的决定,还提出要对吴亮加以保护和扶植。吴亮曾经不胜感慨地说:"是张军老师把我调进了上海市作家协会,又是他挺身而出顶住压力保护了我!"

"文革"以后,复刊的《上海文学》在钟望阳、吴强、张军的领导下,成了文坛上引人瞩目的主流刊物,也时不时遭到方方面面的责难和批判。整个编辑部,则是一个和谐、友好、无私的集体。我问张军对重建上海作家协会和《上海文学》那段时期的工作有何感想,他很豁达地说:"陈年往事已成云烟,是非曲直,历史功过,让后人去研究、去思考、去评说。历史连接现在与未来,人们会去开创新一页的历史。"

张军已耄耋高龄,由于人生定律使然,老来多病,加上体力衰退,不复当年的勇气、斗志,也就倾心颐养天年,万事保健为上。有不少曾经叱咤风云的英豪,一俟垂垂老矣,也难免不发出迟暮的感叹。读完这本集子,我强烈地感到,张军1989年离休之后,面对"流水落花春去也"的桑榆晚景,没有丝毫悲秋愁绪,也没有顾影自怜,其思维居然还像年轻人那样活跃。尤其对党的建设和政治体制的改革、防腐反腐的一些社会问题,经思考后涉笔成文,娓娓如话家常。在《"官德"五题》中,他做了如下阐述:"'为政以德,譬如北辰,居其所而众星共之。'也就是人们经常说的榜样的力量是无穷的。"在《政治改革四题》一文中,他列举了沈阳市委副书记、副市长慕绥新和市委常委、副市长马向东等犯罪分子大肆贪污受贿的犯罪事实后,不无感慨地说:"如果我们发扬党内民主,教育党员都敢于实行自己的权力,来监督各级干部,坏人就无法任意横行,就能防止或减少上述恶性案件的发生。可惜这方面的工作做得太少。"张军虽然走在"黄昏"的下坡途中,却绝不放弃对真理的追求。我不敢说他的议论全都足以为训,但至少表明他经常反思、探索。

张军在人生的道路上风风雨雨走过了几十年,生活阅历丰富,见多识广。他的青少年时代,抗日的烽火已燃遍中华大地。为了上学,虽颠沛流离,学无定所,他还是执着地随着学校的不断迁移经历了漂泊的求学生涯。抗日战争胜利后,他因不满国民党挑起内战,与几个同学几经周折终于冲破了国民党的封锁,到了苏北解放区。他为何投身革命?是为了追求革命的真理。到了晚年,他还是勤于阅读。由于情感经过岁月的沉淀,在阅读上比年轻时更显成熟。既不会一经碰撞便迸发出思想的火花,也不会轻易掀起感情的波澜,而是细细咀嚼,深深思索,体悟日深,以史为鉴,以人论世。倾注于笔端的是,寄望人们能正确运用真理,从而给党、整个国家和全体人民带来永恒的利益!由此可看出:他退而不休,老有所思,老有所悟,一旦悟出了有价值的、符合时代需要的真知灼见,便凭借自己惊人的记忆力,把对往事的追怀和对现实的感悟落墨成文,笔耕不断。正因为他坚持不懈地追求真理,不仅手不释卷,居然还天天上网。近日,他又加入由作协离退休人员组成的微信"青松群"。平时见面,或互通电话,他经常会提及网上的一篇文章颇有见地,某家杂志的文章观点鞭辟入里,很透彻,值得一读……可见,人虽老了,求知的欲望却没有丝毫减退。

在《杂感与杂忆》中,每一篇文章的字里行间所流露出来的都是朴素无华的真情实感。所思所想,真情洋溢;所议所论,真话倾诉;所企所盼,真心期许。全书给我留下的深刻印象就是一个字:真!

唐朝诗人李商隐曾感叹,"夕阳无限好,只是近黄昏"。诚然,一个人在生命旅途上都会步入枯藤老树、人老珠黄的晚景,极易出现心理上的消沉或得过且过。朱自清却认为,这样未免太过悲观和伤感,便写出"但得夕阳无限好,何须惆怅近黄昏"自勉。这两句诗,也可以说是张军晚年心态的最好写照。他断无"夕阳西下"之恼,也无人到"黄昏"之伤感,反倒保持一种达观的心态去排除疾病的困扰,用"读书为乐""握笔明志"这一有益于身心健康的生活方式,填充思想上、时间上的空白,安然步入"何须惆怅近黄昏"的境界。

张军（右一）与作者（左一）

至此收笔，权且作为谨敬奉而作的序文，借抒心曲，并衷心祝愿老而弥坚的前辈，继续通过读书和写作，不断丰富自己的生活，迸发出更加炽热的生命火花。

乐善好施，深明大义

1988年7月，张军和我接到庆祝"安徽省作家与企业家联谊会"成立大会的邀请函，便赴约前往，入住稻香楼。翌日中午休息时，来了两位不速之客——原马鞍山市委第一书记、马钢党委书记崔剑晓，马钢党委副书记王万宾（后任全国人大秘书长）。我认识他俩，但他们登门拜访的对象并不是我。

原来，张军和崔剑晓是老战友、老同事。合肥解放后，崔剑晓任省团委群众工作部部长；张军是省团委书记项南的秘书。故人相逢，不亦乐乎。交谈中，崔剑晓指指我对张军说："小曹调走，市委事先一点也不知情。市委书记徐卿对市文联擅自放人非常不满。我对市文联不请示市委就随意让人才外流当然也有意见，但我有点心虚。之前，如果不是被你言辞恳切的长信说动了，我才不会协同你把张弦拱手相送。我自己有过开闸放水，对小曹的调动一事，也就装聋作哑。"王万宾说："80年，曹致佐还在马钢机修厂工作。市文联主席王平看中了他，要调他，马钢不放，是崔书记交代我在市里和马钢协调。"

我说:"我记得,那天在市委秘书长张振国办公室,你把崔书记要马钢放人的指示,当着我的面传达给了张秘书长。"我看出张军听得似懂非懂,便对张军解释道:"那时王万宾是崔书记的秘书。张振国是市委秘书长,也是马钢秘书长。"张军说:"我听明白了。小曹是马钢给市里输送的人才。几年后马鞍山又给江苏输送了张弦。又过几年,小曹调到上海作协,这两个人的调出都和我有关。我今天甘愿受罚。"崔剑晓笑着打趣:"要说罚,你不喝酒我也不喝酒。况且你也为马鞍山做过好事,扯平了。"张军惊讶地说:"你从来不说戏言,怎么也调侃起我呢?"崔剑晓问:"你还记得肖马吗?65年,他送我一本才出版的短篇小说集《哨音》……"张军插话:"《哨音》是经我手出版的,不过这和马鞍山有什么关系呢?"崔剑晓说:"他的家在马鞍山啊。"张军恍然大悟,讷讷地说:"诚如你所说,如果这也算上,我虽然从未去过马鞍山,恰做了三件与马鞍山有关的事。"

张军和崔剑晓又天南地北地谈了一阵。作别时崔剑晓说:"你应该去马鞍山看看。"张军笑笑说:"三件事都扯上了马鞍山,确实想一览钢城风貌。"崔剑晓表示欢迎,转身叮嘱王万宾,马钢一定要扫榻以待。

崔剑晓告辞后,我就把心中的疑问提了出来:"老张,原来你和肖马也很熟?"张军点点头,说:"刚解放,省文工团由团省委管。肖马原名叫严敦勋。他专搞舞美设计。平时我们常有来往。他和话剧演员贾琳的婚礼我也参加了。在大家眼中,他是一个不修边幅的风流才子。上班拖着鞋皮,衣冠不整,不拘小节。他饱读诗书,一谈起艺术,不但忘情,还善于引经据典,唐诗宋词和外国名著的美文妙句倒背如流。那时的领导特别爱才。团省委书记项南从不对肖马管头管脚,他对我说,肖马在上海交通大学加入了地下党,后来在学运中暴露了身份,于是组织上就把他转移到苏北华中党校。项南再三对我们说,肖马是一个艺术型的知识分子,在画画上颇有造诣,我们一定要为他创造一个宽松的环境,让他发挥出聪明才智。果不其然,他创作的油画《大别山农民起义》,被中国人民军事博物馆选中并陈列。以前我只知道他会画画,并不知道他也搞文学创作。1960年,我调到上海文艺出版社任编辑室主任。当时为了鼓励青年作家积极写作,我们拟定了出版'萌芽丛书'的计划。在报送候选的短篇小说集的名单中，我看到书名为《哨音》的作者是肖马，就在想，这位作者是不是严敦勋？一看作者简介，果然是他。53年一别，已经整整十年了。他那放浪不羁的模样常在脑中。没想到他手中的笔，不但能挥毫泼墨，还能著书立说。当时，送审遴选的作品有二三十部，也许是感情使然，我首先审阅的就是《哨音》，一口气读完16篇小说，不假思索地在报送单上写下了'可发'。"

我说："你的断然拍板敲定，不见得仅仅是情感作用吧？"

"对，并非感情用事。以往我一直很欣赏他。一想到他和翁元章30年前创作的油画《大别山农民起义》，至今依然异常清晰地留在眼底，印在心上。大别山农民起义军手持大刀、长矛等武器，奋勇当先，冲锋陷阵，攻克黄安城的战争场面被刻画得气势澎湃。可以说，我是看着他俩在画室用油画框绷上麻布，用透明的植物油调和颜料涂抹上去……当时我就感到肖马的思绪充满灵气，他利用巧妙的笔触、逆光的环境，突出了众多人物各种动作的外部轮廓，整幅画犹如一组气势恢宏的雕塑群像，表现出波澜壮阔的革命行动。这幅画的成功，给他带来极大的声誉，不久，他被调离去筹建《安徽画报》。在我的心目中，他是一个有独特创意的画家。没想到，他真是多才多艺，又提笔进行文学创作。编辑告诉我，肖马为了深入生活，一头扎进钢城，全家搬到了马鞍山。他不但下工厂去矿山，还与工人广交朋友。我的工作就是审定一部又一部的短篇小说集，多少人物、多少故事目不暇接？唯独肖马的作品令我眼前一亮。他所描写的都是生产在第一线的工人，虽然穿着工作服，但个个思想丰富，感情充沛。在《哨音》《矿山的路》《儿子》等作品中，我强烈地感受到这些建设者的自豪感，还有他们对火热生活的热爱。肖马的创作激情就像钢花铁水一样在尽情喷发。诚然，从整体上来说，他讲故事的叙述能力尚欠火候，但篇篇有新意，而他的文字却颇见功力。所以我看好他的创作前景，就力促他的短篇小说集早日脱颖而出。"

张军充满感情的述说虽然解开了我心中的疑惑，但并没有使我全部释然，便再次提问，"你力促《哨音》成书，可以说与马鞍山有关联，那么第二件……"

他没有等我说完，便讲出了两个字："张弦！"

张弦原在马鞍山市文化局创作组,和我颇熟,无所不谈,但我从未听他说起和张军的关系啊!

张军慢条斯理地讲开了:

1984年7月,《上海文学》举行笔会。本刊曾经发表过张弦的短篇小说《被爱情遗忘的角落》《挣不断的红丝线》。所以他也是被邀请的客人之一。一天我俩一起散步,海说神聊之间,他一谈到自己的家庭,立时变得很沮丧,说自从结婚起,夫妻一直分居,自己在马鞍山,老婆张玲在南京,还带着儿子、女儿。张玲身体弱,孩子才10岁出头,忙里忙外硬是把身子都拖垮了。他要求调回南京,江苏作协愿意接受,但马鞍山市不肯放人,说张弦已是全国著名作家,我们怎么肯拱手相让……讲到这里,他仰天长长叹了一口气。当时,张弦这段渴望一家团圆的述说虽然打动了我,但不过引发了我的同情而已。当天晚上,不知什么原因,张弦长期分居的悲苦,时不时地萦绕我脑际,挥之不去。显然,我动了恻隐之心,很想帮他。我分管《上海文学》,对编辑部曾再三强调,文学期刊不仅要成为作家茁壮成长的园地,还要在生活上力尽所能地帮助作者,要成为作者的知心朋友。对张弦来说,我何尝不想帮他解决燃眉之急,但除了在作品上支持他,其他无奈鞭长莫及。爱莫能助。可是,我就是难以排解,无法入睡。突然之间,我想到了一个人——崔剑晓。

我在安徽省团委任团省委书记项南秘书时,群工部部长是崔剑晓,我们既是同事又是好友。听说他现在是马鞍山市委的一把手,大权在握,何不请他高抬贵手?一想到张弦的调动或许有斡旋的余地,我立即起床,提笔给崔剑晓写信。第二天,我把写信的事告诉了张弦。他在迷茫中升起了希望。

我与崔剑晓已阔别三十多年了,但老战友的情谊真可谓天长日久。没有几天,我便收到他的回信。他说:"你提及一事,决不是唐突之举。尽管你是托我洞开方便之门,但说明在你心中还有我这位老战友。友人相托，理该尽力而为。至于张弦调离之事，市委早就关门大吉，没有通融的余地。不过，我被你言辞恳切的求情打动了。张弦已近花甲，再让他过两地相遥的分居生活，于情于理都说不过去。我们共产党人怎能熟视无睹。但是，分管组织人事的是市委书记杜维佑，我可以过问，但必须尊重他的意见。你还记得周占伦吗，就是团省委组织部副部长……他现在是市委副秘书长。我已经给他打了招呼。他答应去市委组织部和市文化局疏通，我再做做杜维佑的工作。我相信，只要动之以情，他们迟早会被说动的。"

果不其然，不出一个月，周占伦便鸿雁传书，告知我的所托之事，在崔剑晓的协调下，已促成张弦调回南京。

听到这里，我恍然大悟。当时，对市里突然放走张弦，文艺界一直大惑不解。"不放，没有商量的余地。"这是市里的明确表态。怎么会来个一百八十度的大转弯？这不禁使我想起了市委宣传部副部长鲁进修对我说过的一段话："我曾经陪崔书记去南京上海路看望张玲。她病了，身体虚弱，面黄肌瘦。蜗居在只有十几平方米的陋室。她流着泪说，张弦一星期回来一次。十几年来，她拉扯两个孩子越来越感到力不从心。如果张弦能调回来，她至少不会像现在这么累。住房条件也能变得好一些。江苏作协答应，一调来，会酌情解决他们家的住房困难。"

鲁进修还说："回来的路上，崔书记叹了口气说，我们分配再大的住房给张弦，也于事无补。远水救不了近火啊。过了一会儿，崔书记又叹息道，张军说得对，我们即使同意放人，也并非成人之美，而是帮人解燃眉之急。我便问张军是谁。崔剑晓说是上海作协的一个老战友。"

张军听后感叹道："老崔还是我们进城时的传统作风，关心老百姓的疾苦，善于访贫问寒。张弦之所以能一家团聚，全仗他体恤民情。"

我说："如果没有你的热心肠，挺身相助，那么张弦还是难圆其梦啊。"

张军笑笑说："举手之劳，能帮则帮，没想到一纸笔墨送佛送到西天。"

张军讲得轻轻松松，但他的乐善好施，无疑使一个分离的家庭得以团圆。

须知，这并不是他分内之事，他完全可以仅仅表示同情，或讲几句宽心的话。他则不然，不仅关心作者的作品，还悉心体察作者的喜怒哀乐。这样的文学工作者，自然成了作家的知心朋友。

我既然知道了张军和马鞍山有关的第二件事，当然想知道第三件事。便说："这是你给马鞍山做的两件事，那么第……"

没等我讲出口，他呵呵地笑着用手指指我。我一时不明所以，但他的笑和动作启发了我，立时恍然大悟，第三件事，事关我的调动啊！

1986年初夏，我接到吴强打来的长途电话，要我尽快来上海去作协见见张军。吴强是上海作协副主席。他说，我把你的情况都对他说了。你的作品也给了他。他是中国作家协会上海分会书记处书记。我顿时明白了吴老的用意。这说明我的调动有了一线希望。同时，我想起了1984年10月的一次会议。

1984年10月，工人出版社和安徽作家协会在马鞍山召开了城市改革和文学创作座谈会。省作协主席陈登科委托我全权负责该会议的组织工作。从全国各地来了156位著名作家。他们对会议的安排、展开的各项活动都非常满意。在总结会上，《光明日报》记者张胜友在发言时，夸赞这是他参加众多会议以来最令他难以忘怀的一次盛会，并对我出色的组织工作给予了很高评价。工人出版社的牛志强当众表态："现在提倡人才流动，我们社要曹致佐要定了。"会后的活动是上黄山。陈登科嘱告我一路上要陪伴并照顾好吴强。上山途中，吴强对我说，袁鹰（时任人民日报文艺部主任，著名作家）告诉他，冯牧（中国作协书记处常务书记）对陈登科表示，他有意要调曹致佐到中国作协。中国作协就是需要既能创作又能办实事的人才。陈登科当即表态："不行，我们已决定要调小曹到省作协当副秘书长。"

真没想到，陪伴吴强上黄山，居然会陪出这样一个结果。

三天后我赶到上海巨鹿路675号。一见面，张军浑身洋溢着的书卷气便给我留下了深刻的印象。他笑着说："你正如吴强所说，高头大马。不过，你的作品，有刚有柔……"接下来他直截了当地问了我几个问题，最后他说："我们作协机关过几天要去厦门度假二十几天，关于你的调动，等回来后我再与你联系。"

初次见面，张军就给我一种感觉，没有丝毫的官架子，待人接物儒雅且彬彬有礼。

到了8月初，我接到张军来信，信中说，"我们党组已开会决定，同意你作为人才交流的对象调来，也向市人事局申报了你爱人郁佩瑛作为有特殊贡献的人才调来上海，市人事局已复函表示同意。上海作协的组织人事室由我分管。我已经交代邬森梅处长办理此事，你就等市人事局发商调令。"

11月1日，我终于跨进了上海作协的大门。一到组织人事室报到，邬处长就把我领到书记处见张军。刚坐定，张军就直截了当地说："你先担任《作家与企业家报》负责人，是二把手……"接着，他简略介绍了《作家与企业家报》的情况，然后他和邬处长带我去了《作家与企业家报》的办公室，并当众宣布对我的任命。

工作半个月后，张军把我叫去谈话。他说："你到了新的工作环境，人生地不熟，一下子难以施展拳脚，可以理解。据吴强介绍，你很能干。你在'城市改革与文学创作座谈会'上的组织能力，得到中国作协和一百多位著名作家的好评。你来之前，我特意与参加会议的安徽、北京的朋友通了电话，一提到你，他们都说你把这次会议搞得有声有色。正因为众口一词，还看了你的一些作品，我们书记处经研究同意引进你这个人才。我观察你最近的表现，还没有放开手脚。这可以理解，新来乍到，有一个适应的过程。考虑到能让你的能力尽快地发挥出来，书记处决定，报纸的第一版由你全权负责。反正采编的整个流程你要一抓到底。"我大感意外。未免有受宠若惊之感，就说："张书记，……"他立刻打断了我的话："小曹，你以后就叫我老张。你来了已经不少天了，在我们作协，有没有听到过用官衔来称呼领导的？在我们这里不来这一套。至于交代你的任务，一个月后，我要看到第一版的新面貌。"他还谆谆叮嘱我："你要从业务上下功夫，把报纸办得有分量。现在我们虽然与不少企业家有了友谊，但大多数是乡镇企业。你要有突破，要着眼上海的大型骨干企业，报纸上要有为他们呐喊和鼓劲的报道和通讯。"他讲得很轻，思路清晰，但我却感到了不允许我讨价还价的坚定。也就是说，从这一刻起，我感到肩头上沉甸甸的分量。

打这以后，在他离休之前，我一直在他的直接领导下工作。以前，我只知道他是解放初进城到合肥工作，没想到冥冥之中他和马鞍山有着不解之缘。

近日，参加离退休干部活动碰到好友张斤夫。我告诉他我正在写有关张军的回忆文章。他听后不假思索地说："是该好好地写。我与老张共事35年。我们看得多的，是当领导的总是愿示人以唯我独尊，而他却很本分地与大家相处。他虽有学者风度，却敢于承担责任。他乐于助人，做了许多好事。我所指的好事，是指他在分管《上海文学》时，热衷于支持思想解放、立意新锐的作品。他不但鼓励编辑要敢于采用有棱有角、敢讲真话的作品，而且都会毫不犹豫地拍板签发。对于张弦的《挣不断的红丝线》，发还是不发，我们编辑部有争论。最后由张军一锤定音，发！那几年，搞文字工作经常会遇到风浪，他总是一座挡风的墙。对作品和作者，他始终力加庇护，使之免受批判。他的敢于担当，有的尽人皆知，有的不为人所知。1984年春夏之交，有一天，张军接到市委宣传部通知去部里开会。文艺处杨振龙对张军说，北京通知上海，要组织文章批判吴亮，并嘱告《上海文学》既要组写有战斗力的批判文章，还要拿出版面开辟战斗的阵地。对此，张军深感惊讶。吴亮已经在评论界崭露头角，先后在《上海文学》发表过《一种崭新的艺术在崛起吗？》《艺术使世界多元化了吗？》等论文，形式活泼，内容生动，见解独到，深受读者欢迎。倘若有错误言论，甚或被视为异端邪说，在学术上还得平心静气地、客观地分清是非，怎么可以动辄不分青红皂白地抡起批判的大棒格杀勿论？他虽然这样想，但用委婉的口气问杨振龙，你们是否看过吴亮的文章？如果没有看过，能不能在你们看过以后再来讨论批判的问题。杨振龙接受了他的建议。大约过了一个多月，杨振龙告诉张军，部里认为吴亮的文章没有问题，决定撤销对吴亮的批判。张军听后如释重负地松了一口气，但也未免深感遗憾，吴亮虽然逃过这一劫，但却错过了《上海文学》第一次评奖的机会。致佐，你不是不知道，文坛上，作家一旦因作品出了问题，许许多多当领导的，败则诿过。肯挺身而出为作者担一点风险的可以说少而又少。张军则不然，这显示出他有足够的正气和勇气。"

可以这样说，1979年《上海文学》复刊后，张军在党组书记钟望阳的支

张军（左一）、作者（左二）、陆星儿（右二）、王安忆（右一）

持下分管《上海文学》。期间，他坚持当代性、综合性、文学性的办刊宗旨，竭力扶持青年作者，在杂志上发表了许多在全国产生重大影响的优秀作品，可以说他是幕后功臣，功不可没。每当因作品引发所谓"大是大非"的争端时，他清湛如水，不动如山。可以说，那时的《上海文学》，领导与编辑之间的关系，既融洽又和谐。为了办好刊物，对稿件虽有争论，即使争得脸红耳赤，也不会伤了感情。在张军的倡导下，大家为了推出一部部好小说，彼此构成了心与心之间的一种理解、一种感应，达到了彼此心灵深处的默契。

张军还分管组织人事室的工作。"文革"后，为了使被打得支离破碎的作协能重整旗鼓，他协助钟望阳在人事上开渠引水，赵长天、吴亮、程德培都是经他发现后被他力主调入作协的。如今活跃在文坛上的众多作家，都曾得到他有形无形的帮助。

古语说："有气则有势，有识则有度，有情则有韵，有趣则有味。"由此我想到了静若幽兰的张军。他，待人，雍容大度，乐善好施；处事，深明大义，敢作敢为。他有着良好素养的形象一直鲜明地保留在我的记忆里。

毗邻"太白楼"的"江上草堂"
记林散之纪念馆筹建始末

每次重游采石,我必定要登"太白楼"拜谒诗仙,也要瞻仰高过2米的李白黄杨木立像。看到这尊雕刻于1974年的造像,犹如见到了为重塑这尊雕像而奔波于大江南北的已故老友周星斌女士……这回游毕出楼行走不远,蓦然回首,一座庭院扑入眼帘。我惊讶地说:"过去那儿是一片竹林啊!"友人说,这是"林散之艺术馆",而且征得"半残老人"的同意,由国学大师启功题写了"江上草堂"。

"江上草堂"建于90年代初,依山就势,阶梯布局,主展厅、副展厅、书画学术厅廊、亭相连,尽显田园风情;主馆屋顶覆以茅草,质朴典雅。顾名思义,借此称为"草堂",有何不可?虽称不上文物,待参赏了林散之各个时期一百多幅诗书画艺术精品,方恍然大悟,这一当代建成的"草堂"蕴玉怀珠,融丰厚文化底蕴于一身,集艺术精品、人文精神于一体。自号为"半残老人"

的林散之，是继王羲之、王献之、怀素、王铎之后我国草书艺术的又一座高峰。

缘何冠以"半残老人"？1969年12月，林散之在乌江浴室洗澡，因热水池的木盖腐烂，他不幸跌入而致全身严重烫伤，右手五指烫得血肉模糊，粘连在一起不能分开。手指失去功能，不能执笔，那不就此断送了艺术生命？经过医生悉心治疗，大拇指、食指、中指终于分开。无名指、小拇指伤势太重，无奈任其残成一体。出院后，经过艰苦的锻炼，他手指关节日渐灵活自如。70多岁仍三指悬钩，临碑写帖，坚持不懈……自此自号"半残老人"，纵笔留字题诗：

> 拍案惊心六十秋，未能名世便残休。
> 心犹未死手中笔，三指悬钩尚苦求。

仅仅凭借枯瘦的三指深搦笔管，还在年迈体弱、油灯尽枯的暮年，不断创造书法艺术的巅峰之作！当我再次在展厅里徘徊欣赏之际，尤其是看到"耄而不耋"的印章的刹那间，强烈感受到自己身处在一股浓郁博大的文化氛围之中，不禁百感交集：八十如童。那些奔放的诗作、苍浑的绘画、酣畅的笔墨，似乎不是用文字、色彩、浓墨所创作的作品，而是一个残而不衰的老人，用超乎寻常的精气神在抒发一种文化理念，是一生追求梦幻的雅趣寄托，并沉湎于一种超越情感世界的博大胸襟所创造的生命辉煌。

走出展厅，我沐浴在春日的阳光下，顺着麻石小径顺道而行，心中充满着陶醉，回味无穷。小径尽头，疑似无路，转角之际，豁然所见竟然是一座墓园！

我趋步向前，园中之墓，墓主是谁已猜到八九分。墓园古朴，有苍松翠柏环抱，墓碑上刻着"林散之、盛德粹夫妇合葬之墓"。墓后有花岗岩砌成的半弧形照壁，上镌刻着赵朴初的题字"雄笔映千古，巨川非一源"。一段话、两句诗，精准地概括了林散之先生的艺术成就及其丰富内涵。

故地重游，喜见"江上草堂"与"太白楼"结为芳邻。林散之艺术馆因渗透其中的人文内涵而登大雅之堂，然而，采石临江依山，古木参天，山幽林深之处可供建"江上草堂"之地无处不有，为何偏偏选址万竹坞旁，相邻于太白楼东侧？

探故寻幽已养成一个习惯，对古迹和文物喜好追根溯源。何况我在马鞍山生活了28年，文化界的朋友往来甚多。几经探问，不觉喜上眉头，原来提议和实施兴建林散之艺术馆的是我的老领导、与我过往甚密的周玉德。

近水楼台先得月。经过多次长谈，我弄清了这一当代建筑后面不为人知的史实：

屈指算来30年前，周玉德时任马鞍山市科委主任，与市科协副主任邢其山私交甚好。邢其山热衷于书法，周玉德虽不擅长挥毫泼墨，却有赏字品味的雅兴。有一次，邢其山告诉周玉德，市里几位书法家要与一位书法大家欢聚，此人绝非等闲之辈，可谓当代的"草书之王"。1972年重修的翠螺山南麓李白衣冠冢，其汉白玉墓碑"唐诗人李白衣冠冢"就由林散之先生题写，立于冢前。邢其山说："林散之尊师重道，心仪先贤，一提起李白，庄容正色，肃然起敬。素有'归宿之期与李白为邻'的愿望。"周玉德一向仰慕大师名家，如此一位对李白敬重有加的不凡先贤，他当然想一睹其尊容，便欣然前往作陪。这次谋面虽是初识，同游采石，缅怀诗仙，也许不乏相似的心情吧。然而，林老登采螺山老而弥健、风神俊逸的山水情怀；伫立采石矶头远眺东西梁山，时而高昂，时而委婉地吟咏"天门中断楚江开，碧水东流至此回"的洒脱不羁的诗翁气息；拜谒"太白楼"时所显现的"老当益壮，宁移白首之心"的精神境界，无不给人留下蔼然仁者的深刻印象。

周玉德有一次去合肥开会，乘暇前往拜访省委宣传部副部长赖少其。赖少其虽官居高位，但他更钟情于书画艺术，是融通今古的版画家、诗人、书法家。他曾经在自命为"木石斋"的书房内挥毫泼墨，赠送了几幅条款给周玉德。论官位，他俩有高低之分，谈书画鉴赏，则相见恨晚。周玉德兴致勃勃地谈了林散之的马鞍山之行，赖少其闻之深感遗憾，他说："若得知林老行踪，我一定来采石恭候大驾。于公，应该把林老奉为上宾；于私，虽出同门心系书法，自己小似蝼蚁，而'半残老人'是书坛高峰。"他推崇备至地谈了林散之的"当代三绝"：林散之晚年虽以书法扬名天下，但他自认"诗第一，画第二，书第三"。

林散之的大儿子林昌庚说："父亲一生大部分时间是用在看诗和作诗上，对诗的感情远过于字画。母亲在世时，经常嗔怪父亲的一句话就是，'一天到晚就晓得哼诗！'母亲积数十年之经验总结出的这句话，确实客观地描绘了父亲一生的最主要特征。父亲一生多颠沛，但不论走到哪里，别的一切都可以不带，《江上诗存》稿必定总是带在身边，被他视若生命。"林散之的诗，内容广泛，游山览胜、抨政恤民，充分展现了他热爱自然、爱国忧民的浪漫和博雅的情怀。著名教育家、国学大师、书画家启功，对林散之诗集《江上诗存》大加盛赞："老人之诗，胸罗子史，眼寓山川，是曾读万卷书而行万里路者，发于笔下，浩浩然，随意所之。无雕章琢句之心，有得心应手之乐。"赵朴初也做出极高评价："老辣文章见霸才。"开翁（赵朴初的字号）以一个"霸"字，冠当代诗人之上也，可见林散之位高名重！

1972年8月，为庆祝中日恢复邦交，《人民中国》杂志打算出版一期"特辑"，计划在其中安排一项内容:《中国现代书法作品选》。《新华日报》的编辑田原被借调到《人民中国》编辑部去协助出版这期特刊。

田原对林散之的书法艺术一直予以很高的评价，对于林散之未能脱颖而出一直引为憾事。一见有机会能让他眼中的"书法大师"登堂入室，便积极向《人民中国》力荐。

当时林散之正在老家乌江，闻之当即挥毫泼墨，遂成草书条幅《东方欲晓》，由《人民中国》送请启功先生评定。当时启功正病卧在床，勉强起身，坐在床上把条幅展开。他眼睛突然一亮，急忙起床，将条幅挂在墙上，认真看了起来，细品之后，他脱帽退三步，向这幅龙飞凤舞的草书作品深深地鞠躬，称赞道："太好了！太好了！"

接着编辑部请顿立夫先生对这款条幅做出评判。顿立夫是中华人民共和国国印"中华人民共和国中央人民政府"首任印鉴的制作者。他看后竖起大拇指，连声说："能代表中国。"

编辑部原先是想夺定《东方欲晓》能否入选，未曾想到此作获得的好评居然振聋发聩。为了更加慎重起见，编辑部去赵朴初家以求高见。赵朴初看后由衷地称誉道："此老功力至深，佩服，佩服！"还说："向林老致敬意，并希望能得到林老的墨宝。"

三位权威的评说可谓一言九鼎。最后，《人民中国》把所有入选作品送给郭沫若评定。郭老分别说，"不错""可以"，对有的作品却不予表态。轮到审视林散之的条幅，他看得非常认真仔细，最后说了一声"好的"。《人民中国》编辑部原先打算把郭老的字排在《中国现代书法作品选》第一篇显要位置，但郭老执意不从，并提议由《东方欲晓》取代。

这期杂志出版并在日本发行后，在日本书法界和国内引起了巨大的反响。

林散之卓尔不群的书法艺术一经得到公认，便名声大振，由此一跃而成为中国书法史上里程碑式的人物！

谈到林散之的画，赖少其说："林散之曾经自谓，以七分精力用于学诗，功夫最深；两分用于写字；画乃书法余事。他虽然把作画说成余事，其实他的画笔走神龙，腕底生风，曲中求直，方圆相兼，可谓在墨海中立定精神，在笔锋下决出生活，在尺幅上换去毛骨，在混沌里放出光明。"

最后赖少其不胜感慨地说："林老一生痴情于诗、书、画，虽已古稀却未曾辍止矣。"他凝神略一思索说："他还有一个终生相伴的情怀，迷恋采石，倾情李白。"

赖少其的所言所语，字字句句都深含敬仰叹服之情。由此，林散之的高大形象在周玉德的心中巍巍然矗立起来。情由心生，周玉德不知不觉地开始收集林散之"迷恋采石，倾情李白"的书画作品。一经聚焦，他大开眼界，未曾想到林散之抒写采石的诗作笔翰如流，讴歌李白所铸墨宝琳琅满目。那首效法李白直抒胸臆的诗作"我羡当年李太白，万卷传写谪仙人。尘埃轩冕金銮殿，烂漫江湖醉老春"，周玉德反复吟诵。时隔一年，周玉德喜见林散之创作的草书长卷《李白草书行歌》，183字一气呵成，气势磅礴，以盎然的书法逸情，淋漓尽致地表现出对李白仙风道骨的极度虔诚。

通过阅读大量的文献资料，周玉德对林散之"迷恋采石，倾情李白"的情怀已了然于胸。采石乃李白旧游之地，其跳江捉月前写下了"宅近青山同谢朓"……至于林散之，平生景仰李白，爱屋及乌，情系采石，不仅前来访古探幽十几次，还即兴赋诗。

1980年，周玉德被任命为副市长。有一天邢其山来到他办公室，谈了市里书画界同仁有成立李白书画研究会的想法，希望能得到政府的支持。周玉德毫不犹豫地允诺一定成全这桩好事。邢其山诡异一笑，说："我料定你会成人之美。其实，成立研究会，我们市委宣传部也管得着。所以找你，是要靠你帮忙。"周玉德直截了当地问："要我批经费？"邢其山说："你愿高抬贵手，我们当然求之不得。不过，我要你出力的是另一件事。"周玉德等他说下去。邢其山不急不忙地讲开了："李白研究会需要一个专职工作人员，这可不是一般的办事人员，既要懂古典诗词，尤其要对李白的诗词能领会贯通；还要擅长书法，并有志于我们研究会的学术研究。"周玉德说："这种对口人才可不好找啊。"邢其山说："已经找到了。""那你们宣传部打报告，我批一个名额给你们。"邢其山无奈地两手一摊："事情没这么简单，人在和县，要调动，况且是从县城往地级市调。"周玉德皱了皱眉头，说："这确实不好办。城镇户口是不能迁入城市落户的。"邢其山说："老兄，难度不大也不会找你。据我所知，你手上还是有几个名额可用作特批的。"周玉德承认："不错，我是有这个权，不过，除非是市里急需的应急人才。老邢，你该明白'应急'这两个字的特殊含义。""老周，这确实是个特殊的人才，我该怎么介绍她呢？她叫林苏若，从小就受书画艺术的熏陶，现在虽五十出头，但秉承家学，能诗能写能画，造诣颇深。她的父亲是林散之。"

听到这里，周玉德不由一惊，林散之他老人家的女儿！将门无犬子。这些想法很快在他的脑子里闪现，况且邢其山毕竟是市委宣传部副部长，为人处世，从来都是正大光明。就在对林散之有特殊敬意和对邢其山信任有加的情感作用下，周玉德用手连续轻轻拍了几下桌子，斩钉截铁地说："就这么定了，调。"

林苏若调到太白楼做文史资料研究工作后，居于何处成了问题，文化系统的住房原本就紧张，实在无房可分配，无奈安排她住在太白楼侧院的一间披屋。周玉德闻知后，与市政府办公室主任陶其平商量："既然调来了，就得设身处地为对方着想，搞文史研究，居无定所，不能安居哪谈得上乐业？"

他嘱告陶其平一定要想方设法为林荪若解决住房问题。最终，陶其平与市房管局协商后，在市区的一幢新工房，调剂了一套两室一厅分配给林荪若。为了检查落实的情况，周玉德在邢其山和陶其平的陪同下前去探望了林荪若。

林荪若自调动工作到乔迁新居，高兴得一直以为是在做梦。当然，她知道这一切的"改天换地"全仗贵人相助。原本她想等一切安顿妥当了前去面谢，没想到周副市长一行竟然捷足先登。惊喜之余，她不知道该说什么是好，一个劲儿地说："谢谢光临寒舍，有幸蓬荜生辉，不胜感激，不胜感激！"

这位名门之后、饱读诗书的书法家，家庭的简陋完全超乎周玉德的想象：除了一张大于方桌的长形书案和用旧木板搭成的5层书架，一切家什全是破旧的，请他落座的板凳的一条腿几乎已经折断。尽管家境清贫，屋内却弥漫着一股让人刮目而视的风雅气氛：一只落地的瓷瓶插着几轴画卷、书案上的墨砚散发着阵阵墨香、一只铺着木板的竹筐上放着几迭宣纸，而墙上挂着的一幅画和一幅字，顿时引起了来客的兴趣。

林荪若指着画说："'四人帮'倒台后，亚明先生画了这幅'四蟹图'，家父在画上题词，'面虽赤，心何黑。惯横行，栖草泽。国之殃，民之贼。捕而食，实上策'。"

周玉德、邢其山、陶其平发出了会心的微笑。

陶其平说："亚明是江苏画坛的领军人物，他和周市长是老朋友了，前一阵子来马鞍山，他俩一谈就谈了一宿，走前还给我们留下了字画。"

他们接着欣赏那幅字，林荪若解释道："家父平生最爱李白的诗词，尤其是《早发白帝城》，几十年来已经写了多幅，不过这幅字……"

陶其平说："笔笔现骨力，字字传真情。"

邢其山说："柔中有刚，寸劲摧力。"

周玉德寻思着没有开腔。他似乎在边看边琢磨。半响，犹如自言自语："这幅字可以说是上乘之作。不过在运墨上，浓墨与淡墨、涨墨与破墨之间，尚欠吐墨的五彩之妙。"

林荪若惊呼道："周市长，您真是独具慧眼啊，这是我临摹家父真迹所作，没想到您居然会一眼识真伪。"

邢其山和陶其平也惊讶地盯视着周玉德，似乎在问，你的眼光怎么这样老辣？

周玉德略一沉吟，侃侃而谈："意境风韵是书法艺术的灵魂。模仿名家字帖，单个字也许能够学得几可乱真，不过，一幅字的气势，缘于个人的艺术修养，林老奇拙疏犷的风格，纵然是偷梁换柱的高手，也永远不可能得其门而入。这是其一。还有，既没有落款也没有印章，显而易见，写这幅字并非为了制造赝品，而是为了借鉴名作经验，提高自己的水平。"话音刚落，林荪若双手抱拳连连作揖："高见，高见。真人面前不说假话，您施援手改变了我的处境，承蒙垂爱，我万分感谢。不过，我万万没有想到，您身居官位，居然学养有素，识见高深，我佩服，佩服。"

周玉德连连摇手，笑着说："我和老陶是书法爱好者，老邢是行家里手，我们是跟他学的。"

接下来，他们围绕书法这个话题谈开了。

陶其平在他们交谈之际，一眼看到书架上的一本书，觉得眼熟，便随手拿起来端详，笑着说："这本书周市长也有。"

这是江苏人民出版社1977年12月出版的《毛主席诗词 草书字帖》。

周玉德说："这本书以毛主席诗词为主，兼有少量唐诗、鲁迅的诗和林散之自己的诗。读后大开眼界，得益匪浅。"

林荪若说："周市长真是有心人啊，您日理万机，居然还有雅兴在百忙中抽空品读，家父知道后，一定万分欣慰。"

陶其平说："周市长不光看这本书，还多次专程去了采石，欣赏林老的真迹。"

邢其山补充说："我们开学术研讨会，他再忙，只要能抽空，一定会赶来洗耳恭听。"

林荪若连声说："真没想到，真没想到，真没想到。"她对周市长的叹服之情全包含在这重复的话语之中。她定了定神，指着陶其平手中的书打开了话匣子："周市长，承蒙您对家父的书如此赏识不弃，我也就要敞开胸怀一吐为快。说起要出这本书，当时家父难忍压抑之情。1976年初，江苏人民出版社打算出版一本林散之的书法集。这是第一次要正式出版家父的作品，家父很重视，在我二哥昌庚的协助下着手编纂。"

"当时，'文革'的文化专制独裁仍然一统天下。为了能够出版林散之的书，又要避免出问题，出版社想出一个'两全其美'的办法，要求家父把毛主席所有的诗词抄下来再出版。这样，该书既是伟大领袖的诗作，又是书法大家的力作，一定'稳妥可靠'，'不会出事'。家父以沉默代替回答。这事也就搁置下来。'四人帮'垮台后，出版社又想出一个主意，不再要求家父抄写全部毛主席诗词，而是要求书写毛主席新发表的两首词《水调歌头·重上井冈山》和《念奴娇·鸟儿问答》出版。经二哥劝说，家父同意了。即使这样统一了认识，在以什么形式出版的问题上，出版社在谋篇布局上还是颇费了一番心思。最后决定，在封面上只印'毛主席诗词二首'七个大字，在封底用极小的字注明'草书字帖'，用更小的字注明'林散之书'，一点也不敢突出林散之这个名字和林散之书法。印刷和纸张质量也是低档的。但不管怎样，家父的书法作品，在他81岁的最后一个月，总算在国内公开出版了。"

听了这段鲜为人知的往事，三位客人感慨不已……走出林荪若家之后，周玉德重重地吐出了一句话："如果我市有出版社，一定当仁不让。"

对于周玉德的登门拜访，林荪若百感交集。当她去南京探望父亲时，便一五一十地做了述说。

林散之听罢，低头沉思了片刻，然后说："当官的没有官气，身处高位却礼贤下士，还有，他不是书法家，怎么对我的作品和风格会如此谙熟？！"

林荪若说："对这个问题我也非常好奇，后来我问了邢部长，他告诉我，他自己也不知道周副市长对书法有这么高的鉴赏能力。后来从他的驾驶员那儿得知，自从认识你以后，他多次来南京找亚明求教，话题就是环绕你的'三绝'。还有，每次到合肥开会，他总是抽空去'木石斋'拜访赖少其，拿着你的画册问这问那。反正，他是花了大功夫在品味你的作品，在研究你。"

林散之既惊讶又惊喜，问道："我们有过几次谋面，但从未促膝深谈，他为何对我敬重有加？"

林荪若回答："前一阵子在路上碰到陶其平主任，他说，周市长嘱咐他，林老是我国书法界的一代骄子,他以有涯之身,逐无涯之业,艺品人品双绝。以后只要林老来马鞍山,一定要第一时间就告诉他。如果擦肩而过,他当市长的无地自容。父亲,我听后激动得热泪盈眶。这次回家,我就是要把周市长的心意带给你分享。"

林散之被深深感动了,半晌,拖长声调说:"素昧平生,隔山隔行。常言道一见如故,我们是不见如故。我已是耄耋老朽,能在官场得一知己,未曾想到,未曾想到啊!"接着补充道:"一定要好好会会这位副市长。"

当年 10 月,林散之携午昌、庚昌两儿及陆俨少、李仲英、八六医院院长并诸儿孙一行 27 人同游采石矶太白楼。事前,林荪若已经把这一消息告知邢其山,并说家父想趁此机会和周副市长见一面。在林散之的一生中,从未主动向当官的示好,这是破天荒第一次。令人意外的是,周玉德此日要在合肥参加一个重要会议,无奈爽约。

这天,秋阳灿烂,风和日丽,林散之前往李白衣冠冢,一眼看到自己所书的石碑伫立冢前,不禁激动不已,诗兴大发。当时若有笔墨,一定会腕底生风,以诗抒怀。

尽管林散之在整个旅程中游兴不减当年,但他这一次始终有一种难以尽兴的失落之感。为何会陡生莫名的遗憾?只因人到采石,却不能与周玉德会面。当他走近太白楼时,女儿林荪若的一声惊叫把他从失落中惊醒:"父亲,那不是周市长吗?"林散之定睛一看,周玉德已风尘仆仆地快步迎向前来,对着林散之深深鞠了一躬,真诚谦和地说:"林老,有失远迎,万分惭愧,祈谅!"

林散之疑惑地问:"你不是在合肥开会吗?"

随行的陶其平赶紧解释:"周市长特意请了半天假赶回来。车子在裕溪口汽车轮渡排了长队,就来迟了一步,没能恭候大驾光临,他懊丧极了。"

林散之一顿足,声音洪亮地说:"这、这、这,叫我如何说好?周市长重任在肩,我如此惊动,深感不安。"

周玉德恳切地说:"林老言重了,您能一次又一次光临采石,用您的情、您的笔、您的诗、您的画追赶诗魂,褒扬诗仙,我们晚辈岂能等闲视之。"

这番由衷之言，犹如黄山毛峰醇香，恰似"酒中牡丹"醉人，林散之被深深陶醉了。他在周玉德的搀扶下步入太白楼，登上二层厅堂。加上游兴未散，他诗兴大发，午昌、庚昌赶紧磨墨盈瓯，备好纸笔。他老人家屏气凝神，运腕挥毫，落笔随意。

> 丰碑兀立衣冠冢，济济人来吊此君。
> 江山空流似客流，蛮书已负逐臣文。
> 名山名士事千古，好酒好诗有共闻。
> 我亦登临情未已，翠螺峰上仰松云。

刚写毕，周玉德拍手叫好："林老，您把全身的气，运向笔端，捺入纸内；把您对李白的无限敬重和热爱，又一次尽情倾注于笔墨之中！"

陶其平加重语气说："周市长所指的'气'是学养。养气靠平时多学习，多读书，多练习，日久月深，内在充实了，气质变了，挥洒笔墨也就有了内力，有了质感。"

周玉德说："有人盛赞林老笔端有金刚杵，力透纸背，入木三分，非虚语也！"

林散之爽朗大笑，说："过奖了，过奖了。每次来采石，都会有不同的感受。有些诗句，是自然而然蹦出来的。回回下笔，得心应手似有神助。是翠螺山下的青莲祠、采石矶旁的诗风墨韵，激发了欲罢不能、情不自禁的诗兴画意。"

"那您就常来住住。这儿虽没有宾馆饭店，也没有能比肩'江上草堂'的院落，不过充满诗情画意的清静之处还是有的。"

林散之朝周玉德看看，说："听您的口气，知道寒舍草屋……"

周玉德不紧不慢地答道："'吾亦爱吾庐'，这是您的心声。您的草堂和园林初建成时，先取名'散木山房'，后改为'江上草堂'。每当江春三月，远望春江浮天，风帆点点。"

陶其平插话："我问周市长，'远望春江'是不是指的长江？他说，站在林老的草堂前可看见四里外长江如带。"

周玉德忙说："我是用您所书所言回答了老陶的提问。您在24岁时建成'江上草堂'，用工整小楷写了一篇《四时读书乐》。您喜爱每夜挑灯独坐，或涂抹云山，或研读诗书，丹黄并下（看书用朱砂圈点），黎明起床，舞拳弄棒。"

陶其平兴趣盎然地说："'江上草堂'相伴您已近60年，是培养和孕育您艺术成长的摇篮。"

"哈哈哈哈哈哈……"林散之大笑不止，双手分别握住周玉德和陶其平的手，笑停之后，声如洪钟，"你们对我的小小茅屋和家事既然了如指掌，我该怎么说呢！这个，这个，对啊，此时此刻，我不由得想起了俞伯牙和钟子期的故事。不过，我不会摔琴，以后有机会一定要来采石矶小住几日，与两位在太白楼兴会，在灯下长谈。"

林荪若悄声向周玉德解释说："家父自右耳失聪后，讲话就越讲越响。"

回忆这段40年前的交往，周玉德越说越激动，越说越忘情。他已年逾八旬，忆往昔，分外精神。他说："当时，我们之所以会越谈越欢，纯粹是出于'酒逢知己千杯少'的情怀。谁都未曾想这次推心置腹的畅所欲言，为日后建造林散之艺术馆奠定了一个扎实的基础。"

我思索着说："从当时你们的交往和谈话来分析，你完全是出于对林老的敬重和赞赏。林老则是一个性情中人，除了钟情于艺术，没有丝毫不纯正的杂念。正因为你们没有功利左右，没有私心图谋，由此结成了心心相印的忘年交。"

上面两段突然插入的文字，是情不自禁的欲罢不能。好吧，我再继续正文写将下去：

周玉德一听林散之表示愿意来采石小住几日，马上热情相邀："只要林老赏光，我们随时扫榻以待。"说完转身对林荪若讲："你虽然是林老的女儿，但已经是我市市民。以后凡是林老来马鞍山，你事前未予通报老陶，那就是失责啊。"他又叮嘱陶其平："陶主任，只要林老来马鞍山，你一定要让他老人家有宾至如归的感觉。林老的脾气你我都知道，不必奢华，但一定要让他有身在田园而赏心悦目的感觉。"

周玉德（右）与陶其平（左）

林散之一边听着一边笑着摇头不止，其意是："想得如此热情周到，叫我如何说好啊？！"最后他还是抑制不住自己的情绪，高兴地说："常言道，主勤客常来。采石，以前不请自来。如今，虽是新识，却已经是至交契友，我愿常来常往。"

听了林散之这番肺腑之言，大家都发出了会心的微笑。整个厅堂内，说说笑笑的气氛越来越热烈。不一会儿，太白楼的管理人员贸然开言。其实他已入室多时，一直在伺机插话，他说："林老，这次重修太白楼后，在陈列布展时，三楼少一副楹联。我们再三酌夺，既能撰联又能书写的最佳人选，唯有您林老能担此重任。"

"若要过此路，留下买路钱。"林散之虽是打趣，但说话的声音还是震耳欲聋。

"不敢，不敢。慕名而求，求您锦上添花。"

"真会说话，明明是拦路抢劫，还要涂脂抹粉。哈哈，我这是因高兴而戏言。周市长，实不相瞒，我一进采石公园就先到太白楼拜谒。转到三楼，我注意到门庭上少了一副楹联。心想，不知写了没有？如果尚未成文，我何尝不想以拙补缺。"

周市长赶紧抱拳作揖相谢："林老愿赐墨宝，求之不得，求之不得啊！"他迅速转向管理员："快，笔墨侍候。"

很快，两幅六尺红星宣纸铺展开来，并备齐一砚浓墨、一盂清水。

林散之握笔朝窗外的长江望去，良久，朗声而语："大江流日夜，一生低首是宣城。"语毕，他对林荪若说："我已赋了下联，你要对出上联。"

这一别出机杼的提议令在场的人深感意外。林荪若虽毫无思想准备，却欣然从命，略一思索，低吟道："乘月归田庐，千载论交唯纪叟。"

林散之对女儿的敏捷唱和连声称好，然后饱蘸墨汁，悬肘挥毫：

乘月归田庐，千载论交唯纪叟。
大江流日夜，一生低首是宣城。

仅仅片刻时间，虽随兴为之，寥寥墨痕已化作纸上云烟——一副楹联已跃然成对，况且既出自父女即兴的联袂创作，又是林老的笔墨纵横。众人因有幸见识这机缘凑巧的翰墨情缘而难掩兴奋之情，但是，没有一个人开言称颂。其因是出于礼仪不想在周市长之前喧宾夺主。无形中，所有人的目光全都集中在周玉德的身上。

管理员事后说，"当时我焦急万分，谁料，众人的礼让无形中造成周市长的被动。我后悔不迭，责怪自己太冒失，不分场合。可是，我更没想到自己是庸人自扰……"

周玉德似乎并没有觉察到自己已成了大家的焦点。他只顾专注欣赏，然后颇为激动地说："林老真是口卷巨澜，下笔生风，'大江流日夜'，这岂不是谢朓的诗句？谢朓是李白一生中最崇拜的诗人。林荪若引用了谢朓的诗句'乘月归田庐'。父女巧以匹配，互为呼应。下联的气势压得住全联。老陶，你说是不是？"

陶其平说:"确实如此,'千载论交唯纪叟',纪叟是宣城的酿酒师,与李白因酒而交谊甚深。'一生低首是宣城',指的是谢朓。这一联把李白和谢朓在诗歌传承上的师生之谊都写出来了。两代人媲美合一,对得精巧。"

周玉德似乎言不尽兴,又补充道:"这幅草书有山水画的意境,整幅字寓诗的韵律,寓画的形态。"

一个副市长,一个办公室主任,两人都是当官的。然而,他俩在谈笑风生中的引经据典,令在场所有人都刮目相看。显然,他俩居高位而不傲,还精通文墨,礼贤下士,刹那间博得了所有人发自内心的敬佩。

唯有一人的神态与众人迥异。他目不斜视,低首沉吟。也就是说,他对周、陶两位脱口而出的敏捷才思竟然无动于衷。这不是别人,恰恰是林散之。他为何没有任何反应?

林散之就在众目睽睽之下,凝神提笔,林荪若会意,正欲铺展宣纸,周玉德和陶其平不约而同地抢先一步牵纸研墨。林散之大感意外,但顺他俩而为。少顷,他拿笔濡墨,挥毫书写,其雄健活泼的笔势,真可谓笔走神龙:

玉德
风神称绝世,
明月是前身。

写罢,他示意再铺展宣纸,然后写下:

其大无外其小无内,
我志欲方我行欲圆。

林散之慨然题联赠诗,而且是倾情而作。周、陶二位大喜过望,如获至宝。以往,他俩何尝不想获得林散之手迹墨宝,但从未贸然启齿。眼下,林散之馈赠的这两幅字,功深力到,遒劲飘逸,墨韵极佳。这意外的收获,何尝不可说是林老认可了他们老少之间结下的笔墨深情?

林散之见他俩对自己的题字爱不释手，便若有所思地问："我与两位已结识多时，常有往还。况且你们也是书法爱好者，却从未听闻你们向我索书求字，这令我费解。"

周玉德直率地回答："哪能不想获赠为荣？但不敢惊动大驾。"

"为什么？"

陶其平说："据我所知，您喜好广结墨缘，对求字的来者不拒。慕名前来索取者如过江之鲫。天天门庭若市已使你无法招架，只得躲到'江上草堂'。岂料，前来寻觅墨宝的人依然陆续不断，不速之客旷日持久地登堂入室，有的还死乞白赖。您的烦恼在诗中流露：'何处能寻避债台，江南江北费安排。'"

林散之赠周玉德条幅

周玉德说："南京浦江的'散木山房'和乌江老家的'江上草堂'都被踏破了门槛，你万般无奈，多次作诗慨叹：'日坐雨窗写新诗，诗成又见客来到。不辞泥路笑嘻嘻，字要两张谢林老。笔墨因缘缔此生，屡屡追索何时了。恝然弃作小楼阁，一双破手难酬报。''江南住不住，江北住不安。可怜大地间，无以息潺潺''如此追偿老命休'。"

林散之不由万分惊疑地瞪大眼睛。这两位新朋知友，居然对他的苦恼和泄愤诗了如指掌。这说明什么？他俩作为地方官吏，完全可以狮子大开口，但他俩知书达理，对自己既谦卑又敬重。尽管他越想越激动，但并没有在表情上和言语上表现出来，而是小心翼翼地把两幅字铺平后轻轻卷成圆筒形状，然后分别赠给周玉德和陶其平。其实，他是借助此举来抒发蕴藏在心底的炽热情感。

自从这次幸会以后，林散之又来过马鞍山4次，周玉德总是热情接待，敬重有加。1984年，周玉德已升任为马鞍山市市长。同年7月，他与再次来马鞍山的林散之同室论艺，谈古说今，评诗论画，欢谈甚洽。然后谈到了城市建设和书法艺术的关系：

市政府秘书长陶其平说："林老，在最近一次处级干部的会议上，周市长引用您对用墨的艺术见解，来阐明城市建设的'黑白之道'。"

"书法上的'用墨布白'的章法，怎么能与城市建设相提并论？！"林散之大惑不解地问。

周玉德说："您在用墨上有精辟的见解：'黑处见力量，白处见精神。''实处易，虚处难。笔宜毛，毛则奇古，气贵舒，舒则空灵。'我想，一个城市的实力靠的是经济产业。对马鞍山来说，钢铁生产是城市发展的重要支柱。钢铁生产被称为黑色工业。文化建设是无烟的事业，姑且称作白色事业。一个城市，不但要锤炼强壮的体魄，还得重视提升文化品位，诚如您所说，'黑处见力量，白处见精神'。如果忽略了'白'的创新，一个城市就没有了'灵魂'。"

陶其平说："周市长那天谈我市的文化建设，一口气谈了半小时。他说，一座城市的特色文化建设是在长期的历史文化积淀和城市人文精神培育的基础上逐渐形成的。苏州能成为一座具有独特精神气质的文化名城，是因为千百年来积累了丰富的历史文化底蕴。它的园林、小桥流水、名人典故和逸闻趣事，就是这个城市的财富和灵魂。马鞍山是全国十大钢都之一，在黑色工业中榜上有名。我市的采石和太白楼，古代文人纷至沓来，留下了无数不朽的诗文名画。如今，我们如何做到'白处见精神'，并有所建树，已成了我们这代人的当务之急。"

林散之清癯的脸上布满笑容，连声说："有见解，有见解啊！真没想到，老夫的一番妄言，竟然被周市长移花接木，旁征博引。哈哈，一个壮汉，即使力大无穷，却相貌丑陋，谁会亲而近之。反之，体魄健美，全身洋溢阳刚之气，那无疑会引人侧目。对一个城市来说，何尝不是如此。黑白之说，被周市长巧取精华而妙用，而且是用在我一生相系的马鞍山，我辈欣喜若狂矣！"

陶其平马上接口："林老所言极是。您对采石的情感，贯穿在您一生的书画作品中，在您早年的诗作中，'心折东南胜，扶摇上翠螺'，'平生为爱江南好，趁月来游采石矶'，'谁惜月明今夜里，翠螺峰下一人归'，字字句句都流露出您对采石难以割舍的情结。"

周玉德说："在您的《江上诗存》中，我还读到'我羡当年李太白，万卷传写谪仙楼。尘埃轩冕金銮殿，烂漫江湖醉老春'。您不但以诗抒发豪情，还作画描绘采石，《翠螺秋色》《翠螺山》《秋山翠几重》……您诗也写了，画也画了，但还不尽兴，又不时挥毫泼墨书写李白的诗词。"

陶其平说："在60年代，您老写过《赠徽君鸿》《庐山谣》《望天门山》。"

周玉德继续津津乐道："进入70年代，您还是意犹未尽，又写了《横江词》《夜泊牛渚怀古》。"

听到这里，林散之喜笑颜开，一边连连摇手，一边笑着说："别讲了，别讲了。两位若不是深埋案头熟读我的作品，岂能如数家珍，讲得历历在目？我十分感谢两位对我的深情厚谊。"

周玉德急忙说："要说感谢，应该是我们向您表示深切的感谢啊。您的诗、画、字，情系马鞍山，是对我们这个城市的深情馈赠。"

林散之立即提高声音分辩："不，不不。应该说，是马鞍山对我的慷慨豪赠。如果没有采石灵秀的风景，如果不是李白的诗魂萦绕太白楼，我怎么会凭空诗兴大发？怎么会画意绵延不绝？怎么会笔墨不辍书写不绝？所以，可以说，是采石的山山水水一次又一次触动了我的灵感，是诗仙的光芒令我魂牵梦绕。讲到这里，我也实不相瞒，近日，我陡生一愿，如果我死后，葬在翠螺山下，陪伴李白那该多好，省得大老远来找他聊天，喝酒作诗。"

一语道出了真情。周玉德反应极快地说："林老雄风依旧，龟鹤遐寿。至于与李白做伴，依我之见，现在就可以遂愿？"

林散之用目光表达了自己的疑惑。

"您毕生酷爱李白的终老之地，长年醉心于诗仙洒脱豪放的高尚情怀，您由这种情结所凝结成的诗词字画，何不公之于众，与李白相依做伴？"

林散之的眼睛一亮，追问："你是指……"

陶其平连忙解释："周市长有意把您着笔采石的诗画墨迹，汇聚一室，与李白朝夕相处，长年陈列。"

林散之深感意外，大为惊喜，顿时一阵比一阵激动，说："既然你们把话讲到我的心里，我也就要一问到底，汇聚一室，是在太白楼另辟一间？那我岂敢在诗仙圣地侵门踏户。"

周玉德凑近他的耳朵，一字一句地说："如果让您屈居一隅，我辈有负众望。这些天来，老陶陪我在太白楼周围转来转去，相中了一处在竹林深处被苍柏环抱、依山乘坡的风水宝地，我市有意为您建一个专题性的艺术馆。"

林散之简直不敢相信自己的耳朵，这个提议来得如此突然，他可从未有过这种奢望。不错，他曾经萌生夙愿，"归骨采石之滨，谨依太白为邻"。仅此而言。孰料，马鞍山市居然对他如此抬爱、如此重视，要公开展示他一生的心血！这，这何尝不是为他树碑立传？！他越想越高兴，心中充满感激。于是再次通过笔谈，写出同意为他建立艺术馆的真实情感："因感于国恩深重，故愿将懂得的一点书法艺术传授后人，稍尽微薄之力，使传统艺术绵延不断。"

在往后的日子里，陶其平与林荪若便进入了实质性的商榷。形成初步意向后，林散之亲笔致函：

马鞍山市政府：

你们打算在太白楼附近为鄙人建立书画陈列馆，此乃鄙人多年夙愿，十分感谢。今由二儿昌庚前来商定有关事宜。谨此敬重。

公祉

　　　　　　　　　　　　　　　　　　　　　　林散之启
　　　　　　　　　　　　　　　　　　　　　　八七年十二月

基于江苏省已决定要在江浦筹建林散之纪念馆，但又要使与李白结为异代芳邻的意愿得以实现，林散之决定挑选 100 幅抒写采石和李白的精品无偿捐赠给马鞍山。马鞍山承诺将设计建造林散之艺术馆。

这一行之有效的方案提到议事日程后，得到了各方的大力支持。

周玉德在第一时间派陶其平赴南京，把这一好消息告知林散之。陶其平从南京回来后，神色凝重地做了汇报："他老人家高兴得眉开眼笑，但没有说出片言只语。"

周玉德一惊，急问："为什么？"

"7月底，因脑动脉硬化，加上肺气肿，他被送进鼓楼医院治疗。出院后，虽已闯过了危险期，但身体已极度衰弱，只得瘫卧床上。虽然神志清醒，但已经不能讲话了。"

周玉德痛楚地久久说不出话来。

马鞍山市建委经过比较、筛选，最终委托东南大学建筑学院单踊教授设计。单踊教授拿出初步设计稿征询各方意见，经反复修改，终于形成令人满意的设计方案。周玉德和陶其平携带图纸专程前往南京。躺在病榻上的林散之仔细看完效果图后，激动得热泪盈眶，用笔写下："感谢马鞍山市政府成全鄙人梦寐已久的非分之想。"继而续写："采螺山色阴晴变，扬子潮声远近连。身后一抔清静土，共君与此傍青莲。"

林昌庚解释道："这是家父以前写的一首诗。现在重抄，以此表示对贵市遂他心愿的感激之情。"

周玉德饱含深情地在片纸上写下一句："这是我们这一代人应该做的事情。我有一个建议，林散之艺术馆是否可冠以'江上草堂'？"

林散之看了一遍又一遍，嘴唇翕动着却说不出话来，于是用笔写下："忘年之交，君子之交，知我者世弟玉德也！"

周玉德写下了掏心窝的话："不敢、不敢，我们永远是您的学生！"

林荪若解释道："父亲刚才所写的'世弟'并非同辈。在中国的传统文化中，'世弟''大弟''仁弟'等，均为长者对年轻人和学生的称谓。"

陶其平一笔一画地写出了热情的邀请："等到江上草堂落成那一天，我一定亲自来接您去看一看。"

林散之脸上露出了欣慰的笑容，但落笔所表述的是另一层意思："我何尝不想身临其境，不过我是等不到那一天了。"他转向儿子和女儿，慢慢地写道：

"草堂青莲相邻日,家祭无忘告乃翁。"

看来他对自己寿终正寝已有预感。而在此之前,早在1981年,林散之已把身后之事安排妥当。他的儿女遵照他"采石即是诗仙的终老之地,我期盼晚年能归骨于此","我不能与李白相比,但我愿与李白为邻"的愿望,在采螺山周围选择他的坟地。苏若、昌午、昌庚在采螺山下、琐溪河两岸反复踏勘,最终相中了近处小九华山的一处地块:背靠九华,面对青山,后面有整块石壁,两边有形似双手合抱的山坡。马鞍山市郊区及林场都同意有偿供给。林散之看到墓地效果图也甚为满意。他嘱告儿女把他们母亲的骨灰迁葬于此处。其后,当他看到夫人陵墓的照片后,写下了"音尘离别忆从前,生死人天有后先。身后一抔清净土,共君永此傍青莲。"并加注"内人于六六年夏日去世,年六十七岁。今为八一年,事隔十五年矣。日月仓皇,东迁西徙,骨灰不安,今选安徽小九华之阳,冈峦起伏,松楸掩映……"隔日,他再以诗自慰:"翠螺风物美,中有小九华。……内人安乐处,亦是老夫家。"

当林散之艺术馆的设计方案定稿后,正着手于施工前期的准备工作时,万万没有想到,一位资深的领导突然提出了反对意见:"林散之并不是烈士,也不是英雄,更不是马鞍山人,对马鞍山的城市建设毫无贡献,况且他是一介书生,字写得再好,纪念不纪念他,那是江苏的事,与我们有何相干?为了这样一个远离我们不着边际的人,兴师动众,大兴土木,拿钱往水里砸,这是浪费马鞍山人民的钱财……"

陶其平认为有不同的意见是自然的事,说明自己的工作还没有做好。在市政府的办公会议上,陶其平摆事实、讲道理,并指出:"马鞍山不但是一座建立在钢铁上的城市,还应该被努力促成为一座有文学艺术素养的城市。"但对方固执己见,态度极其剧烈,说:"别扯远了,马鞍山是钢城,特点就是黑、大、粗……"会议不欢而散。不仅如此,他还动员几位人大代表联名给市委和市人大写信,再三强调:"马鞍山城市建设方方面面都需要用钱,有的项目尚存资金缺口。在这种情况下,不该为一个对我市经济建设起不到任何作用的人劳民伤财。"

事情闹到这一步,周玉德不得不挺身而出,摆明观点,力陈其意义。他既激动又深沉地说:"马鞍山周围有九座山峰,我们为什么不能站得更高一些、看得更远一些呢?!从古至今,谢朓、李白不仅长眠于此,历代著名诗人,孟浩然、刘禹锡、白居易、贾岛、王安石、苏轼、陆游、郭沫若、郁达夫……也在青山、采石留下了足迹,他们有感而发的华章佳句已千古流传。所以,马鞍山不仅要盛产钢铁,有实力还要有魅力,要成为崇尚诗歌的钢城,应该洋溢浓浓的书香和文化气息。"作为一市之长、市委副书记,他以理服人,建"林散之艺术馆"的方案很快被拍板定案。然而,事情并非已迎刃而解,那位反对者又联名上书到省里。

陶其平得知后,赶紧向周玉德通报。他俩没想到刚翻过一道坎,还会横生枝节。陶其平建议:"与其等省里来了解情况,不如主动出击,马上去合肥找省长说明原委。"

周玉德当晚驱车赶往省城,敲开了省长傅锡寿家的门。

傅锡寿和周玉德虽然是上下级关系,但他们是老同事、老朋友。傅锡寿曾担任马钢党委书记,兼任马鞍山市委副书记。他俩共事时,在许多议题上常常不谋而合;在处理马钢与市里的具体事项时,彼此相互理解,鼎力支持。正因为在工作上曾经有过亲密无间的合作,周玉德才会不顾深夜急速上门。

傅锡寿明白了周玉德的来意后,打开天窗说亮话:"人民来信前脚刚到,你就后脚赶到。原本我要明天给你打电话,你既然来了,我就看你能不能说服我。"

周玉德是有备而来,他先拿出郭沫若、启功、赵朴初对林散之的评价,然后指出,林散之的字如大鹏展翅,书法艺术独步当代。中国悠悠千年书法史,历代书家灿若繁星,但堪称里程碑式的草书大家却屈指可数:张芝、王羲之、怀素、黄庭坚、祝枝山、王铎,两千年来不过寥寥数人而已,当代则首推林散之。1984年5月,日本书坛泰斗青山杉雨先生访华时,专程去南京拜访了林散之,称颂他为"草圣遗法在此翁"。我国的评论界对他也是众口一词:"我国书法艺术,从王羲之到林散之,过去几乎没有人能超过王羲之,今后要超过林散之是更不容易了。""当代草圣",林散之当之无愧!

傅锡寿听完周玉德的述说,并没有马上表态。他嘱告道:"老周,你赶快

马鞍山市林散之艺术馆

把你们决意建造林散之艺术馆的报告和相关的资料送来。"

周玉德应声从公文包里拿出一沓材料。傅锡寿接过后说:"怎么定,省里会派调查组下来。从我个人来说,已经被你说服了。"这后一句话,无疑给周玉德吃了颗定心丸。

很快,省文化厅的调查组来马鞍山深入调查并向省领导做了汇报。傅锡寿根据调查组的调查报告做出指示:"这是一个有文化价值的项目,应予肯定,马鞍山市政府应该向省里申报。"

就在这中间,1989年12月6日,林散之溘然病逝。周玉德和陶其平走出追悼会灵堂后,周玉德禁不住仰天长叹:"如果不是耽搁了3年,林老一定能亲眼看到'江上草堂'与太白楼比邻而立啊!"

陶其平也扼腕叹息:"好事多磨。至于能否了却林老心愿,我想结果一定会告慰他的在天之灵。不过,由此联想,有多少事,很可能被扼杀在无谓的是是非非和道貌岸然的胡搅蛮缠之中?"

1990年2月6日,马鞍山市政府报请安徽省人民政府。一星期后,省政府经由省文化厅批复:"省里对建立林散之艺术馆,认为很有意义,表示赞成和支持。"

省政府一锤定音,马鞍山立即进入施工的实施阶段。在这种情况下,周玉德完全可以高枕无忧了。然而,意想不到的事发生了,中共中央办公厅、国务院办公厅联名发函致马鞍山市委和马鞍山市政府,要求了解建立林散之艺术馆的有关事项。

真是始料不及,中央怎么会出面干预呢?后来方知还是那几位反对建馆的人,对省里的决定不服、不满,便再写一封信贴一张邮票一下子捅到了中央。令周玉德七窍生烟的是,他并不担心此事会发生逆转,而是好端端的一件事,竟会被折腾得一拖再拖。明明是凭个人好恶来衡量公共事业的取舍,却没理找理还振振有词,虽是小人之心却冠冕堂皇……况且,这些人并非等闲之辈,说话还有一定的分量,唉!唉!一切尽在不言之中。

建林散之艺术馆一事居然惊动了中央。中央对此事也极为重视,经过深入调查,对此事给予肯定,认为建林散之艺术馆是地方政府重视和发展文化事业的有力举措,于是对安徽省政府的申请报告做了批复:

中共安徽省委、省人民政府:

　　1990年3月15日《关于建立林散之艺术馆的请示》收悉。经有关部门研究,同意在马鞍山市采石公园建立林散之艺术馆。建立应从简,规模不要太大。

中共中央办公厅

国务院办公厅

1990年4月16日

…………

赵朴初欣闻要建林散之艺术馆,并获息建馆的曲折过程,尤其了解到市长周玉德对林老的尊重、对弘扬书法艺术竭尽全力的人文情怀,感慨万端,心潮难平,欣然命笔,写了一幅字赠送周玉德:

爱此江边好，留连至日斜。眠分黄犊草，坐占白鸥沙。

王安石诗录似

玉德同志留念

一九九一年九月赵朴初

1991年10月15日，马鞍山市政府举行了盛大的林散之艺术馆开馆仪式。省长傅锡寿在市长周玉德的陪同下剪彩，随后登上主席台做了热情洋溢的讲话："……建立林散之艺术馆，既可弘扬祖国传统文化，又惠泽子孙后贤，于国于民都是大好事！……"

周玉德和陶其平互望了一眼，发出了会心的微笑。

开馆以后，前来参观瞻仰的游客陆续不断。当得知林散之墓地相邻不远时，许多人都愿前去拜谒。但是，道路虽近却并不便捷。为此，市政府在权衡了方方面面的意见后，征得林散之亲属同意，决定把林散之和其夫人

马鞍山市林散之艺术馆内的江上草堂

的骨灰迁入林散之艺术馆,并借此了却林散之的夙愿——"草圣相伴诗仙"。陵墓仍请单踊教授设计。

从开馆至今,已历时二十几年。历史雄辩地证明:林散之艺术馆的建立,在城市造楼筑园、铺路架桥的新气象中,别具隽永深广的意义。因为这是我们民族珍宝的贮藏室、城市文化建设的神来之笔。

古稀老人的长途跋涉
记徐中玉先生

1990年初,我应约来到徐中玉先生的家。随便聊了几句他便把谈话引入正题:"最近我读了阮海彪的《死是容易的》,百感交集。令我感慨的不光是生动的内容,还有他的生活境况。他是残疾人,在小菜场当后勤;居住条件极差,房间就像鸽子笼。在这样恶劣的环境中能写出长篇小说,不容易啊!据说,作协会员中,像他这种情况的还有很多。要想帮助他们解决困难,作协心有余而力不足。我是作协主席,视而无睹,于心不忍。致佐,能不能创办一个作家之家,有十来个房间,尽可能为作者的创作提供一些方便?"他想了想继续说下去:"我到作协第一天,就去拜访了巴老,求取他老人家的教诲,他说,要把作协的工作做好,团结大众,多出优秀之作,还说,要悉心为作家服务,促进创作繁荣,并扶植一大批优秀的青年作家。"

看似拉家常的交谈,字字句句都表明他是在遵循前任主席巴金的嘱托,

马鞍山市文联党组书记崔训诚（右一）与作者（右二）

其中不能不说饱含着他对许多作家生活现状的关心、焦虑，蕴藏着一种爱莫能助的无奈和不愿善罢甘休的焦虑。

我觉得徐先生上任伊始，立即发现了许多作家所处的困境，并想尽可能地为他们雪中送炭，真是难能可贵。

徐中玉说："昨天作协主席团会议决定任命你担任上海文学发展基金会副秘书长。前几年，你是《作家与企业家报》的负责人，认识了许多著名的厂长、经理，所以我想请你出马，争取一些大老板为兴建作家之家慷慨解囊。"

我从这位耄耋老人的眼睛里，看到的是他一心要为作家服务的真诚！我被深深地感动了，便爽然答应。

很快，我联系了苏州和无锡的两个单位。对方一听要在太湖之畔建"上海作家之家"的意向，都争相表态，愿"割地"相送。徐中玉、赵长天，加上办公室主任温国光和我立即动身去实地考察。那时还没有高速公路，车子开了3个多小时才抵达望亭……而后再驱车2个小时到了无锡东降镇。这两地的主人都热情相待……在回上海的路上，徐先生说："这两个地块，虽然离太湖较近，其实地处闹市，肯定会有干扰，况且景观效果不佳，这对作家'躲进小楼成一统'并无裨益。"

我在马鞍山生活了28年,人际关系甚广,况且与现任领导都有私交。于是,马鞍山成了我下一个挑选目标。经联系,我们一行人又出发了。

出发前,赵长天表示了担忧,马鞍山距上海420公里。徐先生已是75岁的老人,不知他能不能适应长途跋涉,便劝他不必同行。徐中玉执拗地说:"我人虽老了,身体还是蛮好的,走得动。"

到了马鞍山,在马钢党委副书记王万宾的陪同下,他兴致勃勃地参观了高速线材厂,紧接着去轮箍厂观望从钢坯到成型的生产全过程。翌日到了焦化厂,经王万宾的安排,还在厂部食堂与马钢的业余作者聚餐。第三天又马不停蹄地去了市郊的南山矿。一路上,我和温国光始终在注意徐先生的身体状况,他似乎看出了我们的担忧,笑着打趣:"老夫虽已年迈,走路不能大步流星,但可以健步而行。"

在市政府秘书长陶其平的陪同下,他一边参观市容一边赞不绝口。末了,不但没有稍事休息,还精神抖擞地顺着雨山湖周围的马路兜了一圈。陶其平赞叹道:"徐先生虽上了年纪,却足足走了一个多小时,真是老当益壮。"徐中

周玉德(右二)与作者(右一)

马鞍山市委原副书记茆家培（右一）、马鞍山市委宣传部原部长于荷生（右二）、曹致佐（中）、马鞍山市委统战部原部长鲁进修（左一）、郁佩瑛（左二）

玉说："这是坚持走路的好处。我早上六点钟起床，从家里走到长风公园，再散步一个多钟头，有时碰到钱谷融先生，就一道走。走路使我腿脚灵便，腰板硬朗。"

在雨山湖湖中的"三影楼"，马鞍山市市长周玉德热情迎候了客人，他说："徐主席是全国著名的学者，又长期担任全国大学语文研究会会长；我们市府大院里有好几个部门的人都说，上大学时读的语文课本都是您主编的，所以他们都说自己是您的学生！徐先生德高望重，桃李满天下！"

陶其平说："徐先生学养渊博，著作等身！听说您要大驾光临，周市长再三叮嘱我们要扫榻以待。"

周玉德恳切地说："徐先生，您来一次不容易，请您对马鞍山的方方面面赐予指教。"

徐中玉开口就直奔主题："来马之前，我想十里钢铁一定气势雄壮，城市个性就像黑旋风李逵，至于城市面貌难免又黑又粗又脏。这几天耳濡目染，活生生的现状颠覆了我在书斋里的凭空瞎想，马鞍山真美！精心布局的绿化使马钢变成了花园工厂，城市规划把钢城打造得既文明又清洁……不来马鞍

原马鞍山市市长周玉德（左二）、夫人张士华（左一）、副市长陈大娜（右二）、曹天风（右一）

山，我不知道钢铁城市的新面貌！这次回去后，"他转过身，说，"长天，你可以组织作家来马鞍山，要经常来，多组织几批。"周玉德惊喜地说："承蒙徐先生夸奖，对上海作家来马鞍山，我们张开双臂欢迎。不过，我也由衷地希望您对我们的城市建设提出中肯的批评。"

徐中玉略一思索，笑笑说："周市长虚怀若谷，我就口无遮拦。这几天，我还去了采石'谪仙楼'，拜谒了李白衣冠冢，陶主任还告诉我，你们考古发现了三国时的大将朱然的墓……我真的没想到马鞍山人杰地灵，不过惊喜之余，有一种朦胧的感觉，马鞍山虽然处处热气腾腾，似乎还缺少一点文化的气息。客人来到马鞍山，不只是来看采石和雨山湖，来看气势雄伟的钢铁工业，何尝不想看看这座城市的精神风貌、文化品位。马鞍山的人文环境有自身独特的优势，诗仙李白的最后岁月与采石和当涂青山已融为一体，马鞍山的山山水水蕴含着深厚的诗歌文化。听陶秘书长说，在周市长的倡导下，马鞍山已办了3届国际吟诗节。扬诗歌文化，谱钢城新篇，让硬邦邦的钢铁城市富有柔美有韵味的情调，使粗壮庞大的钢铁基地不但有豪爽的气势，还能给人亲切的感觉。这是大手笔，是文化立市的先声！我之所以要讲先声，是因为如果有机会再来马鞍山，我希望能到市中心逛逛，去文化中心看看。美国的硅谷，并非完全搞高科技，它的文化气息非常重，那里五星级的酒店不多；巴黎的左岸，几乎没有高楼大厦，但人们都觉得生活很充实温馨，他们所喜爱的是那里的文化氛围和生活韵味。"

周玉德虚心地说："徐先生毕竟见多识广，一眼就看出了我市的不足之处。应该承认，我市以前在发展过程中只注重于产业化，而忽视了文化的建设。密西沙加是加拿大的钢铁基地，是我们马鞍山的友好城市。我去访问时，随处可见文化名人的雕塑，还有各种各样的文化广场、文化场所。他们的电影院、剧场、图书馆里，由各种建筑材料装饰出具有不同艺术风格的大型壁画及各种浮雕、雕刻，再配以各种别致的灯饰，简直就是一座座富丽堂皇的宫殿。一早外出，我发现，一家又一家的咖啡店里，顾客都在一边喝咖啡一边看报读书，可以说，安大略湖畔的钢城，到处弥漫着浓浓的文化气息！"

陶其平接着说："周市长的出访感受，他大会讲、小会讲，最近在市长办公会议上，已把加强全市的文化建设立为首要任务。"

周玉德插话："老陶，徐先生刚才讲了一个新名词，'文化立市'，精辟，以后就是我们努力的方向。"

陶其平说："对，要把'文化立市'写进城市发展规划的文件中去。徐先生，目前，我市正在筹划一件大事，周市长与林散之老先生商榷，在太白楼旁，创建林散之艺术馆。"

徐中玉深感意外，似乎不相信地看了看周玉德，又看了看陶其平，惊疑地说："林散之被誉为'当代草圣'，书法名声鹤立中外，世人仰望。据我所知，林散之先生特别仰慕李白，喜欢李白的诗。"

周玉德说："对，他曾经当场挥毫写了一幅李白的《夜泊牛渚怀古》的墨宝赠送给我：牛渚西江夜，青天无片云。"

徐先生接着唱吟："登舟望秋月，空忆谢将军。"

陶其平也诗兴大发，背诵了最后四句："余亦能高咏，斯人不可闻。明朝挂帆席，枫叶落纷纷。"

徐中玉万万没有想到，眼前这两位擅长与钢铁打交道的市府官员，居然

徐中玉

是既深谙弓马又有学识的将帅！他不由得感慨万千，说："周市长有意要建林散之纪念馆，这可是大作为啊！无疑会给钢城增光添彩！"

周玉德笑着说："但愿能把愿望变成现实。更希望文化人能接踵不止地光顾小城。"

我乘机插话："周市长，这次我陪徐先生出来，是想找一处雅静之处，打算筹建上海作家之家。我们先去了苏州、无锡，对方虽然愿意拱手相送，但场地并不理想。昨天……"我朝赵长天看看。

赵长天会意，含蓄地说："昨天徐先生在雨山湖旁的一块大草坪上转悠、观望，久久不愿离去……"

温国光直截了当地点穿了："刚才，徐先生还兴致勃勃地围着雨山湖转了一大圈，他说，'如果能在这儿建成上海作家之家，那该多好啊？！'"

周市长马上问："在什么位置？"

"马钢宾馆附近。"

周玉德不假思索地说："徐先生，我现在就陪你去现场看看。"他转身嘱咐陶其平："老陶，你马上通知建委主任和设计院肖院长，要他俩立即赶来。"

马钢宾馆后面一侧的大草坪，足足有二十几亩！不但开阔，而且距雨山湖的湖岸线不足百米。草坪濒水之处有垂柳曲径，一侧有曲桥卧波，不远处，枫叶红了……倘若能在这儿新建作家之家，那真可谓洞天福地！徐先生悄悄对我们说："好是好，不过，这么好的地块人家肯割爱吗？"

周玉德在靠近一条小径的周围用手画了一个圈，讲了一番令我们荡气回肠的话："这儿我送3亩田给你们上海作家协会。背靠小路，以后把路拓宽，可以开汽车，这样方便进出。"

天哪！我们几位面面相觑，简直不敢相信自己的耳朵！

陶其平直言不讳地说："周市长只送3亩田不是小气，如果送多了，就得报送市人大审批。3亩田，在他职权范围之内。徐先生，说起来只有3亩，其实外围的草地、水域还不是任你们转悠、散步……到时候，我们写材料也要来这儿'躲进小楼成一统'。徐先生，你可不能把我们拒之门外啊！"

老陶既风趣又诙谐的话把大家逗乐了，而且他很巧妙地用"拒之门外"表明，这块风水宝地是属于你们上海作家协会的！

正中下怀，我们无不额手称庆。

这时，市建委和设计院的领导已经赶到。周玉德对他们讲明情况后，对肖院长说："老肖，这幢小楼的设计，你要按照徐先生的要求充分发挥想象力。徐先生，你们千万不要客气，要给肖院长出题目。"

徐中玉谦和地说："小楼不能高，要和周围的景观协调，相互媲美。"

周玉德说："对，既要融入湖光林木之中，还要成为有独特风格和浓厚文化气息的景观！"

建委主任说："周市长，把小路拓宽容易办到，不过，这儿要供水供气、通电话，还要大动干戈。"

经他这么一说，大家方才意识到在这儿造楼，还有诸多难题要解决。

陶其平爽朗的笑声打破了大家的沉默，他指着近旁的马钢宾馆说："小事一桩，请马钢出一臂之力，引出管道，这样供水、供气、供暖不就解决了？！"

周市长紧锁的眉头立即舒展开来，马上叫司机去把王万宾接过来。

正巧王万宾在马钢宾馆接待冶金部来客，所以很快就来到了现场。当他

周玉德（前排左二）与作者（后排左二）

明白要在这儿兴建"上海作家之家"，喜悦之情溢于言表，说："需要马钢出力，我们不但要做，还要做得好上加好。在这里，我还要提一点建议，干脆建一条长廊，把马钢宾馆和上海作家之家连在一起。徐先生，你放心，我们不会越雷池半步，但你们的一日三餐，可以近水楼台先得月。这样也就不用搞伙房和餐厅……"

话音刚落，周玉德击掌叫好："好点子，有马钢撑腰，上海作家之家指日可待！"

大家都发出了会心的微笑。

对这样的结果，徐中玉、赵长天、温国光和我都是惊喜有加。在回来的路上，徐先生的眼睛里充满憧憬，兴奋地说："我想，这幢小楼要造就要造得精巧，要有文化品位，但不能奢华，要简朴。我去美国探亲，儿子陪我旅游，入住华尔道夫大酒店，我有一种什么感受？正所谓，钱不是用来支付你睡过的那张床，而是那种被照顾的感觉。所以，我们要建的上海作家之家，客房的布置就像家庭的摆设，只要舒服就行。至于小的厅堂和走道的装饰，要让客人从中可以体验和感受到这幢小楼和所在地的历史和文化。譬如，可以挂上、摆置当地独具特色的布贴画、铁画、根雕、当地书画家书写的李白诗词的条幅……要给客人带来无限的惊喜与欢欣。总之，要遵循'小奢于物，大

作者（左一）、徐中玉（左三）观赏白桦（右二）挥毫泼墨

奢于心'的建楼宗旨，想方设法让入住的作家在此得到情感上的归宿和身份上的印证，要在潜移默化中起到激发创作激情的作用……"

一番隽永的话语，道出了一片质朴而耐人寻味的高见。

1991年1月上旬，有一天一上班，作协办公室主任温国光就兴冲冲地来找我，劈头就说："好消息，好消息，马鞍山市政府把他们今年的一号文件抄送发给上海市作家协会，文件由市长周玉德签发，明确同意把雨山湖畔的3亩田赠送给上海市作家协会兴建上海作家之家。"徐先生和赵长天闻讯大喜。然而万万没有想到，只因个别人的意见相左，结果煮熟的鸭子居然飞了。

22年前，上海作家之家不能破土而出已经成为遥远的过去。在常人眼里，习惯以胜败论英雄。然而，徐中玉先生全心全意想作家之想、急作家之急的真诚、务实，以及他不顾年迈高龄，心怀激烈而长途跋涉的壮举，我认为应该如实披露，大书特书。因为这也是史实。况且，这是能映照出徐中玉"既当官就为民"的高尚情操的史实！

时间让河水变得清澈

记白桦与蓝天野

坐在轮椅上的白桦虽然已经来到首都剧场,却不禁怀疑是否真的会重续舞台旧梦!当他定睛端望着"北京人艺"的演出海报《吴王金戈越王剑》,心不由得一阵剧烈的震颤,唉,邈远的岁月已经使往事如烟。他做梦也没有想到,垂暮之年居然还会拨云见日,有幸来看一出被禁锢了31年的话剧。

曾记得,1983年4月1日,他是迈着轻快的步子,兴冲冲地走进了首都剧场,看完了既洋溢着诗意和激情,又充满着跌宕起伏并寓意深刻的全剧,在热烈的掌声中,他和蓝天野相互握手祝贺并紧紧地拥抱。

白桦不但是观众,还是这出戏的编剧。蓝天野则是这台戏的导演。

公元前494年,吴王夫差为报越王勾践杀其父阖闾之仇,率兵伐越大胜。勾践向吴王请降,并甘当臣奴,为吴王养马……三年后,吴王不顾老臣伍子胥的谏阻,将勾践三人放回越国。勾践归国后,矢志报仇雪恨。他采取了一系列发愤图强之策，自己则布衣粗食亲自到民间体察民情，深受越国百姓的拥戴……

此剧虽然取材于历代相传的民间演义传说，但作者和导演却赋予了剧本新的思想触角，竟然将"十年生聚，十年教训"，从"吴转胜为败，越转败为胜"这一陈旧故事，不落窠臼，别具匠心地开掘出新意："勾践取胜后，一返暴君本色，沉溺于霸主的威仪中，大兴土木，横征暴敛，不仅放逐了王后，并赐死忠臣文种……"

可以这样说，《吴王金戈越王剑》因注入了作者的思想生命而寓意深刻，因导演对戏剧情节的精心构造而引人入胜；全剧自始至终洋溢着批判的激情、诗意的抒发、创新的锐气！

演出大获成功，观众反响强烈。据蓝天野回忆：1983年4月4日晚，中共中央政治局委员、书记处书记、国务院副总理习仲勋由中央顾问委员会常委伍修权陪同前来观看。中场休息时，他和伍修权来到休息室，恰巧白桦也在。蓝天野对习仲勋说："我给您介绍一下，这就是白桦。"习仲勋很高兴，说："你就是白桦！这个戏写得很好，应该鼓励！"演出后习仲勋上台看望演员，接见了作者白桦。他在与演员见面时连连说："很好，很好！这个戏很好！"还说："这个戏是符合历史真实的。最重要的是保持了我们中华民族的民族风格，不要搞那些亮晶晶的东西。现在有些戏搞得不中不洋。你们这个戏好！这么大一个历史戏，很简练，很有气魄！很有现实意义。"习仲勋对这个戏的明确表态，给了白桦和"北京人艺"莫大的鼓舞。

"北京人艺"通常有什么活动，会发一个简报。这期简报的内容就写了习仲勋副总理来看戏，并陈述了他对这出戏的看法和肯定。但简报发了后，报纸上不见有什么反应。后来蓝天野遇见记者，就问："我们的简报看了吧？你们不是要了解上边的看法吗，上边说了。"记者问："有关方面怎么说？"蓝天野困惑地追问："谁是有关方面啊？""哦，主管意识形态的啊！"

这中间，蓝天野也多次邀请北京市当时的主管领导来看戏，他不来。蓝导就让剧院办公室的人每天给市领导送两张票。最后他的秘书不耐烦地说："你们别送票了，说什么领导也不会去的。"但蓝天野还是让接着送。虽然坚持三请四邀,那位领导还是无动于衷。后来《北京晚报》上发了一个消息,说即将举行北京市戏剧调演,这次调演有《吴王金戈越王剑》等优秀剧目。这位领导打了一个电话给报社编辑部,说:"你们根据什么说《吴王金戈越王剑》是一个优秀剧目?"

"北京人艺"当然能感觉到上层领导对这台戏的看法有分歧,但他们依然我行我素,在媒体不褒不贬的情况下,把《吴王金戈越王剑》连演73场。然而,就在卖座鼎盛、声誉日隆的热演之时,1983年11月6日,"北京人艺"接到停演通知。是何原因令深受观众欢迎的好戏偃旗息鼓?没有任何理由,勒令停演,说穿了就是禁演!

没有任何理由,没有听闻有谁的指示,也不见报端有任何一篇批判文章,反正就是上面下的指令。这对"北京人艺"来说犹如被兜头浇了一盆冷水。至于白桦,除了忍受和缄默已无更好的选择。

这对蓝天野也是一个沉重的打击。想当初,"北京人艺"请专职导演蓝天野排一出新戏。他正在选择剧目之际,一天恰巧碰到白桦,便说:"你有没有兴趣为'人艺'写个剧本?"白桦一口应承:"好啊,我脑子里有题材,一腾出手来就给你写。"

蓝天野请白桦写戏并非一时冲动。对白桦,他不仅了解他的现在,还熟悉他过去创作的一系列引人瞩目的作品:早在1957年,他从白桦创作的长诗《孔雀》中,不仅领略了诗情画意的浪漫情怀,还感悟到诗人将小说和电影的表现技法移植进叙事诗里的艺术尝试;1978年,看了话剧《今夜星光灿烂》,蓝天野惊喜地发现,白桦是想改变以往战争题材的写法,意欲讲述"一个真实的战争";1979年上演的话剧《曙光》,让蓝天野不仅深刻感受到白桦的一腔热血,还从内行的角度肯定了白桦在新的探索中取得了新的收获……可以这样说,蓝天野欣赏白桦的作品,惊叹白桦的才气。作为话剧专职导演,他自然倾心白桦为"人艺"写一个剧本。为了了解白桦的创作进度,他还专程去了武汉军区。

蓝天野曾在电话访谈里回忆了决定采用和上演《吴王金戈越王剑》的史实:

白桦说："我写得差不多了，很快就能把剧本写完。再过几天，我到北京，把剧本给你带去。"蓝天野不想看他的未完成稿，只是问他写的是什么。白桦说："写吴越之间的故事。"

过了几天，白桦到北京来了。1981年6月10日下午，"北京人艺"党委、艺委在剧院会议室，听白桦念剧本《吴王金戈越王剑》。念剧本过程中，门口有人找白桦，他请我帮他念一段，就出去了。过一会儿，他回来了，接着念。全剧念完，大家一致认为剧本很好，"北京人艺"要排这个戏。

6月23日，剧院党委会讨论《吴王金戈越王剑》剧本，兼任党委书记赵起扬也参加了。大家一致认为前五场写得很好，意境美，语言美，很有诗意，作者以全新的视角诠释吴越春秋的故事，很有意义。但也提出些意见，后两场，范蠡出走，勾践赐死文种，写得过于简单化，这就会使得人物脱离本来的历史面貌，甚至可能使人产生作品"影射现实"的联想。

党委会一致认为这是个好戏，"北京人艺"可以演。同时也提出，要和作者坦诚交换意见，建议对后两场进行修改。

白桦根据剧组党委会的意见，对剧本后两场做了较大修改，获得党委会的认可。最终，剧院领导一致同意投入排练。

1982年10月20日，剧院向市委宣传部报送了《吴王金戈越王剑》剧本，宣传部两位副部长张大中、赵鼎新对此十分重视，指示文化处尽快回复。文化处还请了两位历史学家认真讨论，很快提出书面意见，对剧本给予肯定，认为这是一出比较真实地描写历史事件的历史剧，剧本在艺术表现上相当不错，作者选取的角度、表现的主题，有一定的借鉴作用。同时，文化处也提出了一些具体意见，如原剧本写勾践灭吴后，命吴国太宰伯嚭为他按吴宫样式修筑宫室，搜罗美女，这与《史记》所述不符，请作者考虑。后来白桦对此情节做了修改。

张、赵两位副部长批示:"文化处看法不错",对剧本"总的还是肯定的"。

11月18日,白桦再次由武汉来京。同日,刁光覃、夏淳、于民三位副院长兼副书记商定,《吴王金戈越王剑》立即上马,计划在春节演出。

演出如期进行,盛况空前,一演而不可收……而后,《吴王金戈越王剑》被打入冷宫。唉,整出戏倾注了热血诗人的真挚和激情,激荡着文学勇士的胆识和抱负,却没讲任何理由就被一锤打入冷宫。这简单粗暴的扼杀,对白桦来说情何以堪?怎能不令他魂断舞台?!当时,许多朋友用各种方式对他表示了同情:有叹息,有不平,有愤怒,也有宽慰。其中有一句话,至今回想起来犹在耳畔:白桦,想开些,既然一江春水已被搅浑,是黑是白,唯有经时间的沉淀,河水必定会自净清澈!

如今看来,此剧虽被置于死地却并非寿终正寝,而是身不由己地冬眠了卅一年!

蓝天野于1987年办了离休手续。自2011年起,他又应邀演了两个戏,觉得既然又回归舞台,就琢磨着再演个什么戏。"北京人艺"领导班子出于关怀,担心他以年迈之躯再登台演戏,会有碍健康,建议请一位青年导演协助他。他们拿来一纸清单,上面打印了蓝天野在"北京人艺"导演过的14部戏,他毫不犹豫地表示要复排《吴王金戈越王剑》。

"北京人艺"一锤定音,复排。蓝天野虽年事已高,仍要凭借余勇,亲手让《吴王金戈越王剑》重见天日。会议一结束,他抑制不住自己的兴奋,立即给白桦打电话。白桦万万没有想到电话那头传来的是久别老友的问候,更令他惊讶不止的是下面那惊人的消息,"北京人艺"要把《吴王金戈越王剑》重新搬上舞台。白桦几乎不敢相信自己的耳朵,愣着半天没有说话。世事沧桑,流年似水,难道被搅浑的河水真的已经澄清?!这出戏早就消失在漫长的烟波岁月之中,早就在人们的记忆中淡出、遗忘。如今,怎么会重获新生?!

他还在怀疑，嘴角嚅动着，许多要问的话像是哽在嘴里。许久，才轻声问："这是真的？"蓝天野加重语气说："我是先给你报个讯，明天剧院会正式打电话通知你。"

翌日，白桦果然接到了"北京人艺"的电话。虽然他已有思想准备，这一好消息还是令他激动不已。久已绝迹舞台的作品，在自己枯树老藤之际，骤然起死还生，怎能不令他感慨？在他记忆深处，久远的一幕幕场景，从模糊到清晰，一次又一次地展现在他的眼前：第三场，在越国水乡小村，以村民更孟老头一家为代表的百姓，与布衣粗食、自己撑着船来民间体察民情的勾践心心相印；诗意盎然的舞台上，范蠡与西施在萝苎村头相见的那段戏，充溢着唯美的情愫；大出意外的最后一场戏中，得意忘形的勾践大兴土木，新修建的越王宫竟与姑苏台如出一辙……

31年，多么漫长的岁月？！"北京人艺"经重新认识和夺定，终于要把《吴王金戈越王剑》重新搬上舞台。

紧接着更加令白桦惊喜的是，为了对作者表示尊重，蓝天野专程赴上海看望他。

当年洒脱俊逸，都有着独立不羁的性格，如今年高日暮的一对艺术家，终于在宾馆白头相见。82岁的白桦由于腰椎患疾，行走不便，是拄着拐杖前行；比白桦大5岁的蓝天野，也是手持拐杖，颤颤巍巍地迎向前来。端详着童颜鹤发的蓝天野，白桦心潮起伏，一时语塞。望着发如银丝的白桦，蓝天野感慨万千，不知从何说起。俩人互道别后沧桑，蓝天野告诉白桦："这次我重新披挂上阵，毕竟年岁不饶人，所以请青年导演刘小蓉共同执导。"

白桦问："登台的是不是当年那些演员？"蓝天野答道："岁月的风霜无情，能重续前缘的只有一位，其他几位，有的心有余而力不足，有的已经作古。演过宫女的王姬、徐帆，那时刚进'人艺'，连小角色都挨不上，不过跑跑龙套，如今已经是大腕啦……"就这样，在追忆和展望中，两位老人尽情交流了最炽热的情感。蓝天野向白桦征询了对复排有什么建议和要求。末了，白桦伸手握住了蓝天野的手，蓝天野用双手紧捂着白桦的手。就在这长时间的紧握中，双方都把对对方的信任尽情地倾注其中。蓝天野告辞之际，白桦又一次握住他的手，轻声而充满感情地说，祝你们更上一层楼，使复排重燃思想之火！蓝天野说：我是多么希望你能来北京啊！白桦笑着说：老兄博大精深，肯定会排出炉火纯青的好戏。我一定争取来。

白桦因衰病垂老而入住华山医院。医生在他的再三恳请下，遂同意他请假外出，但必须有人陪伴左右。朋友得知这一消息，都愿意促成白桦了却这一心愿，居然来了七位好友，或相继搀扶他，或推着轮椅与他同行。

复排后的第一场演出引起了轰动，这固然因戏剧矛盾的魅力、人物形象的鲜明、性格冲突的尖锐而扣人心弦。然而故事的完整、情节的紧凑，以及借助于诗化语言的烘托、渲染和表现，使戏剧矛盾的丰富性和跌宕起伏，都得到了很好的表现。如果没有像诗一样的对白所组成的台词，贯穿在整台戏的发展和情节的变化之中，就不可能把这一历史教训如此深刻地呈现在观众面前。一位评论家撰文指出，复排后的演出，加强和发扬了作者一贯大胆介入现实的批判精神及诗意隽永的艺术风格，这是对命运多舛的白桦的创作最高的褒奖。

白桦因体力不支，只得提前离场。翌日再来看了后半场。

幕间休息时，白桦去后台看望演员，当他悄无声息地回到观众席时，突然有人喊了一声：这就是编剧白桦！全场观众闻声全体起立，喝彩声此起彼落，气氛之热烈让人动容。演出结束谢幕时，被蓝天野请上台的白桦说："祝贺你！"蓝天野则说："应该祝贺我俩！"这两位拄着拐杖的耄耋老人走上舞台后，所有演员立即分成两队，鼓掌夹道欢迎，随后簇拥着他俩走到台前。顿时，观众用雷鸣般的鼓掌，尽情地表达了对他俩的崇敬、仰慕和感慨。

随后的每场演出都获得了观众的极大认可，一票难求。

回首前尘，白桦破颜一笑，说，光阴荏苒，人生有涯，历劫归来，荣枯升降，一切都成了过眼烟云。

"牛"的海侃和"马"的嘟囔

有一头童言无忌的"牛"和一匹谈吐生风的"马",就像相声演员出双入对,时不时交头接耳,动不动海阔天空,话题常谈常新。"牛"因健谈被冠以"牛博士"的雅号,"马"因从容对答获得了"马妞"的昵称。不仅如此,作者还为这一唱一和配有一幅水墨画。这就是《新民晚报》"牛博士和马妞"的对话专栏,一文一画,相映成趣,看似轻松,却蕴含着足够的重量。

我是这一专栏的"粉丝"。作者力透纸背,画笔生花,让读者在方寸之间,纵览世事万象:《一脚踹去》《两牛思考》《三人牧羊》《瞎七搭八》……细嚼其味,虽调侃却一言难尽人间冷暖,以鱼目混珠称王称霸招摇过市、争斗在羊背上三个"绅士"的颐指气使、存在就是合理的海派的得风气之先……我在回味中发笑,在发笑中受到启发和教益,倍感亲切。酿制这一可口美餐的是好友戴逸如。近日,喜获他的新著《般若花开》。书中多数佳作对我来说,犹如曾经采折的一朵带露的鲜花,又似新捡到的一颗色彩斑斓的雨花石。登

戴逸如

在报上，豆腐干一块，还是黑白的，此番成集，信手翻看，不觉有一种灿若山花烂漫的感觉。多彩多姿的画面所形成的百花竞秀的叠加效应，蔚为大观，妙趣横生，目不暇接！重读"牛"与"马"的"胡言乱语"，既感受到囿于纯圆的文字之中的犀利和锋芒，也从特有的线条和色彩所创造的灵性和俏皮中，加深理解了跃然纸上的卡通人物的怪异和突兀，由此感悟到对不良社会习气的一针见血的揭露和对官僚主义的辛辣讽刺。文的幽默、画的传神，相得益彰，让人在玩味之中忍俊不禁，或会心一笑，或捧腹大笑，甚至笑了再笑。对画中有异趣、有性灵、有怪诞的芸芸众生人世百态，看了还想看，难忍心头之痒。就在这感慨万端的翻阅之中，不知不觉地得到了深刻的启迪。

初读《陶母封鲊》，瞬间的感悟是，养不教，父之过，教不严，师之惰！这一典故使人联想到，倘若为官的没有接受过严格的教诲并严于律己，窃喜于收受小恩小惠，那么，私欲的膨胀必然会导致其利欲熏心而贪得无厌……此一图文的魅力，与其说来自对中华传统美德的怀念，不如说来自对现实生活中官场弊端的深恶痛绝。

我爱看逸如兄针砭时弊、韵味深长的书画。《从丑如流》中荒谬怪诞、不伦不类的"狗才",虽引人发笑,却并不稀罕;在当今土洋杂处古今并列的年代,乔装打扮的"假洋鬼子"的趾高气扬、涂脂抹粉的"南郭先生"的春风得意、装神弄鬼的"两性人"的左右逢源……从这些作品的立意可以看出,作者的眼光是尖锐的,爱憎是鲜明的。难怪面对用七拼八凑来打扮自己的"狗才",马妞发出了感慨:"按理说,健康社会应当人人从真如流、从善如流、从美如流。"牛博士也不由得叹息道:"不容乐观的是,纵览世界,从假如流、从恶如流、从丑如流的肥皂剧正热演热播,方兴未艾……"至此,可以看出,逸如通过这幅构思奇崛、用笔精妙的力作,把深刻寓意漫不经心地揭示出来。我看了"狗才"的时髦打扮,不禁喷饭爆笑。

经常看《新民晚报》,逸如的笔情墨趣在给我带来愉悦的同时,也让我陷入沉思。

画所见所闻,写所感所悟,嬉笑怒骂皆成文章,这正是逸如在创作中探求思想"舍利子"的良苦用心,并由此形成自己的独特风格——谑而不虐,其心逸如也。

大处着墨墨未干

记电影《林则徐》作者吕宕

吕宕离开我们已经有五年了。作为他的晚辈和结交三十几年的挚友,我一直深深地怀念他。

1964年上半年,吕宕由省文联调来马鞍山市文化局。文化局在杨家山的一栋小二楼底层办公。他与张弦同住在文化局对面几排平房中的一间小屋。那时我年仅25岁,是一个学习写作起步不久的工人业余作者。我有时去拜访张弦,也就这样有幸认识了吕宕。听闻他是电影《林则徐》的作者,我对他肃然起敬。

他俩的住房约16平方米。除了两张床、两只油漆斑驳的书桌、两张木靠椅、两只用木头做的脸盆架、一只低矮的小方桌和一只藤躺椅外,别无其他陈设。他俩是文人,屋里没有书架,更谈不上书柜,书放在各自的木箱子里。躺椅是吕宕带来的。用的时间长了,藤条已变成发亮的黄褐色。冬天,吕宕把破旧的羊皮大衣铺在上面,他就躺在上面看书。夏天,他就把躺椅搬到屋外坐着乘凉。不消说,生活是简朴清贫的,但是他和张弦似乎并不介意,言谈举止里透露出的是一种跃跃欲试的自信。当时,马鞍山市为了繁荣文艺创作,把张弦从设计院调到文化局,吕宕、曹玉模从省文联调来马市,目的是充实马鞍山的创作力量。对这三位摘帽"右派"来说,无疑是有了展现才能的机会。吕宕尽管又一次离家独居,但他因长期被压抑的创作欲望有机会勃发而欢欣鼓舞。

当时,省人民出版社拟采用我写的短篇小说《冰河夜渡》,并嘱我修改。我特意求教于吕宕。他看后提了修改意见,说:"小曹,这篇小说写得蛮有气魄的,你要搞创作,一定要保持这种气魄……"这话他说过以后肯定早就忘了,我却深深烙印在心里。一个初学写作的无名小辈有机会聆听一个有建树的大作家对自己的勉励,惊喜之余当然牢记心头。我们的交往和友谊就此开始了。

1965年夏天,我去上海探亲,回来后在一个傍晚去看吕宕和张弦。他俩正面对面坐在小方桌前纳凉,聊了一阵后,我告诉他俩,听上海音乐学院的一位朋友说,最近上海文艺界内部开了几次大会,姚文元在做报告时批评文艺界被资产阶级文艺黑线统治,已出现了裴多菲俱乐部……而且点了不少人的名……对这一话题他俩很敏感,吕宕嘀咕了一句:"又是他!"便问点了哪些人。我回答:"据说点了很多人,记不清了。大概有梅兰芳、夏衍,还有陈登科……"吕宕的脸色顿时变得十分严峻,追问:"小曹,你的消息可靠吗?""我是听朋友说的,他参加了这个会议,只准听,不准记录。"吕宕和张弦交换了一下疑惑的眼神,沉默了许久。张弦低沉地说:"如果真有此事,那就不知道又要刮什么风了。"吕宕仰卧在躺椅上,忧心忡忡地说:"如果这股风吹到陈老大身上,那么安徽……"城门失火,殃及池鱼……他苦笑着没有再说下去。

我是一个乳臭未干的文学爱好者,并不懂得什么是资产阶级文艺观,更不懂得什么是文艺界的两条路线斗争。政治上的幼稚使我无法理解吕宕、张弦为什么会顿时流露出山雨欲来风满楼的焦虑。后来,"文化大革命"的爆发,才使我明白了他俩为什么会谈虎色变。1969年12月28日,吕宕第二次被戴上"资产阶级右派分子的帽子",开除公职,被五花大绑押送山东原籍,交生产队监督劳动。他的妻子张秀瑜从市图书馆下放到安徽和县农村落户；一个女儿和两个儿子则分别下放到皖南山区和和县插队。一个团聚不久、本就凄苦的家，被腥风血雨吹得妻离子散，各自飘零……

新中国成立后，吕宕调到了省文联。在合肥宿州路9号大院内，大家都知道个子矮小的吕宕秉性刚直，为人正派，手不释卷，才华横溢。1956年夏天，30岁的吕宕给毛主席写了人民来信，揭发安徽省的一位领导严重的官僚主义和霸道作风。后来知道，信虽投进邮筒，却被扣住了！之后在文联的一次会议上，吕宕当众严词指出"姚文元是根棍子！"，这句话和那封信成了把他打成"右派"的依据。

1972年冬天的一个傍晚，我下班骑自行车路过金字塘时，看到迎面走来的一个人有些脸熟，仔细一看好像是吕宕：一身破烂的小袄，齐腰处束了一根草绳，戴了一顶绒毛快要脱尽的护耳帽，双肩用绳子背了个捆扎成四方形的包裹，手上戴着一副又脏又黑的纱手套。他脸容憔悴、苍老，两眼黯然无光。劫后狭路相逢，他已被蹂躏成这副模样！！！他告诉我，身体垮了，已无力种田，孤苦无靠！相依为命的秀瑜也形单影只，苦撑苦挨；他无时无刻不在苦苦挂念三个孩子，天天盼他们的平安家书。他活不下去了，卖掉了仅有的一条破棉被做路费逃出山东来到马鞍山，可是，有冤无处申，革委会的大门并不向他敞开。

那时，我这个"现行反革命"才解放不久，虽同情他，却爱莫能助。我告诉他，肖马一直在马鞍山，赵家碌、曹玉模经常从乡下来看肖马，托肖马帮他们讲讲话，好早日调回来。我把肖马家的地址告诉了他。

望着他瘦弱的身影消失在暮色中，心中不免悲叹：这就是驰名中外的电影《林则徐》的作者吗？他受尽磨难，备受煎熬，然而他心灵上忍受的深不可测的创痛又有谁能知晓？！

1973年夏天，吕宕再次来到马鞍山，无地容身，只得去找肖马。肖马扫榻以待。当时，剑拔弩张的政治空气虽然稍有缓解，但阶级斗争这根弦还是绷得紧紧的。再说像吕宕这样的"阶级敌人"又有谁敢沾边！肖马的热情、仗义、洒脱，使吕宕在承受政治桎梏的严冬里尝到了友情的温暖。他在肖马家用三天时间给周总理写了万言申诉书。后来，在周总理的直接关心下，他被调回市文化局，在市新华书店站柜台当营业员。再后来他家在市文化馆一侧的大办公室安顿了下来，全家团聚。在政治上他也枯木逢春，相继担任了市文联副主席、市政协副主席。不过他既不趋炎附势，更不阿谀奉承，而是淡泊功名，一如往常。他的居住条件改善了，家庭生活也日渐温馨，但是他的身体却日渐衰弱……

历经磨难却没有泯灭勃勃雄心，病魔缠身却没有枯竭喷涌的才思。为了印证研究鲁迅的各种资料，他攀爬书山，沉浮文海……他产生了创作冲动，虽不能命笔疾书，却慢慢笔耕，终于完成电影文学剧本《鲁迅先生》的上半部，发表于1981年第9期《电影文学》杂志。当他再欲投入下半部的创作时，心脏病的加剧使他力不从心。"病情严重时只要略一活动，哪怕是洗洗脸、穿件衣裳都会立即发生大气喘、心绞痛，一直痛得他冷汗淋漓、死去活来。因此，晚年这段千金难买的宝贵时间里也只能痛苦地辗转于自家的床褥之上和呻吟于医院的病房之中。"

他久卧病榻，有时，会有一两位老朋友去看望他。有的是本市的，也有的是从外地来的；有的是经常来的，也有的是离别了多年不见的；还有远道而来的，在他家住上一两天……但凡能来看他的，大多是可以坐下来谈谈心的老友，泡一杯茶，对坐着。吕宕说，这是他病中最为愉快的时候……不少工人业余作者带着稿子登门求教，只要力所能及，他看后一定会提出意见，有时还会把修改意见写在纸上。扶持青年，提携后辈，不少已有成就的业余作者都得到过他的关心和支持。

1981年早春，他腰部长了一个肿块，拳头大的伤口溃烂后，几经治疗不但没有痊愈，反因体质太差、心脏开过大刀，病情逐渐恶化，使他陷入了昏迷不醒的状态。3月9日上午，马鞍山市委正在开书记例会。市委秘书长张振国获悉医院已发出吕宕的病危通知书后，立即向市委汇报。市委第一书记崔剑晓、市人大主任杜维佑、市长高峰、市政协主席岑俊平立即停止开会，赶到医院看望，嘱咐医院采取紧急措施，并立即派车去南京请名医前来会诊，还指定市委宣传部副部长鲁进修在病房值班，要求医院不惜一切代价进行抢救……

吕宕一息尚存，陈登科、鲁彦周、贾梦雷、曹玉模等十几位作家闻讯后从合肥驱车赶来；市文联已着手成立治丧委员会……可是奇迹发生了，吕宕没有死，他活过来了，他又闯过了鬼门关！

1981年3月27日，张振国收到吕宕在病榻上草草写给他的一封信："此次病已入膏肓，入绝境，明必死，绝无生望。不想，党又把我转机过来。不是老兄与市委各首长所给殊遇厚待，实无今日；无党和各位同志，无我吕宕今日也……我尚不能动，但寸心知感。无以表达，先写几个字，望老兄将这点心意转告市委各首长，事后当以终生所有为党……头脑尚昏乱，笔下无章，先此达意。"

市委书记崔剑晓看了这封信，了解到吕宕还想创作《鲁迅先生》的下半部，即赶到医院劝他不要着急，等身体痊愈了，市里一定支持他的再度创作。吕宕慨无言之："我所存的时间不多了！"

大病后的吕宕长卧病榻，少出家门。他想写《鲁迅先生》的下半部，但只能悲哀地望案兴叹！他想把罗灏白的长篇小说《被上帝遗弃的女儿》改编成电影文学剧本，已难遂心愿。如今，他虽然有了说话的权利，他虽然有了写作的权利，但已无力写长篇浩著，他陷入了更大的痛苦。就此搁笔，岂肯罢休？他咬牙忍着病痛，写写停停，终于完成了电影文学剧本《鲁迅先生》的下半部。宽松的政治生活，令人欢欣的改革开放，使他高兴、令他激动，用他的话说"天赋予我的不安分的鬼思想也就飞舞起来了"。于是只要在体力能支撑的情况下，他就把徒生的感触伏案形诸笔墨：杂感、书评、读书心得、日记等。用他的话说是"留下了一丝细细的爪痕"，这就是结集出版的《病中闲话》。这些"爪痕"，落笔清俊、视野开阔，是他对日渐繁荣的文艺思索后的闪光；这些"闲话"，力透纸背、寓意深邃，是他对正在变化的时代倾情关注爆出的火花。他强调艺术质量在于"人物"，阐明了对历史剧语言的看法："必须既注意到不违反一定历史时代精神，又必须注意做到通俗化、口语化、性格化。"从这本集子中还可以看到，1982年，沈从文老先生的浩瀚巨著《中国古代服饰研究》刚刚出版，吕宕就写信向沈老求教，10天后沈老用毛笔在三大张黄表纸上以端正、秀丽的小楷洋洋洒洒给他写了近两千字的回信，委婉地表达了他认为电影《林则徐》在场面、起居、服用等方面尚有不足，并做了详尽的指点。

1985年5月中旬，由全国数十位勇于改革的学者和企业家发起，在合肥召开全国性的改革座谈会。市委一位领导嘱我以个人名义前去参加会议看看情况。在会上我碰到了著名作家李準。1973年至1976年，我和他在北京电影制片厂相处3年多，因反对"四人帮"的观点相同而结下了深厚的友谊。他告诉我，中央一位领导示意他到各地走走，要多多宣传改革开放……他已去了好几个省吹风，做了好几场报告。在会上我还结识了北大教授、力主改革开放的著名经济学家厉以宁，他托我给市委领导捎个口信……回来后我先和吕宕通了气，然后一起向市委领导做了汇报，市委领导指示我们以市文联的名义先邀请李準来我市做报告。

按约定时间李準应该是下午5点30分抵达。5点20分市委书记徐乐义、市长周玉德、副市长苏平凡、文联主席王平和吕宕都来到了雨山湖饭店。可是接待李準的那个城市一再把李準出发的时间推迟。大家左等右等，一直等到晚上8点他才翩翩而至。在二楼会议室，当我一一介绍完毕，吕宕和李準便相互表示了倾慕之意，相见恨晚；然后便对《林则徐》和《李双双》的有关创作纵意而谈，忘记了还有十几位市领导坐在一旁。他俩无拘无束，旁若无人地谈了十几分钟。我想，如果换了别人，当着这么多政要决不会越雷池半步而喧宾夺主。这是我第一次看到吕宕在政府官员面前如此豁达、潇洒地谈话，也是最后一次。文人无行，书生意气，这就是吕宕！

不久，我把打算召开作家与企业家座谈会的想法告诉了他。他颇感兴趣，表示支持。我紧锣密鼓地准备起来。可是，在筹备的过程中，由于个别的因素，飞短流长，剔瑕求疵，进展屡屡受阻，几乎濒于夭折。在这关键时刻，吕宕对我明确表示："我当文联副主席以来从未过问任何事情，这一次我当仁不让，我不但支持你，我还要参加这次会议。"他拖着羸弱的身体，在老伴的陪同下，与二十几名作者来到黄山脚下的"泾川山庄"。12位企业家也前来参加作家与企业家座谈会。省作家协会主席陈登科、秘书长贾梦雷、作家曹玉模也赶来赴会。企业家们畅所欲言，有的谈了创业的艰辛，有的讲述了因勇于改革遭受的打击与压制，有的倾吐了国企改革举步维艰的苦衷，有的抒发了一定要把改革坚持下去的坚定信念……他们的喜怒哀乐、甜酸苦辣、起伏跌宕、忧国忧民深深震动了每一位作家，开阔了大家的视野。座谈会一连开了5天，大家已按捺不住自己的激情，想采访，想动笔。陈登科在总结发言时说："这次会议开得非常成功，使大家了解了当前社会的变革，听到了社会脉搏的跳动，希望大家回去以后要到生活中去，与改革同呼吸、共命运，写出无愧于时代的好作品。"会议结束的前一天，市长周玉德、秘书长陶其平驱车前来看望大家。周市长希望大家回去以后能写出一本讴歌企业家改革的报告文学集来。

回到马鞍山后，我兴致勃勃地着手拟订组织采写计划。可是，我面前的坦途变成了崎岖的小道，时有羁绊，时遇路障，甚至要被兴师问罪。吕宕气愤地说："不做事没错，事情做得越多反倒成了话柄！"他花了两天时间给市委领导写了长达5页的汇报，充分肯定了这次会议。他指出，为企业家立传全国尚无先例，可以说是曹致佐首创，应该表扬而不是刁难。吕宕在我处境困难的时候挺身而出保护了我，令我感动。不仅如此，他不顾自己病弱之躯，也采写了报告文学《未入"苑"的花》。

1986年11月初，我接到调上海市作家协会工作的调令后，向吕宕告辞。他半响没有说话，显得郁郁寡欢，怅然若失……表示要请吃饺子为我饯行。

吕宕家的饺子在省里文艺界是出了名的。秀瑜大姐擀的饺子皮，又薄又爽口，饺子馅是嫩韭芽和夹心肉搅和在一起斩成的肉米。经开水煮沸后，晶莹剔透，一咬一口鲜美的汤汁……凡是从省里来的朋友，一到吕宕家，都嚷着要吃秀瑜大姐的饺子。

秀瑜大姐不仅饭菜做得可口，而且照顾老吕可谓呕心沥血，无微不至。吕宕几经磨难，她和他相依为命，伉俪情深。在吕宕患病的18年中，前期病重时秀瑜大姐还在市图书馆工作。清晨上班前她不仅要为吕宕准备好饭菜，行前还要嘘寒问暖。中午和下班后她急急忙忙赶回家操持家务，还得忙里偷闲为吕宕整理书报。吕宕住院时她陪伴左右，精心服侍。更为重要的是，她的体贴、贤惠，是对吕宕精神上的最大慰藉。

11日5日整一个上午，我和妻子郁佩瑛是在吕宕家度过的。吃完为我们饯行的饺子，吕宕忧心忡忡地说，原先承诺为企业家写报告文学的事看来要付诸东流了。我要他放心，我人虽然走了，但答应过的事决不食言。听我如此说，他如释重负地舒了口气，再一次郑重嘱咐我一定要把报告文学集搞出来。

我和佩瑛向他们道别，他挽着我的手把我们送出门，送过院子，送到了大门口。他还要送，我坚决不答应，推迟了一阵，我们依依作别。我几步一回头，向他挥手致意，要他回去。走到百米开外，他还颤巍巍地伫立在寒风中。我知道他对我的离去非常难过！几十年的交往，让我们心意相通，情谊相结。平时我每星期总要到他家去一两次，随兴而谈，纵意古今，一谈就是半天。如今的阔别，虽知音知己，毕竟身居两地，再也不能常来常往。我心一酸，快步跑到他的面前，向他深深鞠了一躬说："老吕，别站在这儿了，你先回吧，你不回我就不走了。"我们的手又握了好长时间。我目送着他在秀瑜大姐的搀扶下回到了屋里。

在后来彼此离居的11年里，我们有时书信往来，有时互通电话。我每次到马鞍山，第一件事便是去看望他，但他多数是在医院的病榻上。1988年，经不懈努力，我终于完成了吕宕对我的嘱托，出版了报告文学集《天涯何处无芳草》。1989年初秋，人民文学出版社出版了我的长篇小说《用微笑迎接风暴》，吕宕在病房里断断续续看完了全篇，又硬撑着虚弱的身体写下了五千多字的评论文章，还建议市文联：曹致佐人虽然走了，但作品取材于马鞍山，背景是马鞍山，因此市文联应该召开作品座谈会。我到马鞍山开会的那天，一下火车就去人民医院。秀瑜大姐告诉我："老吕一早就在等你了。"吕宕不无感慨地说："看了你的'风暴'，我兴奋了好几天。作品有气魄……我还明白了当初你提出召开作家企业家座谈会不是心血来潮，也不是赶时髦，你是倾注了对生活的思考和热情……"他执意要去参加座谈会，我再三让他不要去了，并说："你这番心意我领了。"我向他告辞后去了会场。会议开始前几分钟，没想到吕宕在秀瑜大姐的扶掖下，步履蹒跚地走进了会场。我被深深地感动了，只能说，老吕啊老吕！……

1997年4月30日晚上，我接到李光仁电话。他说，吕宕觉得自己不行了，已熬不过几天，想和你见最后一面。我的心往下一沉，难道闯过好几次生死关的吕宕已生命垂危？！第二天一早我从上海赶到马鞍山，中午一到他家就进了他的房间。吕宕病卧在床，枕头边放着一只形似枕头的氧气袋。他一边接氧气一边和我交谈，谈到香港回归，他拔掉了插在鼻孔里的橡皮管，激动地喘着气说："百年耻辱，列强欺凌，哪有中华荣耀，民族自尊……当年我之所以选择鸦片战争这一题材，应该说是有感而发，是当时的历史条件催促我奋然命笔。"说完，他示意秀瑜大姐拿出一张纸交给我，不胜感慨地说："也许这是我最后写的一首诗了！"

> 金瓯有缺，罪由旻宁，
> 香港回归，功在小平！
> 尚有台湾，指日可迎。
> 万邦瞩目，盼望厥成。
> 湔侮除垢，巨龙飞腾。
> 自尊互重，世界文明。

读完，我激动万分，心潮难平！他一生坎坷跌宕，历经沧桑；他为人坦荡淡泊，胸无宿物。在行将就木之际，他以枯藤老树之躯，力疾操觚，写下了颇有气魄的最后希望：盼望祖国统一大业早日实现！

他气喘得厉害，不能多谈。我说定明天再来陪他。他拉着我的手说："我能挺住，我要请你吃我的最后一顿饺子。"

翌日上午，我与李光仁一同来到吕宕的家。他已理过发，刮过胡子，换过衣服，还准备了照相机。他叫外孙女给我们拍摄了合影。而后，我们像过去一样聊开了。他谈到自己枫林日晚的十几年，虽然无所建树，但市委和市政府对他还是倍加关心，多方照顾。可以这样说，他的绝大多数时间是在高官病房中挨过来的。如果没有这样的条件，他早就命赴黄泉。他在讲述这一切时，思路清晰，神态雍容。

吃午饭时，他不能起床，我和李光仁到外间对桌就座。秀瑜大姐端上了热气腾腾的饺子。我们和躺在床上的吕宕隔着一堵墙，边吃边聊。饺子还是那么可口有味，却食之无味。我想，如果真的被吕宕不幸言中，那么这就是

吕宓（右）与作者

最后一顿饺子！若果真如此，吕宓面对死亡却神态怡然，从容宁静，以君子之风信步前往。我悲痛、我感慨，我乞求老天保佑吕宓安然无恙。

临别，我们强颜欢笑向他告辞，他微微向我们挥手作别，显得和蔼、安详。穿过院子走出大门，我和李光仁转身朝吕宓的房间望了很久，继而又互相对望了一眼，两人的眼神都在说：这难道是最后的晤别？！我们什么话都没有说，默默挪动着步子离开了他的家……

5月7日晚，我接到秀瑜大姐的电话，得知吕宓已于当日下午与世长辞。我不愿发生的事终于发生了，我欲哭无泪，欲号无声。吕宓的创作生涯，算长不能算长，算短不能算短。其实他写过不少作品。文如其人，他的刚直，他的气魄，驱使他着墨于大处，总是选择重大的历史事件为题材。可是，如果他没有被打成"右派"，在电影《林则徐》成功以后乘势而上，那么……

如果他在1961年创作的电影文学剧本《辛亥革命》上下两部——写武昌

起义的《首义篇》和写黎元洪做了大总统以后反过来屠杀革命党人的《喋血记》没有被造反派撕碎扔掉,那么……

如果由他改编的话剧《秋青湖边》,在参加华东地区话剧会演时,没有被柯庆施打入冷宫,那么……

如果李秀成没有被打成忠王不忠的叛徒,那么吕宕这个"右派"就不会把自己呕心沥血创作的电影文学剧本《李秀成》,在"文革"到来之前忍痛割爱,付之一炬……

如果不是"文革"中被抄家,他的电影文学剧本《英王陈玉成》也不会被穷凶极恶的造反派抄走,至今下落不明……

如果他不是病魔缠身,他的电影文学剧本《鲁迅先生》的下半部,也许经过修改早就问世……

吕宕走了,如果……那么……一切的一切都成了遗珠之憾!!!不过,令他欣慰的是,《林则徐》被视为经典之作,驰名中外。须知,仅仅凭一部电影而名垂文坛和电影史的能有几人?!

我为吕宕的仙逝悲痛,我更为吕宕累遭厄运中断创作而扼腕痛惜。为了寄托哀思,我写成一副挽联寄给了秀瑜大姐:

叹兄长也,一腔热血凝铸《林则徐》,影坛巨著不获殊荣遭劫难,才情横溢时时受制难舒展,一生刚直无邪两袖清风,幸有高文永垂寰宇。

哭吕公哉,满腹经纶撰写《病中语》,文苑小议看似寻常气自华,顽疾缠身年年拼搏图腾跃,终世清白光明独木成舟,痛惜晚年短暂逢盛世。

这副挽联,这篇文章,虽不能概括吕宕的一生,却寄托着我对吕宕的永远怀念!

《布谷鸟叫了》

记杨履方的起伏人生

1974年10月的北京，秋风萧瑟，到了晚间凉意颇浓。一天晚上，我和肖马、杨履方、李凖、马烽、孙谦等一众好友晚饭后在下榻的北影招待所品茶聊天，大家天南地北古今中外聊得起兴，杨履方突然出现了反常的情况，上睑抬起，眼球上蹿，喉部痉挛，口吐白沫，还发出叫声。我吓呆了。肖马有经验，说这是癫痫病发作，并迅速把牙刷柄塞进他嘴里。我不理解此举何意。肖马说是为了防止他咬断舌头。幸好预防在先，杨履方不但咬断了牙刷柄，还咬断了一颗牙齿。

大家决定立即送医院抢救。肖马情急之中想到好友版画家莫测，他的夫人张医生在"工农兵医院"（即同仁医院，在"文化大革命"中改名）任神经内科主任。他便提出送"工农兵医院"，闻讯赶到的周啸邦立即联系小车队派来两辆北京吉普。这样，我们兵分两路，我们几个把杨履方抬上车后朝崇文大街急驰，肖马则赶往莫测的家。

正在抢救之际，肖马、莫测陪着张医生赶到。我们都万分焦急地等待着。约莫过了半小时，张医生神色凝重地走出抢救室，悄声告诉我们："骨髓里有血，是脑出血。"

我们悚若木鸡，不由倒抽一口冷气。

张医生随即用从容的口气说："幸亏发病时有人看到，又及时送医院。"她转身对莫测说："你先回家吧。今晚我要临床治疗。"

第二天，北影火速报告马鞍山市委。文化局局长王平和杨履方的夫人林雅萍火速赶到北京，北影派车直接把他们从火车站送到医院。杨履方还处在昏迷中。

当天深夜，一声声凄惨的哭声打破了招待所的宁静。林雅萍老师的号啕大哭，哭得我们心都碎了。她在为老杨的安危担心啊！……

次日一早，我刚起床，林老师把我叫到老杨的房间，指着床头上面的一幅画，埋怨说："小曹，老杨怎么把狐狸精贴在墙上，这能不倒霉吗？"说完，她掀下那幅画，一边撕着，一边对我说："小曹，你知道吗，狐狸精会迷男人，阴魂不散，赶快撕掉，不撕要惹一身的祸！"当她听闻还有一幅，也赶紧找出来撕得粉碎。

林老师的举动惊动了我们这一批人。有人确实赶紧效仿林老师驱魔避灾，也有人不为所动。

林雅萍是马鞍山市第六中学的教师。她来去医院全由我陪伴。当她独自在招待所时，生活上的事，我能帮上手的也由我侍候。杨履方连续几天一直处于昏迷之中，病情究竟会怎样发展不得而知。林雅萍既劳累又万分焦虑，一回到房间就软瘫在床上，在静思默想中常常伤心地掉泪、抽泣，有时不但哭出声，还恸哭不止。她虽然知道杨履方已无生命之危，但她最怕的是万一留下后遗症——全身瘫痪，这也是大家最担心的。

已经第六天了，杨履方还处于昏睡之中。林雅萍已经急得近于崩溃，她不断地问我："小曹，老杨还能醒过来吗？"我不怎么会安慰人，更不会说宽慰的话。正当我不知道用什么合适的话来让她消愁排难时，却冒出了一句："老杨福大命大，一定会逢凶化吉。"

林雅萍苦笑着说："但愿如此，现在只得听天由命了。"她似乎在控制自己焦急不安的情绪，止住了哭泣。我见她闭目养神，渐入安然状态，便蹑手蹑脚地退出房间。刚到门口，林雅萍发出一声长叹："唉，命大福大，有谁知道杨履方命中是祸多还是福多啊？！"她睁开眼睛，见我准备离去，就说："小曹，你先别走，我心里堵得慌。"

我知道在这种时候，对情绪低落的人来说，不妨让她任意倾吐心曲。我在椅子上坐下竖起了耳朵。

林雅萍并没有马上开腔，她又在默默流泪了。才擦拭完满脸的泪水，她轻轻地叹息道："小曹，老杨这几年，心中苦呀！"她自思自忖了半晌，又微微摇了头，说："他心中有一个结，虽然没有对我明言，我知道这个结一直如鲠在喉。做了这么多年的夫妻，我能不知道他在想啥怨啥？不过我从来不点破他难言的心痛。我是从金陵女大毕业的，老师在教学中，早就潜移默化地给我们灌输了一种理念，妇道之家，不仅要侍候好丈夫，还要善解人意，要在不露形迹的贤惠中为丈夫排忧解难。所以我在老杨处于人生低谷的时候，尽可能创造一种家庭和睦的气氛，决不说令他愁上添愁的细言碎语。"

究竟是什么心结让老杨苦不堪言？我急于知道个中原委，但不便催问，想了想说："自从认识老杨以来，我从没发现他有过一丝一毫的郁郁寡欢。他虽然不像肖马乐观潇洒，但动不动的幽默风趣，让人忍俊不禁。"

林雅萍点点头，说："他是一个自持力极强的人。当批判《布谷鸟又叫了》那一阵风过来时，他并没有被戳心戳肺。其实那场批判虽然算不上狂风暴雨，但也不亚于大风大浪。他顶过来了。自从被南京军区扫地出门，他陷入了极度的失望和懊恼，喝酒越喝越多，我就看出他的心里已经打了一个解不开的死结。"

我只知道杨履方是从南京军区转业到地方，从未听闻他是被"扫地出门"！听林雅萍的口气，尚有外人不知的隐情。

林雅萍再次开口就一发而不可收：

说来话长，你是老杨的好朋友，说给你听听也无妨。有一天，杨履方下班回家，像通常一样吃晚饭时要小酌几杯。等到要收拾桌子时我发现他那天有点反常，不言不语，闷头一连喝了十几杯。那模样与平时大相径庭。我正要问个究竟，他慢慢从胸袋里掏出一张纸给了我。打开一看，是一张转账支票，数额是5000元！这是什么钱，稿费？比电影《布谷鸟又叫了》的稿费还多1200元！我还没有问出口，老杨又灌了一杯酒。面对这笔飞来横财，却不见他有一丝兴高采烈，居然是一醉方休的潦倒颓废。我诧异地问他，发生了什么事，这笔数额如此之多的钱是何来路？他苦笑着说：你要好好保管啰，我们两口子和两个孩子以后就得靠这笔钱来维持生计。我被他搅糊涂了，弄不明白他干吗要说得如此悲怆。也许酒喝多了讲胡话，也许他讲的是真话。我虽然急于知道这葫芦里装着什么药，但不催不问。等了老半天，老杨郁闷地抛出一句："转业费。"

我一时没有明白过来："转业？转什么业？"

他沮丧地用手指指军帽和军服，我这才看清帽徽、领章和肩章都没有了。

"卸下了，为什么要卸下来？"

杨履方用眼睛瞪着我，没好气地说："你问我为什么，我该去问谁？问谁？！"说完，把支票朝桌上一扔，噔噔噔地走进卧房，啪的一声关上了门。

他可从来没有发过如此之大的火呀。倘若不是到了忍无可忍的地步，怎么会怒发冲冠？！我顿时意识到他所说的"转业"一定是大祸临头。怎么会发生这一意想不到的变故呢？我何尝不想问清缘由，急步走到房门口却欲进而止。我提醒自己，越是在他心乱如麻的时刻，做女人的切不可不依不饶地纠缠不休，与其想打破砂锅问到底，不如息事宁人，静观其变。

我就站在门外，虽急得像热锅上的蚂蚁，还是克制着耐心地静候着。不知等了多长时间,门开了,老杨一见我哀怨如泣地站在那儿,一怔,然后一迭声地说:"对不起,对不起,我太冲动了,太冲动了。"他拉着我进屋,等到两人面对面坐好,他沮丧地说:"雅萍,从今天开始,我就离开部队了,再也不会进南京军区的大院了。"

我明明知道他是郑重其事地讲了这番话,还是不相信自己的耳朵。我说:"老杨,什么玩笑都可以开,你怎么偏偏要拉凑上这种倒霉晦气的事呢?"他的脸阴沉得可怕,用苦不堪言的语调说:"事到如此,我还哪有心思开玩笑?我,我……"他突然恨声不绝地说:"这种倒霉晦气的事偏偏让我碰上了,说得好听是转业,其实是被扒光了衣服赶了出来,是扫地出门!"杨履方又情绪失控,在房内急骤地来回踱步,转了一圈又一圈,猛然之间,他拿起茶杯,朝地上砸去。茶杯被砸得粉碎,我的心也碎了,赶紧强忍泪水抱着杨履方,央求着说:"老杨,别发火别发火,天塌下来我们能顶住,一定能顶住的。"我异常清晰地感觉到他的心在剧烈地跳动着,越跳越快,而他的手却冰冷冰冷。我又劝又哄地让他和衣躺在床上,便赶紧拿来扫帚把碎成一地的碎瓷打扫干净。正当一切拾掇停当,老杨端坐起来,说:"雅萍,我们好好谈谈吧。"我顺从地坐在床沿边,他捏着我的手,我感觉到他剧烈的心跳已渐趋平缓。他说:"这事该怎么说呢,祸起萧墙,还是《布谷鸟又叫了》埋下的祸根。批'第四种剧本'时我虽然被批得臭不可闻,毕竟已是陈年往事,没想到,'文化大革命'席卷全国的前夕,江青已经把一批电影定下了死罪。老鹰捉小鸡,我也难逃厄运。"

我惊呆了,惊得张口结舌,说不出话来。

"文化大革命"前夕,江青最先向电影界发难。1966年5月,她在《关于电影问题的谈话》中一口气点评了数十部影片。她说,她在全军创作会议中看了68部电影,其中好的有7部:《南征北战》《平原游击队》《战斗里成长》《上甘岭》《地道战》《分水岭》《海鹰》。其余影片都有问题,有的是反党反社会主义"毒草",有的宣传错误路线，有的为反革命分子翻案，有的丑化军队老干部，有的写男女关系、爱情，有的写"中间人物"。被江青点名批评的影片有：《狼牙山五壮士》《独立大队》《铁道游击队》《战火中的青春》《黑山阻击战》《碧海丹心》《林海雪原》《五更寒》《英雄虎胆》《红日》《战上海》《两个巡逻兵》《岸边激浪》《哥俩好》《列兵邓志高》《长空比翼》《三年早知道》《布谷鸟又叫了》《青山恋》《花好月圆》《我们村里的年青人》《五朵金花》《星星之火》《革命家庭》《聂耳》《地下航线》《烈火中永生》《女飞行员》《万水千山》《柳堡的故事》《前方来信》《农奴》《带兵的人》《雷锋》《水手长的故事》《大李、小李和老李》《赤峰号》《冰山上的来客》《野火春风斗古城》《51号兵站》《今天我休息》《碧空雄师》《三个战友》《红河激浪》《怒潮》《人民的巨掌》《女篮5号》《红霞》《生活的浪花》《抓壮丁》《兵临城下》《阿诗玛》《逆风千里》《青春的脚步》等。

讲到这里，林雅萍示意我去把门窗关紧，然后压低嗓音说："江青在这次讲话时，还不过是中宣部的一个文艺处长，口气之大，令人震惊。她已经完全凌驾于中宣部和中央书记处之上。她凭什么要把建国后拍的那么多的电影都判定为'毒草'？如今大家才如梦初醒，她是文艺革命的旗手啊！覆巢之下安有完卵？南京军区就是以《布谷鸟又叫了》是'大毒草'的罪名勒令杨履方退伍，陶玉玲因主演《柳堡的故事》也被脱下了军装。这还不算，老杨的行政11级也被撤掉，以3级技工转业到地方，工资从每月107元降成35元。"

我大为惊愕，原以为杨履方是正常的转业，是部队对地方工作的支持，压根儿没有想到他是被"扫地出门"。怪不得杨履方会说："我是被扒得精光赶出了南京军区。"我唏嘘不已，连声说："简直难以置信，这不是斩尽杀绝吗？！"

林雅萍说："那帮子人，心狠手辣，要杨履方从哪儿来回哪儿去。这不是把杨履方往绝路上逼吗？他1949年毕业于上海戏剧专科学校，同年参加中国人民解放军，先后任苏南军区文工团编剧、华东军区第三野战军解放军艺术剧院编剧、南京军区前线话剧团编剧。他长期在部队工作，他们要让他回哪儿去呀？！这不是往死里整吗？！"

讲到这里，林雅萍极其伤心地垂下了头，房间顿时被一片静默所笼罩。尽管她没有再说片言只语，我却从她欲言而止的表情中，看出了她极度的怨恨、失望、愤怒与诉不尽的苦楚。

我不无感慨地说："与老杨相处了这么久，从来没有听他说过这段苦难。在省里，鲁彦周、江流都尊称他为老夫子，说他有长者风度。"

"他啊，对于自己的磨难，从来就深埋在肚子里。有些事我也是后来才知道。就说他交给我支票的第二天，借口去军区办理交接手续要外出两天。后来才知道他是去了扬州。南京军区创作组的同事刘川，就是创作《第二个春天》的编剧，他是老杨的莫逆之交。他虽然同情老杨的遭遇，却只能眼睁睁地看着老杨卷铺盖走人。一想到杨履方今后就像无岸可靠的一叶孤舟，他心急如焚。情急之中，他想起扬州歌舞团团长曾经请他帮忙物色一名编剧。于是刘川赶紧打长途电话与对方联系。一听是全国有名的编剧杨履方，那位团长求之不得，一口答应说愿意接纳。刘川自告奋勇地陪同杨履方前往面谈。到了扬州歌舞团，那位团长把杨履方敬若上宾，一切很快就谈妥说停。第二天去民政局办理复员手续，没想到不能办理。文件规定，从哪里参军就必须回哪里复员，任何地区不得办理异地复员。这真是高兴而来，败兴而回。让人犯难的是，杨履方14岁从四川老家考进上海戏剧专科学校，一毕业就参加了中国人民解放军。要他回原地办理，上哪儿都名不正言不顺。这不是把他逼到走投无路的绝境吗？"

"正当他一筹莫展之际，好友漠雁（话剧《霓虹灯下的哨兵》导演）把他推荐给了马鞍山市文化局局长王平。这位局长才'解放'不久，刚上任。听了杨履方的情况，二话没说就明确表态：'对杨履方我久闻大名，我们省里像这样的大作家实在是太少太少了。以前想请都请不来，如果他肯屈尊降贵，我们真是求之不得。漠雁，你代我向他致意。马鞍山文化局这个小庙，盼望他来增光添彩。至于怎么安排，管他复员不复员，我也是穿着军装渡江进了南京城。从参加革命、入党以来，在各次运动中我被打得遍体鳞伤，"打AB

杨履方与林雅萍

团"我被关了三个月,整风啊反右倾啦,我挨了一次又一次的整。"文化大革命"中又成了"革命"的对象。我的军装曾经染过我滚烫的热血,现在谁会念及我是中国人民解放军?我讲这些无非是要杨履方豁达一些。你可以对他说,我们可以按三级工把他招进文化局。半年后升五级工,我有这个权,我说话算数。'"

"小曹,真是天无绝人之路。王局长是个好人,杨履方就像离乱失群的孤雁,没有经过几天的漂泊就有了栖身之地。这是不幸之中的大幸!"

我一边听着,心情越来越激动,自己的心好像被什么掀动似的。王平与杨履方素昧平生,竟然能够路见不平拔刀相助!我不胜感慨地说:"王局长这种肝胆相照的侠义心肠,令人感佩。"

林雅萍点点头,说:"杨履方一到文化局就下生活,深入马钢的轧钢厂。8个月后创作了大型四幕话剧《钢铁尖兵》。第一次彩排完毕,杨履方前脚进门,王平后脚跟进,还带来一瓶太白酒、一斤花生米、一包猪头肉,进门就嚷嚷:

'老杨，你这一炮打响，给文化局局长脸，一直等米下锅的话剧团也成了有米之炊，我打心眼儿里高兴。今晚，咱哥儿俩，不喝个人仰马翻算不上尽兴。'他俩又喝又扯，嬉笑怒骂指东道西，喝完了，似醉非醉地久久拥抱在一起，为相知相惜感慨不已。大前天下午在南京上了第十三次列车，他自始至终坐卧不安，几乎一夜没合眼，看他急得神不守舍，我被深深地感动了。王平局长真是有情有义。他昨天还对我说，他坚信老杨一定能够逃过这一劫，一定会逢凶化吉。"

第七天，在大家的万分焦急中，杨履方终于苏醒了过来。张医生事后告诉我们，当杨履方有了知觉后，也是她最紧张的时候，她的安眠治疗是否奏效，顿时会见分晓。看着杨履方渐渐睁开眼睛，她不言不语，亲切地直视着他。杨履方眯着眼睛讷讷地问："我怎么睡在这里？"张医生打趣说："谁叫你二锅头喝多了。"杨履方困惑地说："我什么时候喝的，我怎么记不起来了？""那你记不记得你住在什么地方？""北影招待所。""你住在那儿干什么？""写电影剧本。""你一个人写？""不，是和小曹、肖马合作。"问到这里，张医生悬着的心总算落下了。杨履方大病无恙，逃过一劫，真是万幸啊！

2008年杨履方和林雅萍来上海旅游，我们相聚时谈到那场大病，他说："去年体检，我脑子做了核磁共振，结果没有发现过去留下的病灶。医生说，全都被吸收了。"我说："你是命大，你创作的京剧《千秋叶》在全国戏剧会演中还得了奖。八十高龄，身体还硬朗。"杨履方笑笑说："是她照顾得好，她样样都好，就是不该把韩美林那两幅画撕掉。如果留到现在，那就是墨宝啊！"

梦在凤凰湖

应邀回马鞍山讲课，多年未见的老友王军约我去凤凰湖山庄茶聚。这一邀请正遂夙愿，便欣然前往。

之前，多次听闻钢城新增一处美景，被誉为"马鞍山九寨沟"，我将信将疑。29年前，省作协主席陈登科有意找一处风景秀丽的洞天幽境建"作家之家"。他听说濮塘有万亩竹林，便指使马鞍山市文联主席王平、省作协秘书长贾梦雷和我去实地踏勘。我们穿竹海、过沟壑，进茶园，探访掩映在梨花中的农舍……尽管满山满坡古树参天，尽管断崖峡谷绚丽多彩，但总觉得似乎缺少了什么。时谷时崖，怎不见曲折萦回低吟浅唱的泉水；层峦叠嶂，却不见山溪奔腾左冲右突的壮美。所到之处，虽满目山色壮丽，却难觅令人惊喜的水的灵动。常言道，高山有好水。濮塘虽然有山有林，恰恰独缺晶莹剔透的水色之美。陈登科听完濮塘有山无水的汇报，便打消了在钢城一隅兴建"作家之家"的念头。

汽车驶入濮塘景区，顺着透迤蜿蜒的小道进入山林深处。沿途林木葱茏，蔽天盖地，可以说随处看得到山，但望穿双眼却不见水的踪迹。我想，纵然竹翠树密，倘若山清水不秀，怎么称得上"马鞍山九寨沟"？我带着这样的疑问透过车窗东张西望，就是看不到山水相连的美景！到了凤凰湖山庄，站在牌楼下的王军快步奔过来，热情招呼。士别三日刮目相看。几十年未见，他虽有变化，但那谈笑风生的爽朗，自然让我联想到那个英姿勃勃的年轻演员。如今他年近花甲，但身体壮实，举手投足之间颇具企业家的气派。寒暄之后，便随他踏着碎石小路前行。不消片刻，一拐弯，只见四周青山耸立，中间豁然开朗之处一片湖泊展现在眼前。我非常惊喜，放眼望去，碧波荡漾，野鸭拨动着涟漪漫无目的地游荡，不少游艇在漂荡移动，还有飞鸟时不时掠过水面。我素来热衷于游山玩水，曾经多次纵情畅游过各种各样的湖泊："衔远山，吞长江"，横亘八百里的洞庭湖令我沉醉；"四面荷花三面柳，一城山色半城湖"的大明湖让我流连忘返。湖大，有浩瀚如海的气势；湖小，别有一种迷人风韵的俏丽。眼前这片湖区，不像"势吞日月，波涌天地"的太湖，也不像忽而"山穷水尽"，复又"柳暗花明"的黄山太平湖，相比之下虽小却玲珑俊美，幽雅精致，像一块清澈如碧绿的玉石，又如躲在深闺清纯靓丽的少女，娇羞欲滴地倚在竹林的怀中，构成一幅锦山秀水飘逸恬静的画面。不远处，右边湖岸，有一小段搭建的木板走廊，连接着一排临湖而建的木屋。亦古亦今的木屋，不像窄街陋巷里摇摇欲坠的板房，更不像名园胜境中的楼台亭阁，所以分外引人注目，那种缘于乡土气息的古雅质朴，与山影水色相映成趣，成了审美效果极佳的巧妙点缀。灿烂的阳光下，湖面波光粼粼，修竹茂密参天，然而一切的一切都寂静无声。从林中或湖面依稀传来几声鸟啼，反让人更深刻地体悟到山深水幽的静谧。这种静，是一种远离尘嚣、超凡脱俗的万籁无声，令人神往，令人陶醉，我顿觉仿佛进入了另一个世界，情不自禁地夸赞道："这儿真美，以前我还误认为濮塘有山无水。"

王军表情生动地说："濮塘怎么会没有水？山中有终年流水不枯的玉乳泉、龙泉、虎泉、清泉、螃蟹泉……还有水库8座。就说眼前的凤凰湖，还有一个美丽的传说。明洪武年间，一天夜晚，一只凤凰飞到这处池塘边饮水小憩，梳理羽毛，整个池塘顿时金光闪闪，煞是耀眼！待村民赶来一探究竟，凤凰已悄然飞入竹林深处。巧的是近处有座凤凰山，此湖是由山上流下来的溪流汇聚而成的，村民索性就把这湖叫作凤凰池。"

我曾听人讲过这一传说啊！是谁讲的？左思右想，我想起当时就在濒临湖畔的一间茅屋前，啊，难道此番是故地重游？我疑惑地问："这儿以前是不是大坳村？"王军点了点头。我又问："附近还有一棵千年紫薇树。"他惊诧地望着我反问："你来过？"我用肯定的语气说："离紫薇树不远还有一间茅屋，是张弦落难时的'家'。"王军说："对啊，这里确实是张弦监督劳动时的栖身之地，那间茅屋我原封不动地保留了下来。"

王军的话证实了我的猜想，我便急着要去寻访张弦的旧居。王军带着我穿过林间栈道，来到有四五竿竹子掩映、两三棵老树相邻的茅草房前。

我怀着凭吊古迹似的心情打量着张弦曾经困居的茅屋。什么都没有变，与当年的原状一模一样。唯一不同的是增加了一圈高不过膝的篱笆。看着这间破陋不堪无异于牛棚猪圈的破舍，我百感交集。情不自禁地讲述了39年前的往事：

> 1975年夏天，我从北京电影制片厂回到马鞍山。妻子交给我一沓信，其中有一封是张弦的来信："……近一段时日，我发低烧，也没有食欲，全身乏力，而且肚子日见鼓突。我去村里问了赤脚医生，他说，在农村，这种病俗称'鼓胀病'，也就是肝腹水，是肝硬化的前兆。小曹，看来我已得了不治之症。唉，我的人生怎么如此倒霉？！一路走来，不，人家是走而我是爬，还不断在风口浪尖被抛上扔下。这还不够吗？天啊，还要贫病交加，难道真的走投无路，只有死路一条？小曹，我俩有15年交情，况且你是唯一为我和张玲结婚送祝福的挚友。如今，我已不久于人世，多么想与你再一次促膝长谈，倾诉心中久压的冤屈。可是，不要说出山远行，即使移步屋外，也要走走停停……"读毕，我心急如焚，深感不安。从日期看，寄信至今已有月余。他可安好？第二天，我便骑着自行车，按

着信封上的地址直奔濮塘。到了郊区，我扛着自行车过田埂，进山口，推着自行车翻过一道又一道坎。我汗流浃背，马不停蹄，不断问路。经过3个多小时的翻山越岭，在一位农妇的指引下，我上气不接下气地来到了一间茅屋前，定睛一看，坐在屋前树墩上的正是张弦。他怔住了，不相信地揉揉眼睛，惊喜地叫道："小曹，是你！"我忘了与他打招呼，只顾一股劲地打量他。他气色不好，但并非已到病入膏肓、一蹶不振的绝境。

他似乎已猜出我的疑惑，急着告诉我："我去人民医院做了检查，最终确诊是血吸虫病。"

我紧绷的心弦一下子松了下来，欣喜地说："真是虚惊一场。我昨天才从北京回来，看完你的信，一直处在忐忑不安之中。"

张弦苦笑着说："对不起，让你不安了。我自己也被自己吓得茶饭无心，就像等待死刑判决书那样去拿化验报告的。我开始还不敢看，等我鼓起勇气由慢到快看完，我哭了……"

我深表理解地点点头，说："我为你高兴。虽没有身患绝症，不过你对血吸虫病切不可掉以轻心啊。"

他说："张玲已与南京血吸虫病防治医院联系好了。现在就等文化局审批我请求转院的报告了。"他顿了顿，说："听说新上任的局长是从省文联调来的，不知道他会不会批。"

我不假思索地说："我估计他会批。王平是个好人。他曾经和我谈起过吕宕、赵家乐、曹玉模和你。他想'解放'你们，但局党委有不同意见，只能等待大气候的变化。"

张弦颤颤巍巍地站立起来，拖曳着沉重的双脚，踉踉跄跄地朝我挪动了几步，一个劲儿地催问："他真的谈起过我们？"

我说："他的思想很解放，爱才，他不止一次说过，北京、合肥的名人，正在一批又一批地被'解放'出来，我们马鞍山为什么还要把他们压在大石头下面。这是糟蹋人才！"

张弦愣住了，不一会儿，充满希望地说："倘若他真的动了恻隐之心，我们就有救了啊。"

我用肯定的语气说："一定会的。邓小平复出后力挽狂澜。王局长自己也是被'解放'出来的老干部。他肯定会冲破阻力执行邓小平的政策。"

张弦像一根枯木那样站立在我面前，默默咀嚼我的话语。突然，他仰面朝天，简直像呼天喊地："这正是我盼望的呀！我日日盼，夜夜盼，无时无刻不在盼，就盼有出山的一天。小曹，你看那边的紫薇树，树顶粉红色的花，粉妆玉琢，朵大色雅；你再看看前面的凤凰池，一到夏季，水天共色，浮光跃金。这儿的环境不能不说是山秀水丽，可是我越看心情越糟。紫薇花就在眼前，我还不如一片枯萎的黄叶；凤凰池碧波荡漾，我却是一潭死水。小曹，大道如青天，我独不得出。"说完，他有气无力地坐回到树墩上。

我从他绝望和哀痛的眼光里，看出比湖水还深的愁苦和辛酸。显然，金色的池塘和盛开的紫薇花并没有给他带来欢乐和希望。

他的脸上刻下了难以言状的凄楚。我不知该怎样安慰他，却下意识地打量着他身后不到10平方米的茅草房，一连串的问号爬上心头：一个被歧视、被放逐、被丢弃在山沟沟里的饱学之士，能走出人烟稀少的深山老林吗？！能走出他人生寒冷的冬天吗？我站在紫薇树下，望着水波不兴的凤凰池，越想越沉重。

听完我的讲述，王军吐出轻轻的叹息，说："'大道如青天，我独不得出'，是李白《行路难》中的诗句。张弦借用这两句诗，发泄了心中的悲愤：人间大路如同青天一样开阔，我却偏偏没有出路啊！"

我和王军互望了一眼，体味着张弦那时凄凉和懊丧的心情，并不约而同地把目光投向了茅屋。这历尽风霜的茅屋，依旧有几枝新竹和虬枝铁干的老树朝夕相伴，但它的主人早就远走高飞。张弦先是从山坳坳回到市文化局，3年后从马鞍山调到南京与家人团聚；再过3年，他弃家告别金陵，北上进京组建了新的家。这期间，他创作的《记忆》《被爱情遗忘的角落》《挣不断的红丝线》在文坛产生了重大反响。然而，肺癌夺去了他的生命，他再也不可能重访已经变得山温水软的故地……

离开茅屋，朝前刚走几步，我又被凤凰湖深深吸引，若有所思地说："我记忆中的凤凰池，比现在的湖要小得多，而且水草丛生。"王军笑着说："你的记性真好。我进山那年，这湖周围的自然风光虽美，其形态并不起眼。我自己未曾想，就在我站在湖边，看着箭杆万顷拂彩云的一刹那，陡地产生了一个梦。因为有了梦，我进山与大山对话。这些年来，我们进行了疏浚扩容、开渠引流，对湖状和人文景观进行规划和整治，在原始竹林周边栽植50万株树种；湖内也进行了修饰，使山光水色按着我的梦境渐增风采。"

我由衷地说："正因为眼前这湖与往昔的湖状形成强烈对比，我才格外感到今非昔比！诚然，我更想知道你做的是怎样一个梦。"

"说来话长，还是边看边讲。"他领着我在竹林的边缘穿梭于山野僻径。他说，不能进入林中深处，蚊蚋太多，成群结队朝人袭来，难以驱散。我们踅上一条青石过道，穿林而过的山风带来清新的气息，我尽情地呼吸着高富氧离子的新鲜空气。七绕八绕来到一座亭子前，远看，整体造型平直舒展，脊端檐角微微翘起，虽简朴却集大气于一身，既典雅又庄重。王军说："这是汉代的建筑。在规划整个湖区改造时，要修一条石板小道途经此地。为了保护这座老祖宗留下的古迹，我对员工再三强调，决不能以毁坏文物为代价，即使改道也要原封不动地保存下来。文化古迹是十分珍贵的历史遗存。后人总是怒骂贬斥慈禧太后，她再坏，好歹还是给后人留下了颐和园。如果北京没有长城，没有故宫，没有十三陵，外国人来北京看什么？汉亭的建造，从公元前202年汉朝建立定都长安算起，到现在已有2200多年啦！历经千年风霜的汉亭还能与后人相伴，当代人还能从它的存在中感觉历史，这是上天对我们的恩赐，是金钱买不到的历史遗存，这对提升景区的文化品位有着不同寻常的意义。我们美化环境是为了发展旅游事业，决不能在商业利益驱动下置文化古迹而不顾。为了保护原始植被和文化遗存，景区建设不能动原生态的一草一木、古老建筑的一砖一瓦。"

王军讲这番话声调响亮激昂，还敏捷地做着有力的手势，听上去叫人以为是他的内心独白。我想，他曾经在话剧舞台上用语言塑造人物，其台词所以会打动观众，是因为他已经进入了角色，所言所语无不发自内心深处。眼下，听话听音，他已然进入了"角色"。

他又开腔了："前面的'忠王亭'，也是我们在筑路时，宁可避开绕一圈，也要彰显对这一文化古迹的尊重。我认为，保护历史古建筑，就是保护一个城市的生命和未来。"

话音刚落，这座亭子进入眼帘：四根木柱，四角翘顶，四面通风，顶上盖着灰色瓦片。不消说，这是一个挺普通的亭子。然而，王军的一番介绍，令我对它刮目相看。太平天国忠王李秀成兵败逃亡途经此地，为了不被别人发现，他与随从乔装打扮，还鬼鬼祟祟把随身携带的金银钱财悄悄掩埋。一村民窥见他们形迹可疑后即去湘军兵营告发，随之李秀成一行束手被擒。不知是哪一位后人出于纪念李秀成的缘故，便在此地盖了"忠王亭"以表纪念。

李秀成究竟有没有投降曾国藩？一经王军提出，话题由此展开。在史学界，有的引申南京的忠王府来论述李秀成是忠君良将；但也有忠王不忠的反面观点。

我俩怀着闲散的心情边谈边顺坡漫步而下。参观完两座山坳中的羽毛球馆，朝前走不远，只见一座小型的白色宫殿耸峙在疏林薄雾中。这是一座现代建筑。大厅的建筑架构经过精心的装潢，却有一种原始丛林的感觉。为什么？或盘曲或错综的根茎、或粗壮或纤细相杂的枝丫、节疤甚至树皮，经巧妙构思制作成动物造型，形成一个又一个生机勃发的生命符号——一飞冲天的大鹏展翅、惟妙惟肖的双龙戏珠、鬃毛飘飞的骏马追风……个个栩栩如生。我仔细浏览这些由天然的形态和人为的雕工巧妙融合在一起的根雕艺术品，赞不绝口。

王军说："这些根雕，原本是枯木残株，经过雕刻家的巧夺天工，使自然美的'奇'与人工美的'巧'完美地融合起来，从而成就了变'丑'为美的艺术品。"

我回忆着说："我第一次看到根雕作品是在黄山脚下的泾川山庄。这才知道，一件好的根雕作品应该是少雕或未雕的，大部分是'天成'，而很少部分是经人工修饰的。"

王军说:"对,根味较浓的根雕艺术品往往是大自然的一个缩影,使人倍感亲切。"他指着《孔雀开屏》巨型根雕说:"它高3米,宽3.6米,重1.2吨,是根雕艺术家凭借千余年荔枝树树根的自然形态,巧妙地利用了树根原有的线条和轮廓,别具匠心地创造出外形如同开屏的孔雀。你看,根雕线条流畅,造型逼真,巧夺天工,因而具有较高的艺术价值。"

"王军,这5件根雕,何尝不是你的宝藏啊!"

王军笑答:"不止这些,共有百把来件。"

"这么多,你从哪儿收集到的?"

"我多次去过皖南山区、井冈山腹地,为了觅宝,我还去了福建、云南、广西。10年前,没人问津,现在嘛,价格不菲。"

我寻思着问:"各种类型的艺术品很多,为何偏偏对根雕艺术情有独钟?"

王军回答:"创建凤凰湖山庄风景区,老市长周玉德提出了他的高见,'在如画的美景中,要增加文气,减少商气。增加文气不是把文化的景观像贴标签似的生搬硬套,一定要融入景色之中,有土生土长的共性'。"讲到这里,王军的眼眸一下亮了起来,侃侃而谈:"根雕艺术是汉族传统雕刻艺术之一。有'华夏神韵'美誉。一看到根雕,就会想到深山老林,就会从盘根错节的根须想到粗壮高大的树干和奇珍异木。根雕作品虽千姿百态,它和景区必然会有一个共同点:野趣盎然。与这儿遥遥相对的冬宫,陈列着一百多块形态各异的奇石美玉。大的比32寸电视机还要大,小的形似拳头。欣赏之际,势必会谈及采自哪座山、哪条河,也会谈到地质地貌。这和根雕一样,追根溯源,自然会联想到产地,无形中给我们景区开拓了虚拟空间。"

王军表示,在筹划过程中,副市长陈大娜不但在具体的事项上大力支持,还很精辟地谈了她的见解:"如果绿水青山是凤凰湖山庄的花容月貌,那根雕和奇石美玉就是给景区增光添彩的点睛之笔。这种有创意的结合,既有效地营造了景区的文化氛围,同时潜移默化地触动了游客的审美情趣和好奇心,从而提高了整个景区的游览品质。"她还说:"王军,你一定要给山沟沟带来高雅、激情和丰富的想象力。"

我们边谈边走，然后他自驾着游艇开往桃花岛。

襟山带水的桃花岛林木葱郁，芳草如茵。枝叶娟秀的桃树林蔚为壮观，一丛又一丛整齐如绣的紫荆花和千姿百态的海棠树交相辉映，然而，最令我惊喜、最令我沉醉的是"花落小岛"的浪漫风情。是什么花？杜鹃还是牡丹，抑或映山红，足以让我心旷神怡！不，都不是，我所指的"花"是与百花争艳的新娘！

由缤纷的鲜花、翠竹、绿叶搭成的半弧形拱棚一道又一道，形成了繁花似锦的"情感长廊"；草坪上铺展的红地毯，始于码头，穿过"情感长廊"，一直伸延到"姻缘广场"。在那儿，已来赴宴的宾客，有的三三两两把盏言欢，有的四五成群谈天说地。突然，嘹亮的小号声划破小岛上空，继而轻松活泼的进行曲的音乐四起，人们的目光全都投向游艇码头。披着洁白婚纱的新娘挽着父亲弃舟登岸踏上红地毯，手捧鲜花的新郎迎向前去……于是，这对浑身洋溢着幸福感的新人相依相偎，穿过"情感长廊"向"姻缘广场"款款而行……

竹林深处、紫薇树下、绿水萦回的弹丸小岛，俨然成了姹紫嫣红的爱情圣地。

桃树林中、金丝花旁、湖光船影，无不留下了新婚夫妇相拥相吻的甜蜜瞬间。

…………

婚礼的多姿多彩使得桃花岛美上加美。"桃花岛婚礼"又给凤凰湖山庄平添了浪漫风情。看着此景此情，听着此声此韵，我不禁心生快乐，热情奔放，真想赋诗抒怀：竹林深处，山美、水美，人也美啊！然而，不知什么原因，我的目光朝四处探寻，似乎看到了不远处的一间茅房。一想到张弦蛰伏过的破屋旧舍，我心中不免升起无限感慨：茅屋尚在，故人西去。我把所思所想告诉了王军，接着欣喜地说："人生天地间，忽如远行客。山还是那座山，水还是那汪水。当年被爱情遗忘的角落，如今却成了新人喜结良缘的婚姻殿堂。"

王军说："以前这儿虽与金家庄近在咫尺，但因山林阻塞几乎与世隔绝。山里人家，日出而作，日落而息。悠悠度岁月，劳作度平生。男男女女并不知道爱情。他们只知道成家结合，生儿育女。张弦在这儿长期耳濡目染，便产生了创作《被爱情遗忘的角落》的灵感。孰料，就是这块没有欢歌笑语的山沟沟，如今因'桃花岛婚礼'而声名远播。在竹林绿水的见证下海誓山盟，已经成了我市新婚夫妇举行婚礼的最佳选择。"

循山绕水的桃花岛成了喜结连理的艳福之地，成了凤凰湖山庄招蜂引蝶的婚礼殿堂。想当初我曾经进山踏勘，却一无所获，便不无感慨地说："早年为了寻觅创建'作家之家'的地点，我曾经深入濮塘，翻山越岭，怎么没有发现这一处好山好水？"

王军听罢哈哈大笑，说："曹老师，也许是失之交臂吧。即使你曾经身临其地，也不会慧眼识珠。我进山时，这里湖不出众，岛不见影，是一片沼泽地。"

我颇为惊讶地问："是沼泽地？！"

王军说："一开始，我仅仅是出于整治湖状和蓄洪防灾功能的考虑，投入建设。待初露峥嵘，湖面东西瘦长，中段开阔。环湖的竹林、沿岸的烟柳繁花与曲折有致的长廊相映生辉，使整个湖区尽显精巧、雅致。我在高兴之余，却发现了美中不足之处：西面的湖中有一块沼泽地，芦苇丛生，水藻疯长，即使在大白天，也显得杂乱乏味，毫无生气。如此大煞风景，怎么办？要变丑为美，颇费思量。最简单的办法就是挖掉沼泽地，扩大湖面。若按此实施，从西大门进入景区后，一眼就能看到凤凰湖湖面辽阔。然而，一览无余势必酿成没有层次的单调感。一天，苦思冥想之际，与厦门隔海相望的鼓浪屿蓦然浮现在我眼前。鼓浪屿四面环海，素有'海上花园'之称。这一自然形态的美景，不断在我脑海中浮现，也就促使我萌生了建造'桃花岛'的构想。造岛是为了起到'屏风'的作用。我们借鉴园林建筑艺术中曲径通幽、柳暗花明的手法，力图使桃花岛的屏障美与自然美相互配合，相互增色，从而达到'虽由人作，宛如天开'的境地。"

我深有感触地说："去年从北大门进来，一片湖泊上的小岛挡住了视线，转过几重弯道，狭小的空间突然一变，嘿，远山近水，湖水倒映着竹林，我这才知道自己已身处竹海碧波之中。顺着石径盘旋迂回，沿着湖堤左绕右转，眼前的景色各显其美：参天古木郁郁葱葱，野花闲草芬芳馥郁，直插葡萄林的山径幽深曲折，湖边的二层木屋若隐若现……现在经你一说，我加深体会到桃花岛的妙处，就像庭园中的屏风，营造了似无非无、似断非断的虚实空间，使得景区更加逸趣横生。"

"曹老师，诚如你所说，虚与实的对比在景观设计中的运用是必不可少的表现手法，它不仅能丰富景观层次及营造意境，还增强了形式美，加强了空间的审美效果。凤凰湖因'桃花岛'的阻隔由疑似山穷水尽到空间变动的层次分明，步步是景，气韵生动。其中最关键的一点，我们在景区建设中，坚持生态优先、与自然相协调的建园方针。力争达到追求自然美和人工美相得益彰的最高艺术境界。"

显然，王军对景区的建设和园林艺术有自己的独到见解。这不由得引发了我的深思，他曾经是话剧演员，也当过政府的官员，还是执业律师，可以说，他的人生道路与山山水水毫不相干，然而，他不但进了山，与山水相依为命，还在不断地为山水增光添彩。可以这样说，凤凰湖山庄的应运而生是王军用造景手法表达了他的个人意识。然而，他的后半生怎么会进入竹林深处，怎么会沾山带水？这里可是他梦想开始的地方啊！想到这里，我就开宗明义地问他："王军，我身处你所创造的人与自然和谐美的意境之中，非常强烈地感觉到，这里的一山一水、一草一木，都浸透着你对这片土地深沉的爱。我想知道，你好端端地生活在城市里，眼看有高升的机会，怎么执意弃政进山，是看破红尘解甲归田？"

王军不假思索扔出一句话："追梦寻梦。"

这四个字更加引发了我的兴趣，便打趣说："我洗耳恭听。"

"是竹林孕育了我的梦想，是湛蓝的湖水激发了我造梦的激情。有梦想就有未来。走，我们去凤凰阁，边喝茶边聊。"

凤凰阁是临湖而建的木结构二层小楼，外形质朴，屋顶上"凤凰阁"三个红色大字，因地处湖区的最佳地段而格外醒目。楼内有豪华的接待室，是朋友相聚、品茗聊天的好地方。小楼外沿湖堤搭建了与湖面高不盈尺的平台，可顺潮涨潮落浮动。两张竹椅，一只竹几，两杯香茶。我们坐定后，话题自然是王军怎么会进山的。

"不瞒你说，我当了十几年的厦门办事处主任，这是一个没什么创造力的职务，始终是被动地秉承上级旨意办事。再说，长期与家庭分离，对家眷和小孩没尽到责任，对父母有失孝道。正当市领导要调动我回来，我正在考虑去不去法院当院长时，市委组织各界人士去濮塘看了看。在深山老林转了几圈，大家深感震惊！市领导不断叹息，多次指着被挖得坑坑洼洼的原始森林忧愤地说，不能再放任自流啦。这儿地下虽然到处是矿，但也是马鞍山唯一的一块原始森林区域。如果只图开矿发财，随意挖山开采，不惜砍树毁林，势必会破坏自然生态，殃及子孙。他对着大家斩钉截铁地说，一定要恢复生态，要建万亩苗木基地，要植树造林，扩大植被覆盖率，抑制水土流失……当时有人提出，由谁来实施？没有资金，巧妇难为无米之炊。这位领导立即明确表态：'这件事很快会提到议事日程，我个人的意见是招商引资。'

濮塘之行的所见所闻深深震动了我，也撩拨了我喜山好水的乡土情结。我长期生活在厦门，福建的山美水美陶冶了我恋山爱水的情结。我忘不了在武夷山乘竹筏顺着九曲溪盘旋漂流而下的悠然舒畅，更忘不了艄公为了景区的环保，承借传统的竹篙，一篙一篙地把我们送到终点的飘摇自在。尤其他那发自肺腑的一席话语永远铭记在我的心里：'我们武夷山民，靠山吃水，与山水相依为命。山水是我们的再生父母。我们子孙万代都永远情系山水，敬畏自然。'我曾多次去集美小镇的海边游览，蔚蓝的天空，纯白的沙滩，黑色的岩石，海水涌来泛起白色的浪花，令我心旷神怡。然而，最最吸引我的是建在海滨的鳌园。它的存在是给集美的海景锦上添花，是福建人面向大海、对大海且敬且爱的巧夺天工的神来之笔。以上这些埋藏在我心底的感悟，无意间被市委重整家园的忧虑和决心所激活，我实然冒出一个念头，进山！"

王军的直抒心声，就像在低吟一首诗。最后"进山"两个字喊得格外响亮，而他的眼光越过湖面深情地注视着不远处茂密的竹林。我便说："难怪你当过演员，有激情、有冲动。自古以来，仁者乐山，智者乐水，文人墨客都喜好投身于自然山水之中，怡情悦性，吟哦歌咏。你委身竹林之中，既不是为了独善其身，也不是孤标傲世逃避现实。你是把你的山水情怀与崇山峻岭相融合。要使竹林更富情趣,要让湖水更加澄澈透明。"

王军说:"曹老师,你毕竟是文人,最能理解我的山水情怀。"他指了指脚下,跟着添了一句:"有梦想就有未来。那年,我就是站在这块湖岸上,面对着万亩竹林,看着凤凰池轻涛拍岸,竟然想起了江苏的华西村、天津的大丘庄。这两地我都去参观过,他们亦工亦农、发家致富给我留下了深刻印象。当我再放眼望去,秋日的阳光下,仿佛披上白霜的竹林蒙在梦似的境界里,兴许是情感使然,我产生了似真似幻的梦想。"

我猜测着问:"那你的梦一定和竹林有关?"

"对。我梦想自己进了山,开始了新的人生。当真的跻身竹林泛舟湖上,我立志,登山则情满于山,观海则意溢于海。一定要把自己的心、精力全都融入这一片和谐纯美的山水之中。我虽然知道不能打造出奇山异水,但是我有信心通过学习、借鉴,创造出一个宜游宜居的旅游景区。"

打从与王军接触以来,我发现他的谈吐有见解,有思想,有激情,甚至还带上几分儒雅。讲这段话时,我看出他的眼睛里有炽热的火焰在闪烁。

伫立在凤凰阁的观光平台隔湖望去,对岸重峦叠嶂,竹海云蒸雾绕,其诗情画意美不胜收,我不禁赞赏道:"今日到此一游,方知凤凰湖山庄被誉为'马鞍山九寨沟',实乃名不虚传。王军,真没想到,你闯荡了大半辈子,晚年却与深山林海紧密相连。"

王军像朗诵似的说:"我喜爱竹林,不论是朝霞满天,还是落日余晖,凤凰湖的竹林完全笼罩在一种梦似的境界里。在这样的环境中,观松、听竹、品茗、读书,可以让心灵沉静,又可以让梦想在竹林中飘飞。"略一停息,他轻灵婉转地低吟:"老当益壮,宁移白首之心;穷且益坚,不坠青云之志。"

这番直抒胸臆的话语,所流露出的是一种文化人的人格精神。我被他的情绪所感染,也一吐为快:"你的梦想因竹而生,因湖而风起云涌。梦有多美,你的心就有多大。为了创造梦中的美景,你百折不挠地造梦圆梦。你有做不完的梦,梦中有梦。"

王军情真意切地说:"当我一头扎进山里,也有人说风凉话,欲与山水争天夺地,那是梦!是梦又如何?余生能在梦里追寻,未尝不是一件幸事。为梦进山，终结于梦。老了有梦就年轻！"

我大声说："梦是心中的太阳，有其照耀，你老骥伏枥，壮心未已。"

王军听罢哈哈大笑，继而用那种奔放的、抒情的，带有诗意和浪漫气质的语调朗声说："那就让我们一起来做梦吧！"

杨雅琴的似火青春

1975年6月，电影《青春似火》的摄制组成立了，由董克娜执导，阙文为副导演，主要演员有杨雅琴、辛静、李树钧、鲁非等。北影编导室再三强调，周总理在四届人大提出要实现四个现代化，而《青春似火》的主人翁梁东霞与她的同伴，立志要把轧钢流水线改造成自动化，这个题材很好，实现四个现代化需要有这样一批有理想的青年工人发愤图强……月底，作者陪同摄制组赴马鞍山钢铁公司体验生活。

说是下生活，时间仅仅6天。第三天下午，导演请作者对演员谈谈创作体会。肖马和杨履方要我发言。我便着重谈了工厂生活给我的启示，以及由此形成的创作冲动……

散会后，杨雅琴对我说："你谈了许多工厂生活的故事，很多细节挺感人的，对我塑造角色很有启发。"她接着说："剧本描绘了以梁东霞为首的一个青工小组，克服重重困难，揭露了设计室主任余从吾的剽窃行为，完成了对轧钢生产线自动化改造的设计任务，这样的题材选择和立意都很好。"我高兴地说："我们就是想塑造几个较为生动的艺术形象，来突破'阶级敌人来破坏，忆苦思甜解疙瘩'的老框框。"杨雅琴说："是的，梁东霞可不是斗斗斗、冲冲冲那种弄潮儿。她是要带领青年工人攀登技术的高峰。剧本对这个人物刻画得很饱满……"她略一沉默，轻声叹息道："说心里话，我对梁东霞这个角色没有把握。"我一怔，她何出此言？便说："这怎么可能？你在《苦菜花》里演的娟子，多么可爱，多么纯真？《侦察兵》里的孙玉英，你把她演活了。否则，董克娜怎么会百里挑一选上你。"

听到我对她出演的角色的赞美，她抑制不住地笑了。她笑得那么灿烂，在笑容中展现的明眸皓齿是那么动人美丽。然而她很快收敛笑容，问我："她凭什么对我有信心？"

"这还用说吗？你所创造的几个角色，个个靓丽清纯，人见人爱。董克娜说，杨雅琴不但漂亮，她的面容还透露出丰富的内涵。"

"真的这么说的？"她白皙光洁的脸上漫上了红晕，但脸色却渐渐阴沉下来，"也许我会辜负大家的厚望。"

"别开玩笑了，你一定会成功塑造出一个新的银幕形象。"

"小曹，我讲的是真心话，我没有在工厂生活过，不知道钢铁厂里女工的生活状况，这几天虽然下厂，不过是蜻蜓点水，再过几天就要回厂进摄影棚了，你说我急不急？"

我相信她讲的是真心话。令我吃惊的是，她虽然已红遍全国，却没有半分的矫揉造作，毫不掩饰自己内心的焦虑。

"小曹，你有没有工业题材的小说？我想以此扩大知识面。最好是描写钢铁战线的。"

我告诉她这一类的书很少，她失望地叹了口气。大厅里很静，剧组里所有人都回房午休了。我说："现在时间都排满了，否则我可以陪你去轧钢厂转转，感受感受现场的气氛也是好的。"杨雅琴说："我也是这么想的呀，真想去轧钢车间亲身体验一下生活，如果你能陪我下去，除了动腿，还得劳驾你动嘴，最好多讲一些有性格特色的女工的故事。"我表示乐意奉陪："不过已经没有余

[247]

暇可以遂愿而行了。"她无奈地点点头。突然，她似有所悟，说："轧钢厂不是三班倒吗，你可不可以今天晚上就陪我去看看？"我爽快答应了。

吃罢晚饭，我俩各自骑上自行车（我帮她借了一辆）便出发了。一进入铁厂，悦耳的出铁铃声越来越响亮，铁流映红了夜空……杨雅琴惊呼道："美，太美了！"路过平炉车间，恰好一列装着钢锭的火车从炼钢平炉前缓缓驶出，从一根根通体火红的钢锭上冒出的一股股紫红色烟柱扶摇直上，几乎触到低空的星星。杨雅琴像小孩一样跳下车子，情不自禁地拍手、雀跃、欢呼……进了轧钢车间，迎着热浪，看着从加热炉中蹿出的柔软若水的钢材渐渐成型，杨雅琴兴奋得瞪大眼睛。她想走近几个头戴白色硬壳工作帽、身穿白帆布工作服的轧钢工人，我拦住了她。她在隆隆的机器的轰鸣声中，凑近我的耳边加大嗓音："你看，他们的工作服被钢花烫出了那么多小洞！"

我故意问道："这种千疮百孔的衣服是不是很丑？"

"不，这是一种美，就像维纳斯的残缺美，他们的工作服体现了一种残破的美！"

"为什么？"

"如果说，这是在创造中留下的痕迹，那么这些无数的小洞，使我想起了高温、火光、由红色液体凝结成的钢锭，还有轧钢工人忘我的劳动！"

看得出，此时此刻，她已没有其他想法，只有感觉。她指着高于并横跨钢材输送带的栈桥，兴奋地说："那个小桥，是不是剧本中描写的一个场景？"我说是的。话音未落，她小鸟似的把头一扬，以惊人的速度快步朝栈桥走去，我追上去拉住了她，加重语气说："车间重地，闲人免进。"她恍然止步，意犹未尽……

时间过得真快，不知不觉已到午夜时分，在我的催促下，她才恋恋不舍地离开厂区。她余兴不减，悠然骑车迎着徐徐的夜风，深有感触地说："在星空下观赏钢厂的夜景，加深了我的感性认识，钢材成型之前，在冶炼中既炽热又柔软，一经冷却成材，不但坚不可摧，而且有一种不折不挠的韧性，这就是钢铁和石头的最大区别！"

我惊讶地看了她一眼，短短的一句话，轻轻说来，却颇有见地。倘若心中无墨，何以文思敏捷？！灼热的风吹散了她飘逸的秀发，在我的眼里，她成了钢厂的一部分——是钢花，是红光，是风，是火球！回到宾馆时，她用央求的口吻说："小曹，明晚再陪我去工厂转转行吗？"我欣然答应。

翌日，我俩又穿行在马钢的厂矿之间，焦化厂出焦时火光冲天形成的满天彩霞，轮箍厂万吨水压机下软如面团的红通通的钢坯……不断地掀起了杨雅琴感情的波澜，她无限感慨地说："每一个车间，永远处在激情四射的亢奋之中；火焰一样流淌的钢水，无时无刻不处在快节奏的奔腾之中。"我说："你在作诗。"她双眼晶莹，嘴唇泛出微笑，声音甜甜地说："有感而发。"我发现，每到一处，她虽然被钢铁厂惊心动魄的气势所震撼，但是，她已开始把注意力更多地用在观察人的上面。在动力厂的维修车间，她一边打量一边捉摸一个年轻的女电工快捷干练的走路姿势，甚至紧随其后学着她的样子步履轻巧地走了一阵；在锻铆焊车间，她仔细观察几个女电焊工说话的腔调、脸部表情和每一个动作；到了铸钢车间，我们的头顶上响起一阵又一阵急骤的铃声，抬首仰望，行车的挂钩上吊着钢水包从半空中缓缓而过。再纵目驾驶室，只见开行车的女工正在朝我挥手致意。我立即频频向她招手。杨雅琴问我，你们认识？我告诉她，那是我的同学，叫邵晓虹。

…………

离开了厂区，我俩边骑车边交谈，她说："这几天虽然走马观花，却难以忘怀。我似乎已经开始找到感觉了。当然，如果能够更进一步接触工人，和他们交朋友，那该多好啊。"她笑着建议我们坐下来再谈一会儿，我马上跳下车，她也一跃而下。马路两旁，除了厂区的围墙、纵横的铁路，没有地方可以落座。我说，就坐在铁轨上，她抿嘴笑着点点头。

夜已经深了，从升腾的烟雾、水气和红云中钻出来的月亮在我们身前洒下淡淡的白光，凉爽的夜风把杨雅琴额头上的一绺头发吹得微微飘动。她用手理理后轻声说："你能不能讲讲你自己？"

我想了想，打开了话匣子：

"1958年7月3日上午，火车把热血沸腾的上海学生载到了没有候车室的极其简陋的金家庄小站。前来接送的不是客车，而是沾满尘土的卡车。在尘土飞扬的一路颠簸后,我们终于来到了驻地——陶庄。同学们惊呆了,这儿不要说楼房,连平房也没有一栋!方圆十几里,目光所及全是农田:眼前是田畴,身后是土丘,左边是沟渠,右侧是曲折的小路。上百间刚刚搭建的芦席棚就是我们的宿舍……

"旷无人迹的土地与富庶繁华的大城市相比当然有天壤之别,虽然我们一时不能适应,但这并不影响我们追梦的脚步。从小学开始所接受的共产主义理想教育,宛如播下的种子已在我们心中生根发芽,卓娅、舒拉、马特洛索夫、刘胡兰、董存瑞、黄继光……这些英雄形象早已成了我们追逐的偶像,并酿成我们追梦的动力,《远离莫斯科的地方》《勇敢》《乡村女教师》等一系列苏联的小说、电影使我们对社会主义建设充满憧憬。"

杨雅琴似有所悟,连声说:"对,对,我在中学时读了《远离莫斯科的地方》,就产生了投身于建设社会主义新中国的冲动,等一等,等一等,我想起了书中的一句名言:'我们最需要什么?我们最需要机器。但是,为了造出机器,需要金属。而机器能开动,需要动力。'"我被杨雅琴激动的情绪所感染,情不自禁地说:"想当年,对我们这一代年轻人来说,我们就是建设社会主义的动力!"杨雅琴深有所感地说:"我们是建设社会主义的动力。那时我们的生活就像《远离莫斯科的地方》,新的工地变成了城市,新的工地变成了宿舍。"

我不无感慨地说:"可以这样说,《远离莫斯科的地方》影响了我们这一代人的人生观。"

杨雅琴说:"这是脑海里抹不去的记忆,如果能借到重读,一定会对我写人物小传大有裨益。"

我告诉她:"北影图书馆能借到。"

"那太好了。"

铁厂的汽笛连续发出了几声短促而急骤的嘶鸣,杨雅琴一看表,已12点了,惊叫道:"时间过得真快,该回宾馆了。"

快到时,她的眼睛闪烁着,说:"从你的介绍中我才明白,你带我看的每一个厂区,在58年之前都是不毛之地,如今一座又一座厂房拔地而起,形成了十里钢城。刚才谈到《远离莫斯科的地方》,这使我想得更深了,梁东霞是新一代的工人,她一定怀有远大的抱负!可以肯定地说,她对周总理提出的'四个现代化'充满着憧憬与遐想!那么,马钢在一代又一代人的努力下,会变成怎样一个大型企业呢?!"

我既惊喜又赞赏地说:"这就是你找到的感觉!"

她回眸一笑,笑得那么灿烂。

不过静默片刻,她无声地翕动了一下嘴唇,继而低声说:"真想再多去几天工厂。可惜,没有时间了。"

她忽然说:"明天晚上我想再去一次工厂。"我毫不迟疑地说:"那我们还是在老地方碰头。"

岂料,隔日所发生的突然变故,使我俩的约定未能成行。

我比剧组晚三天回到北京。入住招待所的第二天下午,在招待所不远处我与拿着几本书的杨雅琴不期而遇。她笑盈盈地把手中的书扬了扬:"你讲的那几本书我借着了。"随着她的展示,《远离莫斯科的地方》《乡村女教师》《勇敢》的书名映入我的眼帘。

我说:"一看到这些书,我就会想到十几年前,我们这批上海小青年在读书时做的梦:同学们一字排开,中间的同学拉着手风琴,大家合着他的节拍,唱着《我的祖国》,走在泥泞工地的土路上。我们就是怀着这样的梦想,来到了马鞍山。"

杨雅琴说:"你知道我现在在想什么?梁东霞这一群青年工人,正斗志昂扬地走在建设'四个现代化'的大道上。尤其是这几天,我已经抑制不住日甚一日的创作冲动。"她定了定神,压低嗓音说:"《创业》被打入冷宫,我就担心,同样是工业题材的《青春似火》会不会被殃及池鱼?这几天,摄制组、招待所传开一条小道消息,说毛主席为《创业》做了批示,此片无大错。若果真如此,那我也就不必杞人忧天了。"

我说:"我也听说了,如果《创业》真的能翻身,这对文艺界确实是最大的鼓舞。"

....

1976年6月初,《青春似火》已拍摄过半,而当时全国的政治形势已处在万分险恶、极其严峻的重要时刻：周总理逝世、人民在天安门广场自发悼念周总理的活动被错误定性、人民寄予巨大希望的整顿被突然打断、邓小平在"反击右倾翻案风"的斗争中被第三次打倒、深入"批邓"的运动甚嚣尘上……北京电影制片厂已落入文化部的全面掌控之中。文化部由此趁势派人来到摄制组，在马鞍山市宾馆大厅召开摄制组全体人员大会。来人先说给大家吹吹风：在北影"反击右倾翻案风"的运动正在逐步深入，文化部已把丁峤调离北影，厂核心组已宣布编导室总支书记史平、编导室支委马德波停职检查……然后绘声绘色地介绍了与走资派做斗争的《搏斗》和《反击》两部影片筹备拍摄的情况。接着，他话锋一转，用命令的口气要作者把《青春似火》剧改成"走资派还在走"的电影，并要大家表态。见大家沉默不语，来者就大讲特讲："文艺要为政治服务，现在就看你们在两条路线的斗争中站在哪一边。"那说话的口气不无威胁的味道。当时会议室的气氛沉闷得令人难以喘息。大家缄口无言。我虽然知道在这种情况下应该谨言慎行，却被他强加于人的专横所激怒，终于无法控制住自己的情绪，率先发言："电影写的是青年工人攀登技术高峰的故事，无法把与走资派做斗争的概念融入剧本之中，不能改。"肖马也开口表态："剧本的人物关系可不是搭积木，能随心所欲地东一榔头西一棒子吗？硬要节外生枝，谁有本事谁改。"杨履方慢条斯理地说："剧本最忌伤筋动骨，如果硬要作者依葫芦画瓢，必定弄巧成拙，弄出个四不像的东西，观众要骂的。"导演董克娜、副导演阙文，演员杨雅琴、李树钧的表态和我们一样。会议不欢而散。

…………

午饭后散步与杨雅琴相遇。她真诚地说："你真勇敢，顶得好！"我说："你们不是也明确表态了？这说明，我们的观点是一致的。""话虽这么说，但还是你们三位作者说出了我们的心里话。当我听说要把剧情改成与走资派做斗争的戏，一下子蒙住了。这样一改，我这个角色该怎么演？梁东霞是要带领青年工人攀登技术高峰的，怎么能变成头上长角、身上长刺的反动战士去和走资派做斗争？"我说："不从剧情出发要求改戏，我们确实无从下笔。"杨雅琴气愤地说："强人所难，必定弄巧成拙。不过，我们这样一顶，文化部会

《青春似火》中的梁东霞

善罢甘休?"

事态的发展不幸被杨雅琴言中。两个月以后,文化部强令把我和肖马、杨履方的署名改为"马鞍山文化局创作组"。指令墨迹未干,又做出了不得上映《青春似火》的禁令。直到"四人帮"被粉碎,《青春似火》才重见天日。

这段往事,已时隔38年,而她芳华早逝已经有16年了。我一直不敢相信那个一度活跃在银幕上的杨雅琴真的走了。每当回忆昔日与她夜游马钢,她的惊喜激动、她的灵气悟性、她的音容笑貌,无不异常清晰地浮现在眼前;她在马钢拍片的每一个场景、每一场戏、每一个镜头……也会越来越清晰,越来越浓烈地活跃在我的记忆之中。

曾记否,当年,梁东霞带领青年小组欲改造轧钢生产自动线而发奋努力;如今,马钢不但在实现"四个现代化"中旧貌换新颜,还在不断攀登科学技术的高峰中壮大发展。这何尝不是对杨雅琴塑造梁东霞这一人物的最好告慰?

大洋彼岸遇知音

一提起 20 世纪 30 年代的电影明星，人们自然会如数家珍地提到阮玲玉、王人美、黎莉莉、金焰、郑君里……这些影星从崭露头角继而熠熠生辉，全仗一位导演的慧眼识珠。

默片女神阮玲玉，在《故都春梦》和《野草闲花》中分别扮演了妖媚娇艳的妓女燕燕和纯洁天真的卖花女丽莲。她因成功塑造了这两个性格完全不同的角色而大放异彩。相继起用她的是导演孙瑜。

一代美人王人美，因在《野玫瑰》中展现了健康活泼的形象而一举成名。此片是孙瑜为 17 岁的少女王人美而写的影片。

20 岁的金焰，在 1930 年由孙瑜提携，和阮玲玉共同主演《野草闲花》。那时，影坛上涌现了不少小生，无外乎才子加滑头的那种风流倜傥之人。经孙瑜调教，金焰所扮演的男主角，举手投足间无不洋溢着白马王子的英俊、潇洒，完全给人一种朝气蓬勃的全新感觉，金焰由此被观众追捧为"电影皇帝"。

周恩来总理曾亲切地称金焰为"中国的驸马"。

《乌鸦与麻雀》和《一江春水向东流》是两部经典之作，都出自大导演郑君里之手。提及他的出山，殊不知是金焰把他推荐给了孙瑜。孙瑜凭借敏锐的眼光，让这个乳臭未干的小青年在《野玫瑰》中担纲广告画家小李。如果说在《野玫瑰》中，王人美塑造了在中国电影史上从未出现过的新型少女形象，并由此打开了广阔的星途，那么21岁的郑君里则有幸第一次在银幕上担当主角而初露锋芒。其后，孙瑜在《火山情血》中，让郑君里主演敢于反抗地主恶霸的青年农民。郑君里不负厚望，因塑造了一个有血有肉的农民形象而成了万众瞩目的明星。

《火的洗礼》和《长空万里》是孙瑜在抗日战争中编导的两部抗战电影。在《火的洗礼》这部影片中，孙瑜竟然打破常规，以反派人物作为全剧的主人翁，而且还出人意料地从话剧界引进了一位银幕新人——张瑞芳。

《火的洗礼》的主角是女间谍方茵，她经过战争烈火的磨炼，改恶从善，主动赎罪，为抗日战争做了好事。张瑞芳大胆地接受了这一难演的角色并为之付出了辛勤的努力，最后大获成功。在20世纪80年代，孙瑜在一篇回忆文章中说："瑞芳遵循'抗战必胜'的主题，把女间谍方茵在抗日战火中逐渐地也必然地觉醒过程，十分令人信服地呈现在观众面前。她在初上银幕时的精湛表演才华，预示了她在未来半个世纪的中国影坛将做出一系列光辉贡献。"

由孙瑜一手捧红的明星不胜枚举，可以说群星灿烂，交相辉映。人们不禁要问，他物色演员时怎么能信手拈来，点石成金？

孙瑜自小就酷爱文艺，在天津南开中学读书时曾参加过五四运动，1919年考入清华学校（清华大学前身）高等科。3年后，他翻译了美国作家杰克·伦敦的短篇小说《豻豹人的故事》。他还可以阅读法文小说和用法语写短文。在清华园毕业后，他以公费去美国留学，就读威斯康星大学三年级，选修了文学、莎士比亚、现代戏剧、德文和西班牙文。1925年夏天，他撰写的毕业论文《论英译李白诗歌》被评为"荣誉学士论文"。校方告诉他，只需再读一年的研究生，就可以获得硕士学位。他想，赴美留学是为了学习电影，不是来追求什么学位。于是，他一毕业，便立刻奔赴纽约进入"纽约摄影学院"专攻商业摄影、人像摄影、电影摄影、洗印、剪辑和化妆等课。与此同时，他在哥伦比亚大学选修"初级电影编剧""高级电影编剧"等课，并钻研电影导演和分镜头技术。年终考试，他的成绩都是"A"。在如此繁忙的就读过程中，他还挤出时间去比拉斯戈戏剧学院听课。

由此足见孙瑜为了从事电影事业在知识积累上的孜孜不倦、精益求精。他在抗日战争爆发之前的短短几年间，以充满生命力、创造力和感染力的电影，为中国人民吹响了前进的号角。然而，对于渴求不断进取的孙瑜来说，他并不满足于已有成绩。1946年5月，他再赴美国西海岸洛杉矶深造。

在美国寻师访友的过程中，他幸会了当时担任美国民间组织"东西文化协会"的董事兼中国戏剧部主任王莹。他俩彼此慕名已久。

王莹于1936年在上海主演夏衍创作的《赛金花》，该剧成了20世纪30年代中国话剧的奇迹。1943年，王莹应美国政府的邀请，以纯正流利的英文在白宫表演了话剧《元配》和街头剧《放下你的鞭子》。当时身已瘫痪、坐手摇车的美国总统罗斯福，携其妻子、子女等前来观看，副总统华莱士以及白宫高级官员、各国驻美国使节等也看了演出。这次演出的报幕员，是王莹的好友赛珍珠女士。王莹先用英语介绍了剧情，接着演唱《到敌人后方去》《义勇军进行曲》和几首民歌，当王莹演出话剧《放下你的鞭子》时，观众深受感染，全场爆发雷鸣般的掌声。演出结束后，王莹与罗斯福总统合影留念。

在一次交谈时，孙瑜谈到王莹去白宫演出的盛况，由衷地说："你可谓开风气之先，成了第一个在白宫演出的中国演员。"王莹真诚地说："能得到你的夸奖，我深感荣幸。"孙瑜说："其实，你能获得这一殊荣并不奇怪。记得你主演的《酒后》《约翰曼利》《爱与死的角逐》，曾得到冯乃超、阿英、夏衍、阳翰笙的赏识，他们称赞你是中国戏剧界不可多得的人才，是'女星之英杰'。"

王莹连连摇着头说："这不过是前辈对我的鞭策和激励。"

"看得出，你来美国后，妇唱夫随，好风凭借力，送我上青云。"

王莹说："你过奖了。不过，谢和赓对我来说，是风，是力。1942年，国民政府派他来美国留学，我也随他前来，并得到他无微不至的关爱。"

"听说他满腹经纶，文采斐然。"

"是的。能和他相依为命，是我莫大的幸福。讲到这里，我想起一个人。我俩谈恋爱曾遭到重庆文化界的非议：王莹是'中华女杰'，谢和赓是国民党的上校军官，又是白崇禧的机要秘书。他俩怎么能配对成双？这些风言风语，还有不堪入耳的恶言恶语愈传愈烈。周恩来闻讯后，对几位有影响的人物说，'吹皱一池春水，干卿何事……你们要相信王莹，请大家不要说三道四'。当时，周恩来是一位说话有分量的著名的政治活动家，他的三言两语，却为我们遮风挡雨。"

孙瑜深感意外，惊喜地说："你真幸运。居然是周恩来促成你俩永结秦晋之好。不瞒你说，我读中学时就受过他的影响。他鼓励我从事文艺工作的那段话让我铭世不忘。如果能够再次见到他，那就是莫大的幸运。"

王莹听出他对周恩来充满崇敬之情，便意味深长地说："我想我们肯定会再次见到他。到那时，他一定会支持你拍更多的电影。"

"但愿如此。"

"我相信这一天一定会到来。"王莹这句话包含着一语双关的内涵。孙瑜哪里知道王莹是1930年就入党的中共党员，被周恩来称为"少年党员"。她和谢和赓都是党的地下工作者，代号分别是"姑姑""八一"。他俩此次美国之行的一切活动，都是在周恩来的亲自安排下进行的。周恩来还特意交代说："你们的组织关系，只有叶剑英同志、董老、颖超、克农、罗青长知道……因此你们到美国后，绝对不可暴露党员身份。要宣传中国的抗日战争。"周恩来还语重心长地说："你们是中国人民的友好使者，到美国后要广交朋友，首先要记住，不要学王明的关门主义。因此，不要仅仅和一些进步人士来往，也要结交美国文化界的知名人士。有一个人你们必须努力争取，她就是美国女作家赛珍珠。"可以说，王莹和谢和赓是带着中国共产党的使命去美国的，他们在美期间的学习以及全部活动，直至离美回国，都是中国共产党扩大国际反法西斯战线工作的一个组成部分。

对周恩来的仰慕和崇拜，成了加深孙瑜和王莹友谊的纽带。在王莹的引见下，孙瑜结识了美国的诺贝尔文学奖获得者赛珍珠。还是在王莹的安排下，

《武训传》导演孙瑜和演员王蓓（右）

在庆祝南开老校长张伯苓的七十寿辰的聚会上，他遇见了老舍、曹禺和老校长的弟弟张彭春博士。交谈中他们谈到了周恩来。曹禺说："每一次与周恩来见面，他总是叫我'老同学'。其实我俩是南开中学先后不同学期的同学，也先后在同一个剧团演过戏。我俩因戏剧结缘。在重庆时，我是曾家岩50号八路军办事处的常客。每次促膝谈心，一谈就十几个小时。他呀，心存高远！"张伯苓老校长说："周恩来16岁就是南开新剧团的重要成员。他积极参与编新剧，演新剧，还担任布景部副部长。不仅如此，他还是新剧理论的倡导者。他于1916年写了《吾校新剧观》一文，倡导把新剧和'重整河山，复兴祖国'的大目标联系在一起。他呀，年少志高，早晚会步月登云！"张彭春边击掌边高声说："兄所言极是。读完《吾校新剧观》，我对这个学生刮目相看。小小年纪，在理论上将西方话剧与中国传统戏曲给出了明确的界定……他还论述了话剧的社会功效，强调了话剧是对人民群众最通俗、最适合的教育形式。透过字里行间，我看出周恩来虽在读中学，却已立下为中华之崛起而读书的宏大志向。他抱负不凡，志在高山，志在流水！"

张彭春博士曾经在美国系统学过欧美戏剧理论和编导。可以说，他是引入西方戏剧理论的第一人,也是中国话剧的奠基人。他一从美国回到天津,就在周恩来所在的班级开讲现代西方文化和教育、莎氏乐府等课。南开中学的新剧团也是由他一手策划而成立的。周恩来在他的引导和教育下,得以写出著名的《吾校新剧观》那篇历史性文献。

在张伯苓和张彭春的教育和培养下,天津南开中学为我国培养出曹禺、孙瑜、俞珊、金焰、孙浩然、鲁韧、黄宗江等一大批剧作家、表演和导演艺术家,还有舞台美术家。这兄弟俩堪称津门双杰。

大家握别后,孙瑜和王莹同路而行。王莹不无感叹地说:"刚才几位对周恩来的称赞,全都是发自内心的真情告白。周恩来这个人,他是共产党员。依我之见,共产党早晚会得天下!也只有中国共产党才能救中国。"

尽管王莹用轻声细语讲出了自己的看法,却像重锤敲在孙瑜的心上,而且震荡开来沁人心肺。一个在美国活跃在上层社会的知性女人的这番见解,引发了孙瑜的深思,并对他的人生产生了潜移默化的影响。

有一天,孙瑜在哥伦比亚大学的校园里,与一位好友司徒慧敏不期而遇。他乡遇故知,两人喜出望外,以后就常来常往。

孙瑜有时驾驶自己买的"顺风牌"小汽车,陪同刚到美国的司徒慧敏参观影城;有时带着司徒慧敏去纽约郊外欣赏"霜叶红于二月花"的"花园公路"。在结伴而行的旅途中,除了谈学习电影的心得,交流新技术在拍摄、洗印、剪辑中的应用,司徒慧敏谈得最多的是"我们应该有自己的电影"。孙瑜把电影看成自己的生命。这句饱含渴望和期盼的话自然深深打动了他。况且他和司徒慧敏早在上海时就彼此倾慕。司徒慧敏拍摄的《桃李劫》《风云儿女》,曾经鼓舞了广大民众抗日救亡的爱国热情,也使孙瑜在内心掀起了巨大的波澜,并视他为知己。然而,孙瑜虽然知道司徒慧敏1932年就投身电影工作,但并不知道他是中国共产党电影小组的成员之一,更不知道他这次远涉重洋来到哥伦比亚大学就读电影课程是受周恩来的派遣。临行前,周恩来对他说:"我们党很快要接管全国了,你要去美国好莱坞学习他们的电影技术,将来发展我们的电影。"

司徒慧敏也知道孙瑜是一个思想进步的电影工作者,他拍摄的一系列电影,都是歌颂底层的劳动人民。过去,他俩是相互赏识的君子之交。这次在异国他乡偶遇,他们的关系因"酒逢知己"而到了可以推心置腹的地步。司徒慧敏虽然已感到可掏心掏肺,但觉得还不宜单刀直入,便旧话重提:"孙瑜,你还记得我在香港拍过的《血溅宝山城》吗?"

"当然记得。你在这部片子里讲述了抗日战争初期中国抗日军队死守宝山城的事迹,表现了抗日将士不怕流血牺牲抵御日本鬼子的英雄气概。"

见孙瑜一口气讲出了影片的主题思想,司徒慧敏好不高兴,于是加重语气说:"当时,有一个人对《血溅宝山城》的评价对我起到了极大的鼓舞作用。"

"噢,是哪位?"

"那年我从香港到重庆,见到了参加国共谈判的周恩来(其实是司徒慧敏向周恩来汇报工作)。这位共产党的代表对我说:'你和蔡楚生能在香港把《血溅宝山城》拍出来,而且是抗战以后第一部写抗战的故事片,是很好的。这种很快写出来的急就章,要求它在艺术上水平很高、很感人,比较困难。在当时那种政治气氛下,拍这样的片子很有意义。我记得在第一次世界大战时,反映战争的作品就很少。看来,你们在这样短的时间里写出反映抗战的作品,是一个经验,值得好好总结一下。'"

孙瑜惊喜地说:"他是这么说的?!他是这么说的?!!周恩来,你们也认识?"

司徒慧敏思索着说:"初次见面,他就坦陈己见,我顿时感到这是一个有见地的人。不过他留给我印象最深的是那句话,'我们要有自己的电影事业'!"

孙瑜没有搭话,而是用力一踩油门,车子立刻风驰电掣般向前飞驰。

司徒慧敏惊问:"你干吗开得这样快?"他知道孙瑜是经过严格的考试才拿到了美国的"驾驶执照",孙瑜在美国还教会了国画家张碧寒和黎莉莉开车。这个平时开车一向循规蹈矩的人,竟然把车速提到每小时"50""60""70"英里,甚至到了"80"英里,这可相当于时速130公里啊!

汽车慢慢减速。孙瑜大笑着说:"我多么希望中国的电影事业能由周恩来领导,那样啊,发展的速度,一定会像我现在开的车,一任驰驱翱翔!"

司徒慧敏明白了孙瑜以车速来抒发内心的激越之情，发出了会心的微笑。

孙瑜在美国还有一位知心朋友，那就是黎莉莉。

黎莉莉是孙瑜的好友，若追溯以往，其实也是孙瑜的学生。早在 1932 年，孙瑜看"明月社"的歌舞演出，一眼就看出了黎莉莉的天赋。这个姑娘，一颦一笑皆是风情。当时，她因在歌舞上的出色表现，与王人美、胡蝶并称为歌舞三杰。后经"明月社"当家人黎锦晖同意，孙瑜便起用年仅 17 岁的黎莉莉出演《火山情血》中的主角。其实早在黎莉莉 11 岁时，她父亲自编自导了一部叫《燕山侠隐》的影片，那时，黎莉莉原名是钱蓁蓁，也被安排了一个儿童的角色。非常有意思的是，这部电影他们钱家的家人几乎全都参与了进去，她的父亲也在戏里客串了一个角色。

1927 年，她父亲因在南京已难以立足，全家移居上海。考虑到有可能还要到处漂泊，便忍痛把小蓁蓁送进黎锦晖主办的"中华歌舞团"学习歌舞。不久，她的父母突然不见踪影，钱蓁蓁虽居无定所，但已在舞台上崭露头角，深得黎锦晖喜爱。不久去南洋演出，钱蓁蓁因貌美且舞艺出众而一炮走红。后来歌舞团解散，钱蓁蓁无家可归，黎锦晖便认她做干女儿，带她在新加坡落户。按新加坡的法规，一家不能有两姓，黎锦晖就帮她改姓换名——黎明莉。回到上海，黎锦晖成立了"明月歌舞社"。一次去南京演出，钱蓁蓁把"黎明莉"改成了"黎莉莉"，从此沿用一生。

在《火山情血》拍摄后不到半年，孙瑜又约请黎莉莉和王人美合演《芭蕉叶上诗》。为了充分挖掘黎莉莉的表演才能，往后孙瑜让她主演了《天明》，还邀她在《小玩意》中担纲角色。黎莉莉没有辜负孙瑜对她的栽培和期望，凭借自己的出色表现，很快就跻身一线电影明星的行列。

后来孙瑜专为黎莉莉量身定制了几个剧本，如《体育皇后》和《大路》。在这两部影片中，黎莉莉以活泼、健康、富有时代性的形象征服了观众，被公认为典型的"甜姐"，从此她的名字无人不晓，《体育皇后》被称为中国体育题材电影开山之作。

1943 年，黎莉莉的丈夫罗静予被中国电影制片厂派往美国担任驻美代表。黎莉莉偕夫同行，在华盛顿天主教大学学习表演，到纽约学习语言和声乐，又入学加利福尼亚大学暑期班进修化妆，还到好莱坞观摩实习。

孙瑜应罗静予之邀，于1945年8月14日二度抵达美国。罗静予和黎莉莉专程从华盛顿到纽约来接他。孙瑜是黎莉莉投身银海泛舟的引路人，黎莉莉自然要尽地主之谊。她陪同孙瑜参观各大电影公司，会见不少电影界的名人，或引经据典介绍美国的电影事业的发展，抑或探讨电影技术在影片拍摄过程中的应用，有时邀请郑伯璋、王士珍、黄宗霑与孙瑜聚会。

录音师郑伯璋、摄影师王士珍都是由罗静予指派来美国深造学习的同仁。

至于黄宗霑，可不是平凡之辈。他身材不高，且瘦又弱，但精神饱满。黄宗霑七岁随父到美国，是美籍华人。他拍摄的《玫瑰梦》和《赫德》曾两次获得奥斯卡最佳摄影奖，他本人也被国际电影摄影师协会评为电影史上最具影响力的十大摄影师之一。

黎莉莉十分诧异，那天孙瑜和黄宗霑虽初次见面，却像老友重逢。孙瑜便讲出了其中的原委："1941年抗日战争期间，我在重庆写了《流民四千万》电影剧本，主题是通过一家农民的艰苦斗争来歌颂中国人民长期抗战的英勇伟业。我把英译剧本从重庆邮寄到好莱坞，转交黄宗霑。他很快回了一封长信，热烈地表示愿自带摄影器材，来中国与我合作。后来因为没有获得重庆'新闻局'的同意，合作未能实现。"

黄宗霑不胜感慨地说："早有书信结交，相见恨晚。"

黎莉莉说："虽然晚了6年，尽管分隔大洋两岸，缘分到了还是相遇了。高山流水觅知音，影城球场喜相逢。"

说完，他们相视而笑。

他们都是电影人，在影城寻寻觅觅可以理解，至于球场，是打篮球还是踢足球？皆非也！打高尔夫球是黄宗霑的业余爱好。黄宗霑常常带黎莉莉、孙瑜去挥杆击球。在占几千平方米起伏草地的大高尔夫球场上，黄宗霑像老师握笔写字一样，先叫他俩把高尔夫球放在小土堆上，再教站位，做好侧立姿势……一开始，黎莉莉连着十几次都打了空杆，孙瑜仅仅试了两次，便把球打出了百米之外。黎莉莉不胜感慨地说："孙导真是心灵手巧，一学就会。"她停了停似有所感，说："你们两位，都是我的启蒙老师。是孙导把我推上了银幕,还教我吟诵唐诗。宗霑大哥是世界闻名的摄影大师,他会制造各种滤色镜,还教我怎么运用滤色镜,现在又教我打高尔夫球。"

说者无意,听者有心。黄宗霑用疑惑的眼光望着黎莉莉问道:"听你的口气,满腹诗书,是孙导教你的?"

黎莉莉用肯定的语气说:"是的,在剧组拍片时,孙导经常给演员讲唐诗,他说《唐诗三百首》浓缩了整个唐诗的精华。在平时的交往中,他也再三嘱我要背,要吟诵,还要我领悟每一首诗的意境,不时给大家讲解。"

黄宗霑爽朗地笑着说:"真是名师出高徒,怪不得你在'中国唐诗讲习班'讲的课那么精彩,绘声绘色,妙语连珠。"

黎莉莉连声说:"老大哥,你过奖了,过奖了。我是走投无路,借此维持生活。"

黄宗霑见孙瑜露出费解的样子,便解释道:"来美国学习电影的中国学生里,莉莉是出类拔萃的优秀生。有一位美国老板找她拍戏,她一看是侮辱中国人的角色,一口拒绝。这个老板因下不了台便在背后使绊子,弄得莉莉失去了几个本已到手的角色。"

黎莉莉接过话头说:"不拍片子挣不到钱,光靠罗静予的工资怎么过日子?恰巧华侨学校正在招聘会教中国古诗的教师。我就滥竽充数,把你教过我的唐诗编成课本,走上讲台开讲我的学习心得:唐诗是中国诗歌发展的高峰和瑰宝。"

黄宗霑插话道:"孙导,你别听莉莉自贬自损。听说,她刚开课时拉她的夫君去监听,叮嘱罗静予若发现问题要及时指出。罗静予听了两节课后对她刮目相看。问她怎么会熟读唐诗,而且造诣颇深?莉莉说,是孙导的耳提面命让她懂得,一个搞艺术的人,一定要多读唐诗宋词;不但要知道那首诗是谁写的,还要知道诗人是怎样对语言进行提炼和运用的,更要知道诗人的生活、思想、才华,以及时代背景。"

黎莉莉接过话头说:"每次拍新戏的第一天,孙导一定会对整个剧组反复强调:拍电影,知识面越多越好。要把读书看得重如泰山。腹有诗书气自华。不读书,没有学问,永远不会在艺术上有什么成就。"她由衷地说:"是孙导拓宽了我的文学视野。他是我的良师益友。"

黄宗澧凝神想了想，问孙瑜："不消说，你是莉莉电影艺术的引路人，那么，你能不能告诉我，你是怎么走上拍电影这条路的？"

孙瑜不假思索地答道："可以说是受了周恩来的影响。"

黄宗澧问："周恩来？……"

黎莉莉插话："怎么会是周恩来？！他啊，是……是……是名重一时的政治家。"

黄宗澧若有所思地问："政治家和艺术有什么关系？"

孙瑜情深意切地说："有关系啊。我是1914年进了天津南开中学补习班。上学不久就听闻，在天津的中学生演讲比赛中，我校一位一年级学生获得了冠军，他叫周恩来。老校长张伯苓在全校大会上说，'周恩来是南开最好的学生'。后来，在学校的大礼堂上演了学生自编自导自演的《一元钱》。这出话剧轰动了天津，其中演得最好的就是周恩来男扮女装那个角色。从此，周恩来成了我倾心折节的偶像。一次在校园相遇，我冲着他说，你在《一元钱》里演得真棒！他笑着问我，你觉得《一元钱》好在哪里？我一股脑儿地说，好在反对旧家庭、反封建……你演得很自然，就像是真的。我们就此攀谈起来。他问了我的姓名和班次，知道我喜爱文学、戏剧，迷上了电影，就告诉我，只要对国家有用，就要大胆学；先学好基础功课，再下苦功夫，什么都会学好的。31年过去了，周恩来讲这几句话时充满魅力的声调和神情，在我为电影奋进的道路上，就好像一片白雾中突出的奇峰，一直清晰地涌现在我的眼前。"

听完孙瑜的述说，黎莉莉陷入沉思，半晌，她若有所思地说："孙导，你所说的周恩来，我也认识。"

孙瑜惊诧地说："是吗！你也认识？"

黎莉莉肯定地点点头，说："我1940年到了重庆，我演的《塞上风云》也放映了。周伯伯还夸过我演得好。周伯伯曾在曾家岩50号，请我们一家吃饭。我奶奶、我哥哥钱江、嫂子史平、二哥钱一平、夫君罗静予，还有几个孩子，全家9口人都去了。大家落座后，周伯伯告诉我奶奶，钱壮飞牺牲了。奶奶和我们都哭了。这时候周伯伯朝着西南方向跪下，痛楚地说，我没有照顾好钱壮飞。他还跪着转过身，对我奶奶说，今后我就是您儿子，妈妈。奶奶赶紧把周伯伯扶了起来。"讲到这里黎莉莉的眼睛里噙着泪水，深情地补上一句，"周伯伯跪对着我奶奶的景象，雕镂般刻在我的记忆里，至今历历如画。"

静默了很长一段时间后，孙瑜怀着由衷的敬佩之情说："莉莉，真没想到，我俩都认识周恩来。我与他南开一别已有26个年头。1940年我在重庆拍《长空万里》时，才知道他已崛起在政治舞台。现在听你这么一说，我对他又有了新认识。咳，无情未必真豪杰，怜子如何不丈夫？周恩来情思飘逸，人品超群，日后必定是一个卓异不凡的大人物！"

黎莉莉用肯定的语气说："我奶奶说，周恩来一定会成为'着手成春，卓尔不群'的栋梁之材！"

黄宗霑说："对周恩来这个人，我虽不相识，在我们华侨中却常常有人提到他。记得他写的一首诗曾经在华人中广为流传：'千古奇冤，江南一叶。同室操戈，相煎何急。'华文报纸还对这首诗做过评论：'义愤出诗人，一诗震天下。'后来才知道他并不是诗人。金戈铁马将军剑，他啊，剑在手中握，听了你们两位的述说，我看此人非等闲之辈。"

在大洋彼岸，三位电影人，尽情倾诉着不约而同的见解……

1947年9月19日，孙瑜与黎莉莉在旧金山岸边登上美国"总统号"邮船，踏上回国的归途。

孙瑜第二次去美国是为了继续深造。但他未曾想，在异国他乡，周恩来这个人，虽与他们远隔千山万水，却成了他们朋友之间心心相印的坚实纽带！

诗人导演孙瑜

20世纪30年代,中国电影刚成雏形,涌现了几位开疆辟土、锐意进取的导演,其中唯一受过正规教育的是孙瑜。他从清华大学毕业后便去美国就读于威斯康星大学,选修了文学、莎士比亚、现代戏剧、德文和西班牙文。

由此足见孙瑜为了从事电影事业,在知识的积累上接受了系统化的专业教育。

他一生创作了25部电影。在他导演的20部电影中,有17部是自编自导。如此之多,纵观电影业界,谁也难以望其项背。

一提起30年代的电影明星,人们自然会如数家珍地提到阮玲玉、王人美、黎莉莉、张瑞芳、金焰、郑君里……这些影星从崭露头角继而在影坛熠熠生辉,全仗孙瑜的提挈、扶植并点石成金。

在电影界,孙瑜由于其杰出成就,被公认为翘楚可敬的"影坛巨匠"。《十字街头》的作者、才华横溢的沈西苓曾用激扬的文字赞扬孙瑜是"诗人导演":

"孙瑜所拍的电影,总是充满着对理想的追求。他的眼睛是睁着的,朝前的;所谓他的诗——影片——是充满着朝气,不避艰难,不怕谩骂,一心想把向上的精神往受苦的人们心里灌输,他在影片中,融入了关爱劳苦大众的诗人情怀!"

孙瑜被戴上"诗人导演"的桂冠后撰文表白:"假使我能为进步电影事业做一些马前卒或探子的工作,那我也一定义不容辞。"

从这几句话可看出,孙瑜认可了沈西苓用"诗人导演"对他的褒奖。诚然,他的答复,也是用诗人的语言向公众抒发了诗人的心声。

孙瑜出身于重庆的一个书香门第。刚满四岁,父亲被调到泸州任主考秀才的教官,他即随父来到长江和沱江交汇处的重要港口。在父亲的启蒙和教导下,他读了《三字经》《百家姓》《千家诗》,以及《论语》《孟子》等百家文章。

三年后,他父亲走马上任去了安庆,做了七品知县的"候任"。他母亲带着七个儿女乘木船,驶出长江三峡,横贯湖北,到了有"万里长江此封喉,吴楚分疆第一州"之美称的安庆。瞿塘峡中江心礁石上破船的残木片、过巫峡时"猿声天上哀"的惊心动魄、美得让人心醉的西陵峡……七百里的三峡航程,给小小年纪的孙瑜留下了不可磨灭的印象,当他长大后读了"朝辞白帝彩云间,千里江陵一日还。两岸猿声啼不住,轻舟已过万重山"的诗句,也就深刻理解了诗人李白在被流放途中遇赦写下《早发白帝城》这首情景交融、有声有色的绝句时的心情。他从朦胧中感悟到了古典诗词的艺术魅力:诗人用轻舟飞驶过三峡的快速,痛快淋漓地抒发了作者无比激动的喜悦之情。

在安庆读小学时,孙瑜尤其喜好国文课,也对唱歌课情有独钟。凭着对民歌的热爱和痴迷,加上他对发声方法的理解有着超强的悟性,在学校的歌咏比赛中,他因咏唱《西湖十景》而名列前茅。

风暖草如茵

岳王旧墓,苏小孤坟,英雄侠骨,儿女柔情。

湖山古今,沧桑阅尽兴亡恨。苏公老去,剩有六桥春。

孙瑜晚年在谈到自己的创作生涯时说："民间歌曲和古典诗词，意象的丰富、时空的跳跃、语言的双关、情韵的跌宕和意境的创造，对我的电影创作产生了潜移默化的影响。"

孙瑜14岁时，他父亲要他投考华北最有名气的南开中学。经考试，他的英语和数学两门成绩太差，但语文，尤其是作文，令老师对他刮目相看。学校就此网开一面，让孙瑜先进南开中学"补习班"住校补习两年，及格后再升入四年制中学。

在南开求学的前期，他有幸和青年时代的周恩来同校相处四年。孙瑜刚进校门时，周恩来已读一年级。他们虽然不是同窗，但穿着旧的蓝布长衫，英姿焕发的周恩来给孙瑜留下了深刻影响。那时，年少有志的周恩来是学校中从事爱国活动最活跃的人物，如发起团结同学的"敬业乐群会"、主办《敬业》《校风》等进步刊物，启发了全校学生朴实、为公、好学、爱国和反帝反封建的革命精神。在天津的中学生演讲比赛中，南开中学一年级的周恩来获得了冠军。老校长张伯苓在全校大会上说，"周恩来是南开最好的学生"。

周恩来还是南开新剧团的重要成员。他积极参与编新剧、演新剧，还担任了布景部副部长。当时，学校的大礼堂上演学生自编自导自演的《一元钱》。南开中学没有女生，于是周恩来开男扮女装风气之先，其中演得最好的就是他男扮女装那个角色。

在南开中学，周恩来还是新剧理论的倡导者。他于1916年写了《吾校新剧观》一文，倡导把新剧和"重整河山，复兴祖国"的大目标联系在一起。

那时，南开中学不但开设了教授英语和世界历史的课程，还请校长的弟弟、留学归来的张彭春教授专授美国戏剧理论。张彭春老师系统地介绍了西方戏剧的历史和现状，使得周恩来对西方戏剧有了比较深入的、系统的了解。周恩来悟性极高，一点就通，而且一挥而就写出了学习心得《吾校新剧观》。全文共分四章：一、新剧之功效；二、新剧之派别；三、极端之理想主义；四、极端之写实主义。1916年9月18日、25日，南开校刊《校风》分别在第38期和39期，郑重地以社论的名义，发表了第一、第二两章……

校长张伯苓在全校师生大会上忘情而激动地说："读完《吾校新剧观》，我简直不敢相信自己的眼睛。这篇雄文真的出自一个中学生之手吗？这是一个虽在求知却尚未开化的中学生能够阐明的课题吗？在我们南开中学，我不得不惊喜地说，能，春笋才露尖尖角，破土刺天竟妖娆。这个学生就是周恩来！他在《吾校新剧观》一文中，在理论上将西方话剧与中国传统戏曲给出了明确的界定……他还论述了话剧的社会功效，强调了话剧是对人民群众最通俗、最适合的教育形式。透过字里行间，我看出周恩来这个尚在'襁褓'之中的中学生，却已立下为中华之崛起而读书的宏大志向。他抱负不凡，志在高山，志在流水！"

紧接着，学校把《吾校新剧观》打印成册分发全校师生。孙瑜犹如嗷嗷待哺的小鸟，虽认真读了，却因接受能力有限而不甚了了。不过，校长对周恩来的赞许孙瑜已铭记在心。

在南开中学读完三年高中后，孙瑜考入了"清华园"。这所学校是专事留学美国的预备学校。1908年，清政府把北京西郊一所幽美的王府"清华园"拨给游美学务处，改作留美预备学校校址，这就是清华大学的前身。上了大学后，孙瑜因对戏剧的喜好，重读了《吾校新剧观》，认识的深度逐次递升才茅塞顿开："这位学兄，信手写来，笔下不可羁勒，居然运用西方戏剧理念，站在世界的视角纵观世界戏剧史，继后放眼大江南北，审视南开和中国的戏剧。在理论上将西方话剧与中国传统戏曲给出了明确的界定……"闻香识英雄。孙瑜从周恩来兴会飙发的论述中感悟到：此人不凡，是一位有着属于他自己独特高见的有识之士！《吾校新剧观》何尝不可称为中国现代戏剧理论的开山之作？由此，周恩来成了孙瑜倾心折节的偶像。

孙瑜谈到在南开中学的往事时不胜感慨地说："周恩来对我讲那段话时充满魅力的声调和神情，《吾校新剧观》的观点和论述，在我为电影奋进的道路上，就好像一片白雾中突出的奇峰，一直清晰地涌现在我的眼前。"

在清华园的教学中，除了国文科之外，其他各科全部用英文授课。读到三年级时，孙瑜翻译了美国作家杰克·伦敦的短篇小说《豢豹人的故事》，投寄上海的《小说月报》，有幸被采用发表了。不久他又翻译了托马斯·哈代的中篇小说《娱他的妻》。这次不仅再次被刊用，而且主编茅盾还给他写了一封

7页纸的长信，热情鼓励他努力从事文学事业。然而，他这时却迷恋于中国的旧体诗。早在南开中学时，他与几位志趣相投的同学就成立了一个小小的"苔苓诗社"。在翻译了两篇外国小说后，因有感于当时军阀割据、"总统"昏庸、列强对我国虎视眈眈，他在校刊上发表了一首《菩萨蛮》：

> 平原漠漠风腥铁，神州大地烽烟喧。
> 月黑揽刀环，听鸡起舞旋。
> 雕虫多误错，壮志休零落；
> 长腰间，沙场杀敌还！

这首诗，表达了他对李白投靠永王李璘后"一扫胡尘"爱国一生的仰慕。

清华园与西边的圆明园遗址相邻。孙瑜经常徘徊于被英法联军残暴焚劫的断壁颓垣间，痛定思痛，深有感触，曾写下了七绝、五绝各一首：

> 名园废尽剩残碑，玉砌长留过客悲。
> 只有官火红胜旧，晚风开遍女墙隈。

> 寂寞帝王宅，池塘春草生。
> 东风摇瘦柳，还似细腰人。

通过这两首既扪心叩问又大声疾呼之作，他揭示了清末的腐朽统治必然招来帝国主义侵略欺凌的事实。经过了五四运动的洗礼之后，还有多少学生愿意死啃书本，"两耳不闻天下事"呢？

1932年夏天，孙瑜从清华大学毕业后，因成绩优秀被选作公派生去美国留学，这对孙瑜来说正中下怀。在南开中学读书时，校长张伯苓、教授张彭春给学生灌输的美式戏剧理论，周恩来从西洋文化中吸取养分的自丰羽翼，令追求洋为中用的孙瑜萦思向往，也早就产生了去美国留学的愿望。

他有志于从事电影事业，如愿进入威斯康星大学的传播学系。他本意只是来学电影，岂料风云际会，在不知不觉之中成了中美文化交流的促进者。

当时，白发盈头的老教授兰诺德讲授美国文学课。他也是一位诗人，而且对中国文化情有独钟，曾经写过《长城之游》《中国古代建筑美》《采莲女儿》等散文，还翻译过几首李白的诗。孙瑜来美国只带了一本书——《李白全集》。在一次偶然的机会，兰诺德发现孙瑜的床头放着这本书，惊喜之际告诉孙瑜，他一直喜爱中国的古典诗词，特别是李白的诗，并表达了对李白的仰慕之情。师生之间有了共同语言，话题自然围绕着李白的诗而各抒己见。他们还谈到了交响乐《大地之歌》，这是杰出的奥地利作曲家、指挥家马勒于1908年创作的作品。马勒采用了七首德文版的中国唐诗为歌词，而其中四章所选用的都是李白的诗：《悲歌行》《客中行》《采莲曲》《春日醉起言志》。酒逢知己，言不尽意，兰诺德便请孙瑜到他家一起听唱片欣赏《大地之歌》。他俩都沉醉于马勒用变奏手法结合独唱创造的意境之中。孙瑜不胜感慨地说，马勒以哲学性的构思，深刻细腻地反映了他晚年复杂的内心世界。兰诺德说，真没想到，马勒会创造性地把东方的诗歌非常协调地融汇于西方的交响乐之中，使得这部作品不仅具有欧洲的浪漫主义风格，更具有古老中国的诗歌气息。言罢，他移步到钢琴旁，打开了琴盖。孙瑜情不自禁地凑过去按响了琴键。兰诺德看出孙瑜有一股跃跃欲试的冲动，便按着他的肩膀让他坐在琴椅上。孙瑜略一凝神屏息，便用手指敲击琴键……兰诺德侧耳聆听了一会儿，兴致勃勃地拿来双簧管，顺着琴声合奏起来。他俩演奏的正是《大地之歌》。从演奏水平来说，兰诺德显然比孙瑜驾轻就熟得多。然而，这并不妨碍他俩心生共鸣，精神饱满地用乐器来抒发自己对《大地之歌》的倾心热爱。合奏了一阵后，他俩相对大笑，都表达了对对方的高度欣赏。

自古至今，文字知己殊为难求。兰诺德教授做梦也没想到，一位来自大洋彼岸的学生，居然成了他能够促膝谈心的文友。他建议孙瑜把李白的诗翻译出来。孙瑜欣然命笔，怀着把无声的画、无声的音乐译成美式韵文的强烈愿望，一口气翻译出李白的几首诗，兰德诺看后又惊又喜，夸奖道："你翻译的李白的诗，可以与日本的小畑薰良媲美，而且更带一些中国风味。"小畑薰良曾经是兰诺德门下的研究生，翻译出版过《中国诗人李白》。在兰诺德的鼓励下，孙瑜相继翻译了八十几首李白的诗作，其中有三首被美国的《诗》杂志选中刊用。

1925年夏天，孙瑜的毕业论文《论英译李白诗歌》被评为"荣誉学士论文"。校方告诉他，只需再读一年的研究生，就可以获得硕士学位。面对唾手可得的机会，孙瑜不为所动。他想，赴美留学是为了学习电影，不是来追求什么学位。于是他一毕业，立刻奔赴纽约进入纽约摄影学院专攻商业摄影、人像摄影和电影摄影，以及洗印、剪辑和化妆等课。与此同时，他在哥伦比亚大学选修"初级电影编剧""高级电影编剧"等课，并钻研电影导演和分镜头技术。年终考试，他的成绩都是"A"。在如此繁忙的就读过程中，他还挤出时间去比拉斯戈戏剧学院听课。

从孙瑜的奋进历程中可以看出，他是一个既深得中华文化精髓又饱受西方文化影响的人物。

《潇湘泪》是孙瑜的处女作。他既是编剧又是导演。影片描述黄浦江上一个贫苦青年渔民在大都会里受压榨、受欺骗的苦难遭遇。20年代的影片是无声片，为了在放映前先声夺人，孙瑜把他创作的古诗以字幕叠印的方式剪辑在片头：

西风吹兮叶纷飞，
湘水漪涟兮秋月微。
秋月微，君久游兮不复归！

影片在影院放映时，放映师播放了一段优美的洞箫独奏。孙瑜的这几句古体诗字幕，堪称拉开了中国电影歌曲的序幕。

1930年，孙瑜在联华公司编导的《野草闲花》，在放映时用唱片同步播放了男女主角——影帝金焰和影后阮玲玉的合唱《寻兄词》：

从军伍，少小离家乡；
念双亲，重返空凄凉。家成灰，亲墓生春草，我的妹，流落他方!

....

  《野草闲花》则成了中国第一部配音有声片。《寻兄词》这首歌,乃是中国第一首电影歌曲!

  1935年,孙瑜自编自导的第四部电影《大路》上映了。孙瑜在影片里塑造了一个个有血有肉的"理想人物",想借此鼓励广大劳动人民觉醒,团结奋斗,为全人类争取幸福和平。未来世界是必然属于人民的。这部电影被电影界认为是孙瑜的代表作。影片中有四首插曲,都由孙瑜作词、聂耳谱曲。序歌《开路先锋》、主题歌《大路歌》成了久唱不衰的经典。上海解放前夕,当人民解放军对上海形成合围之势,解放军的电台从早到晚反复播放两首歌——《义勇军进行曲》《大路歌》。孙瑜、金焰和郑君里就是哼着《大路歌》迎接解放军胜利进城的:

  轰!轰!轰!(哈哈哈哈!)轰!
  我们是开路的先锋!
  轰!轰!轰!(哈哈哈哈!)轰!
  我们是开路的先锋!
  不怕你关山万重,
  不怕你关山万重!
  几千年的化石,
  积成了地面的山峰!
  几千年的化石,
  积成了地面的山峰!
  前途没有路,
  人类不相通。
  是谁,障碍了我们的进路,
  障碍重重?

是谁，障碍了我们的进路，

障碍重重？

大家莫叹行路难，

叹息无用！无用！

我们，我们要，

要引爆地下埋藏的炸药，

对准了它轰！

轰！轰！轰！

看岭塌山崩，

天翻地覆！

炸倒了山峰，

大路好开工。

挺起了心胸，

团结不要松！

我们，我们是开路的先锋！

我们，我们是开路的先锋！

轰！轰！轰！（哈哈哈哈！）轰！

1956年，孙瑜在无锡太湖疗养院写下了《从太湖忆聂耳》一文，文中还有一首小诗，犹如孙瑜心灵深处颤动的琴弦：

我爱你那迟起在千百个渔帆后

而红晕含羞的朝曦，

我爱那倒映在你镜面上的尘世间

最美丽的晚霞：

在这里，年青逝世的人民歌手聂耳

曾和我们在月夜下弹起了他的

六弦吉他。

雄壮豪迈的《大路歌》声
在筑路工人们褐色的脸上
引出了纯朴而带着未来胜利的微笑，
如今，二十年之后，洋溢着
湖山真正的主人的骄傲和欢欣，
我们重回到太湖温暖的怀抱。

诗言志、歌咏言，孙瑜以太湖之美、湖山壮丽为背景，委婉深沉、不胜感慨地抒发了对聂耳的深深怀念："像聂耳这样的人民歌手，他的友谊和对人民的爱，自不能局限于少数人，而应该是属于亿万人民的精神财富。"

这首诗，说它情真意切，它像太湖水那样清澈晶莹；说它直抒胸臆，它像点点白帆饶有情趣。

待到晚年，因执导拍片已力不从心，孙瑜便专事笔耕，借助诗歌直接吐露自己的心声和愿望。

在他年轻时，每当他听到气势磅礴、充满革命豪情的《黄河大合唱》演奏时，他总是在想，像长江这一"亚洲第一大水"——美丽、庄严、慈爱的母亲河，滋润着祖国六千三百公里富饶芬芳的土地，哺育着南北两岸无数英雄儿女，几千年来在革命斗争中不屈不挠的伟大精神，何尝不应该为之讴歌赞颂！情到深处，金石为开。在1978年早春，孙瑜以惊人的速度飞笔疾书，仅仅用了两周的时间，创作了《长江大合唱》的全部歌词。这是首音乐诗史，共九段，以男女声合唱的《长江颂》为序曲，点出长江美丽庄严的音乐形象。以后各段有男声合唱的《金沙江船夫曲》，描写长江富饶中原的女声合唱《江南春早》，控诉封建恶魔和帝国主义罪行的女声合唱《血染长江》，以二胡为主的民间曲调女声独唱《月子湾湾》，歌颂英雄人民、革命先烈丰功伟绩的《革命历程》和《长江在怒吼》……

年近八十，耄耋老矣！对孙瑜来说，英雄垂暮，却人老心不老。从谱写《长江大合唱》所迸发的激情和力度来看，他并非"夕阳无限好，只是近黄昏"。相反，真可谓"云霞出海曙，梅柳渡江春"。不仅如此，他又老马奋蹄驰千里，出版了英译本《李白诗新译》。此书，孙瑜选译了121首李白的不朽诗篇，中英文对照，还附有著名画家戴敦邦的彩色插图。在这本译作中，他还特意附上一篇论述，提出了他对欧美从19世纪以来翻译李白诗歌的评论，研究和比较了翻译李白诗歌的不同方法和形式，有哪些得与失，并提出他对翻译中国古诗，特别是想象新颖、飘逸善变、有独特风格的李白诗歌，如何充分传达原诗精神的意见。可见其治学严谨，一丝不苟。

尽管他志在千里，但英雄只怕病来磨。即使手无握笔之力，他却不废吟咏，《苏堤春晓》《西湖秋月》这两首既赞美山水之美又咏唱人文景观的旧歌，曾经开启了他童年时对诗歌的喜爱，到了七老八十，他还是童心飞扬，咏唱不断。由此可见，他对诗歌情深性挚。

孙瑜的一生，为中国电影事业的发展进行不断的探索和创新，是一位以诗歌抒发内心声音的导演！他熟谙国文经典，通晓几国文字；集编剧、导演、诗人几种身份于一身，还兼擅著译。尤其可贵的是，尽管他留洋镀金，却没有重洋轻中。在电影创作上，他始终植根中华，揽常人奇事入我襟袍，冶中外古今于一炉。如果不是几番疾风暴雨，他何止会拍摄20部电影？就在这20部影片中，他通过银幕上各种人物形象，强烈渲染了特定时代的社会形态。

孙瑜，就是凭借深厚的学术造诣，中外文脉相通，才能在电影创作上星火相连，不蹈故常；只因心中自有万千丘壑，忧世感时，方能在诗歌创作上长袖善舞，静水流深。他被冠以"诗人导演"之美名，足见舆论对他推崇之深。如果说电影是孙瑜手中之剑，那么，也可以说他是"无情不成诗"的诗人。

孙瑜和"大孩子"聂耳

20 世纪 30 年代的影片《大路》，被电影评论界公认为写下了中国电影史上的光辉一页，是中国无声电影的巅峰之作！

影片的编剧是孙瑜，导演也是孙瑜。

该片以筑路工人为题材，结合当时全国抗日救亡的形势，讲述了一群年轻的筑路工人保家卫国的故事：

20 年前，金哥的母亲死在逃荒路上。临死时，她将怀里的儿子交给丈夫，拼着最后一口气说："快抱着孩子去吧，找路，只有向前。"

20 年后，金哥长大，他与沉默刚毅的老张、率直憨厚的章大、千灵百怪的韩小六子、年轻有为的小罗、聪明有学问的郑君等五个青年朋友，不甘在城市里受欺侮剥削，同到内地筑路工程队，参加修筑一条重要的军用公路。公路修筑到一处险要地段，金哥等人就在村口丁福记饭铺包饭，与饭铺丁老板之女丁香和投靠丁老板的江湖女艺人茉莉结下友谊。军事形势日趋紧张，

孙黎和王人美、金焰合影

筑路工人和士兵昼夜不停，合力施工。敌人鉴于这条公路对侵略政策不利，暗中指使汉奸进行破坏。汉奸邀请金哥等六个工人赴宴，席间以谎言笼络不成，用金钱收买又不成，遂囚六人于地下室。

丁香和茉莉因金哥等人久去不回，怀疑出事，翌日以替汉奸烧菜为名，进入汉奸住宅，用计救出金哥等人。老张为掩护同伴脱险，在与爪牙搏斗时牺牲。金哥回村后，当地驻军闻报，及时惩治了这伙汉奸。公路修通后，敌机突然来袭。金哥等人奋起保护公路，与敌机进行斗争，最后与茉莉一起壮烈牺牲。前方战事又起，后援部队从新修公路开赴前线。这时，唯一幸存下来的丁香，目送飞驶而去的军车，仿佛看到金哥等六个青年仍在合力拉着铁磙前进，天空中也隐约响起筑路工人唱《大路歌》的歌声。

那么，他们建筑的是什么路呢？影片的主题歌《大路歌》末尾是：

背起重担朝前走，
自由大路快筑完！

大路，象征着自由解放的大路。

此片不像一般的影片，把戏集中在一两个主要角色的身上，而是一部所谓"群戏"。剧中六个青年路工和饭铺的两个姑娘都同时出场演戏。孙瑜独具匠心地着力于让八个演员都有戏可演。须知，角色众多势必会压缩单人的表演空间。为了能让演员把角色演活，他都挑选能独当一面的当红明星，力求做到每个人物的一招一式都能传情达意，还得避免因表意失当而成为"跑龙套"的虚设；也不能让演员表演欲过盛，只顾突出自己，抢了戏。正因如此，孙瑜通过对演员的外在形象、表现特点、能否在合作中相映生辉的多方权衡，最终夺定由演技派明星金焰、黎莉莉、陈燕燕、郑君里、张翼、刘琼、韩兰根、章志直、罗明来各司其职。

金焰——1929年跻身银幕，在《热血男儿》中出演配角。留美归来的孙瑜慧眼识珠，在《风流剑客》和《野草闲花》中，都让初出茅庐的金焰担当男主角。金焰因出色的表演而一炮走红。

黎莉莉——孙瑜在《火山情血》中起用当时被称为歌舞三杰之一的黎莉莉。黎莉莉晚年时深情地说："孙瑜是我的启蒙老师。"

陈燕燕——1930年出演处女作《自杀合同》，赢得了"南国乳燕""美丽的小鸟"的美誉。

郑君里——《乌鸦与麻雀》和《一江春水向东流》是两部经典之作，都出自无人不知、无人不晓的大导演郑君里之手。然而，人们也许并不知道，是金焰把他推荐给了孙瑜。孙瑜凭借敏锐的眼光，让这个乳臭未干的小青年在《野玫瑰》中担纲广告画家小李，这是郑君里第一次在银幕上担当主角而崭露头角。其后，孙瑜再度趁热打铁，在《火山情血》中，让郑君里主演敢于反抗地主恶霸的青年农民。郑君里不负厚望，因塑造了一个有血有肉的农民形象而成了万众瞩目的明星。

张翼——一生参拍了一百二十几部电影，被赞誉为"影坛雄狮"。

刘琼——经金焰介绍进入电影界，并由金焰推荐被孙瑜相中而参加《大路》的拍摄。其后，刘琼在《金银世界》一片中扮演的张伯南，为他奠定了影坛小生的重要地位。因在《生离死别》中的出色表演走红影坛。

韩兰根——1931年在影片《渔光曲》中扮演"小猴",他真实自然的表演深深地打动了观众,因此得到一个"瘦皮猴"的雅号,而且越叫越响。韩兰根是中国老一代滑稽影星,被当时的影人评为"东方的劳莱"。

《大路》云集了如此之多的影星,真可谓影坛的一出"群英会"。孙瑜之所以如此煞费苦心,无非是想通过塑造一群革命乐观、斗志昂扬的青年路工(金哥、老张等六条"好汉"和两名女青年),他们因不同性格碰撞出思想火花,表达了反帝必胜的信念。

非常有意思的是,孙瑜一时兴起,把演员原来的姓氏沿用于剧中人物,如金焰饰金哥,张翼饰老张,郑君里饰郑君,韩兰根饰韩小六,高个子刘琼饰刘长,等等。至于性格方面,演员和剧中人物也大致相似。如活泼爽朗的黎莉莉饰豪放泼辣的卖药女茉莉,沉静内向的陈燕燕饰温柔羞涩的饭铺女儿丁香。

一个剧本,八个主角,在电影创作中闻所未闻。人物关系众多,谋篇布局何以集中于对主题的阐释?风生水起才知天高云淡。孙瑜的高明就在于有魄力把反帝的主题统一于筑路工们的行动;把斗争、乐观、必胜的信念统一于大家的精神。为了力求八个主要人物性格上的鲜明突出,孙瑜透过女性的视角——茉莉和丁香——展示了男性的性格特色,如:金哥是最勇敢的、乐观的,他善于带头,总是在微笑,永远向前,从来没有说过这事难办。老张的沉默外表近乎悲观,但他不是消极的,而仅仅是"一个不容易忘记痛苦和仇恨的人"。金哥的微笑越多,就显得老张的皱眉越深。各人做各人的戏,更衬托出彼此的风骨。茉莉和丁香亦然,黎莉莉和陈燕燕都是当时学生们喜爱的明星,茉莉有男性的豪放,丁香却富于女性的温柔,两位姑娘可以放心地施展各人的才华,不用担心谁会"抢"了谁的戏。因为戏路不同,各有千秋。

1934年拍电影,因制作尚未产生合成技术,所以尚处在无声对白与配音歌唱相结合的阶段。有鉴于此,孙瑜分外重视电影歌曲的作用。为了使《大路》这部电影声色并茂,在歌词创作上,孙瑜请大笔如椽的孙师毅写成序曲《开路先锋》,还请著名剧作家、诗人、记者、翻译家、社会活动家安娥(实乃中共中央特科工作人员)着力创作了两首插曲《新凤阳歌》和《燕燕歌》,孙瑜自己着墨《大路歌》。由谁来谱曲？个子不高、身体壮实、皮肤黑黑的"大孩子"看完剧本已按捺不住自己的激动。

"大孩子"是孙瑜给聂耳起的昵称。孙瑜和聂耳，还有王人美、黎莉莉都是加盟"明月歌舞社"的同事。聂耳是乐队小提琴手。孙瑜发现，聂耳对音乐特别敏感，不仅吹拉弹唱样样精通，还时不时不经意间哼出动听的曲调。会看的看门道，孙瑜从聂耳的"脱口而出"中看出了他的音乐天赋。经过交谈，方知聂耳自小就热爱音乐，参加过各种音乐活动。1925年，聂耳在云南第一联合中学就读，同时，每天晚上还参加法籍教师柏希文开办的英语学会，补习英语。

柏希文精通英、德、法几国文字和拉丁文，也懂得中文。他热心于教育事业，看到当时昆明外语师资的缺乏，不能满足教学发展的需要，便筹办了英语学会，为学校师生课外补习英语。他亲自担任教师，对学生的收费很少，如果学生无力负担，还免收学费。聂耳就是免收学费的学生之一。

柏希文不仅在英语方面对聂耳的帮助很大，在思想方面也对聂耳有一定的影响。柏希文是一位敬重达尔文和哥白尼的无神论者，在讲课中，经常对学生灌输无神论的思想，揭露帝国主义对中国的侵略罪行，并阐述帝国主义必败、中国必胜的观点。柏希文又是音乐爱好者，娴熟于钢琴弹奏。当他发现聂耳有音乐天赋后，就经常给聂耳弹奏瓦格纳、贝多芬、肖邦等音乐大师的名曲，以作示范，并在音乐理论上加以阐明。聂耳自小耳濡目染，自然深受西方音乐的影响。

孙瑜和聂耳在音乐和对社会的思考上有着共同语言，便成了能推心置腹的知心好友。1932年，孙瑜拍摄《火山情血》，聂耳给他提供了许多有关南洋群岛的资料，还热情地帮美工师设计南洋布景。1933年在孙瑜编导的《小玩意》中，聂耳一时高兴，还客串演出，扮演卖臭豆腐干的小贩"小黑子"，为影片增加了不少兴味。

不久，聂耳一鸣惊人，相继创作了《卖报歌》《码头工人歌》。这两首充满生活气息、慷慨激昂的曲谱，在社会上引起了巨大反响，也震惊了音乐界。孙瑜明确地意识到，这样健康洪亮的歌声，绝不是一个人关在亭子里或徘徊在丁香树下写成的。应该说，劳动人民的脉搏就是聂耳曲谱的节奏，劳动人民的喘息和怒吼就是聂耳震天动地的歌声。

如果说聂耳的这两首歌，是对底层劳苦大众淋漓尽致的歌颂，那么，聂耳显然是第一位愿意讴歌大众的音乐天才。

既然如此，为《大路歌》谱曲非他莫属。况且卧榻之旁就见俊才。当孙瑜约聂耳为《大路歌》写曲子时，聂耳迅速浏览起歌词来：

哼呀咳嗬咳！（咳嗬咳）

哼呀咳嗬咳！（嗬咳哼）

大家一齐流血汗！（嗬嗬咳）

为了活命，

哪管日晒筋骨酸！（嗬咳哼）

合力拉绳莫偷懒，（嗬嗬咳）

团结一心，

不怕铁磙重如山。（嗬咳哼）

大家努力，一齐向前！

大家努力，一齐向前！

压平路上的崎岖，

碾碎前面的艰难！

我们好比上火线，

没有退后只向前！

大家努力！一齐作战！

大家努力！一齐作战！

背起重担朝前走，

自由大路快筑完。

哼呀咳嗬咳！（咳嗬咳）

哼呀嗬咳哼！（嗬咳哼）

哼呀咳嗬咳！（咳嗬咳）

哼呀嗬咳哼！

读完，聂耳直率地问："需要哪样的情调和节奏？"孙瑜答道："我希望带一点俄国《伏尔加船夫曲》那样悲壮的调子，因为我觉得，筑路工人拉着压路的大铁磙时，也好像旧俄船夫们拉着沉重的木船一样……"

聂耳同意孙瑜的见解，同时也提出了中肯的建议：在表现筑路工人艰苦沉重步伐的同时，更应强调人们团结合作，负起重担，争取为抗战筑路的那种青春蓬勃的节奏和胜利乐观的信心。

打这以后，孙瑜与摄影师等人去了无锡太湖、浙江昌化溪、安徽等地看外景选址。月余回到上海。翌日，聂耳兴冲冲地来到孙瑜家，一进门急忙打开他的大黑皮包，拿出歌谱，在客厅里边做出拉大铁磙的姿势，边哼唱起《大路歌》来。他还在歌词头尾添加了生活中筑路工"哼唷、哼唷"的劳动号子。为什么要"节外生枝"？聂耳说，劳动时打起号子，心中有力，身子便轻，劲头就大；号子打得好，足步齐，行动快，转弯抹角灵活。所以，打号子和唱戏一样，唱得有板有眼，才会给干重活的人无形中增加力量。《大路歌》是劳动人民的歌，因此应该震响着号子声。

聂耳又亮开嗓门，唱得刚健、浑厚而嘹亮，动作也做得干练逼真。

唱完，聂耳站到孙瑜面前，像小学生那样等待老师的评判。孙瑜被那雄豪奔放的旋律深深震撼。不消说，倘若没有去十六铺观察码头工人的肩挑人扛，不去深入感受工人打着号子干活的强烈的劳动气息，是不可能创作出如此情绪饱满、音节铿锵的曲谱来的。孙瑜虽按捺不住自己的激动，但没有一言半语的夸赞，而是把聂耳紧紧地搂抱住。过后，他拉着聂耳大步跑到寓居不远的金焰家。

孙瑜不仅是金焰、王人美的好友，而且是这对影坛伉俪的婚礼主持人。

聂耳二话没说掀起琴盖便弹奏钢琴，还带头领着他们唱起了《大路歌》。他们唱了一遍又一遍，越唱越顺口，越唱越响亮，直到唱得嗓音嘶哑，才意犹未尽地屏声敛气。但是，他们一刻也没有消停，金焰高兴地对着聂耳的胸脯捶了一拳，王人美把跷起大拇指的拳头举到聂耳的眼前，孙瑜则从聂耳的后背把他腾空抱起，连着转了几圈。显而易见，这几位好友，就是用这种热烈的举动表达了对聂耳的赏识。

等到大家平静下来后，金焰提出有几个音符应该更具民族特色，聂耳认真听着，同时用灵活的手指在钢琴琴键上缓缓地弹弄着……孙瑜从琴声的变化中听出，聂耳不仅虚心接受了建议，而且并非囫囵吞枣，而是融化后再升华，使得响亮的高音和深沉的低音产生更加和谐的共鸣。当聂耳专注地自弹自唱时，孙瑜、金焰、王人美立即同声附和。唱罢，聂耳骤然用力按了一下琴键，站起来兴奋地高叫："这样不就行了吗！"接着他用双手对着琴键一阵冲击。于是，一首激动千万劳动人民心弦、充满着革命乐观主义节奏的杰作完成了。

序曲《开路先锋》以中国工人阶级不甘遭受压迫、誓要搬掉压在中国人民头上三座大山为创作主题："我们是开路的先锋，不怕你关山千万重！几千年的化石，积成了地面的山峰！前途没有路，人类不相通。是谁，障碍了我们的进路，障碍重重？大家莫叹行路难，叹息无用，我们要引发地下埋藏的炸药，对准了它轰！轰！轰！"

其雄壮豪迈的气势，洋溢着革命的乐观主义精神和必胜的信心，给予生活在水深火热之中的中国老百姓以极大的鼓动和引导。此歌由孙师毅作词，聂耳作曲。

在创作序曲《开路先锋》时，聂耳曾经把二房东老太太吓坏了。他租借的是二层前楼。当他完全进入创作的最佳状态时，白日和晚间反复高唱"轰！轰！轰！哈哈哈哈哈……轰！"他的笑声越来越响亮，再夹杂着一些爆炸似的捶桌顿足声，把二房东老太太吓得心惊肉跳，以为这个年轻的房客神经出了毛病，许是因为失恋或者失业而发了疯。

1935年，《大路》在上海首映后获得了热烈的反响。影片中的四首歌也传唱一时，尤其是《大路歌》和《开路先锋》，骤然成了震撼人心的时代的最强音，其中"背起重担朝前走，自由大路快筑完"的歌词鼓舞了全国人民，转化为一种民族精神。

《大路》的外景是在无锡太湖边筑路工地上拍摄的。聂耳说，生活是艺术的摇篮，他希望到工地上通过亲身体验，从而能获得更多的创作灵感。王人美因闲暇而随夫出征。一来可以照顾金焰，二来是凑热闹，乘此机会好与黎莉莉、陈燕燕做伴。

外景队下榻在一家郊外的小旅馆。孙瑜很快就进入拍摄的前期工作。年轻活跃的聂耳有暇就弹奏随身带着的吉他琴，还动不动出点子开玩笑，甚至叫韩兰根装神弄鬼吓唬大家……他的风趣逗乐使大家感到格外的轻松愉快，便亲切地叫他"大孩子"。

聂耳是一个才大心细的人。他发现孙瑜虽忙于引导演员进入剧本角色之中，但常常眉头紧锁，似乎心中隐藏着一种难言的焦虑。一天傍晚，聂耳欲散步走出旅馆，一眼看见孙瑜正站在一棵树下发呆。聂耳径直走到他面前，直截了当地问："老兄，我发现你一定有什么心事，难道你对我也不能言说？"孙瑜略一迟疑，便和盘托出："投资的经费有限，要拍到得心应手，只是囊中羞涩。就说住宿，无奈让大家屈尊俯就农家小舍。唉……"聂耳看着孙瑜长叹一声，不以为然地说："你多虑了，只要把片子拍好，大家不在乎栖身之处的好坏。你没看到大家都是乐呵呵的？"

孙瑜抿紧嘴摇摇头，苦笑着说："大家一心想拍好片子，越是不在乎，我越是不安。接下来要用钱的地方比预算的还要多。请筑路工拍群众场面得付酬，飞机扔炸弹也是一大笔开销，入不敷出，愁死我了。"

沉默，还是沉默。聂耳用轻松的语调小声嘀咕了一句："老兄，船到桥头自会直，我想，天无绝人之路。"说完，一边想着，一边顺着大树转圈。转了一圈又一圈，突然间，他猛地站在孙瑜面前，高声说："有了，钱会来的，一定会来的！"孙瑜不解地望着他，问："会来的，从哪儿来，从天上掉下来？"

"对，从天上掉下来，肯定会从天而降。你听我讲，我们在太湖边拍片，有许多事要靠地方上方方面面的支持。所以我马上组织一场篮球赛。金焰、刘琼是上海出名的篮球健将，由电影明星和当地最好的球队对垒，一定会造成全城的轰动……"

当地记者听闻金焰、刘琼、韩兰根、陈天国这几位电影明星将披挂上阵，与无锡劲旅梁溪队一决雌雄，而且难得一见的女明星黎莉莉、陈燕燕、王人美将组成啦啦队，并由聂耳担任队长，如获至宝，立即在报纸头版头条大加宣传，还表示要对在无锡拍电影《大路》的新闻进行追踪报道。

"联华、梁溪慈善篮球赛"是在无锡羊腰弯私立锡中的操场举行的。虽然需要凭票入场，为了一睹明星芳容的市民像狂潮一般涌进球场。比赛现场秩序井然，梁溪队以 38 比 29 获胜。门票收入全部捐献给旱区灾民。

聂耳不是信誓旦旦地说"钱会来的，一定会来的"吗？须知，进行这场球赛醉翁之意不在酒，结果却颗粒无收。

事情的发展却令外景队蒙了又蒙，真的是喜蒙了。

孰料这场比赛不仅当天来观战的人蜂拥而至，赛后的影响更是波及无锡全城。一位陈姓的巨商特意带着一众头面人物前来表示慰问，感谢上海的电影明星看得起"小上海"（30 年代无锡的别称）而光临"锡城"……当他环顾外景队十分简陋的驻地后，不胜感慨地说："要拍筑路工地，哪儿都可以拍，为何直奔无锡？这说明，众位电影明星对无锡情有独钟。'难泥'无锡人（我们无锡人）的待人之道就是投桃报李，我愿意让出一处住宅给你们做拍摄的大本营。"另一位商人插问："是不是靠近鼋头渚依山傍水的那幢花园别墅？"陈老板答道："对。诚盼上海拍电影的各位赏光栖身鄙处，我现在就回去扫榻迎客。"说完匆匆走了。其他几位商贾老板也纷纷表示，"难泥"无锡素有"小上海"之称。大阿哥来了，小阿弟理应尽地主之谊。他们回去后，立即把表态变为行动，纷纷慷慨解囊。商贾老板为了支持拍电影大方出手的消息又成了报纸的头版头条。这样一来，许许多多乐善好施的富翁都前来表示愿意谨献微薄之力。孙瑜因为在经费上已经不是捉襟见肘，便一一予以婉谢。不过，有一群人，尽管孙瑜再三明确表示"请你们做群众演员，理应按劳付酬"，但筑路工人你一句我一句地大声嚷嚷，"你们拍反抗帝国主义欺负我们中国人的片子，是在为我们中国人说话，现在'难泥'无锡人都在有钱出钱，有力出力，'难泥'一个铜板都不要。你们一定要给，'难泥'就不拍！"

面对这伙真心实意的筑路工人，整个外景队深受感动，孙瑜向筑路工深深鞠一躬，说："话说到如此，我们心领了。有各位兄弟鼎力相助，我们一定与你们同心协力把戏拍好。"有一场戏，群众演员有三四百人，当协助拍摄的筑路工人举起铲、锹、铁锤，从四面八方怒吼着涌来，最终包围了地主和大

聂耳　　　　　　　孙瑜

个子工头时，他们愤怒的感情朴实自然，显得无比真挚。拍完这场戏后孙瑜不胜感慨地说："倘若要支付每一个人的出场费，那可是一笔不小的费用啊！幸亏'大孩子'的妙计良策，解救了《大路》因缺钱而陷入的窘困。他啊，羽扇纶巾谈球赛，招财进宝转安危。"在拍摄的过程中，聂耳虽然不是演员，但随处可以看到他忙得不亦乐乎的身影。有时，他流着大汗，满脸通红，在筑路工人和炸山捶石的山崖间跑上跑下，为唱歌指挥打拍子，使当时用无声摄影机拍摄有声歌唱的镜头，顺利地在他的创造性劳动中得以解决。在休息时，聂耳和大家攀山涉水，在大自然的温暖怀抱中激发了对祖国壮丽河山的热爱。他曾带着演员和一些筑路工人，摇着一只运石头的木驳船，在月夜下的太湖上弹琴歌唱，大笑大嚷，使那古老沉寂、遗留着西施和范大夫游迹的五里湖响彻了青年一代热烈豪放的笑声。在笑声中，他像朗诵似的大声说："路在我们脚下，路越走越宽广，走在这条路上，人民做我们美丽河山真正主人的日子快要来了。"

孙瑜在回忆文章中写道："这是聂耳的心声，当时，我们并不知道聂耳的心中怀着远大的目标。后来才知道他是中共党员，是田汉在1933年介绍他加入了中国共产党。也就是说，他心中自有丘壑，是以党员的标准要求自己并投身于电影的拍摄。正因如此，聂耳与我们游息之余，并没有忘记去访问那些靠太湖为生的农民和渔民。可以说，我们谁也比不上聂耳那样和劳动人民打成一片的真诚。他不是站在一旁去'同情'和'表扬'他们，而是深入他们中间去作为他们中的一员，呼吸着同样的空气，怀着同样的思想感情去接近、了解、描写并真正地热爱他们。"这是孙瑜对聂耳发自心底的评价。

在孙瑜的眼里，聂耳是一个活脱脱的"大孩子"。他说："聂耳个子不高，为人爽朗风趣，调皮活泼，就像一个大孩子。他的耳朵很大，耳垂也肥，耳轮分明，外圈和内圈很匀称，挂在大圆脸的两旁。令人称奇的是，他的耳朵，竟然可以随意耸动。平时与大家说笑，有人会怂恿他以耳助兴，他也乐意耸动两耳跃动不停形似跳舞，或驱动两耳帆似的张开，抑或形成两扇屏风……在他尽兴表现的时候，还自我标榜这是无处可觅的'耳朵舞'，引得大家捧腹大笑。"孙瑜对他说："'聂'字，三耳堆成山，和你与生俱来，而且你喜好以耳逗乐，不妨称你为'耳朵先生'。"聂耳笑着说："承蒙抬举，恭敬不如从命。既然今生与'耳'字有缘，现在本人郑重宣布，聂守信改名为'聂耳'。"聂耳，就是这样一个在戏谑中应运而生的名字，却在中华文明史上留下了不可磨灭的光辉！他短暂的三年音乐创作，深刻地反映了在苦难中奋力求解放的中国人民的生活和斗争，对未来的胜利充满信心，具有强烈的时代精神、鲜明的民族风格和富于创造性的艺术形式，从而有力地鼓舞了人民群众的斗志，为我国无产阶级音乐开辟了道路。

聂耳曾经对孙瑜说过："我为电影《风云儿女》的主题歌《义勇军进行曲》谱曲时，感情很激动，创作的冲动像潮水一样从思绪里涌出来……那时我没有钢琴，就让金焰把这首歌一句一句地试唱出来，我听了再修改。"《义勇军进行曲》是电影《风云儿女》的歌曲，由田汉作词、聂耳作曲。这首歌自1935年在民族危亡的紧要关头诞生以来，在人民中广为流传，对激励中国人民的爱国主义精神起到了巨大的作用，被称为中华民族解放的号角。

当孙瑜和金焰得知这首歌被评定为国歌后，他俩高兴得手舞足蹈。金焰一迭声地说："天哪，我真不敢相信，就在我家小屋里，'大孩子'的即兴创作，居然会一鸣惊天！不过，当时他击浪中流的爱国气概、作曲时的隽思妙曲，使我非常清晰地透视到他的心灵——他的爱国情怀如水晶般透明、坚实。"孙瑜深有感触地说："正因为聂耳是一个充满孩子气的性情中人，又是百折不挠、标新立异的音乐天才，才为我们民族谱写了震撼人心的时代最强音。可惜啊可惜，若他在天有灵，一定会笑看人间。他啊，这个大孩子，如果说他在音乐创作上是一位'乐乃心声'的天才音乐家，那么他在生活中恰恰是一个风流洒脱的'英俊少年'。1932年，他在家乡女友袁春晖的照片后题写了一首短诗'记得你是一朵纯洁的白兰，清风掠过，阵阵馨香，我心如醉……'，这是他至纯的初恋，多么浪漫。我在1931年和聂耳初次见面，他笑着用云南乡音说四川话，'云南、四川，我们是大同乡啰！'以后接触多了，我发现他就像一个天真的孩子。他喜欢电影，凡看到动情之处，必定又哭又笑。想当初，谁为《大路歌》和《开路先锋》充当歌手？这个清湛似水的'大孩子'也不事先征求我的意见，便当着众人发号施令，'我看这两首歌就由片中的六位男主角，再加上剧务主任和孙导，一共八个人共同齐唱。金焰是出名的金嗓子，领唱非他莫属。还有，《新凤阳歌》请黎莉莉献歌一曲，《燕燕歌》当然由陈燕燕放声歌唱。怎么样？我的这番安排个个人尽其才，好吧，就这么定了'。按常理，我是导演，他这不是喧宾夺主吗？然而，我俩是至交，寸长尺短，各有所长。我佩服他的惊才绝艳，在我看来，他确确实实是一个充满孩子气的艺术家。永远热情奔放，他的心永远是纯洁的。况且聂耳的这番调兵布将正合吾意。我爽朗地大笑，知我者心有灵犀也。"

曾经在电影《聂耳》中饰演聂耳的赵丹说过："孙瑜说聂耳是一个长不大的孩子。是的，聂耳是一个爱花，爱书，爱孩子，爱运动，爱生活中一切健康、美好的事物的大孩子。"君子以文会友，以友辅仁。孙瑜与聂耳，这一对惺惺相惜的挚友，可以说是30年代影坛上精诚合作的楷模。在中国电影的发展史上，孙瑜是一位被美誉为"影坛巨匠"的大导演。由他俩合作的《大路》，则是一部现实主义的经典之作！聂耳作曲的《大路歌》《开路先锋》豪迈宏伟，除了被选作国歌的《义勇军进行曲》，这两首可以说是为广大群众唱得最多的聂耳作品了。孙瑜与聂耳，一段影坛上的旷世情缘，真可谓珠联璧合，交相辉映！

白痴啊白痴

记"北京大学世界传记研究中心创始人"赵白生教授

长篇纪实文学《周恩来与北影》一书由中央文献出版社出版后,我给好友韩石山奉寄一本。他很快在微信上发来两张照片。这是用毛笔在《周恩来与北影》的扉页上写下了情真意切的感悟,然后拍摄成像。2021年1月8日是周恩来逝世45周年纪念日,周恩来纪念馆于前一天召开纪实文学《周恩来与北影》首发式。他给大会寄来发言稿《曹致佐的爱与毅力》。不久,他建议我不妨赠送给赵白生教授一本。

赵教授何许人也?经在网上搜寻,很快就有了答案:北京大学外语学院教授、博导,北京大学世界传记研究中心主任、北京大学跨文化研究中心秘书长、国际传记文学学会创始人、世界生态文化组织主席、世界文学学会会长,曾获北京大学唐立新奖教金优秀学者奖(2016年)、德国弗赖堡大学高级学者奖(FRIAS Senior Fellowship,2011/2013年)、北京大学外国语学院优秀教学

赵白生
(北京大学教授，世界传记研究中心创始人)

奖（2007年）、哈佛燕京学人奖（Harvard Yenching Fellowship，1999—2001）、朱光潜美学与西方文学奖（1998年）、赵萝蕤英美文学奖（1997年）等。

看后惊讶不已，此君了得，竟然是研究传记文学颇有建树的专家。转念一想，倘若能得到这位教授对《周恩来与北影》这本书的高见，对我肯定大有裨益。于是致信石山兄，请求告知赵教授的通信地址。石山立即在微信上发来赵白生的名片。我一看，蒙了，名片上除了昵称"白痴"两字，既无手机号码，也没有收信人的详细地址。鄙人已入八十老境，能用手机打打电话看看微信已经够时尚了。若要玩手机上五花八门的功能，着实力不从心，更没有兴趣去耗时费力。所以我对着这张名片发呆，不知道该怎样点击方能与对方通上微信。当然，我也不是看到难题就望而生畏的人。于是七点八点，点来点去，哈哈，竟然接通了白痴的微信。这位素昧平生的北京大学教授，很快就接受了我的要求。往后，我俩在微信上日渐频繁的文字交流，以及我经过网上搜寻他的一切能找到的相关信息，促使我对他的欣赏日甚一日。爱屋及乌，鬼使神差，我一气呵成写下了短文《白痴啊白痴》。

明明是一位教授，而且是北大教授群星中的翘楚，却自谦为"白痴"。白痴——思维能力极低下的人，为何取这一带有自嘲自贬之意的昵称呢？

初中时看过一本书叫《白痴》，是陀思妥耶夫斯基的长篇小说，写的是个患有癫痫病的年轻人……这个人物是作家理想的化身，就像司汤达笔下的于连是资产阶级理想的化身，莎士比亚笔下的哈姆雷特是人文主义理想的化身，巴金笔下的觉慧是一个激进、大胆而又幼稚、单纯的知识分子化身等。

以上这些人物是因为作家对其的爱而痴心情深，迷恋难舍，这才绘声绘色地创造出与众不同的人物形象。

有诗云："人生自是有情痴，此恨不关风与月。"细想方始顿悟，"白痴"的含义用在不同人的身上，其意义会大相径庭。显然，"白痴"先生取其名绝非自贬其辱。恰恰相反，这何尝不是自己对事业执着追求的一种勉励。

"人生自是有情痴，情到深处会痴绝。"由此推断，白生先生冠以"白痴"，这显然无关风月，而是对事业的执着追求和坚守。在白痴这位有情之人看来，不但要把研究传记文学提升到学科之列，而且要从世界的范围进行综合研究。情到痴时方始真，这"真"就是种子。种子不一定能发芽，但没有种子，发芽便无从谈起。有了倾心从事研究传记文学这颗"情种"，还要加上精心的培养和呵护，才能使这颗"情种"发芽并茁壮成长。

北京大学于1998年12月22日举办了北京大学世界传记研究中心成立大会暨1998年北京传记文学研讨会，会议的主题是"世界语境中的传记文学"。来自全国各地的六十多名代表都是赵白生盛邀的贵宾。这一国际组织成立的大会组织工作以及五大洲代表的邀请都由赵白生教授一人策划。这是具有世界意义的一件大事，中国学者出面创建，老外们吃惊不已，半信半疑，后来非常满意。了解了这一史实，我深感白痴是一位心有丘壑、眼存山河的大学问家！也就更加彻悟了"白痴"这一昵称的情怀，似乎也感受到白生先生在采用"白痴"这一昵称时的心境，对待传记文学，他啊，一生痴迷一生醉！

白痴啊白痴!

我在微信上把此文转发给了几位朋友,很快得到了反馈。既是作家又是画家的戴逸如,他在微信上用"般若花开"作为昵称,他这样写道:致佐兄宝刀不老,佳作连连。又拜读《白痴》妙文。艺术需要痴情,文学需要痴情,大凡要把一件事做得像模像样,没有一点痴情不行。我在网上查出了有关赵白生的资料,方知,他是北京大学外国语学院的博士生导师。他开讲的课程包括英语文学专题、美国文学专题、非洲文学专题、生态文学与环境批评等,有关传记文学的课程有经典人物研究、传记文学理论、世界文学理论、世界文学研究法、跨文化研究、跨文化学通论、学术论文写作。不看不知道,一看便对这位比我们小一辈的后起之秀欣赏有加。他学富五车,对做学问一片痴情。由此方知白先生之"痴",正是痴情之谓,痴情之体现,深得痴情之三昧,是不会白白地痴一场的。

知交陆正伟是巴金文学研究会副秘书长,他在微信上直陈己见:"可笑大胖子,《白痴啊白痴》虽短却写得精彩。读完,我对白痴先生肃然起敬。这位中年教授,对传记文学的研究,不仅仅停留在纸面上的翻云覆雨,而且做出了具有开创性的实践并有了引人瞩目的成果。在他的倡导和努力下,成立了'北京大学世界传记研究中心'和'中外传记研究会'。这种为事业开疆辟土的心存高远,您不妨再续笔力,落纸云烟。"

我有所触动,但因深知若要动笔就得翻山越岭,便回复道:此君并非等闲之辈,就怕心有余而力不足。

陆正伟发来力劝之词:我认为只要你的心为他所动,就一定能妙笔生花。你在《周恩来与北影》一书中不但通过感人至深的细节叙述、活灵活现的动作描写,逼真而细腻地再现了周总理鞠躬尽瘁、死而后已、为国为民、崇高而伟大的光辉形象,而且还写出了十几位有血有肉、栩栩如生的各种人物。所以,我相信你一旦进入创作的境界,不但会笔底春风,而且肯定会笔老墨秀。

既是诗人、摄影家、旅行家,又是收藏家的田永昌,在微信上说:"看了你的大作《周恩来与北影》,才知道在'文革'那个年代,你正直做人,保护友人,实在可敬。也知道一个真正的好作家,不仅在于作品好,而且更在于人品好。这么多年虽与你很熟悉,但看了书才知道,你是我们上海作家队伍中值得尊敬的好作家。现在又看了《白痴啊白痴》,我由此而浮想联翩。英雄惜英雄,那么你何不是铁肩担道义,妙手著文章?写下这两句,我还觉得言不尽意,也就情不自禁地再加上两句:老牛自知夕阳晚,不须扬鞭自奋蹄。"

还有几位好友,也都在微信中发来了与上述几位对《白痴啊白痴》一文相同的见解,都认为对这位自谦为白痴的教授,值得为他倾注笔墨,以文抒怀。资深编审张斤夫说:"读苏轼的词,可以医心;品苏轼的人生,让人发奋。依我之见,只要你给白痴下笔成文,那就可能做到,品白痴人生,让人发奋。"

众口如一,心心相印。大家在微信中表达的真情实意,终于促使我迸发出一股创作激情,欲罢不能。不过我还没有冲动到一发而不可收的地步。我想,能认识赵白生教授,是经石山兄的介绍。眼下,我既然有意为白痴倾注笔墨,不妨先征求一下他的意见。我发出微信后,仅仅隔了不到5分钟,就收到了他的回复:

> 致佐兄,白生是一个有思想,有魄力,更是一个有行动能力的人。他白手起家,就办起一个全国最大的传记文学学会,同时又把这个组织扩大为一个世界性的传记学会,经常组织一些大型的传记文学活动,包括国外的活动。你要写他最好写成一本传记,这样就好了。但是,文笔一定更平实,这样才能见出他的品质和才华。不要过多的夸赞。

看后我当即回复:"老兄所言极是,无奈量小力微。"

我所以会说"无奈量小力微",只因石山的希望已超出了我原先的创作设想。我定下的创作规模是五千字左右。未想过要洋洋洒洒地来个大开大阖,笔酣墨畅。所以会产生点到为止的以小见大,只因这位"白痴"恰恰是一位满腹经纶的大学教授。他啊,文也纵横,武也纵横。倘若作者没有庞大的知识储备,没有洞若观火的深刻思考,很难写出白痴的灵性、睿智和学术造诣极深的境界。然而,面对一众好友的人心所向,我岂能畏缩不前。我自己鼓励自己，纵然鄙人不才，也要奋力写出白痴那种"最是书香能致远"的人生追求。于是，我开始研究这个人物的相关资料。他是北京大学世界传记研究中心主任、北京大学跨文化研究中心秘书长、中外传记文学研究会会长、国际传记文学学会创始人、世界生态文化组织主席、世界文学学会会长、英国开放大学研究员（2008年）、法国里昂大学（Université Jean Moulin - Lyon 3）特邀教授（2006年）、德国古腾堡大学（Johannes Gutenberg - Universität）客座教授（2005年）。天哪，这位自喻为白痴的学者，可以说，其学问不但高深广博，而且毕其精力投身于开创性事业的探索：四出游说、心灵沟通、组建架构、策划宣传等不同层面、不同国家、不同语言的相交相融，这些勤勤恳恳、才华横溢的付出则是他执着精神的升华！并非像我辈这样一般的作家能够望其项背。不但如此，他还笔耕不辍，皇皇几百万字的著作相继出版。

面对白痴的二十几部著作、百把篇论文、几百万字成果，而且在传记文学体系上做出的开拓性贡献，我该从何落笔，从容写来？想来想去，最后决定还是从他创建"中外传记文学研究会"写起。

在白痴的教学中有世界文学这一课题。而在世界文学中，传记文学是一种独立的文学文体，受到高度的重视。赵白生教授认为：美国文学始于本杰明·富兰克林的《本杰明·富兰克林自传》。这并非夸大其词。不过，这倒说明美国传记文学独特的艺术魅力。作为一种独立的文学体裁，美国文学中自传的诞生还是以《本杰明·富兰克林自传》的问世算起。这的确是一部公认的里程碑式的巨著。

白痴先生在教学中提到法国的传记文学时特别强调：有关法兰西的传记文学，首先要提到享誉全球的罗曼·罗兰。他的长篇《约翰·克利斯朵夫》在世界上产生了强烈的影响。20世纪初，他的创作进入一个崭新的阶段，他为了让世人"呼吸英雄的气息"，执意为具有巨大精神力量的英雄树碑立传，创作了传记文学《名人传》，又称《巨人三传》，它包括《贝多芬传》（1903）、《米开朗琪罗传》（1906）、《列夫·托尔斯泰传》（1911）。罗曼·罗兰的小说特点被人们归纳为"用音乐写小说"，他于1915年获得了诺贝尔文学奖。

纵观世界各国的传记文学作品，可以看出一个明显的共同点，都是一部部对读者有着强大推动力的励志作品。好的人物传记，更是深刻而客观地描写成功人士的优秀品质，深入挖掘主人翁的内心世界，完整展示其人生经历，生动揭示他们的人生观和价值观，并入木三分地写出其成功之道。可以毫不夸大地说，传记文学，是人类文明的摇篮。

必须指出，我国的《史记》是世界上最早的传记文学。《史记》是我国古代第一部以人物为中心的伟大历史著作，同时也是我国古代第一部以人物为中心的伟大文学著作。从历史的角度讲，《史记》开启了我国古代两千多年来以人物为中心的历朝"正史"的先河；从文学的角度讲，《史记》第一次运用丰富多彩的艺术手法，向人们展现了栩栩如生的人物画廊。而我国的传记文学作品，历代名著迭出，佳作传世之多，无须一一列举。

正因为白痴先生敏锐觉察到各国传记文学在其文学领域的不可或缺的地位，从而认识到，魅力四射的传记文学，它的文学价值、历史意义、心理效用和教育功能是独一无二的。由此他萌生了要把传记文学当作一门学科来研究的想法。这种研究，不能只局限于我国的传记文学，而是也要研究外国的传记文学作品，而且要通过比较来拓宽做学问人的视野。于是，他把自己的想法告诉了在国内享有较高知名度的传记文学理论家全展教授。全展教授的学术专著《中国当代传记文学概观》，受到学术界的广泛关注和好评。众多专家指出"这是一部填补了当代文学研究空白的著作"，"代表了迄今为止当代传记文学研究的第一流水平"。他又致信从事中国古代文学、传记文学的教学和研究，担任浙江师范大学中文系古代文学教研室教授、硕士生导师的陈兰村教授，交流学术观点。他还特意拜访著名的《史记》与传记文学研究专家，北京师范大学中文系教授、古典文学教研室主任、中国古代文学先秦两汉文学方向博士生导师，中国人民大学国学院特聘教授、博士生导师韩兆琦教授。他把打算成立中外传记文学研究会的设想和盘托出，并诚恳请益。同时，他还坦诚陈说了自己的学术观点：在中国，《史记》的影响个案不胜枚举。传记文学的重要性已被历朝历代的先驱人物所认识，而且影响了一代又一代的中华子孙。中国的传记文学，可谓源远流长，但仍处于有史无论的局面。这丝毫不奇怪，因为传记文学这个文类不但在中国被忽视，而且在西方，其研究也大大落后于写作。所以，有必要开设研究和教学传播传记文学的学术课题。

凡是倾听了这位年轻教授深情陈说的每一位学者，因为本身就是研究传记文学的专家，又见他拿出了成立中外传记文学研究会的可行性的方案，其言正投下怀，所以他们慧眼识人，自然乐见其成。于是，1994年6月，中外传记文学研究会在北京成立，赵白生出任会长。

从中外传记文学研究会成立起，至2008年，共开了十四次年会。每一届年会，与会者都以个案的方式，围绕主题进行了广泛而深入的讨论。可以说群贤毕至，胜流如云；而笔韵墨趣，各抒己见，观点时有碰撞：

——传记文学在我国的影响越来越大。为了推动传记文学的学科建设，培育我国传记文学的创作与批评队伍已刻不容缓。

——与会者探讨了传记文学的功能，并对其价值进行了高度评价。传记文学理论研究、传记创作的空间与政治的关系、传记文学的真实性与文学性的关系成为会议的聚焦点。

——一定要以事实为基础，是传记为自己强加的条件；事实不是一成不变的科学发现，它会随着人们观点的变化而变化，而人们的观点又因时而异。传记文学不是艺术作品，但珍贵无价，因为，传记作家比任何诗人和小说家都更能激发人们的想象力。传记文学追求的真实性是真实性中最坚硬、最结实的一种，它蕴含美德，绝妙而灵验。

——中国现代传记文学创作承受着"历史性"的挤压，在观念上往往强调作品的史鉴功能，牺牲艺术的趣味性；重视宏大历史叙述，忽略情感化、个性化的艺术显现；而在理论上，把文学与历史混为一谈。

——评介中外传记文学作品是会议的一项重要内容。传记文学成为最受关注的文类之一，一个重要因素是它既有历史的精神，又有文学的表现。传记文学属于文学，而不属于历史。它的精神是历史的，而表现是文学的。

——郝琳介绍了英国作家弗吉尼亚·伍尔夫传记文学批评的观点："写人物传记除了叙述扣人心弦的故事之外，更为重要的是突出传记主人公的'在场'。虽然传记作家们都绘声绘色地描写了故事情节，但是未能顾及故事的主人公。他们忘了告诉读者故事里的人物是什么样子。如果读者对人物一无所知,那么再精彩的故事也没有任何吸引力。"

——赵白生认为,传记文学的重要性在于它独一无二的文学价值、历史意义、心理效用和教育功能。他引用拉尔夫·瓦尔多·爱默生(Ralph Waldo Emerson)的话说:"传记的作用应该在历史之上。"

——杨正润分析了中外传记文学发展的历史并介绍了传记文学本体论方面的有关争议以及发展趋势。

——作家赵瑜指出,1966年出现的十年动乱给全民族造成的创痛之重、危害之广史无前例,我们这一代人有责任有理由把这场苦难记述给后人。他认为,传记文学具有特别真切深入的力量,很可能产生揭示我们民族深层悲剧的一系列新作品。宗道一也认为,中华民族比任何时候都需要深刻的反思。而对历史进行反思,尽可能还原与再现历史,作为新世纪最具亮点的文类,传记文学责无旁贷。

——赵白生结合爱克曼的《歌德谈话录》、汪东林的《梁漱溟问答录》和南非作家库切的《老调重谈:论文集与访谈录》三部作品,深入探讨了谈话录这一自传作品的形式特征,以及读者、研究者对其的不同反应。

——王洪岳认为巴金在《随想录》中,把真实历史和时代精神结合起来,达到了当时那个时代知识分子和民族反思的最高程度。同时他又表示,由于种种原因,《随想录》也为我们留下了"阿喀琉斯之踵"的遗憾。

…………

总之,一届又一届的中外传记文学年会,学术交流的气氛越来越强烈,探讨的选题内容广泛而且也有尖锐的碰撞,从而促使与会者更加重视深化中外传记文学的研究,也激发了我国传记文学的创作和出版事业的发展。

2009年3月26日至29日,美国比较文学学会(ACLA)年会在哈佛大学举行。这次年会学者云集,规模空前。据大会主席戴若十(David Damrosch)介绍,这次会议是哈佛历史上的最大会议,与会者来自世界五大洲,共有两千余名学者。北京大学外国语学院世界文学研究所所长赵白生教授应邀参加这届年会。

中国的"世界文学"研究在这届年会上备受瞩目。在多个分会场上,不少华裔学者和欧美学者都在发言中专门论述了中国的"世界文学"研究。值得一提的是，本次会议的主席还把重头戏留给了中国学者。3月28日下午，哈佛大学桑德思剧院灯火辉煌，哈佛大学特级教授宇文所安（Stephen Owen）主持了会议。赵白生教授做了大会的主题发言，来自世界五十多个国家的约两千名专家学者饶有兴致地聆听了赵白生用流利的英语作的长篇论述。

他围绕"世界文学在北大"这个主题展开。他首先以两个"H"开头，说中国电视剧把纽约比作Hell和Heaven。他话锋一转，说这个比喻不确当。确切地说，Harvard（H）才是真正的Hell和Heaven。三天两千场发言怎么听，Harvard简直是Hell，可是诱人的报告比比皆是，让人大快朵颐，Harvard才是真正的天堂。选择就是折磨，可这个折磨又是甜蜜的，这叫sweet torture。听众大笑不已，这话说到了他们的心坎上。接着，赵白生教授重点解释了北大世界文学教学的"四重奏模式"：课程训练、国际会议、系列讲座和年度报告。他特别阐发"四重奏模式"学科理念：突破"五四范式"，发展"新五四范式"。简言之，"五四范式"实际上是一种西中模式，以西辅中；而"新五四范式"则放眼世界，互滋共兴。因此，研究生的学术训练则关注五大洲，研习四门外文，至少要有两门是亚非语。他还提出了世界文学在世界各国的分期和表现形态：National World Literature，Inter-national World Literature，Glocal World Literature，Global World Literature等。在他看来，世界文学的教育，不是单纯的知识教育，而是一种视野教育。世界文学的使命，就是培育一种世界视野。说到底，视野决定一切。最后，他强调指出，世界文学科研的真正模式应该是"五环模式"。在未来10年，北大世界文学研究所将致力于尝试这一新的模式。

对于他的精辟论述，听众兴趣浓厚，反响热烈。演讲一结束，来自欧洲、美洲和亚洲的学者纷纷要求与之约谈，寻求合作。对这种文学上的国际交流，赵白生早已萌动在心。此时此刻，他的愿望已然成了大家的共同心愿，他深受鼓舞。回国不久，他便把自己的设想提了出来："为了加强交流，增进理解，有必要创建一个机构，有利于各国学者、专家的切磋探讨。"所以他建议搭建世界传记文学的国际平台。他还通过不同渠道，对于是否成立北京大学世界传记研究中心广泛征求意见。很快，这一提议得到了许多外国同仁的响应。

赵白生，这位中年学者最动人的品质，就是对事业的专注到了忘情而痴狂的地步，他永远走在不断探索的路上。为了把不同国籍志同道合的老朋新友团结在对传记文学的深入研究之中，他的足迹从北大的未名湖畔延伸至大洋彼岸，或是查尔斯河畔的哈佛，或是塞纳河左岸的咖啡馆……他的不辞劳苦、跋山涉水，使人们认识到赵白生不仅仅是学者，是读书人，他还是长袖善舞的文化交流的活动家。他善于带着自己的学术见解和热情到处散播火种，把中外致力于研究传记文学的许多作家、专家、学者吸引到即将成立的"北京大学世界传记研究中心"的周围。一国又一国的学者，都被他献身传记文学的热情所震撼并随之起舞，被他不远万里而踏破铁鞋的真情、激情深深感动。于是，在他的登高一呼之下，国外研究传记文学的各方人士纷至沓来。

在国内，赵白生也是马不停蹄地——晋见毕生研究传记文学而胸有丘壑的大师、权威，拜访有专著的腕底生辉的专家、教授。他言辞恳切地表示，中国的传记文学作品是世界一流的。当代中国的传记文学作品，自然应该在世界上做出应有的贡献，占有自己的位置。所以，我们有责任把中国传记文学的优秀作品介绍给外国读者，使世界能听到中国人民的声音，感受中华民族的脉搏。为此，他还约请精娴于中外文字的专家，真心诚意地希望他们能倾情中外传记文学作品，在翻译上修路铺桥，填补这一尚存不足的空白。

"打开国门，提倡让中外作家、学者，进行交流。认识外面的世界和社会，特别是认识某个国家对传记文学的创作或研究有贡献的人，并了解他的作品，是一种很有意义的事情。因为，这就意味着在各国人民之间架起了桥梁，也是为相互学习，加强团结，为发展友谊建造了高速公路。而传记文学正是开启心灵的钥匙。"这段话，是赵白生讲的，是在北京大学世界传记研究中心成立大会上讲的。

关于这段话，我认为有着非凡的意义。因为，传记在文学这一领域似乎从来没有自己的学术意义和被确认为一种创作体系。传记从古至今总是依傍于文学而被提及，始终被忽视了其值得研究的价值。其实，传记文学的重要性早已被文化转型期的先驱人物所认识。梁启超对传记文学可谓一往情深，他的大量传记影响巨大。郭沫若在自传中写道:"那时候的梁任公已经成了保皇党了。我们心里很鄙屑他,但却喜欢他的著书。他著的《意大利建国三杰传》……以轻灵的笔调描写那些亡命的志士,建国的英雄,真是令人心醉。我在崇拜拿破仑、俾斯麦之余便是崇拜加富尔、加里波蒂、玛志尼了。"

胡适是另一位不遗余力地为传记文学鸣锣开道者。他除了自己动手写传记之外,还不断劝别人写自传,这是因为他深深地认识到传记文学的价值——"给史家做材料,给文学开生路"。

正因为赵白生认识到传记文学有着如此重要的价值和社会功能,他虽是世界文学的教授、博士生导师,但他因醉心于传记文学的价值升华而如痴如狂。他于教学之余,穷年累月,以人襟抱,敬业乐业,甘当蜂媒蝶使而纵横世界,成为传记文学跻身研究学科的拓荒者。

然而,让人意想不到的是,这位有着大气魄干大事的男子汉,其内心却有着柔软而温馨的情感。

陈兰村教授在一篇文章中感受深切地写道:"赵白生教授是北大外国语学院的英语老师。1994年他发起成立中外传记文学研究会时,还只30岁。次年在南京师大开第二次年会,我第一次见到他,一看是个非常年轻英俊的青年教师。中等偏高的个子,戴眼镜,面孔较瘦,但眉清目秀,穿一身很合身的藏青西服,给人一种儒雅干练的感觉。他在会上平易近人,与各地来宾讨论传记,说话时不时掺进英语,对当今国外的传记文学发展很熟悉,给人一种年轻人难得的学识渊博的印象。1996年12月在北大开第三次年会。他们英语系从领导到同事,有不少人来帮忙搞会务。由此我觉得他人缘一定不错。有几个老外也来参加会议。翻译译不出时,赵老师马上接上去译出来。一听可知他的英语很棒。会议结束后的一天早上,天气很冷,他从自己住处出来,帮我拿着行李,直到把我送上汽车。到家后,妻子告诉我,等我上了汽车,赵老师就打电话告诉我家里,说我已离京返回。在京时,赵老师陪我到书店买书。有几本书没有买到。我回浙江后过了一段时间,赵老师帮我买到了书,邮寄来了。信中说,他又跑了几家书店,把我要的书买到了。但不要我寄书费,算是他送我的……"

读完这段出自肺腑的文字，我被深深地触动了。在对其他几位的采访中，他们也都谈到了赵白生对他们无微不至的关心和帮助。著名"文坛刀客"韩石山说："那一年我应邀前往德国参加世界传记文学年会。出发前，我对赵教授表明了自己的担忧，自己不懂外语，既聋又瞎还动不了嘴。他用非常体贴的声调说：'韩老师，你别担心，我已经给你配上了专职翻译。也给随团需要翻译的师长都配上了翻译。'他还为我们准备了翔实的背景材料。他这个人，'相知在急难，独好亦何益'。"

韩石山用李白的这两句诗表达了对赵白生的感谢和赞赏。

于是，我给白痴发微信问道："您是教授，又是学术活动的组织者，还在各种活动中以体贴入微的关心给人以帮助。我想问，您何以会想得那么多并身体力行？"

白痴在微信中答道："我是学者，我的一切学术活动首先要懂得尊重人的主体性。人不仅是物质生活的主体，也是学术生活、精神生活乃至整个社会生活的主体。所以我既要创造条件让他们登上有利于一展学说才能的舞台和空间，也应该设身处地为他们考虑，提高他们发挥专长的生活品质。我始终觉得，学术活动的组织者，要关心与会者的多方面、多层次的需要。不仅关心物质层面的需要，更关心精神文化层面的需要，要着力于完善因历史原因所造成的拾遗补阙的需要。我认为对中外学者、作家的人文关怀上，还有着无限想象的空间。"

我真没想到，这样一位全身心投入教学，又忙里偷闲从事文学国际交流的学者，待人接物竟充满温馨，关怀备至，如丽日和风，真是令人萦思向往。

白痴还告诉我，为了使中外作家、学者的交流畅通无阻，经多年的培植，他已经组成了多个人才梯队：1.精通传记文学的学者和专家；2.擅长多国文字口译和笔译的翻译团队；3.达到国际水准的编辑队伍……

走笔至此，我百感交集，不尽所怀。想来想去，忽然想到了"人生自是有情痴，情到深处会痴绝"这两句诗。之所以会有这一联想，正因为我感受到了赵白生对事业执着追求近于痴狂的一片真心深情。

近30年来，中外传记文学研究在赵白生的领导下，会集了一批国内优秀传记研究者，产生了大量优秀研究成果。同时，研究会始终秉持着国际视野，向国际前沿看齐，国际学者也越来越被中国传记文学所吸引。一次又一次大会的成功举行更加充分地表明，中国的传记文学研究方兴未艾，绿树成林，臻于壮实，前景广阔。这一切成绩的取得，何尝不能说全仗"白痴"的胼手胝足、千里奔波、为他人作嫁衣裳的学术追求！那么，他是在一种什么样的社会背景下，才做到了心无旁骛，一片痴情？必须提及，在那炫耀财富、谄媚财富，粉腻脂香，声色犬马之中，有些文人艺术家的桂冠，已被金钱涂成了五颜六色。但是，赵白生这位年轻气盛的教授，高傲地远离纸醉金迷的花花世界，而是面向广无止境的文学天地，肩负着哈佛大学、巴黎大学、德国弗莱堡大学、印度理工大学等国内外多所大学客座教授的重任，活跃在世界各地的名家讲坛上。可以毫不夸张地说，他以开阔的境界倾情投入传记文学的深入研究中，以有涯之生逐无涯之业。这不禁让我想起他在哈佛讲台上所阐述的自己的见解和追求："世界文学科研的真正模式应该是'五环模式'。在未来10年，北大世界文学研究所将致力于尝试这一新的模式。"这几句表明他大志向的话，至今缭绕在我的耳际，袅袅不绝。

赵白生这样说了，而他就是一个言必信、行必果的人。在这方面可举的实例实在是太多太多了，在此不妨以下例而见一斑：

2018年10月25日至27日，由四川大学文学与新闻学院、北京大学世界传记研究中心、中外传记文学研究会联合主办的第二十五届中外传记文学研究会年会暨国际研讨会"作家自传研究及其它"在成都举行。来自世界四大洲的一百多名专家、作家、学者及研究生参加了研讨会。与会者主要来自北京大学、中国社会科学院、四川大学、上海交通大学、中国人民大学、中山大学、中央民族大学、北京外国语大学、厦门大学、南开大学、山东大学、西南大学、湖南大学等四十余所国内高校和研究所，以及伦敦大学国王学院、巴西康比那斯大学等国际著名高校，也包括各地作家协会的知名作家和全国多所出版单位的资深编辑。此次年会是中外传记文学研究会的第二十五届年会。25年来，中外传记文学研究会集结了一批国内优秀的传记研究者，产生了大量的优秀研究成果。同时，研究会始终保持着国际视野，向国际前沿看齐，国际学者也越来越被中国的传记文学研究所吸引。此次大会的成功举行更加充分地表明，中国的传记文学研究方兴未艾，前景广阔。

显而易见，赵白生在开展国际交流的学术活动中，对传记文学始终不渝地尽心尽力，披沥了他热爱传记文学的一片赤诚。他个人在学术研究上也硕果累累。他除了在《文艺研究》《外国文学评论》《国外文学》《中国比较文学》等著名期刊发表高水平论文二十余篇，还出版《传记文学理论》、《元首传》、《肖像》、《欧美文学论丛》(合著)等著作和译著。通过浏览他这些著作的篇目，我们也就能鸟瞰他在传记文学上攀登的千岩万壑。不仅如此，他还为中央电视台翻译了120多万字的大型电视系列节目。写到这里，我无须再多说一个对赵白生的赞美之词。纸短语长，临风寄意：赵白生对传记文学的研究，几乎倾注了他的大半生心血！我千言万语只想说一句话：白痴啊白痴！

书痴啊书痴

记"文坛刀客"韩石山

近日，在用微信与白痴先生和石山老弟的渔歌对答中，一时兴起写下了《是刀客，也是书痴》。原先不过是调侃戏谑所为，后经白痴一语点醒：你何不写一篇《书痴啊书痴》？方始如梦初醒，灵感突发。韩石山在文坛可谓独树一帜，声名远扬。写他的文章、写他书房藏书的文章不胜枚举。然而，倘若把他对书的痴情当作一座富矿，那么，也许还有更多含金量较高的矿藏有待深挖。

要想深山寻宝，我想还得按原来的思路顺势而为。

韩石山是一位霸气冲天的作家。之所以冠以"霸气"，只因他是一位强悍而毫无畏惧，为了坚持己见和文风，敢于刀劈斧削的猛将。

这位猛将又是一个豪情满怀的学者。他在研究人物时，不是仰视，也不就事论事，而是敢于提问，敢于质疑，善于对各家之言提出有褒有贬的独特见解。

匹夫之勇，特立独行，何以能骁勇善战于文坛？

韩石山

他用厚积薄发的霸气筑石垒山，巍然而立；他用豪情和雄心锻刀铸剑，锋芒毕露。

他的"霸气"，并非与生俱来。他豪情满怀，绝不是吃了豹子胆而目空一切。

追根溯源，全仗他乐意在书海中沉浮：或鱼翔浅底，或劈波斩浪，更跃身彼岸激扬文字，鹰击长空。种瓜得瓜，种豆得豆。他博览群书，学富五车，心中自然雄兵百万而潇洒地傲视群雄。

他的满腹经纶让我联想到他的书房——潺湲书斋。我未曾身临其境，但耳闻得知，他的书房有书橱还有书库。究竟有多大？在居处不远，他买了三室一厅设柜藏书！他的书房是新文学资料的宝库，书架上有齐全的《新文学史料》杂志，有台湾联经出版社出的《胡适日记全集》和《胡适之先生年谱长编初稿》，另有一大套"中央研究院"《历史语言研究所集刊》（共16刊，

50多册），还有《全唐文》《黄宗羲全集》……他终因可以稳坐"书城"而左右逢源。在他心里，"书卷多情似故人，晨昏忧乐每相亲"。在他眼里，上万本藏书形成一道最美的风景，带给他无限的乐趣和享受。倘若有人以小人之心度君子之腹，以为那些书是装潢，是摆设，那么"文坛刀客"落笔所涉及的文学门类之广、论述名家大师之多，一看以下的列举就会对他刮目相看，肃然起敬：

长篇小说《别扭过脸去》，专著《得心应手》，短篇小说集《猪的喜剧》《轻盈的脚步》，中篇小说集《魔子》，中短篇小说集《鬼府》，散文集《亏心事》《我的小气》，评论集《韩石山文学评论集》，文论集《我手写我心》《韩石山演讲集》等。主要著作还有《李健吾传》《徐志摩传》《寻访林徽因》《少不读鲁迅，老不读胡适》《谁红跟谁急》《民国文人风骨》等，以及自述的重要作品《装模作样——浪迹文坛30年》。

不看不知道，一看吓一跳。看罢方知，从他年壮气盛到古稀之年所创作的作品如此之多，像一颗颗珍珠闪闪发光，如烟花般绚丽多彩、争奇斗艳。

他的创作犹如天马行空，风起云涌，这有赖于他在书房的引经据典、旁征博引，全仗他一遍又一遍地孜孜苦读而腹有诗书气自华。

梅花香自苦寒来。是书韵飘香的陶冶，使他成为一个感知细腻而嗅觉灵敏的人。书是人类精神的食粮，是书的哺育，使他有着远远高于别人的思想深度。是"潺湲书斋"中那似金如玉的书，造就了他强大的独立思考的能力。书啊书，就是这些鸿篇巨制让一介书生变得强大而坚韧。否则，他岂敢以一己之力为徐志摩舞文弄墨？何以敢斗胆偏向虎山行，为李健吾而妙笔生花？哪敢登高用重彩浓墨洋洋洒洒写出《民国文人的风骨》？

细思方知，韩石山乐于书房一隅，喜度凡生。饱读书诗，草长莺飞，有学、有才、有识、有胆，还有深邃的思想，更有正视权威的勇气。除此还得有不怕被谩骂与攻击的度量。难道这就是成就"文坛刀客"的最重要因素？不尽然也，倘若没有天分和个性，怎么会有一个天不怕地不怕，更不怕招灾惹祸，勇于冲锋陷阵的文学批评家！

对于石山的天分和个性早期的雏形，可以说我最有发言权。我们相识于

48年前。那时，我31岁，他26岁。

1973年元旦，周总理和中共中央政治局几个委员接见电影、戏剧和音乐工作者时，批评了文化组（"文革"中各部都改为组）组长于会泳等人，"群众提意见，电影太少，这是我们的缺陷"。北京电影制片厂立即闻风而动，突破重重阻力，举办了"文革"中的第一个"北影电影编剧创作学习班"，从全国遴选了21名作家和工人业余作者，我和韩石山就此有了同窗之谊。那时，韩石山留给大家的是一个什么印象呢？请看我早年留下的文字：

> 在学习班上，他常常语出惊人，妙语连珠，妙趣横生。例如，有一次在讨论笑话的幽默所带来的艺术效果时，他发言说：
>
> 一个女卫兵来到农村落户后，与村里一个自我革命积极性高的小伙子，因都怀着要把革命进行到底的政治觉悟，很快一谈恋爱就结婚。新婚之夜，热闹过后，客人们都走了。小两口儿进了洞房。等待两人脱下衣服上床以后，新郎官就忍不住用手去摸睡在身边的新娘子。他刚碰了新娘子几下，这个新娘子马上从床上坐起来严肃地对新郎官说，你这是在干吗？咱们是为革命走到一起来的嘛。你怎么会有这种资产阶级的丑恶行为呀？新郎官先是一愣，很快就笑着说，我俩已是夫妻，现在不是在批判大会上进行对敌斗争。女的说，我们是为了革命而结合。那位新郎官振振有词地说，这就对啦！我俩为了培养无产阶级的红色接班人，那就有必要为了有革命的下一代而冲锋陷阵。快，我们应该用只争朝夕的革命自觉性而努力工作嘛。女的突然笑开了颜，说，好啊，我没有看走了眼，你已经树立了无产阶级的世界观，阶级觉悟高，为了革命下一代能早出生成长，我俩通过斗私批修，要把革命进行到底……
>
> 他的话音刚落，教室里立刻爆发出哄堂大笑。
>
> 可以说，他是学习班上的另类。他的每次发言，总不免引发哄堂大笑，或是因触动了人们的心灵而发出会心一笑。他快人快语，快意而不同寻常，饱含智慧。有些话虽如插科打诨，或调侃玩笑，却

暗藏真知灼见的锋芒。在短暂的相聚中，他给大家留下了深刻的印象。

在长篇纪实文学《周恩来与北影》的第三十六章中，有一段写到了韩石山：

>……写马烽和孙谦他们友情，必须重提1973年末在食堂发生的那一幕：马烽和孙谦吃饭喜爱蹲着吃。食堂里有桌子凳子他俩也不用，把菜碗就直接放在地上，两人围在一处蹲在那儿，吃着谈着，成了食堂里一道耀眼的风景。我曾经问马烽，为什么要蹲着吃？他说，他从小就学大人蹲着吃饭的样子，春夏秋的傍晚，每逢吃饭时间，大人小孩就夹碗夹筷呼啸而来，蹲在村头的大杨树底下，边吃边说，东家长，西家短，兼有荤素笑话。在家里吃饭，即使是一碗糊糊的面条，不论在屋内或院子里，还是在房前屋后，人人都喜欢蹲着。这是山西、陕西一带人的习惯，要改也难。有一天，马烽和孙谦还是蹲在食堂的老地方吃饭。在食堂的一头，隔了一道屏风，里面是专供京剧《杜鹃山》剧组用餐的场地。那天，原来通向屏风的路被移动过的桌子挡住了，不能通行。两个《杜鹃山》剧组的演员，改道走过去，经过马烽和孙谦的跟前也不绕行，而是大步流星地走了过去，扬起一阵灰尘。马烽和孙谦虽脸露愠色，但没有作声。就在这时，韩石山（来自山西，参加电影创作编剧学习班的学员）奔了过去，拦住那两个人，大声叫着："给我站住。"对方惊愕地望着满脸怒容的不速之客。韩石山叱咤道："你们没看见有人在这儿吃饭？干吗要横冲直撞？"他俩争辩道："有桌子不坐，怪谁！""怪你。"突然，小韩变得小声小气，用惊诧的眼神瞅着他俩："咦，你们的脸咋的变了？"那两人莫名所以，一脸的疑惑。小韩还凑近打量了一会儿，然后转身对着大家，轻蔑并尖酸地讥讽道："有眼无珠！"说完扬长而去。这两人正想发作，而食堂里响起了哄堂大笑声，继后又是一片嘘声，还夹杂着"滚、滚、滚，滚进你们的安乐窝里去……"

可以这样说，韩石山路见不平拔刀相助的侠义壮举，是从骨子里带来的性格特征。

以上两段对韩石山的描写，距今已过去将近半个世纪，虽然是陈年往事，却从中可见端倪，他在创作上嬉笑怒骂的语言风格是有迹可循的，在文坛有棱有角的刀客形象，也可从挺身而出的快意情仇中寻踪觅迹。

既然提到"北影电影编剧创作学习班"，我不妨节外生枝，多说几句。前不久，石山兄转来山西作家王学礼的微信：

> 韩老师，您在北影编剧班的那段经历，对您影响极大。其中您拜访马烽、孙谦一事，我已写入拙著《孙谦的如影人生》。今天又见曹致佐先生也忆及此事，并且他与孙谦先生有不浅交往。看至此，我也非常兴奋。烦请转达对曹先生的问候，此为一。二是托请曹先生将他与孙谦的交往始末写成一段文字，一来《孙谦研究》上刊用，二来用以补充我写的《孙谦的如影人生》。拜托了，给您添麻烦了。

王学礼的叙述，表明"北影电影编剧创作学习班"使韩石山产生了难以忘怀的情结。同时，这个学习班对我的人生也产生了不可估量的影响。那时，北影招待所住着几位著名作家在创作电影剧本。每天饭前饭后，或晚上散步，都愿结伴而行。承蒙他们不弃，我紧随其后。李準、马烽、孙谦、杨履方、肖马、贾梦雷，个个饱读诗书，学养深厚。他们的话题三句不离本行。讲到诗词，必提岳飞的"壮怀激烈"、辛弃疾的"栏杆拍遍"。一说情意绵绵的诗词，李準就会谈到绍兴沈园陆游和唐婉的两首词，话音未落，肖马就脱口而出"红酥手，黄縢酒，满城春色宫墙柳"。杨履方未等肖马启齿，抢先一步接口，"东风恶，欢情薄。一怀愁绪，几年离索。错、错、错"。正当大家沉浸在无限的伤感之中，贾梦雷则沉吟有顷，轻轻地低吟起来，"……世情薄，人情恶，雨送黄昏花易落。晓风干，泪痕残，欲笺心事，独语斜阑。难！难！难！"……

总之，北影的招待所，因文豪作家的相聚而弥漫着浓浓的文学气息。我有幸进入这个鸿儒相交甚欢的文学圈子有4年之久。他们对政治形势的判断和高见、有关创作的切身体会和真知灼见，我句句入耳，如雷贯耳。如果说，北影厂是一座艺术殿堂，那么北影招待所相当于一所高等的文学学府。我天天耳濡目染，且行且学，在潜移默化中有了长足的进步和茁壮成长。

话说远了，再言归正传。

韩石山，在中国文坛已是一个客观存在。他是一个优秀的作家，又是一个有识见的学者。他的作品，他儒雅而犀利的文风，他褒贬文坛的各种景象，是需要有足够的胆识的。胆识从何而来？自然还要提及读书。俗话说，书中自有颜如玉，书中自有黄金屋。然而对他来说，蜂采百花酿甜蜜，勤读群书明真理。他习惯日日读书，"一日充实，可以安睡；一生充实，可以无憾"。好的书籍好比一架梯子，能引导他登上知识的殿堂。书籍如同一把钥匙，能帮助他开启心灵的智慧之窗。他啊，痴迷于书，倾情于书。说他是书痴，既不为过，也不算贬低。

我之所以要把韩石山称为"书痴"，不仅仅是因为他的藏书之多之广，也并非由于他着迷于书而爱书如命。他的因书而痴，鄙人有意从几个侧面来解析书对他所产生的重大影响。

韩石山出身于书香门第之家。在他中年时，他有意给在天之灵的父母重建碑楼，征得几个弟弟同意后，给祖父母的坟墓也重建立碑，碑额上的四个篆字"品清节烈"，是恭请古文字学家张颔先生所书。之所以采用这四个字，我想，无疑是盛赞祖父品德清高，性格刚直，愿为节操而死，还包含着他对祖父的尊敬、爱戴、怀念和难以言说的痛楚。他的祖父是个读书人，当过小学校长，又自己开过店，公私合营后成为他们镇上最大的国营商店的负责人。家里有书房，藏有许多无讹脱字的古籍善本。临晋镇是个县城。在韩石山小时候，因祖父毛笔字写得好，镇上的会标标语都请这位通晓古今的读书人着墨走笔。可以说，他是看着祖父挥毫泼墨长大的。在外省工作的父亲，也常常买《青春之歌》《林海雪原》这些书寄给他。高中毕业时，他的书竟有一大箱子。从中可以看出，韩石山从小就在大人的引导下养成了对文墨的爱好和看书的习惯。长辈所灌输的"万般皆下品，唯有读书高"的古训，已在他幼小的心灵中生根发芽。有鉴于书香门第的影响，他从天真无邪的少年开始，已经似懂非懂地知道，读书对一个人的影响是多方面的，而且读得越多，影响越大，影响越大，你的学问就越大。人有了学问就能干大事。

爱读书，养成了他一生手不释卷的高雅情趣。挥毫泼墨的雅兴，也成了他文学生涯中对美的追求；还不废咏吟，往往腕底波澜，点墨成诗。有一天我收到他寄来的墨宝，打开一看是一首诗："此生好为人师，总想点石成金。临老方才知道，自家顽石一枚。"下面的落款是：日闲老人韩石山。随后是他自刻的印章。我一看便知，这是自嘲打趣，我便回之以调侃："不是顽石是通灵宝玉。老兄既是作家又是学者，虽是作家却享有文坛刀客之誉。然而从您经常挥毫泼墨的雅趣来看，从作文到书法，从篆刻到印章，您的生活有无限的韵味，更别具儒雅之风。"

我之所以这样讲，因为韩石山所书的墨迹和条幅，可以说多得让人目不暇接，而且幅幅生辉。他擅长草书，率性天成。在这里，因自己笔拙，而且对书法是外行，也就不再多言。而我只想说说韩石山的笔墨情怀。对一个艺人来说，曲不离口，拳不离手。至于韩石山，他啊，日日复日日，把玩砚台，研墨如病夫，下笔如壮士。平时，即使写张便条，或走笔成信，他都惯用毛笔一挥而就。他不但自己深爱笔墨，而且形成了家风。为了能窥一斑而见全豹，不妨把他最近在微信上的一些言说摘录如下：

3月29日　日前去青草堂书法培训中心，去看望孙儿韩牧周的书法老师杨海河及其夫人赵文娟，对二位老师的书法教学表示感谢。牧周近一时期写《心经》，颇有长进。杨赵二位也多有夸赞。

3月2日　此生若算小有成就，得益最大的是爱买书。起初只是凭兴趣买了一些，买着买着，几十年下来，就成了一个系列。这两天想看看《围城》，去小书库随便一翻，光资料书就抱上十几本……

2月16日　整理图书，翻到陈为人先生一书，一时感兴，在扉页上写了两句话。又写成条幅赠之。为人兄也还认可。语为：处身事中为悍将，脱身事外见性情。

2月15日 老伴淑娟，少年失学，自考大专，晚年酷爱书法，临池不辍。

2月12日 初一起来，按小时的规矩，跪拜先人。老伴即作诗一首：时逢辛丑春，夫君磕头跪。拜谢众祖宗，护佑后辈人。（过后，韩石山挥毫落笔在长安文川书坊制作的专用书笺上。）

对这一妇唱夫和的笔墨之情，我看后便作了回复：年三十祭祖，谢天拜地，不忘记父母之恩，不忘老师教诲，即所谓孝亲尊师。年三十祭祖，家风传承，子孙铭记。

2月7日 老虎习字，四岁由我开蒙，授以提按之法，六岁送书法班，专攻褚体。前单本始写春联，仅四副。去年六副。今年11岁。一过腊八，亲友预订京皮预订，已十余副矣……

1月13日 三个年头未回家，家里的印泥都快干了。女儿见状，当即下单，买来荣宝斋印泥。嫌盒装的印泥量少，买一盒，另买泥一袋，100克。前天写下的字，昨天印泥到了才钤印。

1月5日 10月间为老伴生日制一册页，同时也为女儿书一手卷。寄安徽泾县委工装池。长5米，小行书抄录韩愈《燕亭亭记》全文。穷酸之风雅，殊可笑也。

…………

以上这些韩石山随意写下的片言只语，虽是在漫不经心下所生发的感怀，恰恰可以从中品味出他和家人的所求所爱，因深受家风和文字的熏陶，从骨子里面散发出来的是高雅的情趣，从而形成了书香门第的氛围。

我为何要给这个家庭冠以"书香门第"的称谓？追根溯源，这就要从韩石山的祖父说起。

可以说，祖父对韩石山的影响，贯穿韩石山的一生。由于韩石山对祖父

[313]

苦心孤诣所营造的书香门第的文化氛围深有体会，随着年龄的增长，他不但善于读书，还潜心研究史料，更是在创作的空间翱翔。循规蹈矩的家人，见他在著书立说中名声远扬，自身的气质也在不断提升，自然对他尊敬有加。近朱者赤，家人在韩石山既引导又潜移默化的影响下亦步亦趋，而且把知书达理奉为人生的追求。就这样，家里从大到小，都自然而然地倾情笔墨，养成了爱好读书的习惯。整个家庭所弥漫的书卷气，再加上好客并以礼待客，家里自然常常群贤毕至，谈笑有鸿儒。为了生动地再现家人之间诗文唱和的翰墨之情，以及或高朋满座、或文友相聚的一幕幕生动场景，不妨再次展示韩石山在微信上拈笔濡毫写下的片言只语：

3月8日　近日与朋友小聚，书法家张志东夫妇做东，来宾有张石山夫妇，书画家马绍民，山西老家主管李平……

3月15日　星期六下午，山西书画名家姚国瑾、高原来寒斋喝茶聊天。姚先生多年未枉驾寒舍，客厅落座前，抬头一打量，瞅见东墙书柜上的字匾，竟是十多年前他赠予的，不由得哦了一声……闲谈间孙儿牧周上书法课回来，写的是《金刚经》。我灵机一动，说老虎，快磕个头拜个师爷。老虎当即来个大马趴，以额触地，砰然作响。我对国瑾说，赖也赖上了……

昨天中午，河南文艺出版社的几个朋友来京寓看望鄙人。他们是陈杰女史、刘晨芳女史、杨彦玲女史、已去他社任正职的郑雄兄。《边将》就是他们出的。穷文人，无馈赠之物，将多年前写的几……

11月3日　四弟怀远，执教法国某大学，系经济学教授，有诗才，不时在老韩家群里晒他的诗作。昨日无事，为他制一诗册。日后装裱为一册页寄法兰西。第三首是我赞四弟的，雅俗立判，不待蓍龟也。

11月2日　前诗韵用错，承张石山兄指谬，末句改为"宿梦圆"。老伴又作一诗，日闲老人抄之曰：凉水河畔一老翁，步履匆匆接学生。

9月7日 女儿又出了新书。书名《思维导图：写作文》，实为3—6年级作文辅导。北京理工大学出版社刚刚出版。

8月19日 无事便刻章，最爱仿刻汉印。石料多是我自己锯出来的。儿子从网上买下废料，十几块一公斤。锯了磨，可得五六块小印石，质量形态，不次于文物商店所售。

6月2日 三弟振远，近日两部著作出版，都是写吕梁地区的，一部名为《窑洞风情》，一部名为《再造唐朝——郭子仪传》。三弟近期，声名大振，其获奖之高，我难望其项背。

侄儿奎升，昨日来看我，亦祝生日也。带来为我刻的三方印、为老伴刻的一方印。奎升跟我学篆刻，仅三月余，有此成绩，殊为惊喜。

11月25日 朋友送来一盒上佳笺纸。发短信，不再手写输入，而是用毛笔写在花笺上，拍照发过去，其快捷不次于手写。亦晚年人生一乐事也。

老妻卫氏淑娟，自2014年……孙儿，稍大，即教孙儿背……竟自个作起诗来，念其劬……劳。

11月18日 韩牧周同学，经书法老师送审作品，荣获全国中小学生绘画书法作品赛二等奖。爷爷发一个大红包。

…………

摘录下韩石山在微信上的所言所语，我却被从中透露出来的强烈的文化气息深深地震撼！明眼人一看便知，在韩石山的生活圈中，夫妻之间、兄弟之间、上下辈之间、亲故之间不但感情似蜜，而且在为学为人方面，认知相契，笔墨传情，亦师亦友。他们都有情于书本，诗词唱和，适性随心，如痴如醉。他们与朋友相交，都因文字结缘，因志趣相同而共证同心。由此可见，韩石山与一众亲友，对文化的情怀，深深植根于华夏，绝少沾染洋腔洋调。从韩石山日复一日流水账的记述中可以看出，他们对书籍、文字、笔墨、印章的喜好不但情深性挚，而且独具灵心慧眼。

笔精墨妙、挥洒自如的韩石山对每一个人的进取或成长，看在眼里，喜在心中，但他从未流露大喜过望的丝毫得意。他所用的文字，也不过淡淡如水地带上几笔。然而，我却从中窥见他如菩萨低眉，拈花微笑。

写到这里，在我的脑海中突然蹦出了8个大字"韩门贵府，书香大户"。这会不会是溢美之词？不，在当今重利忘义的商业浪潮冲击下，面对物欲横流而能沉下心来做一个认认真真的读书人，应该说是一件难能可贵的事。有人建议韩石山以字图利。韩石山的字写得漂亮，深通书法之道。他写出的条幅，确实可以登堂入室，卖出好价钱，但他不卖。他啊，君子矜而不争，群而不党；做人坦荡荡，只爱书香不爱花。他的阅历、眼界、价值观、格局以及人生趣味，对他的家庭和韩门一属，无时无刻不在产生随风潜入夜、润物细无声的影响。而这一家子，朝朝暮暮都在感受着从书卷气中透出的优雅，也就钟情于追求绅士风度：琴棋书画，诗词歌赋；上马杀贼，下马读书。自然人人都散发出缕缕书香，个个都怀有浓浓笔墨之情。古代，人们常用这样两句诗来形容书香门第："忠厚传家远，诗书继世长。"韩石山这样一个着迷书卷而苦读，与笔墨相伴的家庭，我想，何尝不可把这一韩门景象称作三晋大地上的文化景观？！

在中国传统民居中，不能不提到山西民居。山西出名的民居大院有11家。其中最负盛名的是王家大院、乔家大院。这些大院之所以出名，是因为其建筑技艺精湛和规模宏大。至于韩石山这一家族，虽然在住宅上分居而立，都是独门小户，但在文化内涵上却博大精深，人人都洋溢着对中华文化的热爱，并在代际间自觉传承。在这个大家族中，既有大智慧大学问的扛鼎之首，也有对文字和笔墨情到痴时方始真的各有所好。

一讲到书香门第，我想起了几个充满了书卷气质的家庭。这几个家庭经过几代或上一代书卷知识的浸润，家家的子女都成了儒雅和有识见的成功人士：

马烽的大儿子马炎炎，山西省肿瘤医院胸外二科主任医师、教授，擅长手术治疗食管癌、贲门癌、肺癌及纵隔肿瘤，尤其是在诊治肺癌方面有突出贡献，多次获得山西省科技进步成果奖，成功完成了各项高难度的手术，填补了山西省胸外科多项医学空白；二儿子是记者；女儿在山西省文联工作。

孙谦的大女儿是化学专家，二女儿在山西省作家协会工作，三女儿在中央人民广播电台工作。

李準的夫人董冰，也是我的师母。她长年陪伴李準左右，即使李準外出或出席活动，她也相随而行。她照顾李準体贴入微。她话不多，给人的印象是一个贤妻良母。李準去世没有几年，突然欣闻她老人家的长篇传记文学《老家旧事》由学林出版社出版了。我虽然做梦也没有想到，她会涉足笔墨，但一想就通，毕竟她是李準的夫人呀！李準的儿子李克威，著有中篇小说集《军婚》，电影文学剧本《女贼》《七个战士和一个零》《避难》等。

肖马的儿子严歌平，安徽省作家协会副主席。女儿严歌苓，其名声如雷贯耳。

杨履方的大儿子杨关，曾出版《邦之彦兮》《厚道智深聂荣臻》。前不久，中宣部重点作品《国之大运》不仅出版了，还获得了政府图书奖。紧接着又有描写武汉抗疫的长篇纪实文学《英雄之城》问世。

贾梦雷的儿子贾鹏，曾翻译法国文学经典作品《莫扎特》《拿破仑情史》，后任中国茶叶进出口公司总经理。

综上所述，一个家庭，家长的言行举止、喜好追求，会在日常生活中潜移默化地影响孩子的心灵，塑造孩子的人格。大人的积极向上，有事业心，做人有大格局，对小辈是一种无言的教育。由此可见，家中人人努力、认真求知而不断进取，势必会将良好的家风一代一代传承下去。

从韩石山的回忆中可看出，他的祖父，正是凭借个人的学养、骨气，才培养出了一个充满文化气质的家族。到了韩石山这一代，兄弟之间，全家上上下下更加注重个人素质和文化水准的提升。家中榜样的洁身自好，让家人受到了气质高雅的熏陶，从而加浓了家庭的文化氛围。正是靠着几代人优良家风的香火传承和往来无白丁的待客之道，韩家无形之中形成了书香门第这一奇特的文化景观。

对这一三晋大地上崛起的文化景观——"韩门贵府，书香门第"，依我之见，值得探索和研究。说一千道一万，是读书，是认认真真读书，是"学而不厌，诲人不倦"的禀性，才使这个家庭的每一个人，把奉行"书山有路勤为径，学海无涯苦作舟"的名言作为人生追求的座右铭。

行文至此，我想起了一本书《好读书而求甚解》。这是叶圣陶大师之作。在这本书的封面上还有一行警句："读书，让生活有温度，让灵魂有湿度，让生命有深度。"寥寥数语，却提醒所有读书人，只要认真潜心地把书读进去，就一定开卷有益。正因为韩石山抱着"读书须求甚解"的那股痴情，他才获得了"读书君子"的雅号。

俗话说，"心中有墨水，足下有黄金"。这就是说，一个人只要有本事，走到哪里都会有成就，是金子一定会发光。

被柳宗元称为"表里山河"的山西，其悠久的历史为这片黄土地留下了丰厚的文化积淀和历史遗存。李健吾、赵树里、西戎、马烽、孙谦等文学大家的深远影响，弥漫山川的书香墨韵，帝都古城、石窟碑碣、农家大院、佛道圣地等文物景点，触目皆是文采风流，为韩石山提供了得天独厚的心灵供养环境。加上书香门第的渊源，方促成韩石山敢于写李健吾、徐志摩、林徽因、鲁迅、胡适这些出类拔萃的人中翘楚，出版了《李健吾传》《徐志摩传》《寻访林徽因》《少不读鲁迅，老不读胡适》《民国文人风骨》。倘若心中没有底气，早就望而生畏；倘若没有那股子着迷似的痴情，岂敢偏向虎山行？他的底气就来自从书中获得的足够的知识积累，来自他潜心于"潺湲书斋"中翻看一篇又一篇文献和一本又一本相关书籍，进行的探佚考证、钩沉稽古。常识告诉他，若要写好一个大师级的人物，不但要认真阅读他的大量作品，还要研究与他相关的所有文字资料。可见这是一个多么劳心伤神的巨大工程！在我看来，倘若没有渊博的学养和睿智的大脑，怎能在浩瀚如海的文字中揽天下珍奇入其襟抱？正因为韩石山博览群书，心灵眼慧，才使得他在研究的丛林中进得去、兜得转而不迷路，出得来、有斩获而能笔下春秋，写出了一部又一部的人物传记。

欧阳修曾经说："立身以立学为先，立学以读书为本。"这句名言用到韩石山的身上，那就是：多看书，勤读书，方能安身立命。他是带着"学而时习之"的专心致志去读书的，他因忘情而破茧成蝶。读书，可以毫不夸大地说，是他登高望远的阶梯。正因为他对读书有一股持之以恒的激情，善于把书中的精神化之为他所用，其为人作传的笔墨才不蹈古常而绝傍前人。不仅如此，他还有着"躲进小楼成一统，管他冬夏与春秋"的胸怀，相似于王安石一个字改了十几遍的痴情，才会在人物传记的创作上，使作品和自己的生命有了深度。

韩石山创作了那么多大师级人物的传记，各有特色，争奇斗艳，然而，其作品有一个共同的特点，即都怀着对大师的敬畏之情。

为了不一一道来，就从韩石山称赞徐志摩的四句话说起。"徐志摩是真正的绅士。""且看当年对苏俄的态度，就知道，徐志摩的见识，就是搁到现在，都不能说落后。""据此可知，作为一个大变革时期的知识分子，见识是第一位的。""可以说，一直到死，他都是一个赤诚的爱国者。"以上文字，我认为是韩石山创作《徐志摩传》的情感结晶。再看下面的一段话："他已故去，不会在乎什么。遗憾的是我们这些后人。这样斐然的文采，这样丰盈的思想，几十年来听凭风吹雨打，却会无人眷顾，竟如荒野的庙祠，日见倾圮；又似古代的鼎镬，任其锈蚀。"我认为，这是韩石山从心底发出的对徐志摩的敬畏之情！有佩服，有称颂，有仰慕，有遗憾，敬畏之情溢于言表。

从以上这段话也可以看出，韩石山并非仅仅是横刀立马的"文坛刀客"，也不仅仅爱书如宝、嗜书如痴，他啊，也是血肉之躯。"无情未必真豪杰，怜子如何不丈夫？知否兴风狂啸者，回眸时看小於菟。"情趣所致，写到这里我忽然想起了韩石山那本底蕴深厚、文气一以贯之的《少不读鲁迅，老不读胡适》。我还想到了文人的风骨、墨客的洒脱、侠士的血气、夫君的深情、对父母的奉孝、对儿孙以身作则的"劝学"……

韩石山，"灵魂欲化庄周蝶，只爱书香不爱花"。文坛刀客，读书君子，书痴啊书痴！

从钢城走向世界的音乐家刘敦南

曾经担任芝加哥室内交响乐团音乐总监、指挥的刘敦南先生,只要讲述以往的生活,便会满怀深情地说:"马鞍山是我的第二故乡!"

曾经与刘敦南同住一室的诗人钱锦方一谈起刘敦南,就赞不绝口:"他呀,才气横溢,又书生气十足。他的父亲是一位牧师,不仅通晓音乐,而且会演奏乐器。在父亲的引导下,他幼年时就学会了多种乐器,7岁就被父亲送去接受系统和正规的钢琴教学,他14岁就显露了钢琴作曲的天赋。他1957年考入上海音乐学院附中,继而又考入上海音乐学院作曲系。可以这样说,美妙无比的音符全都融化在他的血液中,音乐的意境已深入他的灵魂之中。在生活中,他不谙世事,却认认真真做人。"

刘敦南1966年毕业于上海音乐学院,被分配到马鞍山市文工团。从繁华的大上海来到人生地不熟的金家庄,他非常沮丧,这是一个粗犷的钢铁世界,是压根儿没有音乐细胞的小城市。在他的眼里,所谓文工团,不过是唱唱跳跳的草台班子。然而，不知不觉中，钢铁轰鸣渐渐刺激了他与生俱来对音乐的感知；飞溅的钢水铁花成了令他心动的绚丽图景。就在与钱锦方随心随性的感性交流中，一个作曲，一个写词，两人率真而充满激情地创作了《女电焊工之歌》。

在马鞍山市文化局局长王平、市委宣传部副部长于荷生的大力支持下，《女电焊工之歌》的女声合唱经排练后上演。"……不怕骄阳晒，何惧风霜打，笑看双手飞金霞，更喜江山美如画……"多美的歌词呀！加上扣人心弦的动听节奏，在那个泱泱大国却没有几首歌的情况下，《女电焊工之歌》一炮而红。

这首歌动听悦耳，既有一些奔放的味道，又颇具抒情的气韵，宛如雨山湖之水般清澈，给人耳目一新的感觉，深受广大人民群众喜欢。全国音乐刊物《战地新歌》迅速予以发表，北京唱片公司灌制成唱片隆重推向市场。

初试锋芒便在全省的音乐界崭露头角，自然激发了刘敦南更大的创作热情。生性爱才的王平、怀有成人之美的良知的于荷生，慧眼识珠，对刘敦南和钱锦方更是关怀备至。对刘敦南来说，当他的情感一旦融入了钢铁洪流之中，他便在看似单调乏味、轰隆轰隆的炼钢出铁的喧闹中渐渐发现了音乐元素，而眼前的钢城便成了一个充满奔放热情的多彩世界。于是，他与同住一室的钱锦方，在谈天说地中又创作了歌曲《医疗队下乡来》。在排演过程中，于荷生和王平还多次到排练现场边看边谈感受。他俩已经抑制不住内心的欣喜，彼此坦言，优美动听、擅长抒情的曲调是音乐形象的灵魂，从《医疗队下乡来》和《女电焊工之歌》这两首歌中，他们看到了刘敦南在音乐创作上的天赋，并断言他早晚会脱颖而出！《医疗队下乡来》一经公演，即刻获得了音乐界的好评。

两次创作的大获成功，激发了刘敦南更加强烈的创作欲望和内心的滚滚乐思。由于他对各方面有着敏锐的感知力，所以炼钢出铁时的壮阔图景和钢铁工人的豪迈气势，再加上炼钢时爆发出的震耳欲聋的轰鸣声，不仅在刘敦南的思想和感情上引起了极大的共鸣，还使他对能够幻化成音乐的生活元素产生了无穷新鲜的灵感，进而激发了音乐创作上的想象力。不久，他不仅为舞蹈《夺钢》谱曲，而且亲自挥杆指挥。此剧参加全省文艺调演时，从排练到演奏，他自始至终都激情洋溢地操控着整个乐队。所有乐手在演奏时，哪里轻、哪里重，哪里柔和、哪里激进，哪里速度快、哪里速度慢，都顺着他的指挥棒而尽情发挥。令人欣喜的是，《夺钢》的演出引发轰动，获得省里音乐界的同声肯定。马鞍山文工团的奇兵突起，无疑有赖于刘敦南的一手打造。

刘敦南多次出手不凡，自然引起市文化局和市委宣传部的刮目相看。于荷生和王平经过多次商谈，有意让刘敦南担任市文工团副团长。找他谈话时，万万没想到，刘敦南不但无意担任此职，而且提出了调回上海的请求。好不容易才冒出来一个被全省和全国都认可的音乐才子，怎么一出成绩就要另攀高枝？王平和于荷生说什么也接受不了这一非分之想，谈话不欢而散。

刘敦南提出要求调回上海的理由有两条。一是妻子在上海，为了家庭的团聚。二是他想创作钢琴协奏曲。马鞍山的濮塘风景区，有山有水，万亩竹林，令他陶醉神往；采石的太白楼、诗仙的飘逸浪漫，使他纵情于无比美妙的诗情画意之中；钢厂的雄豪、高炉的铁流，无时无刻不在拨动他的心弦。所以，他有一种抑制不住的创作冲动，何尝不想尝试进入对钢琴协奏曲的创作。他虽未明说，言下之意是马鞍山文工团没有能够让他拓展创作空间的条件。

这岂不是得陇望蜀，身在曹营心在汉吗？！

经过一夜的思索，王平和于荷生相约要郑重其事地谈一谈刘敦南的工作安排问题。谁知，俩人一见面，居然不约而同地说出了两个相同的字："放人！"

他俩的态度怎么会来了个一百八十度大转弯？王平直截了当地说："小庙里容不下大和尚。刘敦南的才华，只有更大的舞台才能得到充分的舒展。马鞍山文工团这块土壤，不可能让刘敦南瓜熟蒂落。"于荷生也明确表示："刘敦南的另谋高就，是想有更大的作为。这是一个有音乐理论造诣，集睿智和灵性于一身的佼佼者的必然选择。而且他精通各种乐器，还会演奏，又能掌握各类音乐的模式。客观地讲，这样的人才，只有在更宽广的舞台，才能天高任鸟飞。我们虽然是他的顶头上司，如果只看着鼻尖下的小天地，对刘敦南来说，不是爱才而是束缚。以我之见，'青山遮不住，毕竟东流去'，我们应该有成人之美的胸怀。"

刘敦南在多年后才知道，于荷生和王平对他的调动正可谓"帮人帮到底，送佛送到西"。当时，王平与于荷生两人达成共识，排除干扰，给刘敦南做出了既中肯又实事求是的"政治鉴定"。这份"政治鉴定"对刘敦南的调动极其关键，有着差之毫厘失之千里、一锤定音的重要作用。

1974年，刘敦南调入上海交响乐团任常任作曲，并兼任上海音乐学院作曲系教师。如此委以重任，足以见得上海音乐界对刘敦南的高度赏识。刘敦南也不负厚望，他于1979年创作的钢琴协奏曲《山林》，在6月的"上海之春"首演后一鸣惊人，并引起世界音乐界的刮目相看。当刘敦南因《山林》享誉全国、走向世界的欢庆之际，他盛邀三位灵魂之交来上海相聚。他虽然已远离了马鞍山，却对马鞍山依依不舍。只要回顾自己的"牛犊"之年，他就会情不自禁地谈到马鞍山市文工团，谈到曾经的合作伙伴钱锦方，谈到永远难以忘怀的王平，谈到视为兄长的于荷生。可惜，王平身体有恙，钱锦方恰好公务外出。于荷生夫妇到了上海，刘敦南夫妇扫榻以待。于荷生不好意思给他家添麻烦，执意要住旅馆。刘敦南夫人说："我知道你们的关系。当年您和王局长是英雄惜英雄。今天请你们来，是好友相聚，您和王局长是敦南人生难得的知己啊！"

盛情难却，于荷生夫妇就和刘敦南夫妇在他们的新居同寝一屋。隔天，刘敦南还请他俩一同去美琪大戏院观赏以《山林》为主曲的专场音乐会。

于荷生从演出表中惊喜地看到了以下这段文字："刘敦南作为与新中国共同成长并具备扎实传统写作功力的作曲家所创作的《山林》，一方面继承了较为悦耳而有自然乐感的写作路线，另一方面适当吸纳现当代创新音响技法，从而为乐坛奉献了色彩斑斓的钢琴协奏曲。"

他打心眼儿里为刘敦南高兴，也对当年放飞刘敦南的决定而深感欣慰。

音乐会终场时，全场爆发了长时间的热烈掌声。当晚，于荷生与刘敦南促膝谈心。他俩谈了很久。夜深人静，刘敦南轻声细语地讲出了令于荷生暖心暖肺的肺腑之言："离开马鞍山已经5年了，但一直有一种难以割舍的感情。所以我回去过两次，去市文工团重温旧情，与你们欢聚。说心里话，我人虽在上海，马钢通红通红的钢坯铁锭令我神往，山清水秀的濮塘令我魂牵梦绕，诗城底蕴让我浮想联翩。还有，你们对我的理解和支持，不仅使我对马鞍山情意绵绵，而且使我深刻感受到一个领导人的格局大，对人对事就会以一种包容开阔的心态，为他人着想，与人为善。这种开拓的思维，意味着用胸怀接受不能改变的事情，并用智慧做出明智的抉择。你们这种做人的格局不但对我产生了影响，也对我的作品产生了潜移默化的影响。"

刘敦南讲的是真心话。这对于荷生来说，也是一次深刻的教育。在他今后的工作中，在对待人的问题上，不论在什么情况下，他始终坚持为他人着想，与人分忧解难。再难的事，也要雪中送炭，更要锦上添花。

夜深了，他俩还在推心置腹地恳谈。刘敦南轻声地说："老于，你还没有谈谈你对这场音乐会的观感呢。"于荷生谦逊一笑，说："我在这方面只会看热闹。当我聆听《山林》时，我被一种山清水秀的壮美意境所打动。我自然而然地想到了古树参天、竹林似海的濮塘；想到了泉水从幽谷深处蜿蜒而出汇成的涓涓细流。我从乐曲中听到了清脆悦耳的流水之音。"

刘敦南的脸上露出了欣慰的微笑，兴奋地说："于部长，您讲对了，这首曲子描绘的确确实实是濮塘的秀山丽水，还有云贵高原的山水相映。秀丽多姿的美景激发了我的创作欲望。"

于荷生加重语气说："经你这样一点题，我豁然明白，你是通过《山林》这首曲子抒发对祖国大好河山的赞美，你凭借跳动的音符和优美的旋律将有南方特色的山水美景表现得淋漓尽致。"

…………

确实，《山林》充满诗意、富于幻想，很快蜚声全国。

台湾著名乐评人、原《音乐时代》总编辑杨忠衡先生曾这样评述《山林》："记得我第一次聆听时，也有如同在荒野饮甘泉的清新感……"

刘敦南在一次创作谈中，开宗明义地说："'文革'结束后，各行各业都处在百废待兴的重要历史转变时期。在此之前，钢琴的发展处在'徘徊时期'，原有的音乐创作体系都被破坏殆尽。钢琴创作何去何从，时不我待。我尝试在创作《山林》的探索中，让一切先回归原位，在此基础之上有所创新，进行了很多新的尝试。"

《山林》由于在作曲技法上有不少尝试和探索，具有音调悠扬、恬美而兼有苗族的特色，这部作品在1981年中国首届交响乐作品评选中，获得优秀奖中排名第一的"中国第一名曲"，1993年入选"20世纪华人音乐经典作品"。

对刘敦南来说，《山林》的成功并非一枝独秀，紧接着他的创作犹如鲜花盛开春意闹：

乐队组曲《幻想音诗》（1982）、合唱与乐队《中南海的明灯》、大合唱《深深怀念——纪念周总理》（合作）、《为鲁迅诗五首谱曲》（合作）、钢琴三重奏《乐曲五首》（1979）。

不消说，刘敦南的佳作迭出，不但使他在国内声誉日隆，而且引起了世界的注意。他作为上海音乐学院的学士，1983年获得罗伯特·当斯三世夫人资助赴美深造；1987年在印第安纳大学以优异的成绩获芝加哥大学研究院全额奖学金，并取得印第安纳大学音乐硕士学位；他师承作曲家、钢琴家依斯里·布莱克伍德，并于1993年取得芝加哥大学音乐博士学位。

1985年，他受竖琴大师苏姗·麦克唐纳邀约，创作了《幻想曲》，并在以色列举行的第二届世界竖琴家代表大会上演奏，被誉为"近年来不可多得的竖琴独奏曲"；其钢琴小曲集《童谣集——赠21世纪的钢琴家们》，2002年被华盛顿美国国会图书馆收藏。

2013年10月6日晚，在上海音乐厅，由青年指挥家张亮执棒上海爱乐乐团，献演刘敦南"献礼祖国，祝福祖国"的专场音乐。担纲独奏的是首位摘取李斯特国际钢琴大赛桂冠的华人钢琴家孙颖迪。

音乐会在钢琴协奏曲《山林》中拉开帷幕。紧接着上演的是《梁山伯与祝英台》第一组曲和第二组曲，作品以中国古代四大民间传说之一、爱情千古绝唱的《梁祝》为蓝本改编而成。全国音乐界人士对刘敦南的芭蕾舞剧《梁山伯与祝英台》好评如潮，做出了颇有深意的肯定：刘敦南在音乐上，已摸索出并完整地建立起了他自成一家的音乐创作体系——"有调性的十二音聚集"。刘敦南对这一具有创新性、民族性、再加上个性所形成的体系的解释，就是"雅俗共赏"。

这场音乐会的空前成功，博得了各方面热情有加的祝贺。翌日，刘敦南

刘敦南

即去母校拜访各位师长，再三感谢诸位对他的教育和引导。他答应与昔日的同学、好友一定要好好聚一聚，但恳望把日程推后一星期。那么，他为何要改期聚会呢？只因鸟恋旧枝、鱼思故渊，他是直奔马鞍山而去。第一天他去了葛羊山公墓，先是用一块新手帕轻柔地慢慢揩拭了王平局长的墓碑，然后虔诚地献上了一束鲜花，接着长跪而拜，之后默默地面对墓碑盘腿而坐，无声地对他尊敬的老领导倾诉衷肠。大约半个小时后，他才起身对着墓碑深深地三鞠躬。

此景此情，足以看出刘敦南对王平的感恩之心。他啊，有情有义，是真正的大丈夫矣！

翌日，他约了于荷生、钱锦方和马鞍山市文工团的几位老同事同游采石太白楼。面对李白的塑像，他不胜感慨地说："李白诗歌的节奏旋律是传达诗人情感的有效手段，可以说无节奏无以成诗。抽象的音符之所以能转化成让人感知的情感，正是因为这些音符组成了节奏和旋律，构成众人欣赏的音乐。我从李白的诗歌中不但汲取了营养，还被优美动听的韵律激发了灵感。所以说，当初能被分配到诗城，是我莫大的荣幸。从生活体验到情感表达，是诗歌让我与音乐融为一体。是钱锦方与我相互启迪，是大家与我结伴而行，是王局长、于部长不但扶我上马，还催我快马加鞭。今天能与大家一起前来瞻仰太白楼，我只想说说心里话，让诗仙见证我们友谊长存。"

中午，刘敦南设席宴请大家。刚落座，他拿起酒杯娓娓而语："市里有多家上好的饭店，我为何要选择马钢宾馆呢？可以这样说，是钢水铁花照亮了我们的音乐道路。"话音刚落，他就唱起了《女电焊工之歌》。大家立即被他的情绪所感染，都亮开嗓子齐声欢唱。唱着唱着，刘敦南拿起随身携带的小提琴，忘情地演奏起《夺钢》舞曲，刹那间，男女舞蹈演员自然而然地翩翩起舞，在一旁观望的几位，有的热情洋溢地哼着拍子，有的奔放洒脱地做着有力的动作……整场聚餐，大家自始至终情绪高涨，唱啊跳啊，频频碰杯，沉浸在难以描述的陶醉之中。

隔日，刘敦南包了一辆大客车，请大家去濮塘风景区。刚进入万亩竹林，他请驾驶员打开音响。播放的是一首曲子，听着听着，于荷生似有所悟地叫出了声："《山林》！"顿时，所有人都领悟了刘敦南精心安排这一旅程的用心所在。大家渐渐地被抑扬顿挫的乐曲带进了轻盈而飘逸、庄美而震撼的音乐意境之中。更让大家万分惊喜的是，随着山林扑朔迷离的音乐形象在想象中展开，而眼前山林的奇山妙姿更加丰富了音乐形象并令人陶醉，从而形成了浑然一体的美的享受。

这天晚上，刘敦南再约于荷生、钱锦方一起小酌。酒过三巡，于荷生不胜感慨地说："敦南，你这次回来，一切安排，可以说用心良苦啊！"

刘敦南饱含深情地说："饮水思源，马鞍山是我人生的重要一站。马鞍山市文工团，是我音乐生涯的始发站啊！"说完，他向两位敬酒，以示感激之情。

钱锦方思索着说："世界这么大，我们能相遇相处，这是缘分。真可谓，相见情已深，未语可知心。你这几天的行程安排，充分表达了你对钢城和朋友的依恋之情。我从《山林》的曲子中，能够感悟到你对濮塘山水的绵绵深情。不过，我从木管乐器的音色中听出了芦笙的音色。芦笙可是云贵高原的民族乐器。"

刘敦南笑着说："老兄所言极是。《山林》三个乐章中的七个音乐主题，我都是根据苗族'飞歌'的特征来发挥的。我之所以会深受苗族民间音乐的影响，是因为云贵高原的大山大林让我在幼年时就深深地爱上了大自然的美。"

于荷生问："云贵高原怎么会在你幼小的心灵中留下令你魂牵梦绕的影响？"

刘敦南答道："家父早年毕业于上海东吴大学法律研究院，但他又热衷于旅行，曾带着我多次游历于云贵山水之间；他又是音乐爱好者，在旅行中，偏好聆听、欣赏少数民族的音乐和舞蹈。这样的游山玩水对我的音乐生涯产生了潜移默化的影响，也为我在创作《山林》时巧用妙取少数民族音调奠定了基础。"

钱锦方说："原来如此。怪不得《山林》中蕴含着深厚的民族风骨。"

于荷生赞叹道："其实，敦南的音乐创作，无论是国内还是国外的题材，那优美的旋律都包含着浓郁的民族风味。这就是他作品的魅力所在。"

刘敦南坦言："我人虽在国外，每当我在音乐理念上有所创新，无论脚步迈得多远，技法用得多新，我都希望自己的音乐，不但能被外国人欣赏，也能被中国的老百姓接受并喜欢。我是一个中国人，是一个爱国主义者，更是一个彻头彻尾的爱上海主义者，也永远是被钢城哺育成长的音乐人，不管旅居美国多少年，这一点永远不会改变。"

他还说："创作技法只是表现的手段，音乐个性离不开作曲家的生活土壤，写出的作品体现了自己的文化背景和真实内心。不是只有追求技巧的创新，才会受到欢迎。"

在刘敦南离开马鞍山之际，他把上海文艺出版社出版的《山林总谱》赠送给朋友们。他在扉页上写道："歌颂祖国的大好河山，抒发人们对自己故乡山林的无限热爱之情，在国庆之际上演，十分应景，表达我对于祖国的无限深情。"

刘敦南专志谱写钢铁乐章而名振全国，因创作钢琴协奏曲《山林》而走向世界。

文苑花絮

笔墨深情意蕴深[①]

周秉德　周秉钧

《周恩来与北影》写的是周总理与新中国的电影事业。作者通过自身一段特殊的人生经历——1973年11月至1977年在北京电影制片厂的所见所闻，体察了不同人物对周总理的怀念、回忆，反映出周总理面对大是大非所坦露的喜怒哀乐，具体生动地述说了新中国电影事业得到了周恩来总理的关怀、引领、保护，从小到大不断

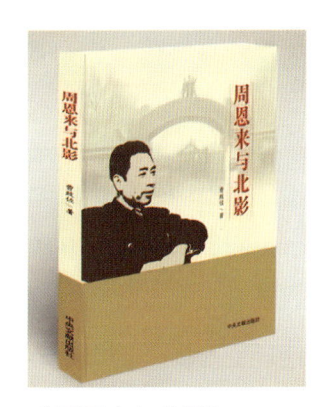

《周恩来与北影》

[①] 本文为周秉德、周秉钧为曹致佐所作《周恩来与北影》一书撰写的前言。

文艺名家往事

周恩来侄女周秉德　　　　周秉钧（中）与夫人刘军鹰（右一）
　　　　　　　　　　　　　曹天风（左一）

提升的发展历程。作者由此开拓了一个"周恩来是中国电影事业奠基人和引路人"的新视角。

曹致佐着笔于各种人物一次又一次的大喜大悲，他们命运的荣枯盛衰或不同事件的突变异化，把错综复杂的历史原貌、关联历史潮流的重大事件，写得峰峦叠嶂，引人入胜。表现出周总理每一次在涉及人物命运或事态面临成败的关键时刻，总是在风口浪尖，以他的睿智、通达来化解矛盾，使事情转危为安。

书中讲述了周总理在西花厅多次接见电影界的各方人士，谈笑甚欢，亲密无间，以及指示中宣部和文化部的领导，要给文艺立法，最终促成《文艺八条》和《电影三十二条》破茧而出。给文艺立法，体现了周总理为了繁荣社会主义的文艺创作，为了保护广大文艺工作者而呕心沥血。

广州会议给中国的知识界留下了不可磨灭的印迹。作者不但忠实地还原该历史的原貌，而且揭示了久藏不露鲜为人知的历史谜团。在这以后，全国戏剧创作出现了一片繁荣的景象，产生了许多反映时代的优秀作品。

一部 32 万字的纪实文学，有着不同寻常的重量，其丰富的内涵远远大于作品自身。曹致佐凭着对电影事业的热忱、对文学创作的执著，依靠大量史料与严谨的创作态度，钩深索隐，博闻实录，笔底春秋，终于使得尘封的历史焕发出应有的光泽。情之所钟，正是创作的动力；论世知人，行文方始笔墨酣畅。作者用他的满腔激情，在历史的天平上，尽情叙述了周恩来是一位有着深厚艺术素养、具有相当高艺术品位和学者品格的共产党人！他不仅仅是党和国家的一个领导人，而且是一位深谙艺术规律的"艺术总理"。

注：周秉德，原中国新闻社副社长。周恩来大侄女，与弟弟周秉钧，从小被周恩来、邓颖超接进中南海西花厅共同生活，视如己出。电视剧《海棠依旧》，就是根据周秉德的《我心中的伯伯周恩来》改编的，并由周秉德任总顾问。

在周恩来逝世 45 周年纪念封
暨纪实文学《周恩来与北影》首发式上的讲话

大鸾翔宇慈善基金会理事长沈清

（2021 年 1 月 7 日上午 10：30，周恩来纪念馆影视厅）

今天，是入冬以来最寒冷的一天，但正如习近平总书记所说：周恩来，这是一个光荣的名字、不朽的名字。每当我们提起这个名字就感到很温暖、很自豪。

周恩来逝世 45 周年纪念封暨纪实文学《周恩来与北影》首发式活动在淮安周恩来纪念馆举行，这既是对周总理的深情缅怀与思念，更是对周总理宝贵精神的传承弘扬。在此，我代表北京大鸾翔宇慈善基金会，对各位领导、各位来宾冒着严寒前来参会表示崇高的敬意和衷心的感谢。

多年来，淮安市委市政府肩负着"把周总理家乡建设好"的历史重任不遗余力，在学习周恩来、宣传周恩来、传承周恩来精神等方面做了很多富有成效的工作，使周恩来精神牢牢扎根在家乡人民心中，成为淮安发展的不竭精神动力。周恩来纪念地作为宣传主阵地，在担负宣传、弘扬周恩来精神的

沈清

历史使命中，有担当、有想法、有创意，做出了特别的贡献。纪念地策划的一系列精彩活动、精品展览，我每次参加都深受感动、很受启发。这次的首发式活动又是一次推陈出新，首发的纪念封寓意深刻、构思精巧，每个纪念封都贴有周总理最喜欢的"海棠花"的邮票，还加盖了2021年1月8日纪念馆风景日戳和邮政纪念戳，饱含着家乡人民对周总理的浓浓深情。我也希望周恩来纪念地管理局与北京大鸾翔宇慈善基金会共同携手，为弘扬传播周恩来的精神风范做出更多贡献。

《周恩来与北影》这本书是曹老的倾心力作，历经9年多终于与读者见面，不但有很多不为人知的故事，可读性很强，而且具有时代意义，发人深省，是一部不可多得的文学佳作，其中更是饱含了曹老对周总理的无限崇敬、对电影人的深厚感情。母亲周秉德也委托我代为向曹老致敬并祝贺。今天，曹老还特别通过大鸾翔宇慈善基金会向周恩来纪念馆捐赠200本书，我代表基金会向曹老表示感谢和敬意。

作为周恩来总理的亲属、晚辈，同时作为北京大鸾翔宇慈善基金会的理事长，我们使命光荣、任重道远。今年也是中国共产党百年华诞，基金会也

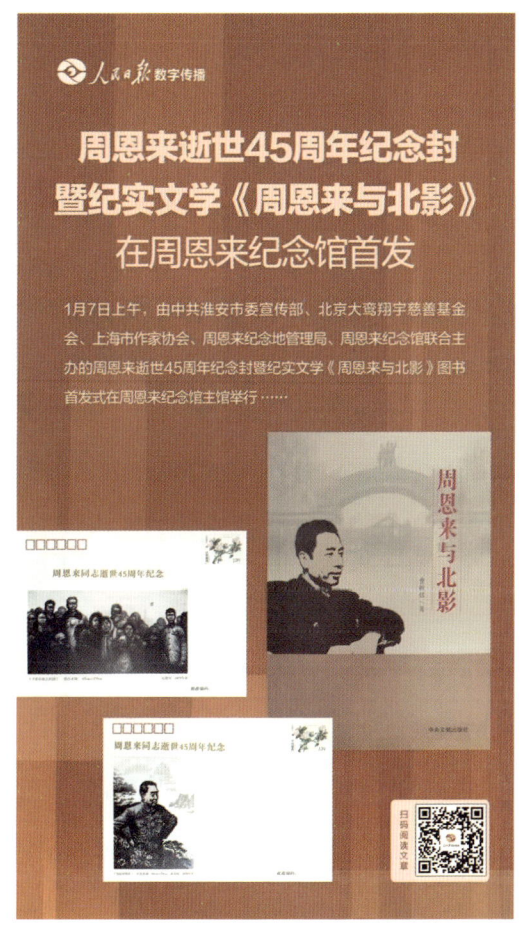

周恩来逝世45周年纪念封暨纪实文学
《周恩来与北影》首发

将举办一系列活动，握好红色基因的接力棒，当好周恩来精神的传承人。习近平总书记在新年贺词中说道："我们秉持以人民为中心，永葆初心、牢记使命、乘风破浪、扬帆远航，一定能实现中华民族伟大复兴。我们还要继续奋斗，勇往直前，创造更加灿烂的辉煌！"

最后，祝各位领导和同志们身体健康、工作顺利、万事如意！

谢谢大家！

沈清（左三）与作者（右三）

在《周恩来与北影》首发式上的发言

曹致佐

2020年1月8日，来自淮阴师范学院城环学院的青年团员们专程来到淮安周总理纪念馆，向周总理的汉白玉雕像敬献了花篮，鞠躬致意，并集体朗诵了《周总理办公室的灯光》。这些青年团员纷纷表示，总理的人格魅力和伟人风范，时时刻刻都在激励着他们"为中华之崛起而读书"。

今天是2021年1月7日，明天是敬爱的周总理离开我们45周年的纪念日。此时此刻，在这里，由中共淮安市委宣传部、上海市作家协会、周恩来纪念地管理局、周恩来纪念馆共同主办周恩来逝世45周年纪念封暨纪实文学《周恩来与北影》首发式活动，以缅怀周总理的丰功伟绩，传承周总理的崇高精神，由此充分发挥全国爱国主义教育示范基地的作用。对于周恩来纪念馆建馆以来，践行社会主义核心价值观，不忘初心，担当使命，砥砺前行，不断创新，在此我向贵馆表示崇高的敬意。

《周恩来与北影》一书的首发仪式由主办方安排在今天举行，我和家人庆

文苑花絮

作者在《周恩来与北影》首发式上发言　　《周恩来与北影》首发式上作者接受江苏卫视采访

幸有机会在如此神圣的日子，能够向周总理的雕像献上一束鲜花，深深鞠上一躬。我们倍感荣幸，难以忘怀。

为了创作歌颂周总理在"文化大革命"中独撑危局的高风亮节、大智大勇，我倾注了近10年心血写成《周恩来与北影》。刚才当我仰望着周总理伟岸高大的形象时，百感交集之际想起习近平总书记对周总理高度而又深情的评价：周恩来，这是一个光荣的名字、不朽的名字。每当我们提起这个名字就感到很温暖、很自豪。

习近平总书记对周总理的高度评价，何尝不是全国人民的心声！今天天气很冷，看到诸位冒着严寒，有的还不顾路途遥远前来参加《周恩来与北影》这本书的首发式，既感动又欣喜。我心里明白，大家之所以欣然赴会，完全是怀着对周总理无比崇敬的情感，用行动来表明对敬爱的周总理深深的、永远的怀念！今天，大家齐聚一堂，深刻表明，周总理虽然已经远去，但一直活在我们大家的心里。我们之所以前来瞻仰他，是因为他的一生真正做到了"鞠躬尽瘁，死而后已"，他伟大的一生中只有无私奉献，从未有过一句空话。他的人格风范不仅仅被国人称颂，还被全世界人民称颂！

文艺名家往事

周总理侄孙媳李清阳（右一）、沈清（右二）、曹致佐（右三）、曹天风（左一）、曹致佐夫人郁佩瑛（左二）

  人民总理人民爱！我和大家的心情一样，永远都在怀念周恩来总理的音容笑貌。然而我还有一种因圆梦而难以言表的喜悦之情。说心里话，之前我出过三本书和一部电影，还出过话剧。虽然每次都兴高采烈，但从未有像现在这样的感觉："最是一年春好处，绝胜烟柳满皇都。"之所以会有如此一种喜不胜喜的感觉，因为我深信各位都是怀着对周总理的爱来到了周总理的故乡淮安，有幸相聚在周恩来纪念馆，还有幸与周总理家人聚首，一起缅怀，并尽情倾注最朴实、最深情、最美好的情感——人民总理人民爱！

  《周恩来与北影》从创作至今用了近10年才成书出版。如今，油墨飘香，人近黄昏，我却渐渐明白，我对周总理的了解却远远不够全面，远远不够深入。

  作为上海人，我曾经潜心研究了不少有关周总理与上海的相关资料，但并不知道周总理在任职期间一共来过上海几次。一位自发群体"爱周人"的一员，告诉我周总理总共来了56次，最后一次是1973年9月17日，周总理

中国现代文学馆颁发的永世珍藏的证书
《周恩来与北影》

在上海虹桥机场，送别法国总统蓬皮杜。那天大雨倾盆，周总理在机场坚持不打伞，以示对外宾的尊重。身患重病的周总理，一直淋着雨，直至飞机起飞。外宾离开后，周总理特地嘱咐机场领导，给送行的群众熬些姜汤，以防淋雨后感冒……这就是我们敬仰的"人民的好总理"在上海的最后一次身影。

"爱周人"这一群体中，有相当多一部分是年轻人，这群年轻人完全是出于对周总理的热爱在网上因交流而相识。他们在工作之余，或是埋头图书馆，在浩瀚如烟的资料中对周总理一生中鲜为人知的生平事迹进行挖掘，或是对周总理的革命足迹溯本求源，一有新的发现就通过互联网、微信进行交流，或是阐明自己的见解并进行热烈讨论。总之，他们把几乎所有的业余时间都用在探讨自己热爱的周总理上。令我惊讶的是，这群"爱周人"，多数至今还从未谋面，有的相隔天涯，却因一生所爱而心有灵犀一点通。这不由得引发我深深思索，他们为什么会这样矢志不渝地砥砺前行呢？他们一不为名，二不为利，绝无成名成家之想，而是纯粹出于对周总理的热爱。我曾经问一位年轻的"爱周人"："是什么动力让你们这样潜心研究？"他的回答很实在，是为了对信仰崇敬的满足。他说："我们越是研究越是交流讨论，就越来越认识到周恩来对当代中国的巨大影响和对信仰的坚定。在他生前，他的著作言论和工作实践对党的建设、对经济建设、对军队建设、对统一战线的建设、对隐蔽战线的建设都发挥了不可估量的重要作用。在他驾鹤仙去之后，他的品德和情操更成为中华民族宝贵的精神财富。他的魅力和风度为中国和世界各国架起了友谊的桥梁，他的人格高度和道德情操将深刻地影响中华民族的精神世界。我们'爱周人'之所以无比敬仰周总理，是因为周总理一生所思所想所追求的就是中华之崛起。这样一个为国为民的好总理当然值得我们仰慕、怀念和学习。我们'爱周人'在网上交流，融会贯通，就是爱我所爱，求我所爱。"

这一段"爱周人"的心声让我明白，周总理即使位高权重，但自始至终都是与人民心连心，自始至终为革命、为人民鞠躬尽瘁。他的丰功伟绩，老百姓全都看在眼里，记在心里。人民的好总理，自然永远活在老百姓的心中。

我借此机会，向"一生所爱，爱我所爱，求我所爱"的"爱周人"表达深深的敬意。还要向诸多热爱周总理、对我创作《周恩来与北影》一书满腔热情地给予帮助和支持的"爱周人"深表感谢。

《周恩来与北影》第一稿出来后，我知道这是一个大题材，就想找一家研究周总理的专业机构来征求意见，最终想到了淮安周恩来纪念馆。我与办公室主任李方宇素不相识，她一听是写周总理的纪实文学，立即热情地要我把电子稿发给她。三天后，她表示，"读后我深受感动，字里行间所流露的都是对周总理的爱……施春生副馆长是研究周恩来的专家。如果您同意，我就转给他"。还是三天后，李方宇转来施副馆长写给我的信："我们对这一题材深感兴趣，迄今为止尚未有一本专著对周总理为建设中国电影事业所做出的巨大贡献，有过深刻而客观的写实。你创作的虽然是文学作品，但填补了这方面文献的空白。我们希望把你的书稿转给周总理的亲属征求意见。"

周恩来纪念馆副馆长施春生（左二）与作者

不到 20 天，我接到李方宇的电话，她说，周恩来侄孙周戎三天看完后即转给父亲周秉钧。四天后周秉钧推荐给了大姐周秉德。周秉钧明确表态，"已读，写得很好，我没有异见"。周秉德则表示，"请转告作者曹致佐同志，创作上有什么事可直接找我"。

接下来施副馆长建议，你的这部书稿应该寄给中央文献出版社。我可以帮你联系。紧接着他告诉我，你可直接寄给中央文献出版社第一编辑室张文和主任。于是，我于 2015 年 11 月 28 日把书稿奉寄给了张文和主任。12 月 22 日，张文和主任来电话告诉我，他将于明年 1 月 6 日来上海与我就书稿交换意见。我当时几乎愣住了，一部31万字的书稿，中央文献出版社就在25天之中，快速及时地完成了文字的编辑工作！与张文和主任一见面，他就把打印稿交给了我，并说，有的页面上我们写了批注，或打上了问号。我又一次愣了，就在我惊喜的一刹那，我一眼看到打印稿封面的下方已经印上"中央文献出版社"几个大字！这明确表明中央文献出版社已将我的书稿纳入了他们的出版计划之中。说真的，我怎么也没有想到，中央文献出版社的效率会如此之高！在随后的恳谈中，张文和说："我一开始是用很冷静的编辑的眼光来看稿的。读着读着，我被深深地吸引了，被深深地打动了。我们年轻的编辑宋柏晴对我说：'我是用两天时间一口气看完了全稿。写得真好，全书都洋溢着对周总理的爱。可读性强。'"当书稿决定出版了，宋柏晴在信中说，"5年前初见稿件时我刚入社，是张总带着我参与编辑您的大作。张总对周总理怀有崇高的敬意，是一位有眼光、有魄力、有丰富经验的老编辑。在他的引导和帮助下，我对您的作品渐渐有了进一步的深刻感悟和思考，从中也加深了我们年青一代对周总理的认识"。

周秉德和周秉钧（居中）、刘军鹰（右三）、周戎（右二）、沈清（右一）

张文和（左一），《周恩来与北影》责任编辑，中央文献出版社原副总编，现任中共党史出版社副总编辑

    我之所以向各位领导和嘉宾报告以上这些创作出版过程中的细节，是想表达，《周恩来与北影》的成书出版，完全得益于周恩来纪念馆、中央文献出版社、上海作家协会，还有周秉德女士任会长的大鸾翔宇慈善基金会的重视和支持。上海作协把这一书稿列入2016年上海文学创作精品工程的首列；上海文化发展基金会把这一书稿列入重点作品的扶植之列。还有许多领导、同事和好友，在不同时段也都鼎力相助，嘘寒问暖。譬如今天专程从上海前来参加纪念活动的集作家、画家于一身的戴逸如老师，专志研究巴金的巴金研究会副秘书长陆正伟老师。他们和施春生副馆长、李方宇主任、张文和副总编、宋柏晴编辑等在《周恩来与北影》一书创作出版过程中给予了我无私的帮助。他们同"爱周人"一样，爱我所爱，求我所爱。同样，此时此刻，我们之所以能相聚在大运河之畔的淮安，相聚在与周恩来故居近在咫尺的周恩来纪念馆，相聚在高可攀天的周恩来的塑像前，都是怀着同样的心情：爱我所爱，求我所爱。

    2018年3月1日，习近平总书记用"六个杰出楷模"，深刻阐述了周恩来精神的丰富内涵和时代价值。我想，随着时间的推移，随着中国梦的日渐圆梦，经过历史的洗礼，我们一定会更深刻地认识到周恩来集六大杰出楷模于一身

《我的伯父伯母周恩来邓颖超》
周秉德著

周秉德签字

的崇高精神和伟人风范，对中华民族伟大复兴和我国日渐强盛有着不可估量的深远影响和意义。

2021年，"十四五"规划的开局之年，中国踏上全面建设社会主义现代化国家的新征程，敬爱的周总理，中华腾飞世界，这盛世，这中国，如您所愿！

在这2021新年的第七天，我借此机会向大家表示最最美好的祝愿，祝大家新年快乐、阖家幸福、身体健康！祝福伟大的祖国风调雨顺，繁荣富强！

长泪难书送别情[①]

陈登科

"吴强得了脑肿瘤？"

当我接到致佐从上海打来的电话，整个人都呆了。他不是到美国探亲去了吗？怎么会在上海住院呢？我无法接受这个事实。

记得有一年夏天，他到合肥来看我。他不怎么爱喝酒，但是三杯一下肚，兴致便来了，把衣服一脱，光着个大脊梁，铺纸研墨，挥毫疾书。我们家的孩子，一看到他那身黑油光亮的肌肉，都赞不绝口："吴伯伯身体真好，背上的肉都堆起来了，捏都捏不动。"我真无法相信，无法相信他这么好的身体，怎么会病倒。

1980年我和肖马在上海，他每隔一两天，便到我们下榻的宾馆，吹上这

[①] 原文见《陈登科文集》第 8 卷，北京：北京燕山出版社，2001 年，本书有改动。

么半天。一天，我提出去看巴老，第二天一早，我们还没起床，他便带着车子赶到饭店，陪着我们去看巴老。

从巴老家出来，他对我说："今天，就到我家去喝两杯吧！"

"还是回饭店好。喜爱喝什么就叫什么，方便得很。何必去家里……"

"不，不。今天一定到我家去！"

我与肖马都不是酒徒，却都爱喝两杯。我们三人，在他家一直喝到下午一点多钟才放下杯子。他说："今天我们不吃干饭，一人来一碗面条。"面条就面条。我和肖马吃完面条，方知这一天是他的七十寿辰，是专为我们做的长寿面。我伸手捏了捏他的膀子，好似一根铜管，又粗又硬，和他掰掰手腕，根本不是他的对手。我说："你还可活30年。"

"我不需要30年，只争取20年。把两部长篇写完，看到香港回归祖国，也就足矣！"

可怎么能……他的长篇还没全部完成，他答应老朋友的诺言还没实现，他怎么能就这样躺下呢？我不相信，他身体那么好，而且，对我这个老朋友也从没失信过。他怎么能就这样不说一声就躺下呢？不能，绝对不能！

全国人大会议4号闭幕，5号离开北京，6号抵达合肥，在家仅休息一天。8号晚上便乘火车赶往上海。在旅途上，吴强的身影，不时地浮现在我的脑海里。记得1985年永久从涟水打来电话，说吴强由南京回涟水，希望能在故乡见到我。我放下电话即找司机，星夜赶回涟水，由孙燮华陪同，回到故乡高沟。他一看到高沟酒厂的建设，规模如此宏大，就情不自禁地谈起当年——不，应该说是童年的生活经历，是一段很有趣的童年回忆。他说，小时候，一闻到高沟大曲的酒香，便馋得流口水。有这么一天晚上，他约几个差不多大的小朋友，将糟坊的竹篱笆扒了一个洞，钻进酒库，一见那一缸缸香喷喷的大曲酒，竟忘记去找碗、去拿杯子，双手插进酒缸，捧起酒就喝，结果当场醉倒，再也钻不出竹篱笆……那次回故乡之后，他好像再也没有回去过。我们曾相约，还要一起回故乡，去看看童年时玩耍的草荡、塘埂，看看当年我们打鬼子时趴过的高粱地、睡过的大土炕。吴强，你怎么能躺下呢？我们还要一起回故乡呢！

9号早上赶到上海，一下火车，我便给致佐打了个电话，由他带着赶往医院。路上，致佐告诉我，吴强已昏迷几天了，不一定能认得出我了。我想，怎么会这么厉害呢？一走进病房，我整个人都傻了。这是吴强？他的个头怎么小了？脸也小了？给人感觉一只手就能将他从病床上抱起来。我心里不停地在念叨："他变了，变得使我已认不出他来。瘦了，这病怎么会将一个人瘦得变形呢？"

我摸摸他的头，摸摸我自己的额角，又感到一点安慰，他的温度和我的差不多。我静静地看着他，看着他，大约有一分钟的时间，他终于睁开眼睛，也默默地看着我，他女儿样样在旁，不停地呼唤："爸爸，爸爸，陈叔叔来看你了……"

他，好似没有听见样样的叫声。

突然，从他嗓子里发出一阵急促的呼噜声，我即问样样："这是他在讲话，还是痰哽在嗓子里，使他说不出话来，心里憋得难受？"

样样摇摇头，什么也不是。

但是，我终于发现，在他的眼窝深处，一边现出一点小小的亮晶晶的泪珠。这时，致佐又发现他的左手在被子里不停地动弹，便说道："他认出陈老了，想把手拿出来。"

样样还是摇摇头道："不是，他是心里难受，有点急躁。"

"不，我看他是想把手拿出来。"致佐边说边揭开他的被头，一看，他已将手举到肩上，我忙伸过手，和他紧紧地握在一起。

他握住我的手，很有力，而且抓得很紧。我看到他的手背已变成紫黑色，心里有说不出的难过。我们就这样，默默地对视，虽然他不能说话，但我感觉到我们的心已在对话，在互相问好！

这时，医生来为他打针，我只得依依不舍地离开他，准备第二天再去看他。

10号上午8点，我在饭店里参加三个法制刊物评委会，会议刚刚开始，致佐突然打电话来，说吴强不行了。我放下电话立即赶往医院，可还是迟了一步，他在8点15分离开了人世，与我们永别了。

我站在他的遗体前，不禁又想起昨天的情景，他握着我的手，是那么有力，今天，他已双目紧闭，连一声呼噜也没有了。他，昨天从何而来的气力？他是不是在向我说："老朋友，再见了"？

他走了，不声不响地走了，我只有含泪向他告别：老吴，你慢慢地走吧，你未竟的事业，将由我们这些活着的人去承担。走吧，老吴，你慢慢地走吧……

那些年，那些梦
记作家曹致佐先生[①]

贾小维

1982年，我大学刚毕业，作为文学青年，参加了马鞍山市文联举办的文学讲习班。曹致佐老师来授课，学员们都很期待，那时他的电影剧本由北影在马鞍山拍摄，已家喻户晓。记得曹老师讲课风趣健谈，极富感染力和鼓动性。30年过去了，他在激昂中甩动长发的瞬间，一直留在我的记忆里。

后来，我在机关做文秘工作，与曹先生有了更多的接触。那几年夏晚，常常在他家阳台，两把椅子，两杯清茶，谈天说地。月光如银，茶香缕缕，几声蝉鸣，还有曹先生爽朗的笑声……他对文学的热爱和虔诚，他对生活的

[①] 原文见《诗城文学》2014年第2期，本书有改动。

乐观和豁达，他对时事的敏锐和超前的开放意识，让我油然敬佩，至今难以忘怀。有些记忆，像一只无桨的船，美丽地静静地停泊在那里，不肯离去。

最近读了文学博士余亮写的一篇论述曹致佐的文稿，题目叫《那一年，钢铁厂新来的年轻人》，较全面地概述了在马钢工作的曹致佐由一名青年工人成长为作家的过程，并对他的作品在艺术上给了很高的评价。余博士从事现当代文学研究，造诣很深，文中让我尤为感慨的一句话是："在八十年代工人业余作者中，曹致佐是他们之中最特别的一位……"

在征得曹老师同意后，我采访了过去他的一些同事和友人，记录下他的部分文学创作经历，让当代有梦想的年轻人知道，他们的父辈在追逐理想的路上，有多么的艰难和曲折；在圆梦的过程中，需要多大的勇气和执着。

顺而不畅的笔耕之路

曹致佐1942年生于上海。父母酷爱京剧，经常带他去天蟾舞台看金少山的《打龙袍》、梅兰芳的《霸王别姬》、程砚秋的《锁麟囊》、李少春的《野猪林》……他从不谙世事到涉世之初，无形之中深受戏中所渲染的中国传统道德——忠孝节义、侠义豪情的影响。中学上语文课，马玉章（马相伯孙女）老师经常点名要他背诵古典文学的课文。《廉颇蔺相如列传》一文，他背得一字不错。马老师鼓励他要多看书，多读古文，要立志当一名作家。那年他才14岁。后来，《福尔摩斯探案集》《霍桑探案》令他着迷；《新儿女英雄传》《保卫延安》《红日》《苦菜花》引发他对英雄的向往；继而他又沉醉于阅读莫泊桑、雨果、陀思妥耶夫斯基、契诃夫、普希金、列夫·托尔斯泰的作品……他说，"罗曼·罗兰的《约翰·克利斯朵夫》对我影响最大"。

1958年6月底，曹致佐与几千名中学生，怀着"到祖国最需要的地方去"的热情，登上了北上的火车。

余亮对曹致佐到了马鞍山后的生活做了如下描写：

他们住进了用芦席搭建的工棚。工作和生活环境虽极其艰苦，但共产主义的教育，使卓娅、舒拉、马特洛索夫、刘胡兰、董存瑞、黄继光……这些英雄形象成了他们追梦的偶像。不久，他被分配到马钢机修厂做钳工学徒。下班后，他去马钢业余大学学习，写了很多抒情诗歌习作，散文《祖国颂》登上业余大学校刊。此后开始写作大量通讯报道和杂文发表在《马鞍山报》上……1960年借调到市委安全生产检查办公室。当时《马鞍山报》的编辑高峰很关心工人作者。在他的扶植下，1964年1月28日在《马鞍山报》发表了曹致佐的第一篇习作《我的引路人》。当时他18岁，由此迈出了追梦的第一步。

不久，他把创作的小说《冰河夜渡》投稿到《萌芽》杂志。原先已拟定采用，后因宣传科长在政审材料中写上了"……该同志在政治上不要求进步，追求资产阶级名利思想，有小资产阶级情调……"而被弃用。1964年底，安徽省人民出版社决定采用《冰河夜渡》。然而，全国开展了"清思想，清政治，清组织和经济"的政治运动，改变了当时的正常生活，他因《冰河夜渡》成了"四清对象"，创作就此中断。在"文化大革命"中，《冰河夜渡》成了他反革命的罪状之一，他因此被揪斗、批判、抄家、监督劳动、游街……

1972年11月，为了纪念毛主席《在延安文艺座谈会上的讲话》发表30周年，马鞍山市革命委员会政工组在采石举办小说创作学习班。学习班的负责人是曾被打成"走资派"的原《马鞍山报》总编邓竹虚。曹致佐何尝不想能跻身其中，但厂里在是否同意他去的看法上有争论。

学习班开办不久，厂政工组组长朱永焕鼓励他要拿起笔来搞业余创作。曹致佐一鼓作气用两天时间写成短篇小说《车刀》。厂里派宣传干事张传真把这篇小说送到学习班后，被赞誉为一炮轰响了翠螺山。邓竹虚赞叹道："这才是小说啊！"

文化局一位副局长却认为，这篇小说虽有批极"左"思潮的意向，很犀利，但因政治风向"吃不准"，不宜采用。

新上任的文化局局长王平，因文艺创作室黄光杰的介绍，对《车刀》产生了兴趣并推荐给人民文学出版社。曹致佐得到了拟议采用的回复，喜出望外，以后却石沉大海。

这中间，曹致佐把新创作的短篇小说《主轴》，投给了复刊不久的《安徽文艺》。

文化局创作组组长杨履方和黄光杰鼓励曹致佐写写戏。他很快创作了独幕话剧《青出于蓝》，几经修改后由马鞍山市话剧团上演。1973年10月，曹致佐随同市话剧团去合肥参加全省的戏剧会演。该剧笑声不断的演出效果引起了戏剧界的注意……会演结束前两天，大会组委会通知他去长江饭店8楼见北京电影制片厂的文学编辑周啸邦。交谈中，周啸邦要他谈谈自己的创作。他讲述了厂里制造15米大运用可控硅自动控制的先进技术，对他产生了强烈的震动，并由此激起创作冲动。周啸邦听后问他还写了什么，他说写了短篇小说《主轴》。周啸邦插话："我已经看过了。《安徽文艺》主编江流告诉我，'作者壮怀激烈，写了一个老工人对待工程技术员的宽阔胸怀，立意新颖，生动耐读，发人深省，我们已决定发表'。我看后与江流有同感。我离京前去人民文学出版社，请他们推荐较好的小说，其中有一篇《车刀》给我留下了很好的印象。来了合肥才知道就是你写的。"曹致佐急问何时能出书，周啸邦摇摇头说："出不来了。你们厂在政审的复函中说，你虽已解放，但只能利用，不能重用。"见曹致佐的情绪一下子低落下来，周啸邦便拍拍他的肩膀安慰道："一篇小说搁浅没什么大不了的。《车刀》和《主轴》既然是你写的，我对你的创作潜力更有信心……"

第二天他俩又一起去看了《青出于蓝》话剧。散场后周啸邦对他说："演出确实成功，不过未必能得奖。现在评委会里有一种意见占了上风，认为《青出于蓝》有'唯生产力论'的倾向！"曹致佐苦笑着摇了摇头。周啸邦用手拍拍他肩膀："这是意见，不是定论。今天上午我与厂里通了电话，现已决定请你去我厂参加电影创作学习班。"

曹致佐又惊又喜！能跨进北京电影制片厂的大门，他可连做梦都未曾想过啊！

屡遭重创的电影之梦

曹致佐到了北影报到后才知道，这是一个经国务院批准的，在"文革"中举办的全国第一届电影业余编剧创作学习班。学员是从全国挑选出来的21位作者及他们所写的19个剧本。

北影有800多人，其中有许多人是1938年投身延安的"老革命"，而全厂被打成反革命的将近500人……他们蒙受了人世罕见的冤屈，解放复出后对"极左"路线深恶痛绝，摒弃了对作者进行"政治审查"那一套。曹致佐担心因"政审"通不过而被逐出门外的忧虑随即烟消云散。

经过3个月的学习，北影定下5个人的3个剧本留下进行电影文学剧本的再创作，其中就有曹致佐的作品。他觉得自己是业余作者，文学功底差，搞电影创作还是门外汉……他把自己的忧虑告诉了周啸邦，并要求能同意请肖马和杨履方与他合作。周啸邦很为难，他说，厂里规定是在学习班里挑选作者。经曹致佐再三恳请，北影最终同意了他的要求。

期间，他收到《主轴》的"清样"，编辑温文松在信中告诉他，小说将于1974年3月号《安徽文艺》头条发表。曹致佐把"清样"请几位住在招待所的著名作家过目，以求取教诲。李準说："看得出小曹有生活，有激情，执着写出自己独特的感受。好，很好！"马烽说："没有独立见解和不善于思考，是不会触及这类别人还不敢碰的题材的。"孙谦说："不赶浪头，不谄媚逢迎，在作品中敢为知识分子呐喊，小曹是当下第一人！"

回马过完春节，曹致佐正准备动身去北京，他接到两封来信。温文松在信中告诉他："面对来势汹汹的'批林批孔'，江流为了保护你，以防不测，忍痛把已经印好的第3期《安徽文艺》全部销毁……"这无异于晴天霹雳！第二封是周啸邦来信，他说你们暂且不必急着动笔，现附上两份国务院文化组的介绍信，先去上海体验生活。

当时，报刊上开始批判晋剧《三上桃峰》是大毒草。紧接着各地报刊长篇累牍地刊登"批林批孔批周公"和"反复辟"的一系列文章。严酷的现实使曹致佐闻到了刺鼻的血腥味，也明白了江流"焚刊毁书"、周啸邦要他们暂时"按兵不动"的用心良苦。

4月底，曹致佐接到周啸邦的加急电报，催促他火速进京。一住进北影招待所，周啸邦便告诉他，2月15日，毛主席在叶剑英元帅写给他的信上做了批示："现在，形而上学猖獗，片面性。批林批孔，又夹着走后门，有可能冲淡批林批孔。小谢、迟群讲话有缺点，不宜向下发。"

显然，在毛主席的干预下形势又有了逆转。北影厂的上上下下，满腔热情地投入各自的创作活动之中。

曹致佐和肖马、杨履方在6月上旬写出初稿，周啸邦看后认为已初具规模，提了修改意见后催促他们快改。7月下旬，周啸邦拿到他们的修改稿后却并不急着送审，一压压了3个月。

与此同时，社会上却越来越不平静，一会儿大批特批"蜗牛事件"，一会儿大赞特赞"交白卷英雄张铁生"，还变本加厉地"评法批儒批周公"……其矛头或明或暗地影射周总理。面对一连串的政治风波，北影的各项工作都偃旗息鼓，静观其变。

在以后长达一年多的日子里，《青春似火》的创作，随着政治风浪的起起伏伏，也跟着写写停停……

1975年1月15日，四届人大召开后，周啸邦要他们立即下去体验生活，并着重强调：周总理在四届人大提出要实现四个现代化，而《青春似火》的主人翁梁东霞与她的同伴，立志要把轧钢流水线改造成自动化生产，这个题材很好，实现四个现代化需要有这样一批有理想的青年工人发愤图强。厂部决定，要加快成立《青春似火》摄制组并及早投入拍摄。

1976年6月初，《青春似火》在马鞍山已拍摄过半，文化部派人来到摄制组召开全体人员大会。来人先说给大家吹吹风：在北影，"反击右倾翻案风"的运动正在逐步深入，文化部已把厂领导丁峤撤职调离北影，编导室总支书记史平、编导室支委马德波也停职检查……然后绘声绘色地介绍了把矛头对准了"还乡团团长"的《搏斗》和《反击》两部反击右倾翻案风的影片，接着话锋一转，用命令的口气要作者把《青春似火》剧改成"走资派还在走"

的电影。还着重强调,"文艺要为政治服务,现在就看你们在两条路线的斗争中站在哪一边"。杨履方在回忆文章中写道:"那种达于极致的盛气凌人反过来唤醒了许多人的理性和良知。曹致佐率先打破了长时间的沉默,他说,电影写的是青年工人攀登技术高峰的情节,无法把与走资派做斗争的概念融入剧本之中,不能改。小曹的挺身而出和不肯俯首帖耳的坚定,对大家是一种激励和鼓舞。肖马也开口表态,剧本的人物关系可不是搭积木,能随心所欲地东一榔头西一耙子吗?硬要节外生枝,谁有本事谁改。我紧接着说,剧本最忌伤筋动骨,如果硬要作者依葫芦画瓢,必定弄巧成拙,弄出个四不像的东西,观众要骂的。导演董克娜,副导演阙文,演员杨雅琴、李树钧的表态和我们一样。会议不欢而散。"

三位作者"头长反骨"的我行我素无疑得罪了文化部的当权者,于是,在"反击右倾翻案风"的狂潮中,文化部圈定了北影散布政治谣言的89人黑名单,曹致佐、肖马和杨履方也被列入其中。不仅如此,文化部还决定把他们3人的名字从编剧中删除。1976年第5期《安徽文艺》发表了电影文学剧本《青春似火》,而署名是"马鞍山市文化局《青春似火》创作组"。7月中旬,曹致佐收到周啸邦来信,得知《青春似火》虽然已制作完成,但被文化部打入冷宫!

采写往事,我不禁感慨不已。诚如余博士所说,是马钢孕育了曹致佐的文学生命,而曹致佐很特别。他早期执着又艰辛、顺而不畅的笔耕之路是何等的曲折坎坷!他热爱写作,涉及多种题材,篇篇成功,篇篇历尽艰难,备受政治因素的干扰甚至被扼杀!这既是他个人的独特经历,也是共和国几十年来变迁和发展的缩影。

粉碎了"四人帮",《青春似火》才得以公开上映。

甘当绿叶的豁达情怀

1980年7月,曹致佐调入马鞍山市文学艺术界联合会,任马鞍山市作家协会(执行)副主席。从一个工人转换为专职的文艺干部,一定有充盈的时间用在写作上。但是，事实并非如他所愿。文联主席王平谆谆嘱告他，一定要抓好全市的文学创作，要出作品，出人才。

80年代的文学热，曾经促使马鞍山一批工人业余作者投身文学创作。创作实践必须要有文学园地任其纵横驰骋。曹致佐成了当时积极主张创办《采石》文学园地的最初拓荒者之一。他不仅出点子、想办法，为申办《采石》文学期刊奔走呼号，还在筹划过程中慷慨解囊：筹备组一行5人去南京取经，宴请《雨花》杂志同仁，当时市文联经费捉襟见肘，只能拿出30元请一桌，另一桌曹致佐欣然自掏腰包。《采石》创刊后，他还相继写出了《心灵深处的风暴》《心在坟墓里》两篇小说予以支持。《心在坟墓里》在全国引发了强烈反响，《作品与争鸣》杂志予以了转载。在组稿和编辑上，如今在全国享有盛名的江苏作家叶兆言的处女作，就是由曹致佐从来稿中发现并在《采石》上刊登的。

为了提高青年作者的文学素养，文联主席王平提议开办文学讲习所。曹致佐兼任副所长后，不但结合自己的创作实践进行讲课，还悉心扶植文学青年的"第一片绿叶"。现担任马鞍山市美术家协会秘书长的刘钢深情地说："当我拿到刊登我习作的那期《绿叶》时，自己的小说能变成铅字，那是一种比蜜还甜的快乐。……转眼之间这已成了三十几年前的往事，也许在曹老师的记忆里已经淡忘了一名当年的文学讲习所学员。可在我的心中，永远无法磨灭对他的敬慕和记忆。"

我和欧震合写的报告文学《热血》发表以后，曹老师就像自己发表作品那样高兴，不但给予充分肯定，还广为推介和宣传。往后，我与曹致佐不但是文字之交，还在长期的交往中成了挚友。在我的婚礼上，他偕同夫人拿着我出版的诗集《柔情冬日》，背诵着我写的诗句："就这样，我感动着你如诗的背影；就这样，你感动着我如水的目光……"那既温馨又风雅的祝福，我和妻子难以忘怀。后来他调离马鞍山两年后，还把《热血》收入报告文学集《天涯何处无芳草》之中。

《天涯何处无芳草》是曹致佐和贾梦雷合作主编，为企业家立传的报告文学集。贾梦雷从1978年至2006年担任安徽省作家协会秘书长、副主席，一提起曹致佐便情不自禁地谈开了："我和致佐老弟在北影虽是两个剧组，但风雨同舟，有40年的交情了……在开展文学活动方面，他啊，既活跃又有创造性：1982年全省青年创作会议、1984年有全国一百多位著名作家参加的'城市改革题材创作座谈会'都在马鞍山召开，他是我强有力的助手，他有板有眼、有声有色的组织能力得到了与会者的一致好评。1985年夏天，在他的倡议下，省作协和马鞍山市作协，在泾川山庄联合举办了'作家企业家座谈会'。这在全国是首创！……后来陈登科主席找他谈了两次，要调他到省作协担任副秘书长……"

曹致佐给我看了梁寿淦写给他的一封信："……登科得知你调到上海作协后，闷闷不乐，一天没说话。傍晚散步时，走了很长一段路后，仰天长叹，安徽留不住人啊！"

曹致佐说，这封信他已保存27年。尽管信中的字字句句都牢记不忘，但他依然百看不厌。既感到温暖，又十分愧疚，辜负了陈登科对他的真心诚意。

我说，早就听闻你与陈登科交谊很深，而且还和其他几位前辈作家往来甚密。

他点点头，说："是的，孙立真、黄光杰、曹玉模、吕宕、肖马、杨履方，都是我的文友、兄长、老师。他们对马鞍山的文学发展做出了重大贡献，而我的成长与他们的帮助、教诲是密不可分的。其中，最早关心我、引领我、扶植我的是孙立真。他经常来车间看我。可以说，他是马鞍山市文联的元老，60年代的一大批作者都是在他的帮助下得以成长的。"

曹致佐如是说，那么这些前辈又是怎样评价曹致佐的呢？

著名诗人、83岁的孙立真提到曹致佐十分感慨，他说："小曹是钢城第一个以改革为题材、为改革者树碑立传的青年作家。他敢于斗争，向当时僵化的思想、保守的观念做斗争，勇于揭露社会的阴暗面……"

剧作家、电影《林则徐》的编剧吕宕，在《病中闲话》这本书中，直抒胸臆："感谢老友曹致佐为这本小集子付出的编选、整理、奔走、联络的辛劳，我从中深深感到了一种人间道义的温暖。"

杨履方夫人林老师告诉我："老杨在北影突发脑出血，是肖马和小曹把他急送医院抢救，小曹在医院陪了整整三天三夜，眼睛熬红了，眼泡哭肿了。

我对3个儿子说，曹叔叔和你爸爸是生死之交。"

杨履方的回忆引发了我的兴趣："肖马常常说，他与小曹是莫逆之交。他俩常来常往，无话不谈。不过，他从来没有听到小曹在他面前议论过别人。我也有同感，从未听小曹讲过别人的坏话……"

黄光杰是马鞍山戏剧界元老，他在我采访时再三叮咛，一定要把这段话写进去："致佐一走，我深感失落，他是我家的常客，没有他的光顾，我顿感茫然空虚。幸好，这位老弟人走情未了，逢年过节必定与我通话，年年如此。平生得一知己，足矣！"

曹玉模在1988年5月给曹致佐的信中写道："致佐，你寄来的《作家与企业家报》专刊'金秋情'我和老贾都看了，你真是一团火，点燃了老贾和我的热情并越烧越旺。我们已开始筹建'安徽省作家与企业家联谊会'。"

曹致佐在《弦断情未了》这篇回忆文章中，追述了他与张弦不同寻常的关系："1974年仲夏的一个下午，我正在文化局开会，偶尔发现有人在院子里朝创作室探头张望。此人头戴破草帽，身着破汗衫和米色旧短裤，脚穿打了几个补丁的解放鞋。是张弦！几年不见竟成了这个样子。当时没有人敢与他接触，我可不忌讳，赶紧跑出去，热情地伸出了手。张弦犹豫了一下把手缩了回去，我还是握住了他的手。他苦笑着说，这对你不好，我是牛鬼蛇神。我说，我也做过牛鬼蛇神。他说，你还是老脾气。我说，我们是老朋友了，好久没在一起谈谈了。他急忙推托，是来汇报思想的……我心里不是滋味，约他晚上到我家来，他答应了。

"那晚他没有来，数月后的一个晚上，过了十点他来了。他说一直想来，就怕连累了我。来得晚，别人看不见。我振振有词地说，我才不怕呢，我接触你是为了用毛泽东思想教育你，如果大家都怕接触你，怎么用毛泽东思想来教育你？说完，我俩相视而笑。久别重聚，一直谈到深夜两点。他告诉我他正在五七干校葛羊山劳动，什么活都干。张玲的身体不好，贫血，收入少，一人在南京拖着两个孩子够苦的。他一个月可以请两天假回南京……

"打这以后，张弦就经常来了。"

从上述的几个事例可以看出，曹致佐不但是青年作者的良朋净友，也与老一辈作家建立了深厚情谊。

我告诉曹老师："在采访中，我听到许多作者谈到了当年你在创作上给予他们关心和帮助的感人事例。"

他笑笑说："能被人记住当然高兴。其实当时我非常苦恼。到了专职岗位，却不能一心一意搞创作了。想写，但比在工厂里的业余时间还要少。每天晚上，业余作者上门交流的应接不暇。我还是在意兴阑珊中带着兴奋。"

原来如此，想创作，却被牢牢铆在了分身乏术的专职岗位！

意识超前的独特视角

安徽省作家协会会员，曾被授予安徽省政府文学奖的马钢作家傅嘉（笔名）指出："曹老师的创作有他的独特视角。他总会捕捉到那些并不稀罕，但别人却没注意到的现象，写虽普通却蕴含比较有意义的事与物。"

1985年3月14日，《马鞍山报》发表了曹致佐的散文《黄山石级》。当年的编辑陈光华至今记忆犹新："读完来稿，我就决定要发。讴歌黄山奇峰怪石飞瀑云海的诗词美文不计其数，却没有人把关注的目光投向供人踩踏登山的石级，并借此写景抒怀。曹致佐别开生面，有创意。"卜本林说："我看过曹致佐不少作品，从未看到他写过散文。这是他的第一篇，一出手就与众不同！"过了一年，全国最具影响的杂志《散文》转载了这篇文章，唯一改动的是把题目改成《石级巍巍兮》。更让人意想不到的是，25年后，百花文艺出版社在汇编"最受当代青年喜爱的精致小品"的《百味实况》一书时，把《石级巍巍兮》一文收集于书内。

文学期刊《人民文学》是全国领军刊物。该刊1986年第6期发表了曹致佐的短篇小说《魔力》，余亮在他的研究论文中做了如下的概括："其内容讲一个穷小子依靠管理才能和效率意识当上了国企的经理，收获了高干女子的爱情。无疑，这是经济新贵与政治豪门的联姻。显而易见，在20世纪80年代他已经意识到资本的魔力，认为西方有雨果、司汤达、巴尔扎克等写出了这个'金钱的魔力'，但在中国还没有。那个年代，一夜之间应运而生的'万元户'赢得了生存空间……曹致佐重温了英国和法国的资产阶级革命历史,通过两个人物的创造,写出了金钱的魔力,也体现出资本对他本人的魔力。须知,这是他25年前的认识啊!"

余亮博士的另一段叙述也引起了我的注意:"1985年第6期《中外电影》发表了曹致佐的电影剧本《平静的激流》。这一作品回应蒋子龙的《乔厂长上任记》的主题,认为乔厂长式的疾风暴雨作风已经不管用了,他着重塑造厂长的文化艺术气质和处事技巧。典型细节是厂长出席工人舞会,优雅的交谊舞姿令工人羡慕,其对绘画艺术的欣赏和文化修养则让一些工人自惭形秽。其主要情感指向是提倡一种对知识型领导的风度、尊严的崇拜;而没有文化的工人,即使是劳动模范,如果不学习,不跟上时代的脚步,都会被时代抛弃……"

1986年4月9日《安徽日报》发表了评论文章《寄希望于明天》,指出:"《平静的激流》写的是改革题材,但并不泛泛地表现改革中人们价值观念的变化,而是选择一个较新的艺术角度,剖析和揭示处在改革潮流中人们的心理感情和理智认识交织产生的矛盾状态,从而反映出改革年代的生活……情节跌宕起伏,多侧面地展示了改革不仅仅是技术革命,更主要的是要变革那些旧的传统观念和已跟不上时代步伐的价值观念。"

曹致佐告诉我,其实这一剧本是根据尚未出版的长篇小说《用微笑迎接风暴》改编的。他于1984年夏季在驷马山招待所文学创作学习班上完成了初稿。

1989年,长篇小说《用微笑迎接风暴》由人民文学出版社出版,在文坛引起了强烈反响……

《人民文学》杂志原常务副主编崔道怡(曾担任全国优秀短篇小说奖、中篇小说奖、儿童文学奖、鲁迅文学奖、宋庆龄文学奖、老舍文学奖评委)在1989年10月7日的《文艺报》上刊登了评论文章《执着于抒写改革的艺术耕耘》:"《用微笑迎接风暴》以细腻明快的笔触,直接又正面地描绘一座工厂实施改革的全景与过程。它所塑造的姜厂长,正是八十年代初期面对技术浪潮的冲击卓然挺立、从容创新的改革者形象。"

文艺评论家刘锡成(曾任中国民间文艺家协会党组书记,中国当代文学研究会副会长兼秘书长）所撰写的《改革者之歌》一文，被1990年5月号的《文论月刊》刊载。他说："曹致佐的长篇小说《用微笑迎接风暴》，写作和出版于一些作家对于近距离、及时地捕捉风雷激荡的生活主旋律自觉不自觉地产生了某些偏狭观点和心理障碍的今天，他的思考和追求表明他在艺术上就不是一个随波逐流，易于受人影响的作者。这是很值得称道的艺术性格。"

《社会科学》1990年第1期发表了复旦大学中文系教授、比较文学与世界文学专业硕士生导师王宏图的文学评论《在微笑背后》：

> 改革伊始之际，文坛就涌现了蒋子龙的《乔厂长上任记》、张洁的《沉重的翅膀》等一批反映改革历程的力作。随后人们又读到柯云路的《三千万》、水运宪的《祸起萧墙》等优秀作品。近年来，这类题材的作品失去了前些年的势头，滑入了低谷。此时，曹致佐的《用微笑迎接风暴》，以其新的内容和探索，为改革文学提供了诸多启示。

上海铜材厂厂长葛佳瑜在1990年第2期的《上海文论》上，以《微笑属于强者》为题，畅叙读后感想："《用微笑迎接风暴》的成功之处就在于：改革者姜初民所走的一条改革路子，是我们闻所未闻，独辟蹊径地探索出来的一条路子。姜初民的改革是极其'温和'的改革，是充满人情味的改革，是带上大量中国老百姓气息的改革，用主人翁的话来说，就是改革应遵循机械原理，尽可能减少摩擦力，他要求自己像一只球一样，滚动式地前进。"

以上几位的论述，有两个共同的观点：都欣赏曹致佐在作品中所表现出来的超前意识，并赞赏他敢于探索的艺术个性。这不禁使我回想起对电影《青春似火》的一段评语：

> 《红雨》与《青春似火》是两部反映60年代末70年代初的青少年现实生活题材的故事片。……这两部影片的题材选择和主题立意都很好。他们多少试图摆脱那种"身穿红衣裳，站在高坡上，手拿

红宝书，挥手指方向"，"阶级敌人来破坏，忆苦思甜解疙瘩"之类的农业题材和"斗倒走资派，揪出坏蛋来，生产放卫星，教育下一代"之类的工业题材的模式。在主题上也希望通过对人物的饱满刻画，广泛地开掘人物的内心世界，塑造几个较为生动的艺术形象。同时，也尽可能地减少一些假话、大话、套话，添加一些较有情趣的新意，向观众展示70年代工厂、农村较为开阔的生活面。然而在"四人帮"严密控制的帮派文艺体系下，创作人员的这种努力是不可能取得多大成效的，影片依然密封在"三突出"的模式中，这使人不能不感到遗憾。（《北影四十年》，文化艺术出版社1997年版）

通过这段评语，可以非常清晰地了解到，在"文革"实行文化专制主义的年代，曹致佐还是有胆量突破当时的固有模式，多多少少想挣脱阶级斗争框框的束缚，这表明他既有超前的意识，又有夺路前行的勇气。这种艺术个性，始终贯穿在他的创作生涯之中。

在1989年10月召开的《用微笑迎接风暴》作品讨论会上，《文艺报》主编吴泰昌既惋惜又感慨地说："其实，曹致佐这部长篇，早在1984年就寄给了人民文学出版社，一压就压了6年。如果当时就出版，那反响肯定比现在要轰动！"人民文学出版社编辑赵水金立即当众解惑："我看完来稿，非常激动，立即给曹致佐写了回信，'我认为作品的题材与时代的脉搏扣得较紧，选择矛盾冲突的角度也较新；作品提出的改革策略对人们有启迪作用；你对作品所反映的钢铁厂的生活、人物、事件都是熟悉的，力图塑造的十一位性格各异的人物也初具形态，有的人物能给人留下较深印象，尤其可贵的是作品通篇洋溢着作者对生活的热爱以及对未来的向往，反映了作者歌颂新时代、新生活的强烈社会责任感'。当我们进入编校工作，社会上有关改革的争论日甚一日，而且有许多改革者纷纷中箭落马；与此同时，社领导接到一封从马鞍山寄来的匿名信……这样，在改革处于低潮和曹致佐被抹黑的情况下，出版社形成两种意见：上还是不上？争来争去就被束之高阁了……"

《用微笑迎接风暴》是曹致佐的第一部长篇，一问世就显现了旺盛的生命力,但是,竟然被压了整整6个年头,其命运和《青出于蓝》《主轴》《青春似火》一样,顺而不畅,路途坎坷!

二次绽放的创作青春

陈登科的夫人、离休老干部梁寿淦在电话中说:"我家老头子最大的遗憾是未能留住致佐。我晚年最大的欣慰是,老头子没有看错人,致佐重情重义,他不管在国内国外,十几年来,每年春节初二,一定会来电话拜年。"

傅嘉动情地说:"曹老师为人的真挚使人易于接近他,一接触便可知道他是一个无须防范的可信的人。上海文艺出版社出版了我的长篇小说《唐城之雨》后,我第一位想赠送的就是曹老师。"

离休老干部、86岁高龄、原上海市作家协会书记处书记张军,一谈起曹致佐,如数家珍:

"曹致佐思想解放,对人对事有自己的见解。对领导、对老干部、对老同志、对同事,从来都不隐瞒自己的观点。他做事认真,不怕困难,肯用脑子。交代他的事情,不管大小,可以绝对放心,他一定会出色地完成任务。他有上海人的聪敏、能干,又有北方人的宽厚和豪爽,与人相处重义气、讲信用、有骨气。在创作上,小说、散文、剧本、评论都能驾驭。他写的作品最大的特点是以情动人,所写的每一篇文章都充满着激情!他虽已渐入晚境,人老心未老,在创作上重新焕发了青春。"

曹致佐1986年调入上海市作家协会,原想就此从事专业创作,但张军偏偏让他担任《作家与企业家报》负责人。虽事与愿违,曹致佐仅仅用两个月时间就打开了局面,而且在三年中组织作家采访编写并出版了6本报告文学集。他不仅是全国第一个提出为企业家立传的人,还撰写《作家的当代意识和企业家的心态》,从理论上阐明自己的观点。上海市委组织部部长赵启正为《历史正深情地凝视》作序,上海市委宣传部副部长徐俊西为《折不断的翅膀》作序;然后相继出版了《天涯何处无芳草》《永远的考试》。他遵照上海市市长朱镕基的指示带领作家为优秀教师立传,朱市长不仅给该书定名为《师颂》，并亲自作序；他还和市侨办合作，组编了《祖国，我爱你！》。那一阶段，尽管他担负着大量的组织工作，还是忙中偷闲，创作了12篇报告文学，其中的《第二次创业》，获得国务院经济发展中心颁发的优秀作品奖。

1990年市委宣传部同意成立"上海文学发展基金会"。巴金任会长，副会长是：王元化、于伶、柯灵、徐中玉、李小林、赵长天（兼秘书长）。曹致佐被任命为副秘书长后，一切筹备工作全都落在他的肩上，而他独当一面，白手起家，没有辜负领导和老作家对他的信任和期望。

退休后，他的创作竟会像炉火越烧越旺，这12年来，在报刊、杂志上相继发表了近百篇文章。他的游记写得有声有色，引人入胜；他的传记作品，着墨巴金、刘海粟、陈登科、吴强、钟望阳、吕宕、韩美林、白桦、贺捷生、杨雅琴……文采斐然，尽现大师风范。《北美世界日报》于2000年10月，连载了他的18万字的长篇纪实《乱世凶年人鬼情》，反响强烈，居然成了北美华侨茶前饭后说不完的话题。

2013年5月，文汇出版社出版了他的19万字的散文集《雷神之水》。

2013年6月30日的《新民晚报》，刊登89岁高龄的著名作家杨履方的评论文章："他简练雅致的文笔，意蕴深刻的叙述，把点点滴滴的所见所闻交织成琳琅满目的多彩世界。写人写事，既不刻意小题大做，也没有引经据典的卖弄，更无写景写情的剪彩为花、刻纸为叶的矫揉造作，一切全凭触景生情，灵感气韵。可见，唯其用心感受，才能抒发真情实感。"

原《上海文学》编审张斤夫说："写法国巴黎的散文不胜枚举，曹致佐能否不落俗套？我每看一篇眼睛一亮，他真机智，善于捕捉，从各个角度另辟蹊径，这全仗他过去大量阅读法国文学所酿成的文学底蕴。"

中国作家协会会员，原《作家天地》编辑部主任孙顾在信中说："与老曹相识于1982年，是他引荐我进入了市文联。之后在一起工作，又分别。再聚时，我把自己两部由上海文艺出版社出版的长篇小说《寂寞爬行》《梦魇消遣》请他笑纳。他则把周游世界各地后写成的《雷神之水》馈赠于我。他在新作中，将自己的独特感受泄于笔尖，用真知灼见尽情倾诉对异域风情的赞赏，可谓站在全新的高度看人生，看世界。唯其眼界高远，方能写出高水准的作品。"

据了解，凡是读过《雷神之水》这本书的人，无论男女老少，都称赞这是一本上乘之作。友人朱安琪给他发短信："年纪大了，看书少了。致佐送的书，不能不看，这原来仅仅是出于尊重和礼貌。结果看了几篇就被深深吸引了，文风俊逸，动人心魄，欲罢不能。"

马钢教委办公室主任孙自珍在邮件中说："读了《雷神之水》，如同身临其境地见识了北美风情西欧城。细腻的描绘、风趣幽默的抒情、既平实又深刻的议论，读起来既引人入胜又引发共鸣。特别是作者在欣赏异域美景同时，不忘我们的民族特色……"

"同行的肯定给了我极大的鼓舞。读者就是上帝，能获得'上帝'破颜一笑，无疑是莫大的褒奖。"这是曹致佐的真心话。

纵观曹致佐的笔墨生涯，他晚年的创作甚丰：22万字的长篇纪实文学《北影，是殿堂，也是堡垒》已经完稿；潜心笃志所撰写的《大师剪影》已达25万字，日臻佳境。第二本散文集《天下独绝山水情》已近20万字，结集成书指日可待。

曹致佐先生为什么能老而弥坚、老而弥笃，对生活中稍纵即逝的小事，仍然目光敏锐，信手拈来皆成文章？杨履方的剖析颇有见地："值得一提的是，当年他刻苦钻研古典诗文，大量阅读外国名著，这对提高文学素养、丰富审美情趣、开拓更宽广的视野，无疑大有裨益……"

马鞍山市文艺创作室主任、荣获国家文华奖的黄河说："读曹老师的作品，一种赏心悦目之情油然而生。不论是散文还是传记文学，他都能把握好感性和理性、审美与见解、历史和地理、个性与共性等方面的关系，并将它们有机地融汇整合于一体。"

不积跬步，何以圆梦？！曹先生怀着理想，一路走来，他的成功，得益于多读、多写、多思、多走，得益于丰富的生活阅历和扎实的文学根底。如今，他创作热情不减，仍然纵横诗笔，收获颇丰。

写到这里，我想起了曹致佐先生调离马鞍山时写过的一篇短文《不要忘记这一代人》，大致是对这座城市留下他青春岁月的追忆，他骑着自行车特意

贾小维

穿行于马钢各厂矿并绕着雨山湖转了一圈，走走停停，恋恋不舍。他把青春献给了马钢，并参加过挖掘雨山湖的会战，留下了汗水和抹不去的记忆。那篇文章他是用心去写的，我能感受到纸背上的泪水，读后也禁不住热泪盈眶。法国作家罗曼·罗兰说过："只有出自内心，才能深入内心。"

  一个感性的人，一个经受钢花铁水洗礼而成长的真性情作家，这就是曹致佐先生，我永远的老师。